本书为教育部人文社科基金项目"民间话语与中国诗歌的现代转型研究"成果，由湖北大学"中国文化传承与发展"省级优势特色学科群建设经费资助出版。

『先锋』与『民间』

20世纪中国文学话语研究

刘继林◎著

中国社会科学出版社

图书在版编目（CIP）数据

"先锋"与"民间"：20世纪中国文学话语研究/刘继林著.—北京：
中国社会科学出版社，2018.3
ISBN 978 - 7 - 5203 - 2268 - 3

Ⅰ.①先…　Ⅱ.①刘…　Ⅲ.①中国文学—当代文学—文学研究
Ⅳ.①I206.7

中国版本图书馆 CIP 数据核字（2018）第 059693 号

出 版 人	赵剑英
责任编辑	刘志兵
特约编辑	张翠萍等
责任校对	李　斌
责任印制	李寡寡

出　　版	中国社会科学出版社
社　　址	北京鼓楼西大街甲 158 号
邮　　编	100720
网　　址	http://www.csspw.cn
发 行 部	010 - 84083685
门 市 部	010 - 84029450
经　　销	新华书店及其他书店

印刷装订	北京明恒达印务有限公司
版　　次	2018 年 3 月第 1 版
印　　次	2018 年 3 月第 1 次印刷

开　　本	710 × 1000　1/16
印　　张	22.5
字　　数	315 千字
定　　价	95.00 元

凡购买中国社会科学出版社图书，如有质量问题请与本社营销中心联系调换
电话：010 - 84083683

目　　录

话语理论与批评实践

现代文化与文学之思

先锋的崛起与衍变

当代湖北文学述与论

学术书评

文学经典的赏与析

海外中国研究译介

话语理论与批评实践

话语：作为一种批评理论或社会实践

中文的"话语"一词，译自英文"discourse"。"discourse"最初只是一个纯粹的语言学术语，指的是一个能完全独立存在的语言单位，通常被视为一种规则明确、意涵清晰而确定的言说。20世纪以来，随着哲学的"语言学"转向，"语言"取代认识论和本体论，成为哲学研究的中心课题。"话语"因而被赋予越来越多的意涵，其语言之外的"附加功能"逐渐地被凸显出来。正如福柯所言："Of course, discourses are composed of signs; but what they do is more than use these signs to designate things. It is this more that renders them irreducible to the language (longue) and to speech. It is this more that we must reveal and describe."① 这个"more"，在福柯那里，主要指向话语生产与运作过程中存在的意识形态、阶级、性别以及政治、经济等深层权力关系的相互纠缠与争斗。这样，"话语"就突破了纯粹的语言学领域，而进入更为开阔的人文社会科学领域，成为一个多元综合备受重视的关于意识形态再生产方式的实践概念。②

20世纪90年代以来，随着"话语"理论在中国的译介并被接受，福柯、巴赫金等话语大师一时成为学界追捧的对象，"话语"也

---

① Michel Foucault, *The Archeaology of Knowledge*, London: Routledge, 2002, p. 54.
② 参见陈晓明《解构的踪迹：历史、话语与主体》，中国社会科学出版社1994年版，第64页。

成为近年来中国学界使用频率最高的术语之一。诸如，"西方话语""启蒙话语""革命话语""主流话语""殖民话语""后现代话语""女性话语""欲望话语""先锋话语""民间话语""政治话语""权力话语"等。在这里，"话语"不再是一个语言单位，而主要指向一种阐释理论或批评实践。

这里有必要指出的是，在当下中国文化语境中，"话语"俨然已成为人文社科领域内最为重要的功能性术语，但同时也是最容易使人产生"语晕感"的概念。"话语"似乎可以与任何研究领域的专有名词构成一个新的学术性语汇："××话语"。"话语"在这样的学术实践中，其意义和功能不断扩充，成为拥有多重含义的"关键词"，几乎成了德里达所说的加"×"的符号。其能指性意义在词语的组构中无限膨胀，而其所指在这种无限繁殖中却消失得无影无踪。① 从这个意义上来说："It（Discourse）has perhaps the widest range of possible significations of any term in literary and cultural theory, and yet it is often the term within theoretical texts which is least defined."② "话语"或许也是当前中国学界拥有最广泛意义的术语，但同时又是我们最需要考察、辨析和再界定的术语或者说"关键词"③ 了。

一 "话语"的"语言转向"：从索绪尔到巴赫金

英文的"discourse"一词，来源于拉丁语"discursus"。在拉丁语中，词头"dis"，表示"穿越、对衬、分离"，而词根"course"表示"线路""行走"的含义，合起来表示"四下走动""到处跑"的意思，引申为"话传到各处"。"discourse"的词典释义是：作为动

---

① 参见文贵良《话语与生存——解读战争年代文学（1937—1948）》，上海书店出版社 2007 年版，第 2 页。

② Sara Mills, *Discourse*, London and New York: Routledge, 1997, p. 1.

③ ［英］雷蒙·威廉斯：《关键词：文化与社会的词汇》，刘建基译，生活·读书·新知三联书店 2005 年版。

词，讲述、谈论；作为名词，演讲、谈话、论文等。作为术语的"discourse"，原来多用在语言学领域，是一个较为普通的语言学概念，狭义是指"构成一个相当完整的单位的语段（Text）"，广义的是指"一切拥有意义的口头的或者书面的陈述"。与语言学意义上的"话语"相关，1952 年，美国结构主义语言学家哈里斯（Z. Harris）在美国 *Langguage* 杂志上发表《话语分析》一文，首次使用"discourse analysis"这个术语。"discourse analysis"主要是一个静态的语言分析（linguistic analysis），即通过"对比句子更长的语言段落所作的语言分析，旨在找出带有相似语境（对等类别）的话语系列，并确定其分布规律"。① 众所周知，语言学强调的是用科学的方法，以定性、定量、可重复性等客观方式展开研究和进行分析，不允许参杂任何研究主体的意识和判断。因而，在传统语言学范围内，作为语段或者陈述意义的"话语"，长期以来只是被视为一条没有主体的符号链，是"死"而不是"活"的，是"静"而不是"动"的。

"话语"的复活或者说广泛运用，则源于哲学研究的"语言学转向"（从"语言"到"话语"）。20 世纪初，在索绪尔开创的现代语言学系统中，存在"语言"（language）和"言语"（parole）这样一对范畴。语言和言语的区分是索绪尔《普通语言学》的出发点。在索绪尔看来，言语是个人的，具有不确定性，因而它不具备系统的研究价值；"语言"是社会的，是一个稳定的、静态的表达观念的符号系统。就语言学研究而言，"语言"要优于"言语"。而"话语"作为一个特定的语言单位，正好是介于"语言"和"言语"之间，具有"语言"和"言语"的双重特性。它既是"语言"制度的表现形式，又是"言语"活动的行为方式。"结构主义"兴起以后，传统的语言学及其子系统均受到质疑，并酝酿着改变。"生活不是那么简单。'语言'这个概念，事实证明不足以说明某些意义在历史、政治与文

① ［英］哈特曼、斯托克主编：《语言与语言学词典》，黄长春等译，上海辞书出版社1981 年版，第 104 页。

化上的'定型过程',以及这些意义经由种种既定的言说、表述及特殊的制度化情景而不断进行的再生与流通过程。正是在这一点上,话语这个概念开始取代当下通行的这种无力而含糊的'语言'概念。"①正是在这样的背景下,"话语"越来越多地受到批评家的重视。在不断言说和阐释中,"话语"被逐步赋予作为交流方式和传达手段的意涵:"话语是内容借以被传达的手段"(查特曼语),"话语是调节任何交流行为不可缺少的人际关系的语言特性"(福勒语),"话语是最纯粹和最巧妙的社会交际手段"(巴赫金语)……

马克思认为"人的本质,在其现实性上,它是一切社会关系的总和"②,而将人类社会的一切社会关系联结、沟通起来的,巴赫金(M. M. Bakhtin)认为"这一切莫不归结于对话"③。而"话语"之于"对话"意义"是特别重大的。……是说话者与听话者相互关系的产物。……是连结我和别人之间的桥梁。……是说话者与对话者之间共同的领地"。④在巴赫金看来,作为一种"言说"或"陈述"的"话语",是"活"的而不是"死"的,是"动"的而不是"静"的,其真实含义只能通过社会"交往"与"对话"实践才能获得。"任何现实的已说出的话语或者有意写就的词语而不是在辞典中沉睡的词汇,都是说话者作者、听众读者和被议论者或事件主角这三者社会的相互作用的表现和产物。"⑤巴赫金认为,处于"对话"关系中的"话语",无不充盈着社会情态和意识形态内容,无不具有事件性、指向性、意愿性、评价性,并渗透着"对话的泛音":"实际上,我们任何时候都不是在说话和听话,而是在听真实或虚假,善良或丑恶,重要或不重要,接受或不接受等等。话语永远都充满着意识形态

---

① [美]约翰·费斯克等编撰:《关键概念:传播与文化研究辞典》,李彬译注,新华出版社 2004 年版,第 84—85 页。

② [德]马克思:《关于费尔巴哈的提纲》,中共中央马克思恩格斯列宁斯大林著作编译局编《马克思恩格斯选集》第 1 卷,人民出版社 1995 年版,第 56 页。

③ 钱中文主编:《巴赫金全集》第 5 卷,河北教育出版社 1998 年版,第 340 页。

④ 钱中文主编:《巴赫金全集》第 2 卷,河北教育出版社 1998 年版,第 436 页。

⑤ 同上书,第 92 页。

或生活的内容和意义。"① "与其说是话语的纯粹符号性在这一关系中重要，倒不如说是它的社会性重要……话语将是最敏感的社会变化的标志。"② 在巴赫金看来，话语作为一种独特的意识形态符号，其意义完全体现在它的符号功能之中。概言之，"话语的所有特点——就是它的纯符号性、意识形态的普遍适应性、生活交际的参与性、成为内部话语的功能性，以及最终作为任何一种意识形态行为的伴随现象的必然现存性，——所有这一切使得话语成为意识形态科学的基本研究客体"。③ 从巴赫金有关"话语"的理论（亦称"对话理论"）中，我们可以看出，"话语"与"意识形态"、与社会功能附加等的密不可分性。这也使得"话语"在"超语言"的层面获得了进入更为广阔的人文社会科学领域的可能。

二 "话语"的实践指向：从福柯到费尔克拉夫

不过，将"话语"放到更复杂的社会关系网络中进行功能"透视"、并最终奠定当下思想文化领域正在广泛使用的"话语"理论基础的是法国哲学家福柯（Michel Foucault）。福柯通过"知识考古"，对传统意义的"话语"理论产生了质疑，并在此基础上提出了一种截然不同的"话语"理论。在福柯看来，"话语"不再是一个单纯的语言学概念，而更主要的是一个多元综合的关于意识形态再生产方式的实践概念。"话语"不是孤立的、静止的，它存在于立体的社会文化语境中，随着语境变化而变化，又反作用于语境。人类与世界的关系是一种"话语"关系，任何事物都不可能脱离"话语"而存在。"话语"不仅决定思想，还影响人的身体。在福柯那里，"话语"具有本体论的意义。话语构成意义，意义又依赖话语，要想充分理解"话语"的意涵，就不能只考虑话语字面的意义或目的："诚然，话

---

① 钱中文主编：《巴赫金全集》第 2 卷，河北教育出版社 1998 年版，第 416 页。
② 同上书，第 359 页。
③ 同上书，第 357 页。

语是由符号构成的，但是，话语所做的，不止是使用这些符号以确指事物。正是这个'不止'使话语成为语言和话语所不可减缩的东西，正是这个'不止'才是我们应该加以显示和描述的。"① 这个"不止"既包括"话语"背后隐藏的功能附加，如社会政治制度、思想文化观念或日常实际生活习惯等，还包括话语内部耐人寻味的结构和秩序。"话语"的这种综合的深不可测的秉性，使得它可以为人文学科研究提供丰富的思想资源，也使得它在文化理论和批评实践中成为一个不可替代的、建构性的概念。

福柯在强调话语与社会历史实践、知识、权力和意识形态的关联的同时，将研究的重点放在了"话语"的生成与运作（"知识"—"权力"）机制的考察与分析上。为此，福柯将"知识考古"的方法引入话语研究之中，将"话语（实践）分析"称为"知识考古学"。福柯"知识考古"的方法就是通过不断的追问、反复的探究来考察一定历史语境中的话语实践。诸如，"这种陈述是怎么出现的，而在其位置的不是其他陈述"，"已说出的东西中所说的是什么"，"为什么这个话语不可能成为另一个话语，它究竟在什么地方排斥其他话语，以及在其他话语之中同其他话语相比，它是怎样占据任何其他话语都无法占据的位置"，"这个产生于所言之中东西的特殊存在是什么？它为什么不出现在别的地方？"等等②。福柯赋予考古学的任务就是"展示历史知识领域中发生的变化，研究人们如何摆脱通过话语形式表现出来的身不由己受控制的视角"，考古学的话语分析"旨在发现知识和理论成为可能的基础是什么，知识是在什么样的秩序空间中构成，以什么样的历史前提为基础"。③ 福柯的"知识考古"或者说"话语（实践）分析"理路，我们可以简单地归纳为："追问"（质疑所谓的"知识"

---

① ［法］福柯：《知识考古学》，谢强、马月译，生活·读书·新知三联书店 2003 年版，第 53 页。

② 同上书，第 28—29 页。

③ 胡春阳：《话语分析：传播研究的新路径》，上海人民出版社 2007 年版，第 142—143 页。

或"真理"）——"探寻"（考察、分析历史语境中的话语实践）——"还原"／"重构"（发现被误读或遮蔽的事实，消解曾经被体系化的知识和被书写的历史，展示历史的矛盾与悖谬，最后用新的理念和体系来进行重新建构）这样一个思维逻辑和实践过程。

在进行"话语分析"或者说"知识考古"实践时，福柯看到了知识背后隐藏的"权力"。在福柯的话语理论中，"权力"是一个全新的概念："我所说的权力既不是指在确定的一个国家里保证公民服从的一系列机构与机器，即'政权'，也不是指某种非暴力的、表现为规章制度的约束方式，也不是指一分子或团体对另一分子或团体实行的一般统治体系"，而首先将权力理解为"众多的力的关系，这些关系是存在于它们之间发生作用的那个领域（如同布尔迪厄所言之'场'）"。① 福柯是这样界定"权力"的，"权力，不是什么制度，不是什么结构，不是一些拥有权力的势力，而是人们赋予某一个社会中的复杂的战略形势的名称。"② 权力，隐而不显，却无处不在。它没有母体，没有中心，充塞于社会的各个层面、各个角落，并且在不断地分化组合，"深深地、巧妙地渗透在整个社会的网络之中"③。福柯认为，正是这样的话语实践构成了人类的历史与文化。

诺曼·费尔克拉夫（Norman Fairclough，英国凯斯特大学语言学教授、当代西方著名的批判的话语分析学者）在福柯话语理论的基础上，提出了话语（实践）分析的三个向度，即文本向度（the text dimension）、话语实践向度（the discursive dimension）、社会实践向度（the social practice dimension）。费尔克拉夫认为话语分析应当是这三个向度的综合："任何话语事件即任何话语的实例都被同时看

---

① ［法］福柯：《求知之志》，杜小真编选《福柯集》，上海远东出版社1998年版，第345页。

② 同上书，第346页。

③ ［法］福柯：《知识分子与权力》，杜小真编选《福柯集》，上海远东出版社1998年版，第206页。

作是一个文本，一个话语实践的实例，以及一个社会实践的实例。"① 并对这三个向度作了具体的阐释。"文本"向度，主要指向语言分析（包括考察词汇、语法、连贯性和文本结构等），但在特定的话语实践中，文本浓缩为习俗，并可能受到意识形态方面的介入，因而具有了特殊的隐喻功能；"话语实践"向度，主要说明文本的生产过程与解释过程的性质。例如，分析文本生产、分配和消费过程的方式与机制以及该机制形成的隐蔽动因等；"社会实践"向度，则倾向于关注社会文化分析方面的内容，诸如，话语或文本的意识形态属性、话语事件的发起机构和组织环境以及话语事件如何维持和重建权力关系，等等。

作为当代著名批判的话语分析学者，费尔克拉夫的话语分析理论在批判前人话语理论的基础上，尝试将传统的语言分析与流行的社会理论结合起来，发展成一种既有利于实践、又有利于理论的话语分析方法。相对于福柯，费尔克拉夫所阐释的批判的话语分析具有强烈的务实特征。费尔克拉夫认为话语分析的主要任务，就是透过意识形态等方面的遮蔽，在广泛的社会文化生活过程中重现、诠释或解读文本与话语的真实意义，使我们更加意识到构成它的社会力量和利益，更加意识到介入其中的权力关系和意识形态，更加意识到它对社会身份、社会关系、知识和信仰的影响，更加意识到话语在文化的和社会的变化过程中的作用（包括话语的技术化）。②

综上所述，"话语"最初作为一个纯粹的语言学概念，经过近一个世纪的社会文化变迁，其语义和功能发生了一系列的变化。尤其是在以福柯为代表的社会文化学者的不断阐释与演绎下，"话语"进入一个更为广阔的意识形态和文化批评领域，在理论与实践应用中发挥了巨大作用，成为一个意义无限丰富的术语。通过我们的知识学考

---

① ［英］诺曼·费尔克拉夫：《话语与社会变迁·导言》，殷晓蓉译，华夏出版社2003年版，第4页。

② 参见殷晓蓉《话语与社会变迁·中译本序》，华夏出版社2003年版，第3—4页。

察，"话语"也许不再那么神秘，那么"令人眩晕"，我们就可以大胆地、有甄别地去使用相关的"话语"理论来推进我们今天的学术研究了。

（原载《烟台大学学报》2011 年第 3 期）

雷蒙·威廉斯的文化理论及"关键词"研究给予中国的意义

　　雷蒙·威廉斯（Raymond Williams，1921—1988），20 世纪中叶英语世界最重要的马克思主义文艺批评家，英国文化研究的灵魂人物、传播研究的启蒙者。1989 年，阿伦·奥康诺在其《雷蒙·威廉斯：著述、文化、政治》一书中，用了 39 页的篇幅编订威廉斯著述目录。由此可见，威廉斯在西方文化研究中的地位和贡献。

　　雷蒙·威廉斯出身于威尔士一个劳工阶级的家庭，第二次世界大战前曾在剑桥大学著名的三一学院学习文学，战争结束后重返剑桥继续自己的学业。第二次世界大战前后，英国部分社会语词的变迁让他对语言背后的思想文化差异产生了浓厚的兴趣。大学毕业后，他长期从事成人劳工教育，广泛接触英国的底层社会，对英国社会长期以来占主流地位的精英文化歧视和打压大众文化的状况不满，对过于狭窄、过于保守的传统"文化"观念提出了异议，并尝试对"文化"的概念进行了全新的发掘和重新界定。威廉斯先后写出了《文化与社会：1780—1950》（*Culture and Society*，1958）、《漫长的革命》（*The Long Revolution*，1960）、《关键词：文化与社会的词汇》（*Keywords：A Vocabulary of Culture and Society*，1976）、《文化社会学》（*Cultural Sociology*，1983）等著作，逐步形成了"文化即社会生活"的文化观念。威廉斯在自己的文化研究实践中，以开放的学术思路、鲜明的问题意识和全新的研究理路，将"文化"的"意思问题"（概念的确切含义）转变成"语境问题"（特定的社会关系和具体的历史语境）来考察与分析，开创了文化研究的新范式，被誉为"战后英国最重要的社会主义思想家、知识分子与文化行动主义者"。

一 "文化"的再定义与"大众"的再考察

在雷蒙·威廉斯看来，"文化"是英语语言中最复杂的两三个词之一，具有多义性。① 其概念也最为模糊和混沌，不同的学科领域，不同的思想体系，有着不同的"文化"定义。威廉斯的研究就起步于这个多义而混沌的概念，在此后长达三十多年的学术研究中，一直将"文化"这个"关键词"贯穿于他思想的始终。

劳工家庭的出身背景，长期从事成人底层教育的社会生命体验，使得威廉斯对当时英国社会占主导性地位的精英文化强烈不满："我非常清楚地知道，我写作的目的就是反对艾略特和利维斯，以及围绕他们形成的整个文化保守主义——他们已经掏空了这个国家的文化和文学。"② 在马克思主义历史唯物观的指导下，威廉斯对"文化"和"大众"这两个概念进行了历史的审视与重新的建构。

20 世纪以来，以阿诺德、艾略特、利维斯为代表的精英文化知识分子，他们的文化理念长期主导着英国的社会文化领域。他们习惯于按照阶级二分法，将文化划分为资产阶级知识分子的精英文化和工人阶级的大众文化，并利用自己的话语霸权为文化艺术制定所谓的经典标准，以此来进行艺术审美和价值评判。在他们看来，文化属于具有出身优先权的"少数人"，普通大众根本不配谈论文化。利维斯在《大众文明及少数人的文化》一文中认为："在任何时代，具有洞察

---

① 参见［英］雷蒙·威廉斯《关键词：文化与社会的词汇》，刘建基译，生活·读书·新知三联书店 2005 年版，第 101 页。

② Raymond Williams, *Politics and Letters: Interviews with New Left Review*, London: Verso, 1981, p. 112.

力的艺术欣赏与文学欣赏依赖于极少数人；只有少数人才能够作不经提示的第一手判断。……依靠这些少数人们，我们才有能力从过去人类经验的精华得到益处；他们保存了传统中最精巧和最容易毁灭的那些部分。"① 按照这样一种精英文化逻辑，占人口绝大多数的、来自下层的工人阶级的文化或者说大众的文化则被排除在主流论述之外，长期被忽略、被遮蔽、被贬抑。

在《文化与社会》一书中，威廉斯反对这种"少数人的文化"（精英文化）与"大众文化"的二分法，并强调了工人阶级文化的价值和成就："我们必须认识到，他们无论是在工会、合作运动，还是政党之中，生产出的文化是集体的民主的机制。工人阶级在其历经的阶段中，首先是社会的（在于它产生了各种机构），而不是个人的（在于特定的知识性或想象性作品）。放到它的语境中来思考，工人阶级文化可被视为一个非常具有创造性的成就。"② 威廉斯通过对工业革命以来英国社会文化的深入剖析，提出了"文化即生活"的理念，强调文化与社会实践的联系，主张把文学、文化研究置于更为广阔的社会生活领域之中："文化观念的历史是我们在思想和感觉上对我们共同生活的环境的变迁所作出的反应的记录。"③ 在著名的《文化分析》一文中，威廉斯认为，合理的"文化"定义必须涵盖三个范畴，即"理想的"（ideal）（文化是人类完善的一种状态或过程）、"文献的"（documentary）（文化是知性和想象作品的整体）和"社会的"（social）（文化是对一种特殊生活方式的描述，这种描述不仅表现艺术和学问中的某些价值和意义，而且也表现制度和日常行为中的某些意义和价值）。④ 他反对把文化当作抽象的观念和空洞的价值理

---

① ［英］雷蒙德·威廉斯：《文化与社会》，吴松江、张文定译，北京大学出版社1991年版，第325—326页。

② 转引自陆扬、王毅《文化研究导论》，复旦大学出版社2007年版，第145页。

③ 参见［英］雷蒙德·威廉斯《文化与社会》，吴松江、张文定译，北京大学出版社1991年版，第374页。

④ 参见［英］雷蒙·威廉斯《文化分析》，赵国新译，见罗钢、刘象愚主编《文化研究读本》，中国社会科学出版社2000年版，第125—126页。

论，而着力于强调文化的物质性、社会性和日常生活性。威廉斯认为文化不只是思想家头上的理想光环，也不仅仅是精英人士倍加推崇的传统经典，而是与日常生活同义："文化不只是一批知识与想象作品而已，从本质上说，文化也是一整个生活方式。"① 威廉斯所强调的"文化即生活"理念，跳出了长期以来对文化的静态观察的模式，突破了将文化立于生活之上的精英文化传统，整合了剑桥"细致的文本分析"和"生活与思想"两个迥然不同的研究流派②，超越了精英与大众的二元对立的文化模式，而将文化推进到更为广阔的社会生活层面，从而丰富和发展了"文化"的观念。

跟"文化"一样，"大众"（masses）虽被人们经常地使用，但在观念上却存在严重的偏见。威廉斯考察"大众"这个概念时指出，在许多保守者的眼里，"大众"（或者说"群众"）是个轻蔑语，具有"乌合之众"的特点：愚昧无知，趣味低下，立场不坚定，容易被蛊惑、被操纵等。③ 威廉斯认为这种大众观念的产生实际上是对大众的不了解、是话语霸权的一种表现："实际上没有群众，有的只是把人看成群众的那种看法。……我们应该检验的是这个公式，而不是群众。如果我们记住我们自己也一直被其他人聚集成群，将会有助于我们进行这种检验。只要我们发觉这种公式不足以诠释我们自己，我们也可以承认它不足以诠释那些我们不了解的人。"④ 同时，威廉斯指出了这种"大众"思维模式背后所潜隐的"权力"，或者说意识形态和控制功能。这种大众观念实质上是英国精英分子用以证明"少数人"文化的合法性、维护精英传统和现行体制、对"大多数人"实

① ［英］雷蒙德·威廉斯：《文化与社会》，吴松江、张文定译，北京大学出版社1991 年版，第 403 页。
② 参见［英］特里·伊格尔顿《纵论雷蒙德·威廉斯》，见《马克思主义美学研究》（第 2 辑），广西师范大学出版社 1998 年版，第 398 页。
③ 参见［英］雷蒙·威廉斯《关键词：文化与社会的词汇》，刘建基译，生活·读书·新知三联书店 2005 年版，第 281—289 页。
④ ［英］雷蒙德·威廉斯：《文化与社会》，吴松江、张文定译，北京大学出版社1991 年版，第 379 页。

行文化控制的一种方式。威廉斯通过对"大众"概念的历史审视与话语考察，认为"大众"是工业革命以来社会导致的一种自然的组合，的确带有一定的贬义。但进入 20 世纪以来，大众逐渐脱离了负面的意义，而主要指向积极活跃的政治革命意义和消费文化意义，被当作正面的或可能正面的社会动力，前者诸如"群众工作"（mass work）、"群众组织"（mass organization）、"群众运动"（mass movement）等，后者诸如"大众市场"（mass market）、"大众品位"（mass taste）、"大众媒体"（mass media）、"大众心理"（mass psychology）等。在威廉斯那里，"大众"被放置到社会历史文化之中来考察。"大众"不再是一个固定的实体，而是具有一定社会关系、政治立场和利益关系的群体。"大众"不是完全被动的受控对象和客体，而具有主体的潜质和功能。这样的"大众"观念反驳了所谓的精英知识分子对"大众"的贬低，避免了对"大众"的偏见，并肯定了大众的主体性和能动性，在某种程度上超越了法兰克福学派对大众文化的批判性评价。

二 "关键词"研究给予当下中国学术的意义

从以上的分析我们可以看出，威廉斯眼中的"文化"，不再是高高在上的"少数人"的文化，而是与具体的社会生活紧密联系"大多数人"的文化，是一个意义相对开放的概念。在威廉斯看来，文化研究的目的不仅仅是阐发某些经典、伟大的思想和艺术作品，它还有另外一个更为重要的功能，就是在研究整个生活方式内各因素之间的关系中，阐明某种生活方式的意义和价值，理解某一文化中共同的重要因素，从总体上更好地理解文化和社会发展的某些一般规律与趋向。而要理解这些规律与趋向，威廉斯主张在具体的社会语境和文化变迁中来思考和看待文化，即"社会—文化"的研究理念。

威廉斯的"社会—文化"研究模式，在其代表作《关键词：文化与社会的词汇》中体现得尤为明显。《关键词》本属于《文化与社会》（1956）一书的附录部分，成书时只有 60 多个词条，出版时被编辑删去了。威廉斯却十分珍视这些词条，后来将之拓展为 131 条，二十年后独立成书，这就是 *Keywords* 一书。威廉斯认为该书"不是一本词典，也不是特殊学科的术语的汇编"，而是"对于一种词汇质疑探询的记录"，"我所做的不只是收集例子、查阅或订正特殊的用法，而且是竭尽所能去分析存在于词汇内部——不管是单一的词或是一组习惯用语——的争议问题"。他认为这些争议与问题是需要我们去考察和分析的，"对一连串的词汇下注解，并且分析某些词汇形塑的过程，这些是构成生动、活泼的词汇之基本要素。在文化、社会意涵形成的领域里，这是一种记录、质询、探讨与呈现词义问题的方法"。[1]威廉斯认为这些成为"关键词"的词汇应该具有两种相关的意涵："一方面，在某些情景及诠释里，它们是重要且相关的词。另一方面，在某些思想领域，它们是意味深长且具指示性的词。"[2]"文化""国家""民族""意识形态""文学""大众""性别""媒体"等，就是这样一些重要且相关、意味深长且具指示性的词汇。

威廉斯对"关键词"的考察，不作纯粹的语言学的分析，而将重点放在社会和历史的层面："（一）关于意义的最大问题往往是存在于日常实际的关系中；（二）在特殊的社会秩序结构里及社会、历史变迁的过程中，意义与关系通常是多样化与多变性的。"[3]为此，他提出了"关键词"的研究应该应用"历史语义学"（historical semantics）的方法，"不仅强调词义的历史源头及演变，而且强调历史的'现在'风貌——现在的意义、暗示与关系"，既要看到过去与现在的关联，也要看到其变异、断裂与冲突。[4]在威廉斯看来，意义的变异性是语言的本质，语言的活力就来自引申、变异及转移等变化层

---

① ［英］雷蒙·威廉斯：《关键词：文化与社会的词汇·导言》，刘建基译，生活·读书·新知三联书店 2005 年版，第 7 页。
② 同上。
③ 同上书，第 15 页。
④ 同上书，第 17 页。

面。威廉斯的"关键词"研究重点即是"发现意义转变的历史、复杂性与不同用法，及创新、过时、限定、延伸、重复、转移等过程"①。正如该书中译本的封底评语所言："作者考察了131个彼此相关的'关键词'，追溯这些词语意义的历史流变，并厘清这些流变背后的文化政治；当其所处的历史语境发生变化时，它们是如何被形成、被改变、被重新定义、被影响、被混淆、被强调的。"

时至今日，文化研究虽已不再是什么新的理论话语，但在人文社会科学研究领域中仍占据重要的地位。葛兰西的文化霸权理论，阿尔都塞的意识形态论述，布尔迪厄的文化资本和文化场域理论，伊格尔顿的文化政治批评，等等，都为今天的文化研究提供了全新的方法论视野。但我们不能否认威廉斯的工作对于今天西方的文化研究仍然具有相当深入的影响，非一般人可以比肩，尤其是《文化与社会》《关键词：文化与社会的词汇》等著作，迄今为止仍然是文化研究经常谈及、必然参考的经典。

20世纪以来，中国经历了从传统到现代、从封闭到开放、从现代民族国家想象到政治经济文化的全球化。在这短短的100多年里，我们曾经经历并正在感受急遽的社会转型、动荡的历史变迁、剧烈的文化震颤。与此偕同的是，思想的混沌、价值的多元、语言的错乱。对于我们这样一个后发的现代性国家，中国社会的一切都呈现出相当复杂的一面，任何一个社会问题或文化现象都需要我们尽可能像威廉斯那样结合具体的历史文化语境作认真的分析和考察。尤其是我们在考察研究"现代性""革命""大众""民间""都市""乡村"等关系20世纪中国社会的重大命题时，更应谨慎。因为，晚清以降，中国许多关键词的语源是双重的，既有汉字的语源，又有外来语的语源，这些概念的翻译和使用显然较之威廉斯追溯的语源更为复杂。在这样的条件下，语言的翻译、转义和传播过程将更是错综交织，作为

---

① ［英］雷蒙·威廉斯：《关键词：文化与社会的词汇·导言》，刘建基译，生活·读书·新知三联书店2005年版，第9页。

一种总体的生活方式的文化的形态也更加丰富而混乱，中国的关键词的梳理也更加困难。①

1991 年，威廉斯的《文化与社会》最早被引介到中国，并开始受到学术界的重视。1995 年第 2 期的《读书》杂志曾载有学者汪晖的长文《关键词与文化变迁》，对威廉斯的文化理论和关键词研究作了深入的介绍和评价。此后，威廉斯的其他著作也纷纷进入中国，其"文化研究"的理念及"关键词"的研究方法在中国学界产生了深远的影响。近年在中国现代文学研究领域评价颇高的陈建华，其《"革命"的现代性：中国革命话语考论》被相当多的中国学者推举为中国现代性问题研究的典范之作。② 其成功应该说很大程度上归功于极有效地运用了威廉斯的"关键词"研究方法来解决中国的学术问题。陈建华很好地抓住了"革命"这一中国近现代社会最重要的"关键词"："在二十世纪之交中国思想天崩地裂之际，无论是本土思想的脉络及其与外来思想的折冲斡旋之中，'革命'话语无疑运作于核心深邃之处。"③ 陈建华综合运用了中国传统"词源学"的训诂和威廉斯的"关键词"研究，将"革命"话语在中国近现代社会的翻译、接受、衍化、流变，放到近现代中国政治、思想、文化变迁的历史语境中去考察，在错综复杂的"现代性"历史语义场中，展现中国"革命"话语的复杂性与独特性。应该说，陈建华的"革命"话语研究在历史与当下、思想与学术之间找到了一条很好的研究路数。

进入新世纪以来，随着"文化研究"热的不断高涨，威廉斯的文化理念及"关键词"研究已深入人心，我们从近年来学术界与出版界的"关键词"热可见一斑。陈平原先生曾打过一个比方，说是"幽灵般"的关键词，并对这种"关键词"热做过详细的描述。④ 就

---

① 参见汪晖《关键词与文化变迁》，《读书》1995 年第 2 期。

② 参见夏中义《"革命"探源启示录——评陈建华〈"革命"的现代性：中国革命话语考论〉》，《文艺研究》2003 年第 6 期。

③ 陈建华：《"革命"的现代性：中国革命话语考论》，上海古籍出版社 2000 年版，第 371 页。

④ 参见陈平原《学术史视野中的"关键词"》（上、下），《读书》2008 年第 4—5 期。

中国现当代文学及相关研究领域而言，洪子诚和孟繁华编《当代文学关键词》（广西师范大学出版社 2002 年版）、陈思和《中国当代文学关键词十讲》（复旦大学出版社 2003 年版）、廖炳惠《关键词 200：文学与批评研究的通用词汇编》（江苏教育出版社 2006 年版）、赵一凡等主编《西方文论关键词》（外语教学与研究出版社 2006 年版）、王晓路等著《文化批评关键词研究》（北京大学出版社 2007 年版）、汪民安主编《文化研究关键词》（江苏人民出版社 2007 年版）等文学与文化研究著作，均与威廉斯及其"关键词"研究有关。雷蒙·威廉斯、陈建华等的做法，是考察"关键词"的前世今生、发展流变，以及创新、过时、限定、延伸、重复、转移的过程，来展示"关键词"意义转变的历史，并以此为视角来探寻社会文化的复杂性。这样一种研究路数，抛弃了传统的所谓的科学的定义模式（"是什么"），而将重点放在理念、视角和方法上，通过考察、梳理、描述、辨析、祛魅、还原，最后达到对问题的认识。相对而言，这种研究模式似乎更适合于人文社会科学，尤其是 20 世纪中国文学研究领域。

（原载《武汉科技大学学报》2011 年第 4 期）

在话语的反叛与突围中断裂

——韩东诗歌行为的回顾性考察

解题：从话语说起

"话语"是结构主义的一个基本概念，是具有特定实践功能的相当完善的语言单位。福柯认为："话语是由符号构成的，但是，话语所做的，不止是使用这些符号以确指事物。正是这个'不止'使话语成为语言和话语所不可缩减的东西，正是这个'不止'才是我们应该加以显示和描述的。"[①] 话语在实际运作中，通过内部调整，赋予内部事物某种秩序与意义，表达出很强的意识形态功能，而这个意识形态功能即是福柯所关注的"权力"。可见，话语与权力是共生的。这一共生现象构成了我们生存的无形网络，人生活在话语中，总受着某种权力的无形支配。话语的运用亦即权力的运作，而话语最终都得靠语言来表达。因而，我们可以借助语言，通过揭示谁在说话，以什么方式说话，有什么目的说话，来解读人们的历史实践所隐含的话语涵蕴。

诗歌是一种单纯的语言艺术，它通过诗人排列的活生生的语言来

---

① ［法］福柯：《知识考古学》，谢强、马月译，生活·读书·新知三联书店 2003 年版，第 53 页。

表情达意。不同的时代，因语境的改变，诗歌话语运作的方式也就不同。孔子总结的"兴、观、群、怨"是传统诗歌话语运作所遵循的方式和目的。现代诗歌突破了上述的模式，而主要在于抒发一种个体的生命意识、排遣一种现代情绪。正如施蛰存所说的，现代的诗"是现代人在现代生活中所感受到的现代的情绪，用现代的词藻排列成的现代的诗形"。① 虽然，诗歌话语言说的方式在不断更替，但诗歌的话语权力却无处不在，在一定时期，总存在某种处于支配地位的诗歌话语。历史到了当代，诗歌民间化、大众化、多元化的步伐在加快，与之相伴随的却是诗歌背后值得玩味的权力话语意识："文化大革命"及"文化大革命"以前的"国家主流话语"（贺敬之、郭小川等的政治抒情诗）、20 世纪 80 年代初的"精英独白话语"（北岛、舒婷等的朦胧诗）、20 世纪 90 年代的"知识分子话语"（欧阳江河、王家新等的学院诗）前后更替、此消彼长。

作为诗人的韩东，成名于 20 世纪 80 年代初"朦胧诗"独领风骚之时、成熟于 90 年代知识分子写作垄断诗坛之际，弱势和边缘、夹缝与包围是诗人韩东的生存景况。在八九十年代的文坛，韩东却始终是个潮头人物，他用自己的思想理念、用自己的行为方式对文坛既存话语实行了一次又一次的颠覆、捣毁，呈现出绝对的先锋姿态。韩东 80 年代中期以相当随意的《有关大雁塔》《你见过大海》等诗作和民间诗刊《他们》瞬间终结了北岛、舒婷们的"朦胧诗"时代，扯起"新生代诗歌"的大旗；90 年代又以"民间写作"对抗学院派的知识分子写作，为"民间诗人"争取说话的权利；90 年代末，直接策划并参与了"断裂"行动，宣称与现有的文学秩序决裂，成为现存知识系统之外的"断裂的一代"。诗人韩东在这一系列的反叛与突围、对峙与断裂中，追寻着自己的文学梦：美丽超然，却虚无缥缈。

---

① 施蛰存：《又关于本刊中的诗》，《现代》1933 年 11 月第 4 卷第 1 期。

诗论：身份确认与本体重构

诗是什么？诗人是什么？

这是每一位诗人都应该探讨的本质性命题，它古老而又常新。在韩东看来：

第一，诗人必须摆脱三个世俗角色，这是诗人成其为诗人的前提。中国人往往被理解为卓越的政治动物、稀有的文化动物、深刻的历史动物，三者必居其一。①的确，儒家的诗教传统让诗人背上了过重的社会责任和知识教化负担。诗"可以兴，可以观，可以群，可以怨"的诗歌运作模式沿袭了两千多年，诗人不可能在（政治、文化、历史的）模式之外找到自己的歌咏方式。近、现代以来，中国多灾多难的社会现实，诗人忧国忧民的真情实感，使得诗的社会化、意识形态化色彩越来越浓厚。郭沫若的"凤凰""天狗"，闻一多的"红烛""死水"，艾青的"土地""太阳"，郭小川的"甘蔗林""青纱帐"的背后无一不蕴藏着深刻的社会寓意，即使是信仰"爱""自由""美"的徐志摩，在"雨巷"彳亍的戴望舒，呼唤人性回归、倡导荒原觉醒的北岛们，最后也大多徘徊在现实、政治、文化、历史的周围。因此可以说，诗人如不改变身份、更新观念，诗歌则始终难以从世俗的泥淖中逃离。

为此，韩东给诗人们指出了一条出路：如果要改变外界的政治视角，我们必须不再以政治的眼光看待自己；对于西方体系中把中国人看作稀有的文化动物，我提倡不买账的态度；诗歌应超越历史，诗人应学会从实际事物与我们形成的生存关系上移开视线。②只有在摆脱了这三个世俗的角色之后，中国诗人的道路才从此能得以开始。

第二，诗是"第一性"的，是内心世界和语言的高度合一。"第

---

① 参见韩东《三个世俗角色之后》，《百家》1989 年第 4 期。
② 同上。

一性"是那种由诗人身体引发的，出自他们内部的东西，是撇开不同的文化背景也能感受到的东西。① 诗的本质是"轻"的，它不能够承载外在的历史、文化或政治的内涵，而只与诗人的内在体验和所运用的语言有关。韩东在民间诗刊《他们》的艺术自释中说："我们关心的是诗歌本身，是诗成为诗歌，是这种由语言和语言的运动所产生的美感的生命形式。我们关心的是作为个人深入到这个世界中去的感受、体会和经验，是流淌在他（诗人）血液中的命运的力量。"② 韩东"他们"在努力返回本体，返回诗本身。诗一定与诗人的生命有关，诗只有切近生命的本体，它才具有鲜活的生命力，也才能体现出最高的价值。"写诗似乎不单单是技巧和心智的活动，它和诗的整个生命有关。"③ "一首诗的审美价值也就在于此，它必须是活的东西，必须是生命。"④ 从这个意义上说，诗和生命是同一的、互为存在的，诗人回到了个人的生命本体，相应地诗也就回到了诗本体。

诗展现主体的生命方式只能依赖语言。韩东提出"诗到语言为止"的主张，要让诗歌回到语言本身，因为，"诗歌既不是变形的语言，也不是语言的变形，它只是语言自身"。诗歌的"语言"应脱离工具的位置，成为一种生命的感觉语言，且只有与个体生命结合起来，才能充满活力。在韩东看来，生命的语言是自然的而非装饰性的，内蕴着生命的原初感觉和意味，它是生命自然呈现的描述形态。于坚和韩东把它称为"语感"。"诗人的语感既不是语言意义上的语言，也不是语言中的语感，更不是那种僵死的语气和事后总结出来的行文特点，诗人的语感一定和生命有关，而且全部的存在根据就是生命。"⑤ 这种语感意识的觉悟，可以说是对传统的语言意识的一次反拨与革命。这是现代生命哲学与诗歌语言艺术的融合，是一种全新的

---

① 参见林舟《清醒的文学梦——韩东访谈录》，《花城》1995 年第 6 期。
② 韩东：《他们》1986 年第 3 期，封页语。
③ 唐晓渡、王家新编：《中国当代实验诗选》，春风文艺出版社 1987 年版，第 203 页。
④ 韩东：《青春诗话》，《诗刊》1986 年第 6 期。
⑤ 韩东、于坚：《现代诗歌二人谈》，《云南文艺通讯》1986 年第 9 期。

诗歌观念。诗人语感意识的自觉，标志着诗的自觉时代的开始，而这种语感意识又是和生命意识同时呈现的。"诗歌是语言的运动，是生命，是个体的灵魂、心灵，是语感，这都是一个意思。"① 因而，诗是语感和生命感的高度合一。

韩东通过对"诗人是什么""诗是什么"作的本体论梳理，赋予了"诗"全新的内涵和外延，也使得诗人从传统的樊篱中解放出来，并获得了一种全新的话语操作方式，有了一种同已有诗歌秩序（僵化的、传统的）对抗的武器，有了反叛和突围的理论根据。

实践：反叛与突围

韩东在对诗人的角色进行定位和对诗的本质进行界定的同时，以自己的创作和行为来实践自己返璞归真的诗歌梦想。1981 年，年仅 19 岁的韩东凭借组诗《山》获得《青春》杂志颁发的优秀诗歌奖，成为当时颇有名气的校园诗人。从某种程度上说，《山》是北岛式朦胧诗的翻版，展示的是一种英雄主义的品格和姿态："压过来的是整个天空/我昂起不屈的头/即使大地从脚下滑走/我也要举起挑战的手。"在韩东的笔下，"山"成为一种不屈品质、一种崇高精神的象征。但很快，韩东的诗风发生了变化，也许正如诗的后几句所言，"我从海底上升/在地狱到天堂的路上行走/谁也不能把我引诱/谁也不能把我挽留"，在通往诗歌天堂的路上，他以自己的生命实践，在那个英雄崇拜和崇拜英雄的时代里，毅然出走，谁也不能将他挽留。此后，韩东的行为（话语实践）一次又一次地导致了 20 世纪末诗坛的哗变。

（一）反叛"朦胧诗"，颠覆"精英独白话语"
"朦胧诗"作为新时期文学的开端，它是从"文化大革命"的文

---

① 韩东、于坚：《在太原的谈话》，《作家》1988 年第 4 期。

化沙漠上站起来的。朦胧诗人试图在剧烈的政治、文化、历史阵痛中，用启蒙理性和人性话语来重造业已荒废的文学殿堂。北岛斩钉截铁的《回答》、杨炼深切沉重的《大雁塔》和舒婷伟大爱情象征的《致橡树》等，也成为当代诗歌的经典。朦胧诗人以"精英独白"的姿态——用深重的文化阵痛感、强烈的责任意识和英雄主义的精神气质与历史、时代对话——构筑自己的美学理念，交织形成了一个强大"社会文化理性"磁场。韩东就是在这样一个磁场中成长起来的，20世纪80年代初期的《无题——献给张志新》《老渔夫》《山》等诗，都是仿朦胧诗而作。但诗中所流露出的"朦胧味"让韩东感到很沉重、疲惫。《山民》所展示的正是这样的文化、历史背景下人的一种生存状态——对新鲜的渴望和对现实的无奈："山第一次使他这样疲倦/……/儿子也使他很疲倦/他只是遗憾/他的祖先没有像他一样想过/不然，见到大海的该是他了。""山那边还是山"所暗含的缺乏创新、安于现状的传统文化思维模式，带给人的也许只能是疲惫和无奈。韩东不愿在这片止息的文化死水中徜徉，试图尝试一种诗歌话语的新变，而其参照就是朦胧诗所惯用的"精英独白话语"。

韩东以"语言实验"的方式实践着对朦胧诗的反叛和超越。他认为诗人最基本的素质肯定是和语言有关，语言在诗歌观念的更新上起着决定性作用。韩东作为一个出生于20世纪60年代、在文化废墟中成长起来的青年，没有太多"文化大革命"的记忆和创伤，无法理解并接受朦胧诗特定的文化精神。在逐渐成熟的韩东眼里，朦胧诗有着一种不可克服的距离感和难以企及的贵族气息，它的那种贵族式的理性语言给人的感觉只能是不真实，离我们活生生的现实生活场景太远，而且含有太多意识形态的气味，看多了，难免要产生厌恶、反感的情绪，这是韩东这一代诗人当时的心态。正是在这种心态下，韩东以"实验者"的姿态，试图从语言上对朦胧诗业已形成的范式进行颠覆，而最切合的话语便是日常生活中的口语。

意象是朦胧诗人惯常的语言方式，舒婷的"橡树"、江河的"纪念碑"、杨炼的"大雁塔"等，这些意象因其浓郁的历史、文化和理性色彩，根本体现不出诗人的个性和风格。韩东把口语作为反拨意象传统的锐器，注重语言的语感、语势，通过语言自生的形态来折射诗人内在的心态，以期从北岛—杨炼营构的诗歌范式中走出来。1983年韩东写了《有关大雁塔》：

> 有关大雁塔／我们又能知道些什么／有很多人从远方赶来／为了爬上去／做一次英雄／也有的还来做第二次／或者更多／那些不得意的人们／那些发福的人们／统统爬上去／做一做英雄／然后下来／走进这条大街／转眼不见了／也有有种的往下跳／在台阶上开一朵红花／那就真的成了英雄／当代英雄／／有关大雁塔／我们又能知道些什么／我们爬上去／看看四周的风景／然后再下来

与朦胧诗人杨炼同题材的《大雁塔》形成了强烈的反差。杨炼的《大雁塔》长达 219 行，具有某种史诗风范。在杨炼的笔下，大雁塔成了历史的见证，成为民族悲剧的记录者。韩东的《有关大雁塔》则运用精练的口语，将杨炼建立起来的历史深度和悲剧情怀稀释成"我们又能知道些什么"，把对英雄的崇拜、对历史的追忆消解为"我们爬上去／看看四周的风景／然后再下来"的一种见怪不怪的生活常态，将朦胧诗中抒情主体的满腔激情还原为生命的平实与散淡。韩东的这种看似平淡无奇的口语却值得我们玩味。他的语言实验将语态（语言的内在姿态）与主体的心态有机地熔为一炉，以语态来折射心态，改变了（朦胧诗）过去那种形式与内涵、主体与客体相分离的表达方式。

韩东的口语往往隐含着一种冷抒情的意味，将朦胧诗热烈奔放的情感抒发转化为平淡无奇的日常叙述。在我们看来，朦胧诗的崇高格调和激情抒怀的写作模式容易造成某种无谓的感伤与矫饰，这种易感的诗以"我"为中心，拼命装扮自己、虚化自我，最终导致"我的戏剧化"。韩东已敏锐地看到了这一点，而倡导以"口语化"来实现对朦胧诗的反拨，将深刻表现得不动声色，"两个男人／在灯下下棋／

一张大桌子/一人把持一方/一个头戴鸭舌帽/我很清楚他是谁/另一个手上着火/鼻孔冒烟/多么像中午时分的村庄/上空的鸟鸣也很嘹亮"（《下棋的男人》）。诗人除却铅华，像局外人一样观察下棋者，这种不动声色的冷处理，恰恰达到了诗与生存状态的同构，无情却有情，没有冲动反而最有冲动。

正是在韩东等诗人的努力下，80 年代诗坛酝酿着对朦胧诗的群体反叛。1986 年 10 月，《诗歌报》和《深圳青年报》联合举办"中国诗坛 1986 年现代群体大展"，标志着"新生代"诗歌正式完成了对朦胧诗的否定和超越，并取代朦胧诗成为 80 年代中后期诗坛的主潮。

（二）对峙"知识分子写作"，争取"民间话语"的突围

"新生代"诗歌在宣告朦胧诗"精英独白话语"的终结之后，却诗派众多、山头林立，呈现出"众语喧哗"的狂欢局面，整体上处于一种"悬浮"状态，表演大于实践，破坏大于建构。以致 20 世纪 80 年代后半期，诗坛出现了话语真空。新生代诗人在漫无目的的自我宣泄中，逐步走向了绝望、消沉甚至是放弃（海子的卧轨自杀就是最好的说明）。1989 年以后，诗坛出现了重新分化组合的趋势，京城学院派的"知识分子写作"和外省的"民间写作"逐渐浮出水面。以王家新、欧阳江河、西川、臧棣、陈东东等为代表的诗人，以"知识分子写作"为旗帜，借助西方思想大师的理论资源，在个人写作的立场上融入精英文化意识，用诗歌来重塑 90 年代的人文精神。他们拥有权威的批评阵地和天然的出版机构，在高等学府的庇护下用理性构筑着诗歌的象牙之塔。而以韩东、于坚为代表的民间诗人，大多是身处外省的自由写作者，他们在文学的边缘徘徊，关注的是来自"民间"的声音，以日常化的口语来铺叙凡人的二三事，他们的诗歌真切而率直。在诗坛的这种中心和边缘、首都和外省、学院与民间的对比中，韩东等人的民间立场明显处于弱势。

20 世纪 90 年代的诗坛，知识分子写作者与理论家（有的甚至同

操二业）呈现出了合流的趋势，他们把诗歌创作和相关的理论批评同时推出，编织成体系化的诗歌网络，并以"秩序和责任"来规范90年代诗坛，带有很强的话语权力意味。就此，韩东指出了90年代诗坛的"知识分子写作对当代诗歌的可能性而言，对艺术的创造和未来而言，其作用是反面的。具体体现在：以'知识分子写作'对抗'艺术创造'，以'系统阐释'替代'经验直觉'，以'文化前提'抑制'个体生命'，以'终极关怀'贬低'独立精神'，以'世界背景'取消'民间立场'"。[①] 从某种程度来说，"知识分子写作"又回复到了"朦胧诗"的精神立场上，强调思想文化和价值判断，讲究"秩序和责任"，与主流意识形态和道德主义有了缝合的趋势。在语言上，试图与西方知识体系接轨，追求一种贵族化、技术化的语言风格。程光炜在《不知所终的旅行——九十年代诗歌综论》一文中给出了"知识分子写作"与西方知识文化体系的对应关系。[②] 在这样的知识背景下，知识分子写作制造的就是大批向西方大师致敬的文本。相反，民间诗人的写作则是独立的、另类的、自由的、个人的，它面对的是生命本体，而不是存在的附生物（知识文化等）。韩东所主张的"诗与知识无关"，其意义就在于给诗歌一种独立的品质。

1998年，韩东参加了《1998年诗歌年鉴》（杨克主编）的编选工作。《1998年诗歌年鉴》推出了吕德安、于小韦、小海、沈浩波、侯马、朵渔等一系列民间诗人，是90年代民间诗作与读者的一次公开见面，引起了诗坛的强烈地震。韩东力倡"民间立场""民间写作"，扶持了一大批年轻的民间诗人，主持民间诗歌网站"橡皮网"，为民间诗人找到了一条发言的捷径，促成了90年代末诗歌"民间"流派的形成。实现了在诗坛"知识分子写作"层层包围状况下的诗歌话语的突围，拓展了"民间"诗歌放声的空间，形成了一种可以和"知识分子写作"相对峙的诗歌话语。

---

① 韩东：《附庸风雅的时代》，《北京文学》1999年第7期。
② 程光炜：《不知所终的旅行——九十年代诗歌综论》，《山花》1997年第11期。

鉴于 20 世纪 90 年代诗坛以至整个文坛的现状，韩东摆出了更加决绝的姿态，发起了所谓"断裂"行动。1998 年中期，他与朱文一起策划了"向全国七十位作家发放问卷的调查"，得出了文坛"断裂"的结论。他们以"弑父者"的姿态否定了文学与文学经典、文学大师及文坛权威杂志、批评的联系，声明"我们没有父亲"，并宣布"与文坛的现有秩序"断裂。韩东的断裂姿态很极端："断裂，不仅是时间延续上的，更重要的在于空间，我们必须从现有的文学秩序之上断开"，"无论是旧有的秩序或是建立的秩序，一旦它为了维护自身而在压抑和扭曲文学的理想就是我们所反对的"。[①] 这不仅是韩东的一种反叛姿态，还是韩东在试图坚持、追求自己最初的单纯的文学梦。

悬浮的背后：再造"父亲"？

纵观韩东 20 年来的诗歌行为，我们可以看到其行为的话语内涵就是：怀疑—否定—反叛。韩东所遵循的原则就是他的"诗人三个世俗角色之后"的定位和"诗是第一性"的诗学主张，任何逃逸于这两项原则之外的诗歌现象都是韩东所反对的。韩东依照自己的诗学理念，追求率性而为的诗歌，主张一种具有独立意识和自由创造精神的民间立场，反对任何装饰的、矫情的、知识的诗歌。但我们不得不指出的是：在韩东诗歌理论话语的背后却缺乏强有力的创作支撑，也没有针对诗坛的现状提出真正有建设性的诗学主张。因而在其决绝反叛的背后，是一种"无根"意识的悬浮和虚无情绪的流露。其精神流向可示为：

怀疑 ──→ 否定 ──→ 重建 ──│→ 再怀疑 ──→ 再否定 ──│→ 迷惘 ──→ 虚无

（第一次背叛）　　　　　　│　（第二次背叛）　　　　　│　（断裂）

───────────────

① 韩东：《备忘：有关"断裂"行为的问题回答》，《北京文学》1998 年第 10 期。

第一次背叛的是朦胧诗的"精英独白话语",替代它的是口语化的生命个体话语;当知识分子写作从"个人话语"体系中凸显出来,成为诗坛的"庞然大物"时,韩东又对这种话语进行了第二次背叛,以"民间话语"与之对抗。韩东始终是作为一个文学反叛者的姿态出现,反中心、反主流、反权威、反"庞然大物"。他一再地声称自己的反叛和断裂行为是对文学梦想与真理的某种不懈追求,是一种精神上的不妥协。"文学在我的理想中,或者说在我的想象中,就是追求真理","文学只有和真理相关的时候,才是不浮泛才是有意义的"。① 无论韩东的初衷如何,他的断裂行为实际上已经使他成为"弑父者"。从文化史的角度来看,断裂是与下面的词组联系在一起的:地平面的升高,新的可能性空间,解放快乐,创造的开始。② 从这个意义上讲,这种断裂正是韩东所企盼的,也是中国文学,特别是20世纪90年代所缺乏的。但韩东的"断裂"是从文学与外部事物(精神资源、理论批评、文学期刊、宗教等反面)的关系中来把握文学、以反秩序的方式从现有秩序中争得话语权。断裂后的韩东走向了"民间",在韩东看来,"民间是真正个人想得以存在和展开的场所","民间的任务不是传承、挖掘和在时间中的自然变异,而是艺术为本的自由创造"。③ 但韩东的民间始终处于模糊的未明状态,他的目的就是要让这种"未明状态"变成明晰的状态。这一切,使得韩东行为附带上了过多的战斗色彩和急切的功利意识。

可见,诗人韩东宣称与"现有文学秩序"断裂,力倡"民间"的背后,并不是走向"无父"的所谓的后现代文化、个体文化的时代,而是试图重建某种新的文学秩序,非法地产生了想当父亲("在野的父亲""民间的父亲")的愿望。韩东理想的文学秩序就是民刊《他们》所形成的交往方式:"《他们》实际上是一种完全不同的写作,这种写作体现了诗人的不同的交往方式以及一种新的文学秩序。"

---

① 张钧:《从"断裂"说起——韩东访谈录》,《芙蓉》1999年第3期。
② 参见王晓华《断裂的意义》,《芙蓉》1999年第2期。
③ 韩东:《论民间》,《芙蓉》2000年第1期。

"《他们》是一个乌托邦，一个文学梦，一个精神空间，一个活的东西，是一个开放的体系"，"是在作家独立的基础上建立起的某种秩序"。①

　　与韩东旗帜辉煌的诗歌宣言理论相比，他 20 世纪 90 年代的诗歌创作则相对疲软。如果韩东不改变这种现状，那么不管其反叛如何决绝，其文学理想只能是虚无缥缈的乌托邦；如果韩东私下里有着非法想当"父亲"的愿望，那么他的反叛所造成的就不是真正文化意义上的断裂，他所渴望的新的文学秩序就只能是传统意义上的一种轮回。韩东从自己的纯文学理念出发而反"政治—权力"话语，却不知不觉地陷入传统的"伦理—政治"中心话语的涡流中，过多地注意了话语权力上的争夺，而忽视了艺术本体上的探索。这种"悬浮"状态是造成韩东诗歌行为的言论初衷与其视听效果相背离的根本原因。

（原载《学术探索》2005 年第 5 期）

---

① 于坚、韩东等：《〈他们〉：梦想与现实》，《黄河》1999 年第 1 期。

民间话语：中国新诗批评的新维度

五四前后出现的中国新诗，自诞生之日起就表现出与中国古典诗歌传统迥异的艺术特征，十分强调西方现代诗学的启示性意义和导向性作用。因而，学术界一般将西方现代诗学作为影响中国新诗发生、发展的主线，继而作出中国新诗与中国古典诗歌传统断裂的判断。例如，"新诗，实际上就是中文写的外国诗"（梁实秋语），"新诗乃横的移植，而非纵的继承"（纪弦语），等等。通过对百年中国新诗的回顾性考察，我们发现，文化的逻辑和历史的在场并非如此。中国新诗的确渴望现代，却也时刻返观传统。闻一多当年"六载观摩傍九夷，吟成嗫舌总猜疑。唐贤读破三千纸，勒马回缰作旧诗"① 的心态，就很明显地说明了这一点。基于此，民间话语就进入我们的研究视野。

"民间"源于中国文化传统，却是与主流儒家文化传统相异质的"另一种传统"。从上古神话到明清小说，中国文学的民间线索和脉络十分清晰。但受传统文化"雅/俗"观念的影响，"民间"长期处于被忽略、被遮蔽甚至被贬抑的状态，为诗坛所不列、荐绅学士家所不道。民间的意义和价值得不到应有的注意和重视，其话语理论阐释

---

① 闻一多：《废旧诗六年矣，复理铅椠，纪以绝句》，《致梁实秋》（1925 年 4 月），见武汉大学闻一多研究室编《闻一多论新诗》，武汉大学出版社 1985 年版，第 251 页。

的空间也十分有限。五四以来，这种局面虽有所改观，但民间话语要么被弃置在民间文学或通俗文学之中，要么统摄于民族或民本的政治阐释之下，失却其独立的理论价值，更无法彰显其在中国诗歌的现代转型中的意义和作用。

置身20世纪中国杂语纷呈的历史文化语境，通过对中国新诗的现代性发生、发展和范式建构的系统考察与重新梳理，我们发现，民间话语在中国新诗现代性特质的形成和变异中扮演着十分重要的角色。

晚清以降，在民族救亡和思想启蒙双重变奏的历史语境下，民间及其话语系统再一次被激活，并在五四白话新诗的酝酿、鼓吹、经营和建构中，起到了重要的触发、渲染和调适作用。五四前后，文学革命的主导者胡适、鲁迅、周作人、刘半农等，在大力借鉴西方诗学话语的同时，还十分注意挖掘民间话语的潜力，寄希望于能从本土文化中寻得新诗建设的话语资源，并充分彰显其在反传统及现代性建构中的意义和作用。与五四新诗革命同步，他们还倡导并卓有成效地开展了"国语运动""歌谣征集""民俗研究"等一系列文艺实践。这些与民间话语相关的实践活动对中国新诗语言范式、审美理念和思想意蕴的初步确立，对五四新诗成功取代传统旧诗，建立自己全新的诗学范式起到了决定性作用。此后，民间话语，一方面着力推进新诗的本体建设，逐步提升其诗性、诗艺、诗美品格；另一方面又积极回应时代社会对新诗提出的新要求，创造性地借助民间之力为现代中国的政治革命和社会变革推波助澜。五四的"白话—自由"诗学、新月派的"新格律"诗学、左翼时期的"普罗—大众"诗学、抗战时期的"民族—国家"诗学、中华人民共和国成立后的主流政治诗学、新时期以来的大众文化诗学等，均从繁复驳杂的民间话语资源中获得了这样或那样的启示和借鉴。20世纪中国新诗的"平民化""歌谣化""大众化""民族化""本土化""政治化""世俗化"走向，几乎无一例外，都与中国新诗的民间话语密切相关。

据此，我们可以十分清晰地看到民间话语在中国新诗的现代性赋格中所起到的重要作用。但我们无须回避的是，民间，毕竟来自底层，源于传统，具有"大杂烩"和"藏污纳垢"的特点。其价值取向上的通俗性、本土性，在某种程度上，与中国新诗的现代性追求相背离。最典型的是，在"大跃进"新民歌运动中，将诗歌作为国家意识形态的传声筒，视"古典"＋"民歌"为中国新诗的唯一出路，结果产生了一大批"纯种的中华诗歌"（郑敏语）。历史，对我们今天仍不无启示。另外，民间诗歌的语言形式、审美意蕴、思想情趣等，都过于单一，缺少变化，难以充分地表现"现代人在现代生活中所感受到的现代情绪"（施蛰存语）。因而，民间话语之于中国新诗的意义和作用又是相当有限的。对此，我们必须辩证地予以分析。

今天，我们虽然与 20 世纪渐行渐远，但民间话语仍是当下诗坛的热门话题，也是亟待我们去正视的问题。

20 世纪七八十年代，"朦胧诗"正是借助潜在的民间写作成功实现对主流政治话语的"破冰"，用"新的美学原则"宣告中国诗歌一个全新时代的到来。在《今天》及北岛等的影响和启示之下，中国诗坛涌现出了一大批标榜精神独立和自由创造的民间诗人与民间诗歌刊物，并在"1986 现代诗群体大展"中集体亮相。韩东、于坚、《他们》、《非非》、《莽汉》等是其代表。这批来自民间的"新生代"诗人和诗刊，强调回到诗歌、回到语言、回到日常生活、回到生命个体。90 年代，韩东等则更进一步，提出当代诗歌的"民间写作"。他们将"民间"等同于"先锋"，认为"民间"真实饱满，富有生命力，是当代诗歌的重要传统和活力所在。正是在这种民间话语传统的作用之下，当代诗歌才真正走出了意识形态的桎梏，拉近了与日常生活、生命个体的距离。从此，诗歌才变得真切，有了实感，也有了美感。从这一点来看，民间话语之于当代诗歌其意义是重大的。然而，当日常生活的审美取代当代诗歌的宏大叙事之后，"民间写作"却与学院派的"知识分子写作"在争夺90 年代诗歌话语权上发生了龃龉。"民间写作"用个体生命的"语感"、审美的"日常生活"等理念，来否定"知识分子写作"的"思想""理性""知识"和"文化"，并直接导致了 20 世纪末那场旷日持久的"盘峰论争"。漫天的"唾沫"和无尽的"口水",既淹没了执拗的诗人,更伤害了无辜的诗歌。

21 世纪,中国新诗进入一个全新的网络信息化时代。网络不仅为诗人的自由创作提供了无限广阔的天地,同时也为当代诗歌的传播接受搭建了一个无缝的平台。十多年来,网络诗坛制造了一个又一个民间诗歌"神话":"下半身写作""梨花体""垃圾派""废话诗""羊羔体""乌青体"……你未唱罢,我就登台。更有甚者,将诗歌与恶俗的网络红人"凤姐"挂起钩来,策划并推出了所谓凤姐创作的诗歌,让她"从天空开始思考"。凡此种种,不一而足。

其实,想想也不难理解。在今天这样一个"娱乐至死"的消费文化时代,一切都可能成为资本市场包装策划的对象。过去位居云端、后来身处边缘的诗歌,如今也难以幸免。为了吸引大众的眼球、赢得群氓的点击、博得传媒的关注,最大限度地获得市场和资本的认可,一直视独立、自由、创造为其生命的民间话语,现在立场也变得含混不清。当海子的那句曾被视为当代诗歌高度的"面朝大海,春暖花开",成为随处可见的房地产广告用语时;当"语不雷人死不休"的凤姐,抛出这么一句"我不曾听着你的歌/不曾看见你的锋芒/我知道你的坟头面朝南方/我知道你的坟在乱葬岗上"(《致海子》),突然向海子致敬时,我们都会停下来想一想,这到底是怎么啦?任何东西,哪怕是所谓的"真理",当它一旦沦为一种市场策略或理论噱头时,其虚妄的一面也就很快会彰显出来。网络诗歌事件是如此,民间话语亦是如此。

回首这过去的一百年,民间话语几乎全程陪伴了中国新诗的发生、发展和演变,近距离地见证了中国新诗的昨日与今天,肯定还会影响中国新诗的将来。民间话语作为中国新诗研究的一个重要参照维度,我们既要充分注意民间话语之于中国新诗的意义和作用,也要正确看待民间话语所带来的问题和不足。特别是当下,在现代传媒和学术批评的双重鼓噪之下,民间话语俨然已成为一种颠扑不破的文化真理和学术神话时，就更需要我们保持警惕，对其予以正视。我们既要为民间招魂，还得为民间祛魅。我们只有潜入具体的历史文化语境，认真地去考察、辨析，理性地去审视、反思，才能在此基础上形成我们自己正确的认识和独立的判断。

（原载《光明日报》2013 年 4 月 30 日，略有改动）

现代中国文学"民间"话语的
考量与反思

一 作为话语的"民间"

"话语",最初只是一个纯粹的语言学术语,指的是一个能完全独立存在的语言单位。20 世纪以来,随着哲学研究的"语言学转向",特别是在巴赫金、福柯、费尔克拉夫等学者的作用下,"话语"进入一个更为广阔的意识形态和文化批评领域,成为一个功能强大而意义无限丰富的术语。① 在现代中国,本文所述的"民间"就是这样一个十分典型的话语关键词。

传统中国,"民间"一直只是一个普通、静态的社会学和民俗学概念,它主要指向乡土:一个原始自足、相对稳定的社会存在,既素朴自然、清新活泼,也鱼龙混杂、藏污纳垢。受传统雅/俗文化观念的影响,民间与上流社会、文人传统相对,一直处于被忽略、被贬抑、被遮蔽的状态,为"荐绅学士家所不道",而"难登大雅之堂"。人们在使用"民间"这个概念时,其意涵基本呈现为负面的,理论阐释的空间也十分有限。

---

① 参见刘继林《"话语":作为一种批评理论或社会实践——话语概念的知识学考察》,《烟台大学学报》2011 年第 3 期。

"民间"理论意义和社会意义的现代发现，则源于中国近、现代社会启蒙和反传统的需要。晚清至五四，异质于主流文化传统的民间及其话语系统，被充分发掘出来，为中国文学的现代转型提供了除西方话语之外的另一种重要资源。五四文学革命的爆发、北大歌谣运动的开展、鲁迅的《中国小说史略》、周作人的《中国新文学的源流》、胡适的《白话文学史》、郑振铎的《中国俗文学史》直至中华人民共和国成立后的民间文学研究等，都从本土的角度充分注意到新文学的民间话语资源。但20世纪90年代以前，学界对"民间"问题的探讨和言说大多都限于古代文学和民间文学的领域，很少涉及五四以来的新文学。

20世纪90年代初，陈思和在探讨"重写文学史"和进行现代知识分子精神研究时，创造性提出了知识分子的"民间立场"和"民间价值取向"等概念，并将之应用到抗战以来的中国文学研究中，提供了一条除主流政治话语、思想启蒙话语之外的新文学史研究思路。① 此后，在陈思和及相关学者不断的阐释与推演中，民间的意义涵蕴及学理价值得到不断拓展，成为当代文学研究炙手可热的批评术语之一。新世纪以来，民间话语更是进入社会公共生活的各个层面，几乎任何对象都能与民间交叉匹配，构成所谓的民间话语言说，诸如"民间文化""民间记忆""民间写作""民间影像""民间情怀""民间立场""民间形态"等。更有意思的是，在当下中国，任何话题只要与民间一挂钩，仿佛就能成为"热点""焦点"，而引起传媒和大众的注意。诗坛扰攘吵闹的民间写作热，《百家讲坛》栏目的民间国学热，全国上上下下热衷的民间非物质文化遗产热，各类民间"寻宝""鉴宝"活动，报刊媒体热衷的"民间影像""民间记忆"活动等。在现代传媒与学术批评的双重演绎和鼓噪下，"民间"，俨然已成为

---

① 陈思和文学史研究的"民间"理念形成于20世纪90年代中期，观点主要集中在《民间的沉浮——对抗战到文革文学的一个尝试性解释》（《上海文学》1994年第1期）、《民间的还原——文革后文学史某种走向的解释》（《文艺争鸣》1994年第1期）、《民间和现代都市文化——兼论张爱玲现象》（《上海文学》1995年第10期）等论文中。

一种颠扑不破的文化"真理"和学术"神话",以致严重影响了人们的视听,干扰了我们的判断。

这就需要我们结合具体的历史文化语境重新予以梳理和考察,但更需要我们用理性的头脑加以甄别和辨析。我们既要为"民间"祛魅,同时又要为"民间"招魂。

二 民间话语:解读现代中国
文学的有效视角

根据美国人类学家罗伯特·雷德菲尔德(Robert Redfield)的观点,文化有大、小传统之分,来自都市的、精英的、上层的文化为"大传统",而来自乡村的、大众的、民间的文化则为"小传统"。依此,中国文化也有着鲜明的大、小传统分野。① "民间"与"乡土中国"紧密相连,主要表现为民众的、底层的、通俗的文化特性,是典型的文化"小传统"。在传统中国,这个民间"小传统"长期受到"大传统"的压抑而处于社会文化的边缘。

晚清以降,在"民族救亡"和"思想启蒙"双重变奏的文化语境下,民间及其话语系统被充分激活。中国,作为一个后发的现代性国家,在走向现代化的过程中,始终伴随着中与西、传统与现代、本土化与全球化的冲突和错位。回到历史的语境中,我们通过认真的考察和梳理后发现:民间话语在现代中国社会急遽的社会转型和文化嬗变中,在现代中国文学的现代性追求中,扮演了十分重要的角色。因而,民间话语就成为解读现代中国文学的一个有效突破口。

(一) 民间话语是新文学建构的重要资源

晚清至五四,是中国社会从传统到现代的重大转折点。20世纪

---

① 参见余英时《中国文化的大传统与小传统》,《士与中国文化》,上海人民出版社1987年版,第129—130页。

初，清朝的封建专制统治日渐式微，来自社会下层的启蒙运动蓬勃兴起，一场"眼光向下的革命"在社会文化界全面铺开。尤其在五四前后激进的新文化运动和文学革命语境下，民间话语的意义和价值被重新发掘出来，并被逐步赋予现代的意义内涵。

陈独秀、胡适、刘半农、周作人等五四新文化运动的主将，为了推倒、颠覆中国文学的古典传统、文人传统，建立一种新的文学秩序与话语体系，十分重视来自本土的民间话语资源，强调"文学革命自当从'民间文学'入手"①，"一切新文学的来源都在民间"②，并将民间的语言形式——"白话"和民间的话语主体——"平民"，作为五四新文学建构的重要内容。胡适主张用民间鲜活的口语作诗，"有什么话，说什么话，想怎么写，就怎么写"，营造一种近于说话的文学。北大的征集近世歌谣运动，亦旨在从歌谣等民间文学样式中获取建构新文学的资源。作为首倡者的刘半农还率先实践，用自己家乡江阴的方言，依最普通的"四句头山歌"的声调，创作了"民歌体"的新诗集《瓦釜集》，还用北京口语、方言创作了《面包与盐》《拟拟曲》（一、二）等。他们相信"根据在这些歌谣之上，根据在人民的真感情之上，一种新的'民族的诗'也许能产生出来"。③ 五四前后的诸多新文学作家，胡适、刘半农、周作人、鲁迅、俞平伯、闻一多、朱自清、郑振铎、朱湘、徐志摩、戴望舒、沈从文等，都曾利用过民间文艺形式进行新文学创作。他们将民间异质于旧文学传统的元素，诸如性情的"真实自然"、风格的"清新刚健"、形式的"自由无拘"等，充分融注到新文学创作中，不仅"替中国文学扩大范围，

---

① 1934 年，胡适在《逼上梁山》一文中，谈及自己五四文学革命为何选择以白话诗为突破口时，说是受梅光迪的影响和启发。参见姜义华主编《胡适学术文集·新文学运动》，中华书局 1993 年版，第 201 页。

② 这是胡适《白话文学史》所秉持的核心观点，既是对中国文学史规律的总结，同时更是胡适从学术的角度对新文学所作的合法性论证。参见姜义华主编《胡适学术文集·中国文学史（上）》，中华书局 1998 年版，第 155 页。

③ 《歌谣·发刊词》，《歌谣（周刊）》1922 年 12 月 17 日第 1 卷第 1 号。

增添范本"①，还有效地调适并弥合了新、旧文学之间的裂隙，在"新"与"旧"、"现代"与"传统"之间搭起了一座桥梁，使新文学在一个相对较短的时期内成功取代了旧文学，并建构起属于自己全新的话语体系，从而宣告了中国文学新时代的到来。

新文学在挖掘和彰显民间话语积极性意义与现代性价值的同时，也充分注意到民间话语的"藏污纳垢"性。民间，作为"文化的遗留"（英国人类学家泰勒语），它毕竟来自传统，在某种意义上，我们可以说，民间是传统最忠诚的守候者、最顽固的见证，甚至可以说是"一个庞大的历史文化垃圾场，一个杂乱堆放废物的收购站"②。从文化本质上讲，民间的基本精神内核是与现代性思维相矛盾、冲突的。因而，透过"民间"，我们可以更深切地感受到新文学作家在面对民间文化传统时的两难处境，以及徘徊在传统与现代之间时所彰显的生命张力。新文学正是在这种矛盾和悖论中，探寻前进坐标和确立发展方向的。

鲁迅是新文学作家中最早关注民间话语的作家之一。③ 由于深受浙东民间文化的影响，鲁迅对"民间"有着一份特殊的感情。他作品中的"女娲"和《山海经》、"百草园"和"三味书屋"、"社戏"和"乌篷船"、"咸亨酒店"和"祝福"等，都是典型的民间元素。五四之初，鲁迅就开始了对"民间"的悖论式书写。在鲁迅的笔下，民间化的乡土中国，既有着让人难以忘怀的美好记忆："深蓝的天空中挂着一轮金黄的圆月，下面是海边的沙地，都种着一望无际的碧绿的西瓜，其间有一个十一二岁的少年，项带银圈，手捏一柄钢叉，向一匹猹尽力的刺去……"（《故乡》），又充斥着无比压抑的悲剧氛围：

---

① 胡适：《歌谣·复刊词》，《歌谣周刊》1936 年 4 月 4 日第 2 卷第 1 期。
② 李新宇：《"民间"：新的话题及其误区》，《走过荒原：1990 年代中国文坛观察笔记》，广西师范大学出版社 2003 年，第 168—169 页。
③ 鲁迅早在 1913 年 2 月的《教育部编纂处月刊》中就发表了《拟播布美术意见书》一文，提出"当立国民文术研究会，以理各地歌谣，俚谚，传说，童话等，详其意谊，辨其特性，又发挥而光大之，并辅翼教育"。参见《鲁迅全集》第 8 卷，人民文学出版社 2005 年版，第 54 页。

"在蒙胧中，又隐约听到远处的爆竹声联绵不断，似乎合成一天音响的浓云，夹着团团飞舞的雪花，拥抱了全市镇……"（《祝福》）当鲁迅用现代意识来打量现实的乡土民间时，记忆中儿时的清新刚健、自由自在，顿时消逝殆尽，更多呈现的是凄清、冷漠和残酷，以及于无形之中"吃人"的本质。

五四后的新文学，大多接受了鲁迅基于国民性批判和改造的一面，强调从思想启蒙的角度揭示乡土中国的黯淡、愚昧和颓败。新文学作家笔下的"冲喜""拜堂""冥婚""典妻""水葬"等场景，虽具有较高的民俗学价值，却完全违背了以"文明""自由""人性"为核心的现代价值取向。正因为如此，"民间"在很多现代作家的笔下，也就成了罪恶的渊薮，需要现代理性精神的烛照。

（二）民间话语是文艺大众化实践的有效路径

民间，就其字面意义而言，可以理解为起于"平民"而终于"乡间"。就中国来说，民间的空间场域主要指向广大农村社会和城市底层，民间的主体构成则主要指向劳苦大众。

五四时期，受"劳工神圣"和民粹主义思想的影响，李大钊率先提出了"把知识阶级与劳工阶级打成一气"和"速向农村去"的口号①，开启了现代中国知识分子的"到民间去"运动。此后，以邓中夏、罗家伦等为核心的"北京大学平民教育讲演团"，以顾颉刚为代表的"风俗调查会"，先后深入北京的大街小巷、广场、庙会、工厂乃至郊区的农村，以露天演讲、田野调查等形式，对乡村民众进行宣传和研究，将李大钊的号召化为实际行动。他们寄希望于通过讲演、调查等实践，将相对高深的现代思想转换为更为通俗易懂的民间话语，传递到更为广阔的现实民间社会中去。20世纪中国的"文艺大众化"运动，由此滥觞。

20世纪20年代初，随着"到民间去"运动的深入，一些社会有

---

① 参见李大钊《青年与农村》，《北京晨报》1919年2月20—23日。

识之士也提出知识分子须"向乡间民众讲演","跃入乡间社会的大圈里去，去观察乡间的实况"。[①] 早期中国共产党人邓中夏、沈泽民等在与民众结合的过程中，为民众日渐高涨的社会革命热情所感染，十分重视和强调文艺对于中国社会改造的重要作用。其中，秋士认为作家就应"象托尔斯泰一样，到民间去"，去表现劳动大众"难堪的人生"，将人民的"苦况"给描写出来，做对社会改造事业有助力的文学家。[②] 即使象牙之塔中的诗人，亦不能不正视这一点。现代中国第一份诗歌杂志《诗》月刊，就明确地提出，诗人"不能单靠玄想"而"应注意生活"，"须向民间"。[③] 当时众多诗人的创作，刘半农的《瓦釜集》，刘大白的《卖布谣之群》《新禽言之群》，沈玄庐的长诗《十五娘》，等等，均为典型的"民间"之新诗：大量采用民间口语、歌谣或乐府的形式，反映的是底层民众凄苦悲惨的生活。刘半农在谈及自己的创作动机时，所说的"尽我的力，把数千年来受尽侮辱与蔑视，打在地狱底里面没有呻吟的机会的瓦釜的声音，表现出一部分来"。[④] 可以说是一代诗人的共同追求。不仅诗人如此，文艺界如此，当时整个的知识界也在这一点上达成了共识。他们认为，知识分子只有"下到乡间去，与乡间人接近而浑融"，"使乡间人磨砺变化革命知识分子，使革命知识分子转移变化乡间人"，中国问题才有解决的希望。[⑤]

20世纪20年代中后期，随着中国社会革命和阶级斗争的形势急遽发展，中国知识分子逐步意识到：民间，不仅是一种潜在的可供探究和挖掘的社会文化资源，同时更是中国社会革命可资利用的重要力量。1927年，毛泽东在《湖南农民运动考察报告》中所提出的"没

---

① 甘蛰仙：《到民间去》，《晨报副镌》1922年7月25日。
② 秋士：《告研究文学的青年》，《中国青年》1923年11月17日第5期。
③ 云菱：《小评坛·（一）去向民间》，《诗》1922年3月15日第1卷第3号。
④ 刘半农：《瓦釜集·代自叙》，见赵景深、杨扬辑注《半农诗歌集评》，书目文献出版社1984年版，第113页。
⑤ 梁漱溟：《中国问题之解决》，《梁漱溟全集》第5卷，山东人民出版社1992年版，第218页。

有贫农，便没有革命"的著名论断，更是推动了中国现代民间话语的"革命化""大众化"转向，民间话语的阶级性意义和政治化色彩也在不断增强。"民间"不可避免地与"阶级""革命""大众"等政治性话语捆绑在了一起。在此前后，刚刚兴起的普罗文艺也明确了文艺的阶级化、大众（民间）化取向："我们要努力获得阶级意识，我们要使我们的媒质接近农工大众的用语，我们要以农工大众为我们的对象。"① 从而，宣告了现代中国文学从"文学革命"到"革命文学"的转型。

20世纪30年代初，"左联"在"革命文学"论争的基础上，将"文艺大众化"作为基本的工作路线，倡导比五四"白话文学"更迸一步的"大众语文学"。1933年2月，"左联"旗下的中国诗歌会在新创刊的《新诗歌》上，更是旗帜鲜明地将诗歌的"大众化""民间化"作为办刊宗旨和行动方向："……我们要用俗言俚语，／把这种矛盾写成民谣小调鼓词儿歌，／我们要使我们的诗歌成为大众歌调，／我们自己也成为大众中的一个。"这样一首《发刊诗》，其实已经将民间话语在文学创作中的应用视为"文艺大众化"的最有效途径。就这样，文艺大众化运动就借"民间"之力和"政治"之势而轰轰烈烈地展开了，并在抗战之初、20世纪40年代的延安、20世纪50年代的"大跃进"时期先后几次达到高潮。

这样一来，五四时期具有普泛意义的民间话语，在20世纪中国急遽的社会嬗变中，就衍变成具有浓厚政治色彩的"大众"话语、"工农兵"话语和"人民"话语，进而成为推动现代中国社会文化进程的重要力量。具体就文学而言，20世纪中国文学的民间话语就从五四时期的"平民文学""乡土文学"过渡到20世纪30年代的"革命文学""大众文学"，再推进到延安及中华人民共和国成立后的"工农兵文学""人民大众文学"。民间话语的言说主体也发生了巨大而深刻的变化：从思想革命意义的普通"国民""人"，进化为阶级

---

① 成仿吾：《从文学革命到革命文学》，《创造月刊》1928年2月1日第1卷第9期。

革命意义的"群体"和"大众",再进而成为政治意义的"工农兵""人民"。"民间"及其话语,从一个思想文化意义的审视和批判对象,而最终成为政治革命意义的表现和依托的对象。

(三)民间话语是现代民族国家想象的核心语码

传统中国,作为一个"共同体",主要是以"家国天下"的文化形态呈现出来的,并不具备现代意义的"民族—国家"含义。① 鸦片战争特别是戊戌变法之后,随着民族危机的加剧,以梁启超为代表的维新派和孙中山为代表的革命派,在现代意义的民族国家想象上殊途而同归,都依托文学、借用民间话语来表达各自的政治诉求。

梁启超认为要挽救中国的危亡,在世界民族之林占一席之地,前提是中国必须建设现代的民族国家,并创造性地将过去具体而卑微的国民形象与现代抽象而宏大的民族国家想象建立起某种同构性的关联:"欲实行民族主义于中国,舍新民末由","苟有新民,何患无新政府?无新制度?无新国家?"(《新民说》)。无怪乎梁启超有如此之喟叹:"呜呼!不有民,何有国?不有国,何有民?民与国,一而二,二而一者也。"(《爱国论》)要拯救民族危亡、建立现代意义的民族国家,就必须培育现代意义的"民",即新型的"国民"。如何培育?梁启超、黄遵宪、蒋观云等维新派知识分子十分重视文学的作用,先后倡导了近代的"诗界革命""文界革命"和"小说界革命",强调了来自意识形态下层的、民间的、日常的、琐碎的"人心""风俗""习惯"等在"国民"性培育中的作用,并将之与宏伟的、壮阔的、艰巨的现代"民族—国家"想象与建构联系起来:"凡一国之能立于世界,必有其国民独具之特质。上自道德、法律,下至风俗、习惯、文学、美术,皆有一种独立之精神。"(《新民说》)

而稍晚的革命派,则从本土资源和底层启蒙的角度来构建新的民

---

① 参见李扬《文学史写作中的现代性问题》,山西教育出版社 2006 年版,第 107—119 页。

族国家形象。其中,"三民主义"是其民族国家建构的纲领,"种族革命"和"民间启蒙"是其建构的有效途径。在 20 世纪初的革命宣传中,章太炎以口语歌谣写成《逐满歌》,秋瑾以俗语撰写《精卫石》,陈天华用弹词创作了《猛回头》。这些革命文艺读物,一方面,借助了民间话语的通俗易懂特性,在社会下层起到了很好的宣传动员作用,给晚清统治者造成了极大的恐慌;另一方面,又利用了民间话语的口耳相传性,放大、凸显乃至臆造了满汉民族的冲突,重新构筑起以汉民族为中心的现代国家图景。

此后,五四新文化运动的民众启蒙思想、左翼无产阶级革命的文艺大众化路线等,都在某个层面或某种程度上丰富乃至强化了民间话语与现代民族国家想象的关联。中国诗歌会代表诗人穆木天,20 世纪 30 年代创作的《我们的诗》就充分表达了这一点:"一切形式的束缚,退去吧!/我们的诗,要是浪漫的,自由的!/要是民族的乐府,大众的歌谣;/奔放的民族热情,自由的民族史诗","我们的诗,要颜色浓厚,/是庞大的民族生活的图画,/我们的诗,要声音宏壮,/是民族的憎恨和民族的欢喜"。在诗中,穆木天强调诗人要"用俗言俚语"来"歌颂这伟大的世纪",要抛弃"形式主义的空虚"以唤起"火热的民族的意志"。

1937 年,抗日战争的全面爆发,又一次将中国拉到了民族危机的边缘。"民族—国家"话语又一次成为压倒一切的中心。在战争制约下,中国的政治地域与文学版图虽出现了分割,但国共双方在民族化思潮的影响下都强调了文艺大众化、本土化建设的重要性,大多数现代作家都开始积极地思考、探索如何"由民族的本色中创造出民族自己的文艺"① 这一时代主题。在国统区,西南的"战国策"派,从战争文化和历史形态的考察与阐释入手,提出了战时民族文化的再造,并倡导了战时的"民族文学运动",试图构建一种与国民党政治文化统治相适应的新的民族国家文学模式,但陈铨等人的文学创作并

① 老舍:《文章下乡,文章入伍》,《中苏文化月刊》1941 年 7 月 25 日第 9 卷第 1 期。

未能显示出"民族文学运动"的实绩。西北延安的现代民族国家想象，则不同于"战国策"派借镜遥远的"战国文化"和陌生的"德意志哲学"，而是在"左联"和抗战初期"文艺大众化"的基础上，通过文艺"民族形式"问题的讨论而展开。

"民族形式"作为一个术语，是毛泽东首先提出来的。1938 年，毛泽东在讨论马克思主义中国化问题时，提出"洋八股必须废止"，"而代之以新鲜活泼的、为中国老百姓所喜闻乐见的中国作风和中国气派"。[①] 1940 年，在《新民主主义论》中，毛泽东又进一步指出："中国文化应有自己的形式，这就是民族形式。民族形式，新民主主义的内容——这就是我们今天的新文化。"[②] 毛泽东所提出的"民族形式"问题，引发了文艺界长达数年的讨论。在 1942 年的延安文艺座谈会上，毛泽东又从政治和意识形态的高度明确了延安文学的政治性取向和工农兵方向，并正式确立了民间话语在新的民族国家话语建构中的核心位置。20 世纪 40 年代以来，延安及解放区文学几乎所有的重要作品，如《小二黑结婚》《王贵与李香香》《漳河水》《白毛女》《暴风骤雨》等，可以说都是以民间话语为核心构筑起来的关于民族国家叙述的文学典范。

三　民间话语：复杂性与有限性

通过以上的梳理和考察，我们发现：民间话语在现代中国文学实践中意义和地位十分特殊，并与现代中国文学发展史上的许多重大的、复杂的问题（如思想启蒙、大众革命、民族国家等）均紧密关联。今天，在复杂的现代中国文学语境中，我们要审视和考察民间话语就必须认识到：

---

① 毛泽东：《中国共产党在民族战争中的地位》，《毛泽东选集》第 2 卷，人民出版社 1991 年版，第 534 页。
② 毛泽东：《新民主主义论》，《毛泽东选集》第 2 卷，人民出版社 1991 年版，第 707 页。

首先，民间话语的复杂性。

民间，源于本土，是中国传统文化的重要组成部分。但在近、现代中国的转型与变迁中，民间又充分借鉴和融合了西方民俗学、民间文艺学的一些理念价值。因而，在使用中，民间话语就逐渐成为一个内涵十分模糊而又相当开放、所指不够明确而能指无限丰富的概念。按照英国文化理论学者雷蒙·威廉斯的观点，我们要考察像"民间"话语这样的概念，就应回到历史文化语境中，对其"风貌"和"意涵"进行考察、质询、探讨与呈现，既要看到过去与现在的关联，也要看到其变异、断裂乃至冲突，等等。①

在现代中国的不同时期、不同层面，文学实践出于各自不同的话语言说需要，都或多或少地从"民间"借鉴各自所需要的话语资源，形成了各自不同的民间话语言说。在五四新文学的生成与建构中，民间话语的言说主要侧重于民间话语的反传统意识和思想启蒙精神，强调的是民间在审美情趣、语言体式、思想内容等方面给予新文学的意义；在现代中国的"文艺大众化"实践中，民间话语的言说则主要侧重于民间话语的社会革命指向，强调的是民间在现代中国文学社会化、革命化、大众化走向中的重要作用；在现代中国的"民族—国家"想象和建构中，民间话语言说侧重于民间话语的政治意识形态功能，强调的是民间在现代中国文学的意识形态诉求和政治文化规训中的意义。此外，不同的民间话语论者，对民间话语的借用和表现也不一样。刘半农是从文学的角度来发掘民间的审美意蕴，看重的是民间性情的真实自然、民间语言的清新活泼、民间形式的自由活泼等。正因为如此，刘半农对民间是积极拥抱的。而鲁迅则不一样，他是通过民间话语来挖掘其背后潜隐的思想文化意蕴，考察的是乡土中国的现状以及中国的国民性问题。他对民间的情感是复杂的，既"哀其不幸"，更"怒其不争"。而李大钊、毛泽东等则主要是从社会革命运

---

① 参见［英］雷蒙·威廉斯《关键词：文化与社会的词汇·导言》，生活·读书·新知三联书店 2005 年版。

ÂÂÂÂ

ÂÂÂÂ

ÂÂÂÂ

ÂÂÂÂ

ÂÂÂÂ

ÂÂÂÂ

ÂÂÂÂ

ÂÂÂÂÂ

ÂÂ

ÂÂ

动和政治意识形态的角度，看重的是民间作为社会阶层的一个重要层面，在社会政治革命运动所具有的巨大潜力，以及所产生的革命性效果，等等。他们对民间则主要是借用性、功能性的。如此种种，不一而足。

这些不同时期、不同层面的民间话语言说，都不同程度地存在放大、凸显和遮蔽的成分。随着中国社会历史文化语境的迁移和变化，民间话语呈现出更为繁复和多样的状态，这就给我们今天的民间话语分析带来了前所未有的难度。因此，我们不能用静态的观点来看待民间话语，也不能只注重民间话语的某一个层面，我们只能具体问题具体分析。

其次，民间话语的有限性。

"民间"毕竟来自"传统"，有许多封建文化的糟粕和落后因素混杂在里面，具有"藏污纳垢"性和"大杂烩"的特点。在某种程度上，我们可以说民间话语与中国文学的"现代性"追求是相背离的。甚至有论者曾一针见血地指出，"走向民间"即"意味着走向传统和丧失现代性"。[①] 因而，我们不能为"大众"而"民间"，"若文艺设法俯就，就很容易流为迎合大众，媚悦大众。迎合和媚悦，是不会于大众有益的"。[②] 另外，我们还不得不承认的是，民间的语言形式、技巧手段、审美意趣等都过于单一，也缺少变化。因此，民间话语之于现代中国文学的作用是十分有限的。对此，朱自清、何其芳等都有过较多的思考。他们在谈及民间话语与新诗的关系时，都曾认为民间形式的表现力和影响力有限，都曾主张中国新诗有保留地借鉴和运用民间形式，而应更多地与世界接轨，走现代化的道路。正因为如此，我们也就不难理解，胡适当年谈及新文学时所发出的"提倡有

---

① 李新宇：《泥沼前的误导》，《文艺争鸣》1999 年第 3 期。
② 鲁迅：《文艺的大众化》，《鲁迅全集》第 7 卷，人民文学出版社 2005 年版，第 367 页。

心"而"创作无力"的感叹。① 的确如此，现代中国文学虽从本土文化建设的角度充分论证了民间话语的有效性和必要性，也曾经积极推动过文艺的"大众化""民族化"实践，在"歌谣化""平民化""大众化""民间化"等方面做过可贵的尝试和探索，但从整体上看，所取得的成绩其实并不大，值得我们认真思考的问题倒不少。

总之，今天，我们在考察和分析 20 世纪中国文学时，既要注意民间话语的积极性因素，分析其意义和价值；同时也应该充分注意民间话语的限度，看到其问题和弊端。任何对民间话语的过分拔高和过分贬抑，都不是我们学术研究应有的态度。

（原载《中国现代文学研究丛刊》2013 年第 6 期）

---

① 参见胡适《中国文艺复兴运动》，姜义华主编《胡适学术文集·新文学运动》，中华书局 1993 年版，第 295 页。

20 世纪上半叶中国民间话语现代意义的生成与衍变

"民间"，顾名思义，乃"民之间"，其意义一般与"乡土中国"紧密相连，是一个土生土长的汉语词汇，一个纯正的中国概念。作为一个独立的词汇，"民间"最早出现在《墨子》一书："子墨子言曰：执有命者以杂于民间者众。执有命者之言曰：命富则富，命贫则贫，命众则众，命寡则寡，命治则治，命乱则乱，命寿则寿，命夭则夭。命虽强劲，何益哉？上以说王公大人，废大人之听治，下以说天下百姓，阻百姓之从事。故执有命者不仁，故当执有命者之言，不可不明辨。"（《非命上》）很显然，这里的"民间"指向十分明确，即与王公大人相对的平民百姓阶层。此后，"民间"在中国古代社会开始广泛被使用，如"齐桓公微服以巡民间"（《韩非子·外储说右下》），"汉宫行庙略，簪笏落民间"（唐·黄韬《寄献梓山侯侍御时常拾遗谏诤》），"宣德间，宫中尚促织之戏，岁征民间"（清·蒲松龄《聊斋志异·促织》）。两千多年来，"民间"的意义基本保持不变，主要指向中国社会一个相对稳定封闭的底层群落、一个原始自足的社会存在。但受传统庙堂意识和雅俗观念的影响，"民间"话语大多处于被忽略、被贬抑、被遮蔽的边缘状态。虽然，历朝历代的统治者都十分重视来自底层社会的"民间"声音，但大多是"观风俗，知得失"，"观风俗，知厚薄"（《汉书·艺文志》），通过一定的

"民间"姿态来达到"以驭其民"(《周礼·天官·大宰》)、巩固自身统治的目的。梳理历史，我们可以发现，在古代中国社会，"民间"话语言说的背后，其实隐藏了许多隐而不显的"权力"。这种格局到了晚清以后，特别是 20 世纪上半叶，随着中国封建专制制度的迅速解体、现代启蒙思想和新文化运动的逐步推进而出现较大变化，民间话语开始受到前所未有的重视，并呈现出与过去完全不同的现代性意义。

一　民间话语的激活及其现代性意义的生成

19 世纪末，随着西方的军事入侵与资本殖民程度的进一步加深，中国沿袭了两千多年的封建专制制度开始解体，千疮百孔的清朝中央政府对于地方的控制力也越来越弱，地方实力派、民间团体的社会影响力越来越大。作为社会文化精英的士人阶层，在西学东渐、"开眼看世界"的语境下，视野和眼光得到了极大的拓展，思想和意识也发生了深刻的变化。尤其是 1905 年科举制度废除之后，士人阶层不得不彻底抛弃过去依附于朝廷的思想余留，远离庙堂而栖身于民间，成为一个相对独立的社会文化群体，身居"江湖"并为"民间"代言。而当时西方文艺复兴以来的科学主义、人文主义思想被大量译介，外来的西方文化和本土日渐式微的传统文化发生了激烈的冲突与碰撞。这"众声喧哗"的社会文化语境，为中国近现代思想启蒙运动的拓展和民间话语现代性意义的生成提供了条件。①

晚清末年的这场思想启蒙运动，以现代意义"民族—国家"想象为背景，以梁启超的"新民说"为核心。此前，"中国"的"国"作为一个"统一体"，是"家国天下"，主要是以"文化中国"的形态呈现出来的，即儒家所倡导的"修身—齐家—治国—平天下"，与现

①　参见李孝悌《清末的下层社会启蒙运动（1901—1911）》，河北教育出版社 2001 年版，第 238—239 页。

代意义上的"民族—国家"概念完全不同。① 在传统中国社会，作为个体的"个人"和作为群体的"民众"，都缺乏一种现代意义的"国家"认同感，以致"民不知有国，国不知有民"。在西方现代"国家"学说及民主理念的启示下，以王韬、严复、梁启超为代表的近代知识分子重新梳理了"国"与"民"的关系，激活了中国传统以"民本"为核心的"民间"理念，而赋予"民间"初步的现代性意涵。王韬提出了"重民"说，认为"天下之治，以民为先，所谓民惟邦本，本固邦宁也"，"今夫富国强兵之本，系于民而已矣"（《重民》）；而严复则将国民的精神素质与救亡兴邦的大业联系起来，认为"国之强弱贫富治乱者，其民力、民智、民德三者之征验也"，将民力、民智、民德作为国家之根本，并提出了"鼓民力、开民智、新民德"的救世方略（《原强修改稿》），从而奠定了晚清以"新民"为核心的启蒙主义基调。戊戌变法以后，梁启超被迫流亡海外，西方近现代以来的国家学说、政治制度、自由民主思想，让梁启超对"民族—国家""新民"有了更多更新的认识。梁启超认为"今日欲救中国，无他术焉，亦先建设一民族主义之国家而已"（《论民族竞争之大势》），"今日欲抵当列强之民族帝国主义，以挽浩劫而拯生灵，惟有行我民族主义之一策；而欲实行民族主义于中国，舍新民末由"（《新民说》）。梁启超将"新民"与"新国"有机地联系起来，并视"新民"为"今日中国之第一急务"，"苟有新民，何患无新政府？无新制度？无新国家？"（《新民说》）这样一来，"民"的现代性意义和价值就被充分地凸显出来。

在王韬、严复和梁启超那里，所谓的"重民"、"民力、民智、民德"、"新民"之"民"，已不同于中国古代社会所谓的"民本"之"民"，而是将宏阔的现代民族国家想象与具体而卑微的"国民"形象联系起来，建立起了某种同构性关系。正如当年梁启超所喟叹的

① 参见李扬《文学史写作中的现代性问题》，山西教育出版社 2006 年版，第 107—119 页。

那样："呜呼！不有民，何有国？不有国，何有民？民与国，一而二，二而一者也"（《爱国论》）。在他们看来，要建设现代的民族国家，必须培育现代意义的"民"，即新型的"国民"。何谓"国民"？梁启超曰："国民者，以国卫人民公产之称也。""国者，集民而成，舍民之外，则无有国。以一国之民，治一国之事，定一国之法，谋一国之利，悍一国之患，其民不可得而侮，其国不可得而亡，是之谓国民"（《论近世国民竞争之大势及中国前途》）。梁启超在这里充分强调了"国民"在现代国家中的绝对主体性地位。然而纵观中国的历史，结果发现："中国人无历史，中国人之所谓二十四朝之史，实一部大奴隶史也。……举一国之人，无一不为奴隶，举一国之人，无一不为奴隶之奴隶"（邹容《革命军》）。正如鲁迅在《狂人日记》中揭示的："这历史没有年代，歪歪斜斜的每叶上都写着'仁义道德'几个字。我横竖睡不着，仔细看了半夜，才从字缝里看出字来，满本都写着'吃人'两个字！"这就是传统中国的现实！"民族性""国民性"如此，"新民"（"国民性改造"）看来则是一项长期而艰巨的系统工程，既需要意识形态上层的改良，更需要意识形态下层的革命。

为此，严复、梁启超等通过比照发达的西方和崛起中的日本，重新审视中国传统文化，发现中国积弱的根本原因在"风俗"①。担任过多国外交使官的黄遵宪对此有更深刻的认识："风俗……及其既成，虽其极陋甚蔽者，举国之人习以为然，上智所不能察，大力所不能挽，严刑峻法所不能变夫事……举国人辗转沉锢于其中，而莫能少越，习之囿人也大矣。"② 正因为如此，近代思想启蒙者十分重视来自意识形态下层的风俗、习惯、文学、美术等质素对于现代"国民性"建构的意义。"凡一国之能立于世界，必有其国民独具之特质。上自道德、法律，下至风俗、习惯、文学、美术，皆有一种独立之精神。"（梁启超《新民说》）被梁启超誉为"近代诗界三杰"之一的

---

① 参见严复《论世变之亟》和梁启超《中国积弱溯源论》等文。
② 黄遵宪：《日本国志·礼俗志一》，天津人民出版社2005年版，第819—820页。

蒋观云（字智由），曾对民间"风俗"与"国家"的关系做过系统而详尽的论述。他说："国之形质，土地人民社会工艺物产也，其精神元气则政治宗教人心风俗也。人者血肉之躯，缘地以生，因水土以为性情，因地形以为执业，循是焉而后有理想，理想之感受同，谓之曰人心，人心之措置同，谓之风俗。……大政治家、大宗教家亦以其一己之理想，欲改易夫人心风俗。人心风俗以之造政治宗教，而政治宗教又还而以之造人心风俗。是故人心风俗，掌握国家莫大之权，而国家万事其本原亦于是焉。"① 梁启超、蒋观云等将来自民间的、日常的、琐碎的"人心"、"风俗"、"习惯"等与宏伟的、壮阔的、重大的现代"民族—国家"想象联系起来，从而使"民间"在理念上突破了传统的"民本"言说，而获得了初步的"现代性"意涵。

晚清末年，在严重的民族国家危机与急切的现代民族国家想象语境下，在近代启蒙知识分子"新国""新民"学说的鼓动之下，长期被遮蔽的"民间"话语逐渐浮出历史的地表，得到了梁启超等近代有识之士的高度关注，并被赋予"民族—国家"意义上的"现代性"内涵。因而，我们可以说，近代"民间"话语的激活及其"现代性"意义的生成与整个中国社会"现代性"追求的大背景是步调一致的。"民间"话语成为整个国家"现代性"话语的重要组成部分。中国近代的思想启蒙者严复、梁启超、黄遵宪、夏曾佑、蒋观云等，都表达过对神话、风俗、歌谣等民间相关话题的兴趣，并将民间话语与文学、历史等量齐观，充分强调其鼓荡"人心"、培育"国民性"的意义和作用。②

二 民间话语现代性意义的衍变与呈现

五四前后，随着大批留学生从日本、欧美留学归国，西方有关

---

① 蒋观云：《海上观云集初编·风俗篇》，上海广智书局1902年版。
② 蒋观云在《神话历史养成人物》一文指出，"一国之神话与一国之历史，皆于人心上有莫大之影响。……鼓荡之有力者，恃乎文学，而历史与神话，其重要之首端矣"。见苑利主编《20世纪中国民俗学经典·神话卷》，社会科学文献出版社2002年版。

人类学、文化学、语言学、神话学、民俗学的"民间"话语理论也被大量翻译介绍到中国。一大批新文化运动的主将,胡适、周作人、刘半农、顾颉刚、鲁迅、茅盾、郑振铎、钟敬文等,积极推动以北大征集歌谣为起点的现代民间文艺运动。他们一方面大力宣扬"德先生"和"赛先生",为五四新文化运动摇旗呐喊,破旧立新;另一方面又在思考、探索、实践以"民间"为代表的某些"传统"的现代转化问题,以期形成中国本土的、现代的民间话语体系。胡适从语言革新入手、主张用白话来建成一种"活的文学";刘半农在北京大学倡导征集近世民间歌谣,正式标志着中国现代民间文艺学运动的开始;周作人、顾颉刚、李大钊等则进一步从思想、学术、政治等层面对民间话语作出了更进一步的探索。此后近30年的时间里,民间话语的现代体系在中国社会思想启蒙、社会革命、大众化运动、民族救亡、政治斗争跌宕起伏、错综复杂的社会文化语境中逐步形成,成为与西方话语、传统话语交错并置的第三种资源,颇值得玩味。下面将从民间的主体构成、空间场域、功能指向三个方面,对现代中国"民间"话语现代性意义的衍变与呈现作一定的分析和阐释。

(一)"民间"的主体构成:从"国民"到"大众"

20世纪以前,中国还是一个典型的以农耕文明为主导的乡土社会,"民间"社会的主体是原始、纯朴、处于自然状态的"乡民",或为樵者、牧者,或为耕者、织者,大多是凡夫俗子、贩夫走卒、布衣百姓。20世纪初,中国被动进入"现代化"进程,伴随此后一次又一次的阶级、社会、思想、文化革命,中国社会经历了一次又一次的转型和跨越。政治上,推翻了封建帝制,建立了共和体制,"民主""自由""平等""博爱"等观念开始深入人心;经济上,传统的乡村经济开始解体,城市无业游民、小手工业者、工人队伍开始壮大,中国社会寻求建立一个独立自主的现代民族国家的诉求十分强烈。在这样的社会文化语境下,"民间"话语言说的主体构成自然也会发生相应的变化。

五四时期，"民间"之"民"，一般都理解为"国民""民众""平民"，是一个比较宽泛的概念，指向的是民族全体国民。1918 年，北京大学开始的征集歌谣运动以及此后创办的《〈歌谣〉周刊》，目的是希望从歌谣这种民间文学样式中"编成一部国民心声的选集"①，试图"从民歌里考见国民的思想、风俗与迷信等"②。五四时期著名的文学研究会曾专门就"民众"问题展开过讨论，其中朱自清的观点最具代表性："我们所谓民众，大约有三类：一、乡间的农夫、农妇……二、城市里的工人，店伙，佣仆，妇女，以及兵士等；三、高等小学高年级学生和中等学校学生，商店或公司底办事人，其他各机关底低级办事人……"而将达官、贵绅、同仁、名士等排除在"民众"之外。③ 五四前后还打出了"劳工神圣""为人生""关注底层""到民间去"等口号，充分肯定下层民众、普通平民给予现代社会的意义。而到了 20 世纪二三十年代，中国的社会革命形势发生了巨大变化，五四作为整体的"国民"，开始迅速分化，阶级之间的矛盾冲突也日趋明显和尖锐，"民间"话语主导者站在哪一阶级、持什么立场就显得十分必要。1927 年，广州中山大学创办的《民俗》周刊就明确强调了"我们要站在民众的立场上来认识民众！我们要探检各种民众的生活，民众的欲求，来认识整个的社会！我们自己就是民众，应该各各体验自己的生活！我们要把几千年埋没着的民众艺术，民众信仰，民众习惯一层一层地发掘出来！我们要打破以圣贤为中心的历史，建设全民众的历史！"④ 和民俗学派相对温和的文化民间立场不同，大革命失败之后兴起的左翼文化思潮则在阶级性上走得更远，直接将民间话语的主体与革命的普罗大众等同。在 20 世纪 30 年代，广

---

① 《〈歌谣〉周刊·发刊词》，《歌谣周刊》1922 年 12 月 17 日第 1 号。

② 周作人：《歌谣》，《周作人自编文集·自己的园地》，河北教育出版社 2002 年版，第 37 页。

③ 参见朱自清《民众文学的讨论》（四），《文学旬刊》1922 年 1 月第 26 期。

④ 《民俗·发刊辞》，《〈民俗〉周刊》1928 年 3 月 21 日第 1 期。

大深受地主剥削的农民、饱受资产阶级压榨的工人、城市流氓无产者、小资产阶级知识分子等，构成了左翼"民间"话语主要的言说对象："我们要努力获得阶级意识，我们要使我们的媒质接近农工大众的用语，我们要以农工大众为我们的对象"①，"我们要用俗言俚语，/把这种矛盾写成民谣小调鼓词儿歌，/我们要使我们的诗歌成为大众歌调，/我们自己也成为大众中的一个"②。而到了40年代，毛泽东《在延安文艺座谈会上的讲话》所确立的"为政治服务""为工农兵服务"，成为解放区"民间"话语论者努力的方向。毋庸置疑，此后"民间"话语言说主体只能是"工农兵"和后来取而代之的"人民"了。

在20世纪上半叶急遽变动的社会文化语境下，"民间"的主体构成是变动不居的，从五四时期普泛性的"国民""民众"，而衍变为具有强烈阶级色彩、政治色彩的"大众""工农兵""人民"。在这样的变动中，"民间"的主体就从一个思想文化意义上观照、审视和批判的对象，而成为阶级革命依托、表现和服务的对象。与此相适应，"民间"就从一个普通的社会学概念、一个思想意义的文化概念，最后被塑造成一个具有浓厚意识形态色彩的政治概念，并且在20世纪中国的现代化进程中扮演着十分重要的角色。

（二）"民间"的空间场域：从"乡村"到"都市"

如果说"民间"的构成主体讨论的主要是"民间"的"民"，那么接下来论述的空间场域则是"民间"的"间"了。

在漫长的中国农业社会，"民间"的空间维度指向主要是广大的乡村社会，桑间、濮上、勾栏、瓦肆，虽地处外省，远离京畿，却孕育了思想和艺术价值极高的"国风"、"乐府"、词曲、歌谣、小说等，并源源不断地为文人系统注入清新、刚健、真挚、性灵等审美元

---

① 成仿吾：《从文学革命到革命文学》，《创造月刊》1928年2月第1卷第9期。
② 本刊同人：《发刊诗》，中国诗歌会《新诗歌（旬刊）》1933年2月第1卷创刊号。

素。民间，宁静；民间，无为。如此循环往复，持续了两千余年。中国如此，西方也大致差不多。"民间"这种静止状态和循环局面的被打破和被改变，很大程度上得益于从英国开始波及整个世界的"工业革命"。以英国的"圈地运动"、俄国的"农奴制改革"、美国的"西部大开发"等为开启标志的"现代化"，导致了世界范围内的殖民扩张和都市化浪潮。原本宁静的乡村社会受到了前所未有的冲击，"民间"传统赖以存在的空间场域也渐次被蚕食和鲸吞。这一切使得"都会生活者和乡间生活者、殖民地上支配者和被支配者之间，发生道德上、信仰上、思想上、感情上种种龃龉"①。"民间"社会不得不回应"现代化"的挑战！要么顽固地抵抗，坚守"民间"传统存在；要么变通，适应现代社会的发展，寻求别样的发展空间。历史实践证明，后一种"民间"才在强势的"现代化"语境中存活下来，并找到了新的生长点。

这个新的生长点就是"都市民间"。进入 20 世纪，中国社会经历了从传统到现代的艰难蜕变，其最显明的表现就是上海、北京、广州、大连、青岛、杭州、南京、武汉、重庆等现代化大都市的先后崛起，辐射、影响到周边的广大地区，形成了星罗棋布的小城镇，形成现代中国"大都市—小城镇—乡村"三位一体的社会结构层次。现代作家茅盾对此表现得尤为到位：《子夜》，冒险家乐园的摩登上海；《林家铺子》，风雨飘摇的江南小镇；《春蚕》，凋敝与萌动的传统乡村。自此，"都市"与"乡村"的冲突与纠葛，"乡下人进城""都市人还乡"开始成为 20 世纪中国最重要的社会、文化和文学命题。其实，中国现代知识分子都来自"乡土中国"，他们大多跟鲁迅一样，青年时期，"走异路，逃异地，寻求别样的人们"，接受过现代"异域"文化的熏陶和影响；成年后，他们以"侨寓者""地之子""乡下人"的身份生活在现代化的大都市。在他们的身上有一种难以割舍的"乡土情结"。他们将儿时的记忆、乡间的习俗、传统的观念

① 何思敬：《民俗学的问题》，《〈民俗〉周刊》1928 年 3 月 21 日第 1 期。

等"民间"文化因子带进了都市，构成了"都市民间"的文化形态。相对于乡村民间的具象性（可观、可闻、可感）而言，都市民间则以虚拟的价值和潜隐的姿态存在于人们的心理深处。这些遗留的民间影像、潜隐的乡村记忆，在与现代都市文化的磨合与碰撞中，经常会闪现出颇有意味的思想火花。作为富有现代理性的中国知识分子，一方面，当他们用"现代都市"（开放、繁华、现代）的眼光来审视乡土"民间"时，他们看到了现实"民间"（诸如"未庄""鲁镇"）的闭塞、守旧和落后，看到了"民众"（诸如"闰土""阿Q"）的麻木、愚昧和顽劣，故产生了像鲁迅那样现代启蒙精神烛照下的"立人"理念和"国民性"改造思想；另一方面，当他们以"乡土民间"的真实、自然、和谐来比照、审视"现代都市"社会时，他们看到了"现代都市"丑陋、罪恶、狰狞的面目，看到了都市人性的扭曲和异化，故有沈从文对湘西"健康、自然而又不悖乎人性"神庙的建构和坚守。这样一来，当"民间"从"乡村"拓展到"都市"之后，"民间"话语的批判功能就被凸显出来。在现代"启蒙论"者那里，"民间"是传统的"藏污纳垢"之地，好像阿Q头上的"癞疮疤"、祥林嫂膝下的"门槛"，免不了遭人指戳和践踏；而在现代"审美论"者那里，"民间"是迥异于"都市地狱"的"他者"，如湘西的"边城"、传说中的"香格里拉"，引人无限遐想而心向往之。

由此，我们发现：中国社会在从传统到现代的转型过程中，"民间"不但没有被汹涌的现代化、都市化浪潮所湮没、吞噬，反而在与都市的冲突和碰撞中，拓展了话语言说的空间和阐释的能度，从过去"乡村—传统"相对单一的阐释（自然的、真挚的、感性的、抒情的、人性的、审美的等）进入"都市—现代"更为多元的维度（两难的、冲突的、悖论的、理性的、欲望的等）。"民间"，作为一个言说平台、一种话语空间，就从单薄走向丰腴、从平面走向立体、从简单走向复杂，在与"现代性""都市""革命"等话语的碰撞与融通中，具有了更大的弹性和张力。

（三）"民间"的功能指向：从"边缘"到"中心"

在传统中国社会，"民间"主要指"多数不文的民众"①，包括"民间的小儿女，村夫农妇，痴男怨女，歌童舞姬，弹唱的，说书的"②。他们大多散乱无序地生活在原始、自然的乡间社会，过着日出而作、日落而息的生活，他们很少有机会去接触系统的文化教育，更不会对统治阶级的特权地位产生影响。他们远离朝廷，也不关乎庙堂，自由自在地生息繁衍，日复一日，年复一年，如此的循环往复。"民间"以这种近乎"无为"的状态，注定了它在传统文化中的"边缘"位置。不过，也正是这种不为政治权力所累的"边缘"位置，才使得"民间"呈现出一种健康、完整而自由自在的生存状态。

进入 20 世纪以后，一方面，中国原始的农业文化形态受到现代化的强力冲击，民间赖以存在的外部环境遭到严重破坏，它不可能继续维持过去那种自由自在的"边缘"状态；另一方面，在近现代"启蒙"和"救亡"双重变奏的大背景下，现代意义的"民间"话语被激活。"民间"从"无为"而"无不为"，积极主动地承担起中国"现代性"建构的重大使命，并成为推动现代中国社会历史文化进程的一支重要力量。

晚清末年，梁启超所倡导的"新民"说，将"新民"作为建构现代"民族—国家"的基础，从而引发了晚清社会对"民间"话语的高度关注，中国现代的"民间"话语亦由此滥觞。此后，资产阶级革命党人在孙中山"驱除鞑虏，恢复中华"的民族主义信条下，也将"民间"话语作为其民族革命的重要内核。他们"谈论民族祖先起源神话，谈论乐舞、民间戏剧的作用，乃至谈论撒旦的功绩、荷马的教育价值……都不是无所为的，是要鼓吹民族自豪感，排斥清朝统治者，是要激起国民的自强、抗争的意识，争取自由、独立的地

---

① 周作人：《中国民歌的价值》，《〈歌谣〉周刊》1923 年 1 月 21 日第 6 号。
② 胡适：《白话文学史》，姜义华主编《胡适学术文集·中国文学史（上）》，中华书局 1998 年版，第 155 页。

位。换一句话：唤起革命思想，达到革命目的"。① 由此，我们可以看出："民间"自滥觞期"现代性"的获取开始，就开始将自己与 20 世纪中国轰轰烈烈的社会革命捆绑在一起，具有鲜明的意识形态色彩。

五四时期，受"劳工神圣"和俄国民粹主义"到民间去"运动的影响，李大钊率先提出"非把知识阶级与劳工阶级打成一气不可"的口号，倡导并发动了五四时期的"到民间去"运动，号召青年"速向农村去吧！日出而作，日入而息，耕田而食，凿井而饮"。② 稍后成立的"北京大学平民教育讲演团"，更是将李大钊的号召化为实际行动，"向乡间民众讲演"，"跃入乡间社会的大圈里去，去观察乡间的实况"③，以期增进平民知识，唤起平民之自觉。在此种倡导和实践之下，即使是象牙之塔中的诗人、剧作家等，亦不能不正视"民间"。1926 年，剧作家田汉还为此拍摄了一部题为《到民间去》的电影，以此来表现"中国民众底美丽的生底苦恼"，给我们传递出民间的"一种崭新的美与力"④。

20 世纪二三十年代后，中国进入社会革命和阶级斗争最为集中的时期。"农民"问题、"土地"问题、"大众化"问题、"民间形式"问题，成为纠缠和贯穿现代中国社会的根本性问题，也是关乎中国社会革命成败的重大政治性命题。在这样的背景下，民族"救亡"逐步压倒了思想"启蒙"，"民间"立场也渐次取代了"精英"意识，"大众群体"的现实诉求湮没了"知识分子"的个性追求，"民间"的、"大众"的社会政治功能与意识形态色彩被日渐放大，并受到普遍的认同与欢迎。1942 年"延安整风"运动的开始以及毛泽东《在延安文艺座谈会上的讲话》的发表，则正式标志着"民间"已彻底

---

① 钟敬文：《晚清革命派著作家的民间文艺学》，《民间文艺学及其历史》，山东教育出版社 1998 年版，第 308 页。
② 李大钊：《青年与农村》，《晨报》1919 年 2 月 20—23 日。
③ 甘蜇仙：《到民间去》，《晨报副镌》1922 年 7 月 25 日。
④ 田汉：《我们的自己批判》，《田汉文集（14）》，中国戏剧出版社 1983 年版。

告别了过去被遮蔽的状态，从社会文化的"边缘"跃居政治文化的"中心"。

三　结语

通过对 20 世纪上半叶中国民间话语的考察，我们可以清晰地看到民间话语现代性意义的发生与衍变的轨迹，中国近现代社会的历史已经证明：民间不仅仅是现代中国一种潜在的可供挖掘和借鉴的社会文化资源，同时更是现代中国社会革命和阶级斗争可资利用和依傍的政治力量。作为一个不可忽视的重要存在，民间话语在现代中国社会几乎每一个重要阶段都呈现出应有的意义，扮演着重要的角色。

但民间话语毕竟源于中国社会的底层，与中国文化传统有着不可分割的联系，是 19 世纪以来中国社会对强势西方话语"冲击—应对"的产物。因而，其现代性特征，既有普泛的现代性意义，又有特定的本土化诉求；既十分有效地促成了中国社会从传统到现代的转型，同时又给现代中国社会带来了许多复杂而饱受争议、难以评判的社会文化命题，诸如传统与现代、本土与西方、国民与大众、乡村与都市、边缘与中心等。这些与现代民间话语相关的命题，在经济全球化、政治多极化、文化多元化的今天，更期待我们作进一步的思考和深入的探究。

（原载《兰州大学学报》2016 年第 4 期）

现代文化与文学之思

从"拜上帝教"看洪秀全
对中西文化的态度

　　中国近现代史上的太平天国运动，是一场轰轰烈烈的农民革命，影响甚至加快了中国社会从传统走向现代的进程。这早已有定论。但作为其组织和领导核心的洪秀全，其思想形态相当复杂，是一个难以评定的历史人物。一百多年来，对洪秀全的评价经历了一个妖化、神化和人化相互更替交织的过程。近年来，学术界对其评价也存在诸多的分歧，最典型的就是以复旦大学历史学家潘旭澜认定洪秀全的拜上帝教是"政治性邪教"的说法①，一时在学术界引起了轩然大波。在阅读了太平天国及洪秀全的相关史料及研究资料后，我们认为要对洪秀全有一个较为清晰而理性的认识，必须将他放在历史的语境中加以考察。

　　我们在考察洪秀全的思想来源及其变异时，觉得他的思想结构本身充满了矛盾：早年接受过很好的儒家传统思想教育，多次参加科举考试，积极追求功名；科考失意后，愤而"反孔"，捣毁偶像，并创立革命性的宗教组织——"拜上帝教"。然而，在这样一个带有很浓厚西方色彩的宗教教义中，却处处渗透着儒家思想；早期教义及《天朝田亩制度》等核心纲领性文件具有鲜明的反封建色彩（政治上

_____

① 参见潘旭澜《太平杂说》，百花文艺出版社 2000 年版。

"平等"、经济上"平均"），与洪秀全一开始就强调"神人同体""君权神授"的观念，以及太平天国政权严格的等级特权制度等相抵触；洪秀全创立的"拜上帝教"的思想、教义均来源于西方，但在实际的阐释、操作和衍化中却与基督教的基本精神大相径庭；太平天国后期颁布了《资政新篇》，倡导学习西方的资本主义经验，但它只是洪仁玕的一厢情愿，最后只能是无果而终。诸如此类的问题都涉及对洪秀全思想及对太平天国运动的评价。其实，这些问题或者说矛盾都涉及洪秀全思想的资源问题以及他对待中、西文化的态度问题。

一 "反孔"与"崇儒"——离异与回归

洪秀全（1814—1864），广东花县人，出身于农民家庭，他是家中三兄弟中唯一读书追求功名的人。自幼接受的是中国传统的封建文化教育。由于他十二三岁就经、史、诗、文无不博览，族人和老师无不夸赞他"才学优俊"，都期待他能考取功名，光宗耀祖。洪秀全也自视清高，以此为志。从 16 岁开始，洪秀全先后四次赴花县、广州参加科举考试。县考时，他的名字总能名列前茅，但最后总是名落孙山，连个秀才都没有中过。洪秀全因而对科举考试强烈不满。1837年，第三次科考落榜后的洪秀全得了一场大病，相传在病中洪秀全做了一个梦，梦见自己到了天国，并奉上帝之命，与孔子大战于天庭。这可能是他内在"反孔"心理的某种折射。但是病好以后，他依旧放不下金榜题名的夙愿。1843 年，他最后一次去广州应试。结果自然又是乘兴而去、败兴而归。这一次，他终于断绝了科举做官的余念，"不考清朝试，不穿清朝服"，并在冯云山等的鼓动下，产生了做一番大事业的想法，"等我自己来开科取士吧"。并在回家的途中作了一首《龙潜诗》："龙潜海角恐惊天，暂且偷闲跃在渊。等待风云齐聚会，飞腾六合定乾坤。"表达了自己的政治野心，这是他"反孔"思想正式确立的标志。为此，他开始寻找新的思想和理论资源。

1836 年，洪秀全在广州科考时在街头得到一本基督教布道的小册子《劝世良言》。《劝世良言》是中国教徒梁发所编，洪秀全"携之回乡间，稍一涉猎其内容，即便置之书柜中；其时并不重视之"。[①]但 1843 年，最后一次科考失意后，此书却令洪秀全"大彻大悟"。《劝世良言》的第一卷《真传救世文·论世人迷惑于各神佛菩萨之类》，其中有关儒教与科举功名的论述击中了洪秀全屡试不中而怨恨丛生的心病。于是，他潜心研读，并根据《劝世良言》中的说教，自行洗礼，开始拜上帝。洪秀全将《劝世良言》中关于上帝的描述同自己 1837 年病中的幻觉联系起来，宣称认为自己就是上帝的使者："我曾在上帝之前亲自接受其命令，天命归予。"[②]并改名为秀全〔秀全拆开即"禾（吾）乃人王"[③]〕，开始宣讲"拜偶像之罪恶及信拜真神上帝之要"，而"其余人类所立之神佛菩萨，皆不是神，亦不该奉拜"的思想，并以"上帝"取代孔孟。从此，洪秀全走上了背叛儒教、传道救世的道路，"纵使将来遇灾劫，有困难，我也决心去干"。[④]

洪秀全对儒家的叛逆，尤其表现在焚烧孔庙及儒家经典上。洪秀全宣称，他在 1837 年异梦升天时，就是奉上帝之命，与孔子大战于天庭。1844 年前后，他与洪仁玕、冯云山等捣毁村塾中供奉的孔丘牌位、附近的庙宇；金田起义后，洪秀全以天王的名义下诏，将儒家经书斥为"妖书""圣人亦为妖"，"凡一切孔孟诸子百家妖书邪说者尽行焚除，皆不准买卖藏读也，否则问罪也"[⑤]，太平军"所过郡县，先毁庙宇，即忠臣义士如关帝、岳王之凛凛，亦皆污其宫室，残其身首。以至佛寺、道院、城隍、社坛，无庙不焚，无像不灭"（曾国藩

① 洪仁玕述，韩山文：《太平天国起义记》，简又文译，见中国史学会主编《中国近代史资料丛刊·太平天国（六）》，上海人民出版社 1957 年版，第 840 页。

② 同上书，第 848 页。

③ 潘旭澜：《还洪秀全的历史真面目》，《探索与争鸣》2004 年第 9 期。

④ 同上。

⑤ 中国史学会主编：《中国近代史资料丛刊·太平天国（一）》，上海人民出版社 1961 年版，第 313 页。

《讨粤匪檄》)。全国各地记载的太平天国反孔斗争更是不胜枚举。从这些革命行为实践来看，洪秀全是坚决反孔的。太平天国还改革封建科举制度，自行开科取士。洪秀全宣布士、农、工、商皆可应试，还规定太平天国以《新旧约全书》为全国宗教经典，考试科举均以此为基本，不得再用孔教经书。这是对科举制度的一次前所未有、开天辟地的反抗和背叛，也是对中国儒家传统文化一次强劲有力的批判和史无前例的改造。

"反孔"虽是洪秀全早期思想的重要内容，但他自幼熟读经书，饱受儒家思想的熏陶，他胸中除了中国儒家的思想和教义外，并无其他体系的学识。在中国古代，读书人大都以"四书""五经"等儒家经典为学习的主要内容，通过科举考试，谋取功名利禄。洪秀全也不例外。他读书的目的非常明确，就是参加科举考试，金榜题名。后来，只是科举之路不通，才转而创立"拜上帝教"。其次，对洪秀全思想转变起较大作用的《劝世良言》，在很大程度上也渗透着中国的儒家思想。因为梁发是用中国儒家典籍中的名词、术语、典故来解释基督教教义，并不是系统地宣讲《新约》《旧约》，而只是摘引新旧约的某些片段，加以中国化的敷衍，反复宣传拜上帝、敬耶稣，反对拜偶像邪神，是一本浅薄的传道书。然而，洪秀全就是从这本书里得到启发，自称梦游天庭，受命下凡。但我们不能忽视的是，鸦片战争以后，中国遭到了西方列强的入侵与宰割，中国人对西方有一种天生的反感。洪秀全非常明白这一点。于是，他对"基督"进行了中国化的改造，从古代儒家经典中寻章摘句，证明"上帝"是中国古已有之的神，进而创造了不西不中的"拜上帝教"。《原道救世歌》《原道醒世训》《原道觉世训》作为洪秀全发动太平天国革命的三篇理论性纲领，集中反映了广大农民要求摆脱被剥削、被压迫地位的愿望，代表了他们对理想太平之世的向往和追求。其中的思想，处处可以从基督教教义和儒家教义中找到它的渊源。"三原"实际上是洪秀全根据《劝世良言》和他的梦幻，在农民要求平均的基础上，采用了西方基督教的教义和形式，再加上儒家的大同思想充实而成的。而且在这三篇文章中，为了强化自己的神圣地位和特权，洪秀全同时也宣扬封建主义的"天命观"，说什么"贫富天排定"，"富贵在天、生死由命"，提倡"非礼勿视、非礼勿听，非礼勿言，非礼勿行"等封建礼仪道德。受"胜者王侯败者寇"的传统思想影响，洪秀全将黄巢、李自成等农民起义领袖置于不正之列。这些充分说明，洪秀全受儒家思想的影响是相当深的。

我们可以这样说，洪秀全的"反孔"只是他仕途破灭后的一种极端情绪化的行为，另外也是他宣传其宗教教义的需要。基督教强调上帝是唯一真神，因而必须将孔子、文昌、魁星等诸路在人们心目中的神灵清除干净。所以洪秀全"反孔"并不是要反对儒家所倡导的几千年的封建伦理道德观念和等级制度。相反，洪秀全思想的深处，却是想通过所谓的宗教信仰继承并强化儒家的封建正统思想。确立自己"救世主"的绝对权威地位并建立起森严的等级观念，效法封建君主个人独尊，重新树立尊卑制度的不平等关系，强调"制度必判尊卑"，甚至露骨地提出要"一人垂拱于上，万民咸归于下"，"天上至尊老人已命令全世界之人归我了，世间万宝皆归我有的了"。可见，洪秀全在意识结构深处并没有真正实现对传统的儒家思想的叛离，他长期受到儒家思想教育和影响，根本无力摆脱儒家正统思想的枷锁。定都天京后，洪秀全的革命思想很快发生蜕变，政治上加强专制、玩弄权术，生活上则日益腐化、贪图享受，完成沦为一个专制的封建帝王，并直接造成了太平天国政治、军事、外交上的一系列失误。

洪秀全借鉴历史的经验和自己的乌托邦想象，构想出一个"太平天国"：天下男女皆为兄弟姐妹，和谐平等，合成一家，共享太平。诚然，太平天国运动之初，洪秀全确实兑现了他提出的"四大平等思想"（政治平等、经济平等、民族平等、男女平等），但随着太平天国事业的不断发展，他却无数次地违背、践踏了这个思想。特别是天京建都之后，太平天国森严的等级制度破坏了原有的政治平等，大兴土木的特权享受破坏了原有的经济平等，多妻制破坏了原有的男女平等。这种前后矛盾的做法，不仅使原有的平等思想变成了一纸空文，也致使洪秀全沦为一个彻头彻尾的封建帝王，并最终葬送了太平天国大好的革命前景。

综上所述，"反孔"虽是洪秀全思想的一个重要内容，但"崇儒"却是洪秀全思想的本质。二者的内在矛盾，构成洪秀全思想意识结构的主体。

二 拜"上帝"与渎"基督"——貌合神离

洪秀全的宗教思想主要来源于基督教教义，这是可以肯定的。前文已叙及他是无意中接触到《劝世良言》而获得"上帝的启示"，继而创立"拜上帝教"，开始"反孔"革命的。《劝世良言》最能吸引洪秀全的是它向洪秀全描述并展示了一个全新的、万能的"独一真神"——上帝，提供了一个具体而理想的、强有力的、神的全力支持。这对当时已确立反清志向、正苦心寻找"君权神授"思想支持的洪秀全来说，无疑有如天助。洪秀全要依靠"上帝"这个洋权威来打倒"儒教"这个本土的权威，要依靠上帝这个"上天"的权威来强化自己这个"人间"的权威。因而，洪秀全视《劝世良言》为"天赐奇书"，对这新接触到的基督教信仰迅速而虔诚地接受。1847年3月，洪秀全在广州从美国传教士罗孝全（I. J. Roberts）学"道"，第一次读到新、旧约全本。后来，洪秀全为了革命宣传的需要，在基督教教义的基础上，先后写出《原道救世歌》《原道醒世训》《原道觉世训》《太平天日》等太平天国早期的思想文献。

需要指出的是，洪秀全的"上帝"虽说是中西合璧的上帝，但对于中国既有的文化传统来说，毕竟是一个"异端"。他基于"上帝"的教义而把孔子同其他偶像一起抛弃，无疑也是对既存秩序的触犯。他不是一般的拜上帝、去偶像，而是不满于当时的清朝统治，憧憬天下为公的大同理想。因而洪秀全的"拜上帝教"在发动群众、组织群众、制造舆论等方面，发挥相当积极的作用。但是，我们又必须认识到洪秀全创立的"拜上帝教"并不是真正弘扬基督教的教义，而是一种"中国化"的"宗教"(潘旭澜将它界定为"政治性邪教")组织形式。

鸦片战争后,西方对中国的武力入侵与野蛮掠夺,使得中国民众对西方的东西普遍存有一种抵触和排斥心理,对基督教和传教士亦是如此。基于这样一种背景,洪秀全在创立"拜上帝教"时,考虑中国人的民族心理,不得不对"基督"进行中国化的改造。为此,洪秀全花了大量的精力从孔孟言论、儒教经典中去寻找证据,把中国"天人合一"的"天"作为西方"神人合一"的"上帝"的同义词。洪秀全辩说道:"有人妄说拜皇上帝是从番。不知中国有鉴史可考,自盘古至三代,君民皆敬拜皇上帝。"[①] 冯云山也引述中国诗书20余条,说明"一切上帝当拜"。把西方基督教的"神"同中国经书上的"上帝"混同起来。这种中国化的改造将西方基督教的"神"同中国的"天"对等起来,不仅对有一定文化基础的人作宣传有利,而且对各阶层人民作鼓动也很有利。洪秀全正是利用这一点,用儒家经典大肆改造基督教。他从"人人都是上帝赤子""在上帝面前人人平等"的基督教教义中,得出"天下多男人,尽是兄弟之辈;天下多女子,尽是姊妹之群"的结论,并使之与儒家的"天下一家""四海之内皆兄弟"的思想相结合,从而引申出一种新的平等观。他巧妙地把"平等"与"上帝"结合起来,宣称自己就是上帝次子,上帝的代言人。通过这样一番改造,洪秀全就成了一个"救世主","拜上帝教"也成了一个宣扬平等,同时又负有神圣使命的宗教团体。

拜上帝教的宗教仪式也掺入了大量中国民间宗教的因素。虽然洪秀全等想"尽力实现《圣经》教义的礼拜仪式",但由于对基督教的精神并未正确地理解,所以,洪秀全等的做法"有些是正确的,有些却是不正确的"。就拜上帝教主要的圣礼之一洗礼而言,其仪式如下:

---

① 《天条书》,见中国史学会主编《中国近代史资料丛刊·太平天国(一)》,上海人民出版社1961年版,第81页。

在神台上置明灯二盏，清茶三杯，大概所以适于中国人之观感也。有一张忏悔状，上写各求洗礼者之姓名。至行礼时，由各人朗声诵读，乃以火焚化使达上帝神鉴。乃问求洗礼者："愿不拜邪神否？愿不行恶事否？愿恪守天条否？"各人悔罪立愿毕，即跪下。主持人于是由一大盆清水中取水一杯，灌于每个受洗礼者顶上，且灌且喃："洗静从前罪恶，除旧生新。"行礼毕，新教徒起立，将清茶饮了，并以盘中水自洗心胸，所以表示洗静内心也。①

洪秀全在罗孝全处"学道"时，曾提出接受洗礼的要求，但罗孝全认为洪秀全不是一个合格的教徒而没有给他施洗礼。正因如此，洪秀全对基督教的宗教仪式始终不甚明了。因而他们的宗教仪式，也是根据自己的理解，加以中国化的敷衍而进行的。他们拘泥于"洗"字之义，"自行灌水于顶"，并到村外小河洗净全身，以为这样就可以完成"洗礼"了。

事实上，这种中国化的宗教仪式，不仅违背了基督教的宗教原则，而且也忽略了其宗教教义。特别是在礼拜时"点灯二盏，供茶三杯，肴三盛，饭三盂"，这本是典型的中国民间宗教仪式，而洪秀全却把它当作拜上帝教的宗教仪式。对此，1860年6月，艾约瑟等一批传教士到天京后，还特意问到这个问题："在感谢祭品中，把三只茶杯放在桌上作为祭坛是何用意？"太平天国的回答是："他们代表三位一体中的人物。"（天父、天兄、天王。"天父是我自己的父亲，耶稣是我自己的哥哥，和我同由一母所生。天父和天兄使我成为统治者。"②）而且，太平天国根据中国的传统篡改了赞美诗《三一颂》。③由此可见，洪秀全虽然皈依上帝教，但并没有放弃中国固有的传统，

---

① 洪仁玕述，韩山文：《太平天国起义记》，简又文译，见中国史学会主编《中国近代史资料丛刊·太平天国（六）》，上海人民出版社1957年版，第858—859页。
② 茅家琦：《太平天国对外关系史》，人民出版社1984年版，第294页。
③ 参见刘巍《太平天国宗教音乐的异化研究》，《音乐研究》2009年第4期。

从而把一些传统的、典型的民间宗教仪式，生硬地套到了拜上帝教中，一定程度上反映了其意识结构中儒教与基督教、传统文化与外来文化之间的矛盾和冲突。

洪秀全让基督教与儒家进行"杂交"，从而生出了"拜上帝教"这个不伦不类、不西不中的"儿子"。这个"四不像"的组织，在一切西方的基督教徒看来，显然不是一个东西。美国浸礼会牧师霍姆士访问天京之后说："我曾期望他们的教义，尽管是粗糙的，也许总会包含一些基督教的原理。可是，我感到遗憾，我发现根本没有什么基督教的原理在内，只是徒具基督教的虚名，并且加以滥用把它当作一种令人憎恶的偶像崇拜制度而已。""他们对于上帝的观念是歪曲的，比拜偶像的中国人的神的观念还要恶劣。他们对于救世主的观念也是低级的、感觉性的，并且认为救世主的荣誉是被另一个人所分享的。东王是赎病主，又是赎罪主。他们的教义最使我感到震惊的就是他们竟提到了天父的妻子，并称之为天母等等"。[1] 美国公谊会牧师卑治文曾说："他们也许是名义上的基督徒，但他们在实际上是最严格的破坏偶像者。"[2] 还有一个叫富礼赐（Robert J. Forrest）的外国人，到天京访问后，写了一篇《天京游记》，将洪秀全的"拜上帝教"骂了个狗血淋头："天王之基督不是什么东西，只是一个狂人对神圣之最大的亵渎而已；而他的部下之宗教，简直是个大笑话和滑稽剧。天王是一个最为顽固不能匡正的异端之徒。"[3]

最有说服力的是洪秀全的基督导师罗孝全的评价。1853 年，洪秀全已经开始在南京建立了政权，并力邀罗孝全为其传播教义。1860年罗孝全到达南京，并在那里停留了一年多。在此期间，他受到热情的接待，还被封以爵位和重要的官职。在他的影响下，又有其他不少传教士到达那里。但是他最终发现，洪秀全的政权与基督教的差距太

---

① 呤唎:《太平天国革命亲历记》，王维周译，中华书局 1962 年版，第 218—219 页。
② 同上书，第 161 页。
③ 中国史学会主编:《中国近代史资料丛刊·太平天国（六）》，上海人民出版社1961 年版，第 950 页。

大，最后他又失望地离开："我先前曾经是他的革命运动的朋友。……但是，在他们那里住了十五个月，并密切地观察了他们的活动——政治的、商业的和宗教的——我已经完全地革面洗心，坚决反对他们。……洪秀全对我非常友好，但是，我相信他是一个狂人，完全不适宜做一个统治者。……他的宗教自由和众多的教堂结果变成了滑稽戏。在传布基督教方面，完全无用，比无用还要坏。他仅仅是为了传播他自己的政治宗教，把他自己和耶稣放在同等的地位。耶稣、天父上帝、他自己以及他的儿子构成对一切的统治者。"①

总之，洪秀全所创立的"拜上帝教"，是一个在宗教外衣掩盖下的政治斗争的工具。它是以自相矛盾的儒家思想，加上一知半解的基督教教义，构成一个面目全非的"拜上帝教"。而从整个太平天国内部来看，洪秀全本人不是"拜上帝教"的虔诚信徒，其他的太平天国将领也不是"拜上帝教"的虔诚信徒。太平天国运动失败后，"拜上帝教"也随之迅速消亡，根本没有什么人继续信奉或宣扬它，也是极其自然的了。

三　结语

洪秀全对待中西文化的这种态度，在很大程度上也决定了太平天国运动的命运。洪秀全太平天国运动早期所宣扬的平等、平均观念虽赢得了底层农民和小手工业者的支持，但其大胆地破除儒家偶像、鲜明的"反孔"色彩，过激的、血腥的革命行为，使太平天国运动失去了几乎所有士人阶层和中下层民众的支持，"他们给予民众的惊慌比给予老统治者的惊慌还要厉害"（马克思语）。而到了运动的后期，洪秀全所宣扬和鼓吹"人间天国"的理想，在其专制神权和政治斗争中根本就没有办法去实现，其虚妄性与欺骗性也日益暴露，使得为天国事业而浴血奋斗的将士也逐渐陷入绝望。另外，洪秀全的"拜上

---

① 茅家琦：《太平天国对外关系史》，人民出版社1984年版，第296—297页。

帝教"作为一种中国化了的宗教组织形式，其实根本就不是什么真正的宗教，而近乎"政治邪教"，它麻痹甚至控制信教群众为之卖力。这使得那些曾对洪秀全抱有希望的、曾被"拜上帝教"迷惑的西方传教人士大为恼怒，这也可能是最终致使西方殖民者与清王朝联合起来共同绞杀太平天国的重要原因。

（原载《襄樊学院学报》2010 年第 10 期）

王国维与中国现代学术的创立

　　20世纪初，不同于传统学术的中国现代学术开始出现。他们的代表人物有梁启超、严复、章太炎、王国维、梁漱溟、陈寅恪、胡适、鲁迅等。这一批学者承前启后，既有着良好的国学功底，又经历了西学的浸染熏陶，在中西文化的碰撞与化合中，突破了传统经学要么推敲考证、要么微言大义的藩篱，实现了对近代"经世致用"学说的突破与超越。他们对学术本身的价值有所认定，追求学术"独立"与"自觉"，注重学术观念与学术方法，开创并逐步形成了新的中国现代学术传统。特别是王国维（1877—1927），他身处传统中国向现代中国的急遽转型之中，传统与现代、国学与西潮正发生激烈冲突碰撞之时代。在数十年深居简出的学术研究中，王国维给我们留下了诸如《〈红楼梦〉评论》《人间词话》《宋元戏曲考》《殷周制度论》等经典性的学术著作，其学术思想、学术观念与学术方法对中国现代学术产生了深远的影响，说他是中国现代学术的开创者或者说奠基人一点也不为过。

一　真正将西方的纯学术、纯理论引进中国，特别是引用西方的哲学、美学思想来诠释中国的文化命题，具有现代性意义

　　1840年鸦片战争以来，强大而现代的西方成为中国社会的参照，

近代先进的知识分子出于"民族救亡"与"思想启蒙"的需要,展开了对西方的学习与想象。从坚船利炮、声光化电,到物竞天择、自由民主。中国向西方的学习经历了从"器物"到"制度"到"思想文化"这样一个艰难蜕变的过程。① 囿于近代"经世致用"学说以及"体用""源流"思想,近代中国引进的主要是带有很强功利色彩和启蒙性质的思想文化资源,对于真正学术性的、纯理性的哲学、美学思想学说还很少涉及。在这一方面,王国维的开创意义及示范作用是十分明显的。

1899年前后,王国维到上海罗振玉的东文学社半工半读,从日本教员那里开始接触到康德、叔本华。"始读汗德之《纯理批评》,苦其不可解,读几半而辍。嗣读叔本华之书而大好之……皆与叔本华之书为伴侣之时代也。其所尤惬心者,则在叔本华之《知识论》,汗德之说得因之以上窥。然于其人生哲学观,观其观察之精锐,与议论之犀利,未尝不心怡神释也。"(《静庵文集·自序》)② 此后大约七年间,王国维反复对照苦读西方哲学、伦理学及美学著述,特别是康德之《纯理性批评》及叔本华之《意志及表象之世界》等,并开始在《教育世界》杂志上广泛介绍康德和叔本华等的哲学、美学思想。先后撰有《哲学辨惑》《叔本华像赞》《汗德之哲学说》《汗德像赞》《叔本华之哲学及其教育学说》《叔本华与尼采》等,并译有《西洋伦理学史要》。

更为重要的是,王国维开始用康德、叔本华的哲学、美学思想来诠释中国的文化命题。这方面最具代表性的学术著作是《〈红楼梦〉评论》。此前的《红楼梦》研究,要么是"评点",要么是"索隐本事"。王国维《〈红楼梦〉评论》的问世,开了"红学"研究的先河,至今仍是"红学"研究的经典。王国维采用叔本华的

---

① 参见梁启超《五十年中国进化概论》,《梁启超全集》(十四),北京出版社1999年版。

② 文中引文如未特别注明,皆为王国维文。参见姚淦铭、王燕主编《王国维文集》,中国文史出版社1997年版。

"欲望—悲剧"美学思想来分析诠释《红楼梦》，认为《红楼梦》的根本精神就在于其"示人以解脱之道"，并指出《红楼梦》的悲剧性意义。从学术性来讲，《〈红楼梦〉评论》极具理论和方法的创新性。除《〈红楼梦〉评论》之外，他还较多地运用西方的哲学思想来重新解释中国思想文化中的一些重要命题。王国维从纯学术出发，参照西方哲学观点，重新解释中国哲学的几个核心命题："性"（《论性》）、"理"（《释理》）、"命"（《原命》）等，对中国传统儒家道德哲学发起了挑战。这是中国学者第一次大规模地运用西方的哲学和美学思想学说来阐释中国的文化命题，因而在学术史上具有重大的意义。

二　突破"体用""本末""源流"诸说的拘囿，提出"学无新旧中西有用无用"论，拓展了中国"学术"的内涵和外延

晚清之际，西学"滔滔而入中国"，支配中国了近两千年的传统儒家思想受到西学的强烈冲击，中国传统文化该如何应对？"中体西用""西学中源""本末论"等先后出现，并成为晚清思想文化的主流。这样的理论，能够比较好地满足并调适中国当时"天朝大国"梦醒之后复杂而脆弱的文化心理，主张学习西方和反对西方的人士都可以接受。从鸦片战争到戊戌变法，中国学界对西学经历了"夷学"—"西学"—"新学"这样一个艰难的心理演变过程。① 即使在康、梁时期，"新学"被捧举，但中国社会对西学持恐惧和抵触心理的仍广泛存在。王国维跳出了"体用""源流""本末"诸说的套路，站在更广、更大、更高的"学"的立场上，提出了"学无新旧中西有用无用"的观点，来统摄、囊括中西之学，从而避开了旷日持久的中西、新旧之争，从理性认知上开启了现代学术的先河，为20世纪

---

① 参见熊月之《西学东渐与晚清社会》，上海人民出版社1994年版，第729页。

中国学术开创了全新的局面。

20世纪初，王国维多次与张之洞（晚清"中体西用"的代表者）辩驳，先后针对张之洞"弃绝哲学"而为研究"哲学"尤其是研究西洋哲学之必要辩惑（《哲学辩惑》），积极倡导对学科进行更加科学化的学术分类（《奏定经学科大学文学科大学章程书后》）。"外界之势力之影响于学术，岂不大哉！"这是既定的事实。王国维主张心态平和地面对西潮，应该"能动"而非"受动"地吸收西学，提出了学术上的中西"化合"，"况中国之民固实际的而非理论的，即令一时输入，非与我中国固有之思想相化，决不能保其势力"（《论近年之学术界》）。1911年，王国维在为罗振玉创办的《国学丛刊》作《序》时，开门见山地提出了自己的学术理念："学之义，不明于天下久矣！今之言学者，有新旧争，有中西之争，有有用之学与无用之学之争。余正告天下曰：学无新旧也，无中西也，无有用无用也。"并指出"中国今日，实无学之患，而非中学西学偏重之患"，"夫虑西学之盛之妨中学，与虑中学之盛之妨西学者，均不根之说也"。

在王国维这里，"学术"的内涵与外延均被拓展。"学之义广矣。古人所谓'学'，兼知行言之。今专以知言，则学有三大类：曰科学也，史学也，文学也。"对科学、史学、文学的内涵与外延进行了科学的界定，并以哲学统摄三者："凡记述事物，而求其原因，定其理法者，谓之科学；求事物变迁之迹，而明其因果者，谓之史学；至出入二者间，而兼有玩物适情之效者，谓之文学。""凡事物必尽其真，而道理必求其是，此科学之所有事也。而欲求知识之真，与道理之是者，不可不知事物道理之所以存在之由、与其变迁之故，此史学之所有事也。若夫知识、道理之不能表以议论，而但可表以情感者，与夫不能求诸实地，而但可求诸想象者，此则文学之所有事。古今东西之为学，均不能出此三者。"（《国学丛刊·序》）这样的描述与界定，基本上奠定了20世纪以来的中国现代学科分类与学科研究范式。

三 追求学术的"独立"与学者的"尊严",不让学术成为政治的附庸或时代的映射

中国的学术自古以来便有着浓厚的政教传统,《毛诗序》将《诗经》的政教功能强调到"经夫妇,成孝敬,厚人伦,美教化,移风俗"的高度。在中国传统社会里面,学术不可能独立,它必须依附于与国家政治紧密相连的经学、儒学、理学而存在。即使到了近代,学术在"经世致用"思想的影响下也没有实现其独立。王国维在《论近年之学术界》中,对"近数年之文学,亦不重文学自己之价值,而唯视为政治教育之手段"的现实强烈不满,我们也可以从梁启超所提炼的小说之"熏""浸""刺""提"四大功能可见一斑。① 王国维根据康德的人是"目的"而非"手段",提出了"欲学术之发达,必视学术为目的,而不视为手段","学术之发达,存于其独立而已"的著名论断。强调了"学术"自身的独立性,并指出"吾国今日之学术界,一面当破中外之见,而一面毋以为政论之手段,则庶可有发达之日欤"。

如何让学术摆脱政治而独立呢?中国两千年来的封建社会所推崇的"文以载道"、"文以明道"、崇"道"贱"艺"传统,造成了哲学与美术(文学艺术)的附庸和仆役地位。要改变这种状况,王国维认为必须提高甚至是放大哲学与美术之地位。"天下有最神圣、最尊贵而无与于当世之用者,哲学与美术是已。"它们均有着各自"神圣之位置"——追求真理,其功效可施及"千载以下,四海以外",并宣称,"生百政治家不如生一大文学家",希望哲学美术家"毋忘其天职,而失其独立之位置",如果"学者自忘其神圣之位置,而求以合当世之用,于是二者之价值失"(《论哲学家与美术家之天职》)。

① 参见梁启超《论小说与群治之关系》,《梁启超全集》(四),北京出版社 1999 年版。

在王国维看来，现代学术最重要的特征就是学术的"独立"价值与学者的"神圣"天职。当学术的"独立"与学者的"尊严"受到外界（政治的或时代的）干扰而得不到保证时，学者唯有以"死"来捍卫。

1927年6月2日，王国维自沉昆明湖也许就是最好的明证。无怪乎，陈寅恪将其自杀盖棺定论为"士子读书治学，盖将以脱心志于俗谛之桎梏，真理因得以发扬。思想而不自由，毋宁死耳。斯古今仁圣所同殉之精义，夫岂庸鄙之敢望。先生以一死见其独立自由之意志，非所论于一人之恩怨，一姓之兴亡"。陈寅恪把王国维的死视为一个学者追求和保持自己"独立自由之意志"的完美体现："先生之著述，或有时而不章。先生之学说，或有时而可商。惟此独立之精神，自由之思想，历千万祀，与天壤而同久，共三光而永光。"① 在这里，陈寅恪极高地评价了王国维学术思想的现代意义，即表现在对学术的"独立"品性与学者"自由"人格的追求上。

四 注重学术本身的自觉，倡导抽象逻辑思维的培育、现代学术分类体系与科学治学方法的运用

王国维在对西方思想文化的学习与梳理，特别是对"新学语"的输入的研究中，发现中国与西方的文化思维模式有很大的区别，"抑我国人之特质，实际的也，通俗的也；西洋人之特质，思辨的也，科学的也，长于抽象而精于分类，对世界一切有形无形之事物，无往而不用综括（generalization）及分析（specification）之二法……故我中国有辩论而无名学，有文学而无文法，足以抽象与分类二者，皆我国人之所不长，而我国学术尚未达自觉（self-consciousness）之地位也"

---

① 陈寅恪：《清华大学王观堂先生纪念碑铭》，《金明馆丛稿二编》，生活·读弓·新知三联书店2001年版。

（《论新学语之输入》）。在王国维看来，学术要达到"自觉"的状态，必须培养学者的抽象逻辑思维（哲学）、完善学科的分类、运用科学的研究方法。

王国维认为哲学是一切学科的基础，为诸学之冠冕，并一再强调研究哲学的重要性。20世纪初，张之洞在主持学部时出于弘儒的目的而欲砍去"哲学"一科时，王国维给予猛烈的抨击并为哲学正名。王国维认为哲学是"博稽众说，而唯真理是从"。"哲学之所以有价值者，正以其超出乎利用之范围故也。且夫人类岂徒为利用而生活者哉？人于生活之欲外，有知识焉，有感情焉。感情之最高之满足，必求之文学、美术；知识之最高之满足，必求诸哲学。"（《奏定经学科大学文学科大学章程书后》）并指出中国当时有研究哲学之必要，尤其是研究西洋哲学之必要，因为"西洋哲学之系统灿然，步伐严整"，可以弥补中国哲学之不足。王国维认为"在专门教育中，哲学一科必与诸学科并立，而欲养成教育家，则此科尤为要"，全力为哲学"正名"（《哲学辩惑》）。为此，王国维系统介绍并深入地研讨康德、叔本华以至席勒、尼采等人的哲学。更为可贵的是，他还对实证哲学有一定的研究，能用实证精神、抽象逻辑思维等分析、批判传统哲学范畴，试图糅合形式哲学、诗化哲学与实证哲学而取所长。蔡元培曾充分予以肯定，"王氏介绍叔本华与尼采的学说固然很能扼要，他对于哲学的观察也不是同时人所能及的"。[1]

同时，王国维认为学术的"自觉"有待于完善的学科分类。"现代的世界，分类的世界也"，重分类、重专家之学，是现代学术的特点。传统的学术分类，即经、史、子、集四部；传统学术向现代学术转型的一个标志，则是把传统的四部之学分解为世界公认的不同学科。王国维针对当时经学科大学和文学科大学的课程设置，提出了一个改革方案。主张把经学科大学与文学科大学合并，然后分为五科，

---

① 蔡元培：《五十年来中国之哲学》，高平叔编《蔡元培哲学论著》，河北人民出版社1985年版。

包括经学科、理学科、史学科、中国文学科、外国文学科，每一科都设置了哲学概论，并列出了各科应该讲授的课程，相当的齐备与详细。王国维的学术分类对胡适"整理国故"的思想以及此后的学术分类产生了重大影响。

王国维认为中国学术要取得"自觉之地位"，走向独立和发达，除了要借鉴西学所长的逻辑思维和严密的学科分类之外，还得有科学治学方法。"今日所最亟者，在授世界最进步之学问之大略，使知研究之方法"（《奏定经学科大学文学科大学章程书后》）。他本人很早就尝试把传统治学手段与西方科学方法结合起来而用之，综合运用了考据、归纳、分类、比较、演绎、综合、互证等方法，既坚持无征不信的朴学原则，又吸取西方缜密的分析与演绎方法。在《〈红楼梦〉评论》中，他针对红学研究中只作考证不讲作品理论分析的通病，"自我朝考证之学盛行，而读小说者，亦以考证之眼读之，于是评《红楼梦》者，纷然索此书之主人公之为谁，此又甚不可解者也"。他通过对文艺创作"贵具体而不贵抽象"特点的阐述，说明研究文艺作品应该由具体而达抽象，"善于观物者，能就个人之事实而发见人类全体之性质"，在实证分析的基础上作出理论综括。正是这使得《〈红楼梦〉评论》的研究视角独特和分析立论新颖别致，开了红学研究的新局面。此外，王国维还提出了"二重证据法"，不仅强调原始文献，尤其强调搜集和运用历代出土遗物互相释证，在新旧史料的互证中"求真立信"（《殷墟文字类编序》）。王国维的"互证法"对陈寅恪、傅斯年、胡适、郭沫若等现代学者均有较广泛而深远的影响。因此，王国维中西融贯、科学缜密的治学方法，促进了中国学术的现代化。

（原载《五邑大学学报》2009年第1期）

梅光迪的民间理念与五四
新文学革命的发生

一

今天，我们谈"五四"，必然要谈《新青年》；谈"五四新文学"，必然要谈胡适；谈胡适，必然要谈他的《文学改良刍议》。这篇文章被陈独秀称为"今日中国之雷音"，刊载于1917年1月出版发行的《新青年》第2卷第5号上。胡适在文中指出"今日而言文学改良，须从八事入手……此八事皆文学上根本问题，——有研究之价值"。后来的文学史上，都将这篇文章视为中国现代文学的起点、五四"文学革命"开始的标志。而胡适"文学革命"理念的萌发和形成则要早一些，而且跟胡适在美国留学时候的一帮朋友有重要关系。

根据胡适后来的追述，"文学革命"的酝酿和提出要追溯到1915年的夏天。那时，胡适与他的一帮留学美国的朋友任叔永（鸿隽）、梅觐庄（光迪）、杨杏佛（铨）、唐擘黄（钺）等在绮色佳（Ithaca）小城度暑假。当时，康奈尔大学留美中国学生会刚成立了一个"文学科学研究部"（Institute of Arts and Sciences），胡适被选为文学股的委员。在康奈尔大学的校园里，在凯约嘉湖（Cayuga Lake）的游船上，胡适和他的这帮朋友经常就中国文学的相关问题展开讨论。在谈及"如何可使吾国文言易于教授"这一议题时，胡适提出"古文是半死的文字，白话是活的文字；

文言文是死的语言，白话文才是活的语言"。这一观点引起了部分朋友的反对，其中，"最守旧的是梅觐庄，他绝对不承认中国古文是半死或全死的文字。因为他的反驳，我不能不细细想过我自己的立场。他越驳越守旧，我倒渐渐变的更激烈了。我那时常提到中国文学必须经过一场革命；'文学革命'的口号，就是在那个夏天我们乱谈出来的"。①

1916 年，胡适将关于"文言与白话"的讨论引入诗歌领域，试探性地提出了白话是可以作诗的观点。在当时文言诗一统天下的局面下，他的想法立即遭到了更多人，尤其是梅光迪的反对。在梅光迪看来，小说、词、曲等通俗文学样式是可以采用白话的，但高雅的诗文则不可以。当年，风头正劲的胡适，锐不可当，坚持认为白话可以作诗，还作了一首一千多字的打油诗《答梅觐庄》来调侃观念保守的梅光迪："老梅牢骚发了，老胡呵呵大笑。且请平心静气，这是什么论调！文字没有古今，却有死活可道。……"

在这段现代文学所津津乐道的发生学描述中，梅光迪一直是以顽固的保守形象"被"作为五四新文学革命的对立面而存在的。在这样的文学史书写中，我们都遮蔽了一个重要的细节，那就是梅光迪关于文学革命的思考与辨析，当时对胡适"文学革命"实践的直接启示，以及对胡适五四后思想文化观念转变所产生的潜移默化的影响。这些都是值得我们注意的。

二

梅光迪（1890—1945），字觐庄，安徽宣城人。1909 年，梅光迪和胡适经胡适的族人胡邵庭介绍在上海相识，成为十分要好的朋友。1910 年，梅光迪考取清华留学预备学校，并晚胡适一年赴美留学，先入威斯康辛大学，后转入芝加哥的西北大学文理学院攻读西洋文

---

① 胡适：《逼上梁山——文学革命的开始》，姜义华主编《胡适学术文集·新文学运动》，中华书局 1993 年版，第 197 页。

学。1915 年春，他读到了白璧德的《现代法国批评大家》，甚为钦佩，而转入哈佛大学研究院，追随白璧德从事文化与文学批评研究。而此时，胡适正尝试性地提出"白话"文学改良的主张。这一年的 9 月 17 日夜，胡适作《送梅觐庄往哈佛大学诗》："梅生梅生毋自鄙！神州文学久枯馁，百年未有健者起。新潮之来不可止；文学革命其时矣！吾辈势不容坐视。且复号召二三子，革命军前杖马箠，鞭笞驱除一车鬼，再拜迎入新世纪！"在这首诗中，胡适首次提出"文学革命"，并将革命的矛头指向了"旧文学"。

但"旧文学"的软肋在哪里，"文学革命"如何寻到最佳突破口，又该如何策略性地对之发起进攻，等等，对于胡适这样的文学发难者、革命者来说，是一个十分重要而又十分棘手的问题。

面对"旧文学"这么一个庞然大物，胡适策略性地选择了"诗歌"，并将之作为"文学革命"的突破口："诗国革命何自始？要须作诗如作文。琢镂粉饰丧元气，貌似未必诗之纯。"胡适很得意于自己从"文体"（诗歌）和"形式"（白话）入手来进行"文学革命"。而已接受了白璧德新人文主义价值理性思想的梅光迪，却对胡适"作诗如作文"的所谓革命性搞法，颇不以为然。在他看来：

> 诗文截然两途，诗之文字（Poetic diction）与为文之文字（Prose diction），自有诗文以来（无论中西）已分道而驰。泰西诗界革命家最剧烈者莫如 Wordsworth〔华兹华斯〕，其生平主张诗文文字（diction）一体最力（不但此也，渠且谓诗之文字与寻常语言 ordinary speech 无异）。然观其诗则诗并非文也。足下为诗界革命家，改良诗之文字（Poetic diction）则可。若仅移文之文字（Prose diction）于诗，即谓之改良，谓之革命，则不可也。……一言以蔽之，吾国求诗界革命，当于诗中求之，与文无涉也。①

---

① 梅光迪：《致胡适信四十六通·第三十一函》，罗岗、陈春艳编《梅光迪文录》，辽宁教育出版社 2001 年版，第 159—160 页。

一向理性、严谨的梅光迪，虽没有能够打消胡适"作诗如作文"的念头，却促成了胡适白话文学史观的初步形成："我到此时才把中国文学史看明白，才认清了中国俗话文学（从宋儒的白话语录到元朝明朝的白话戏曲和白话小说）是中国的正统文学，是代表中国文学革命自然发展的趋势的。我到此时才敢正式承认中国今日需要的文学革命是用白话替代古文的革命，是用活的工具替代死的工具的革命。"①无疑，这样的认识是积极的，意义也是重大的。

留学之初，梅光迪就明言其抱负："吾人生于今日之中国，学问之责独重：于国学则当洗尽二千年来之谬说；于欧学则当探其文化之原与所以致盛之由，能合中西于一，乃吾人之第一快事。"②梅光迪这种中西文化"兼收并蓄"的态度无疑是十分可取的。正因为有着这样的文化态度，他当时的观点和看法才更值得我们今天去推敲和重视。

1916年3月19日，他在回复胡适的一封关于宋元白话文学价值的信中，最先使用"民间文学"一词，并提出了"文学革命自当从'民间文学'入手"这一重要理念：

> 来书论宋元文字，甚启聋聩。文学革命自当从'民间文学'（folklore，popular poetry，spoken language，etc）入手，此无待言；惟非经一番大战争不可，骤言俚俗文学，必为旧派文家所讪笑攻击。但我辈正欢迎其讪笑攻击耳。③

此时，正值胡适酝酿并初步形成"文学革命"主张的关键时期，迫切需要得到友朋的支持。信奉白璧德主义的梅光迪，总是与胡适唱

---

① 胡适：《逼上梁山——文学革命的开始》，姜义华主编《胡适学术文集·新文学运动》，中华书局1993年版，第200—201页。
② 梅光迪：《致胡适信四十六通·第六函》，罗岗、陈春艳编《梅光迪文录》，辽宁教育出版社2001年版，第120页。
③ 梅光迪：《致胡适信四十六通·第三十三函》，罗岗、陈春艳编《梅光迪文录》，辽宁教育出版社2001年版，第162页。

反调，反对其过于激进的"文学革命"言论。梅光迪此信中的表述，的确出乎胡适的意外："觐庄究竟是研究过西洋文学史的人，他回信居然很赞成我的意见。……这封信真叫我高兴，梅觐庄也成了'我辈'了！"① 字里行间，透露出胡适无法言表的欣喜和得意。

但我们若"仔细研读胡适《逼上梁山》一文，感到这时的胡适，高兴归高兴，却似并没有理解到梅光迪的'文学革命自当从民间文学入手'的真意"。② 跳出胡适的主观叙述不说，我们返观梅光迪信函中的这段文字，我们可以将梅光迪的观点分解为以下三点：

（1）"民间文学"可以而且应当作为五四"文学革命"的"突破口"，其作用和意义不容置疑；

（2）"文学革命"时期，新旧文学必将发生激烈的拉锯战，相互间的讪笑、攻击是应有之义；

（3）在激烈的论战中，文学革命者应保持良好、积极的革命心态。

与胡适此时的自负与得意相比，梅光迪则显得更为理性和冷静。梅光迪认为"究竟诗界革命如何下手，当先研究英法诗界革命家，比较 Wordsworth or Hugo〔华兹华斯或雨果〕之诗与十八世纪之诗，而后可得诗界革命之真相，为吾人借镜也"。③ 18 世纪的英法乃至整个欧洲，正处于浪漫主义运动阶段。而学界普遍认为，欧洲文学上的浪漫主义运动与民俗学、民间文学有着天然而有机的联系，正是由民间传统而来的力量，导致了诗歌、文学和音乐的更新。④ 梅光迪主张"文学革命"须借鉴英法浪漫主义诗歌运动的成功经验，可谓真知灼见，也是他对胡适真诚的建议和善意的提醒，希望胡适能从西方的诗

---

① 胡适：《逼上梁山——文学革命的开始》，姜义华主编《胡适学术文集·新文学运动》，中华书局 1993 年版，第 201 页。

② 刘锡诚：《20 世纪中国民间文学学术史》，河南大学出版社 2006 年版，第 74 页。

③ 梅光迪：《致胡适信四十六通·第三十一函》，罗岗、陈春艳编《梅光迪文录》，辽宁教育出版社 2001 年版，第 160 页。

④ 参见赵世瑜《眼光向下的革命——中国现代民俗学思想史论》，北京师范大学出版社 1999 年版，第 59—61 页。

歌浪漫主义诗歌运动中得到启示。但中国历史选择的是"胡适",摈弃的是"梅光迪"。这是我们无法改变的事实。

三

当我们回到"文学革命"发生的现场,重新审视五四文学革命时,我们发现:梅光迪的"'文学革命'自当从'民间文学'入手"对"民间"价值的肯定,以及将"民间文学"与"folklore, popular poetry, spoken language, etc"对译的做法,似乎更符合文学的历史逻辑和学术的现代理性。更值得一说的是,梅光迪在翻译中充分注意到现代"民间"话语的复杂性和多义性。这些被我们的新文学史和现代学术史叙述所忽略、所遮蔽的细节,在我们看来,其意义是重大的。

其一,从现代学术史的角度看,从梅光迪那儿开始,"民间"作为一个概念,开始实现中西文化内涵的对接与互动,并逐步成为一个重要的现代学术"术语"。长期以来,"民间"作为一个汉语词汇,只是一个静态的、阐释空间相当有限的概念。近代以来,随着西方的神话学、歌谣学、民俗学、文化人类学著述的引介,民间文艺思想开始获得现代性的意义,并成为中国现代思想文化体系建构的一个重要组成部分。晚清至五四,作为中国现代"民间"话语滥觞期,维新派、革命派,以至五四新的现代知识分子,在启蒙思想的主导下,都十分注意发掘"民间"的现代性意涵,并为各自的话语理论和革命实践服务。"民间"在这样的话语背景下,其语义纷乱而芜杂,对其翻译和阐释也存在着巨大的差异,亟待学术上的梳理与规范。梅光迪将"民间文学"与"folklore, popular poetry, spoken language, etc"对译的做法,实属首创,从而实现了中西"民间"话语的现代性意义上的对接。

其二,值得注意的是,治学态度严谨的梅光迪,在"民间"转借与对译上,一开始就没有作简单化的处理。他将"民间文学"翻译

为 "folklore, popular poetry, spoken language, etc", 就是充分注意到 "民间" 话语的复杂性与多义性：

（1）"folklore", 民间传说、民俗; 民俗学。1921 年, 胡愈之在梅光迪的基础上, 对 "民间文学" 作系统的学术化梳理："民间文学的意义, 与英文的 'folklore', 德文的 'Volkskunde' 大略相同, 是指流行于民族中间的文学; 像那些神话、故事、传说、山歌、船歌、儿歌等等都是。"[①] 胡愈之精通世界语, 对欧美的民俗学、文化人类学的研究成果较为熟悉。他对 "民间文学" 的界定与梅光迪当初对 "民间文学" 的理解是一致的, 都从知识谱系出发, 强调了 "民间" 话语的民俗学、文化人类学向度。

（2）"popular poetry", 大众诗歌、通俗诗歌, 流行诗歌。这一译法, 从传播和接受的角度, 从受众出发, 强调了民间歌谣、大众诗等民间文艺形式来源于普通民众, 广泛传唱、流行于老百姓中间, 深受老百姓喜爱。因而, "民间" 是一个有别于官方的、学院的、职业的、个人的概念, 具有大众化、通俗化、集体性的特点。

（3）"spoken language", 口头语言。胡愈之认为 "民间文学是口述的文学（oral literature）, 不是书本的文学（book literature）, 书本的文学是固定的, 作品完成之后, 便难变易。民间文学可是不然：因为故事歌谣的流行, 全仗口头的传述, 所以是流动的, 不是固定的"。[②] 梅光迪的翻译在某种程度上与胡愈之后来的阐释形成了契合, 都从语言使用的层面, 着重强调了 "民间" 语言的口头性、流动性和不确定性。

（4）"etc", 说明在不同的社会文化使用语境下, "民间" 还可以具有其他的意义和功能, 需要我们重新予以界定或引申。在这一点上, 说明梅光迪充分注意到 "民间" 话语在使用上的模糊性和不确

---

① 愈之：《论民间文学》,《妇女杂志》1921 年 1 月第 7 卷第 1 号。王文宝编《中国民俗学论文选》, 中国民间文艺出版社 1986 年版, 第 2—3 页。

② 愈之：《论民间文学》, 见《中国民俗学论文选》, 中国民间文艺出版社 1986 年版, 第 2—3 页。

定性。

其三，我们不能否认梅光迪给予胡适的启示，也不能否认梅光迪的"民间"理念对于五四新文学革命以及五四新文学话语体系建构的意义。对于这一点，胡适本人一直没有否认。1917 年，胡适本人在离美归国前夕，曾作诗别叔永、杏佛、觐庄，表达了自己对这段友情与时光的珍视与留恋，同时亦表达了对梅光迪等人在文学（新诗）革命上给予帮助的感激之情。该诗序云："吾数年之文学兴趣，多出于吾友之助：若无叔永，杏佛，定无《去国集》。若无叔永，觐庄，定无《尝试集》。"[1] 1933 年，胡适追忆"文学革命"的开始时，仍对这班朋友充满了感激："我回想起来，若没有那一班朋友和我讨论，若没有那一日一邮片、三日一长函的朋友切磋的乐趣，我自己的文学主张决不会经过那几层大变化，决不会渐渐结晶成一个有系统的方案，决不会慢慢的寻出一条光明的大路来。……因为他们的反驳，我才有实地试验白话诗的决心。……一班朋友做了我多年的'他山之错'，我对他们，只有感激，决没有丝毫的怨望。"[2] 1945 年 12 月，梅光迪凄凉地病逝于贵阳。抗战胜利后，受友人及梅氏家属的重托，胡适决定为梅光迪作一传记，只是由于时局迭变，传记一直没有写成。胡适后来对此一直耿耿于怀。

在轰轰烈烈的五四新文化运动中，新旧之争，白话与文言之争，西方与东方之争，现代与传统之争，革命与保守之争，充斥着整个文坛。两大阵营针锋相对、口诛笔伐，似乎非得来一场轰轰烈烈、你死我活的革命，方能"除之而后快"。胡适与梅光迪关于"文学革命"的论争，作为其中重要的组成部分，以胡适的大放光彩、梅光迪的黯然失败而载入文学史。前者，成为五四新文化运动的旗帜和五四文学革命的先锋，受到万人的拥趸，"登高一呼"，而"应者云集"；后者，则作为顽固而执着的文化保守主义代言人，被新文化运动的主将

---

① 曹伯言整理：《胡适日记全编 2》，安徽教育出版社 2001 年版，第 592 页。

② 胡适：《逼上梁山——文学革命的开始》，姜义华主编《胡适学术文集·新文学运动》，中华书局 1993 年版，第 214 页。

们"讪笑而攻击之"。历史似乎有些无情，但历史也似乎更有意。不到十年，胡适却被人贬为"新诗运动最大的罪人"，"胡适说'作诗须如作文'，那是他的大错"。① 他所主张的白话新诗创作所造成的新诗"非诗化"的倾向，后来越来越多地受到诗坛的质疑和诟病。相反，今天我们在反思和重构"五四"时，人们不约而同地把目光转向了当时所谓的"保守派"，开始重新关注和审视梅光迪、吴宓等人的保守主义文学（化）思想。这也许就是我们经常所说的历史的"悖论"。

<h1 style="text-align:center">四</h1>

在梅光迪看来，胡适的文学革命"反传统"的理念在某些说法上是值得推敲、有待改进的，"作诗如作文"的提法更值得商榷。为此，梅光迪提出了"文学革命自当从'民间文学'入手"的建设性理念。胡适可能出于"文学革命"激进反传统的需要，当时并没有正面接受梅光迪的建议，甚至还作诗予以戏谑，讨伐其保守的一面。但更为内在地看，胡适其实是很看重梅光迪这些建议的。也正是梅光迪的"文学革命自当从'民间文学'入手"理念，使胡适不得不重新检视自己过于激进的"反传统"言辞，而在 1917 年《新青年》上发表《文学改良刍议》正式陈述自己的文学革命观点时，改用的是"刍议"一词。给人的感觉是商榷、探讨，姿态放低了许多。同时我们也要看到，梅光迪的这些见解，在某种程度上对胡适后来的《白话文学史》《中国哲学史》理念和框架的形成也产生了不小的影响。

通过对胡适"文学革命"所作的发生学考察，以及对梅光迪"民间文学"理念的辨析，我们发现"民间"话语虽来自我们的文化传统，但它又不同于我们通常意义的"传统"，而介于"传统"与

---

① 穆木天：《谭诗——寄沫若的一封信》，《创造月刊》1926 年 3 月 16 日第 1 卷第 1 期。蔡清富、穆立立编：《穆木天诗文集》，时代文艺出版社 1985 年版，第 263 页。

"革命"（"反传统"）之间。因而，在五四这样一个社会文化大变革、大转型的特殊阶段，"民间"话语就有可能得到文学革命论者的重视，并将其视为革命重要的话语资源。后来的事实也的确证明了这一点。胡适、周作人、鲁迅、刘半农等人在五四初期就十分重视对于民间话语资源的借鉴和利用。"民间"在新、旧两者之间就起到了某种意义的桥梁和纽带作用，并十分有效地调适、缓和了二者之间的矛盾和冲突。也许，保守的梅光迪已经充分认识到了这一点，只是在激进的胡适面前还没来得及给点破罢了。

（原载《中文论坛》2015 年第 2 辑）

民间话语与五四白话
新诗的理论建构

　　"民间"，主要指向的"乡土中国"，桑间、濮上、高山、旷野，地处外省，身居边缘，远离京畿，更不关乎庙堂，却孕育了中国文学史上思想和艺术价值极高的"国风"、"乐府"、民歌时调、通俗小说等，并源源不断地为文人传统、高雅文化注入清新、刚健、真挚、自然、性灵等元素，是中国文学最重要的话语资源之一。无法否认的是，两千年来，"民间"话语及其言说，一直就是一个被压抑、被忽视、被遮蔽的存在，为"荐绅学士家不道"，而难登大雅之堂。这种格局的被打破，很大程度上得益于晚清至五四中国社会文化的现代转型。

　　具体到五四而言，胡适、刘半农、周作人、鲁迅等五四新文化运动的主将，既是新文学革命的倡导者，也是中国现代民间文艺运动的积极倡导者。他们基于现代思想启蒙和反传统的需要，策略性地将革命的矛头直指旧文学中地位最高的诗歌，对旧体诗发动了最猛烈的攻击，并以压倒性的优势取得了"文学革命"的胜利。最终，"白话新诗"取代"文言旧诗"走到了历史的前台。在这样一个新旧文学更替与转型的过程中，胡适等除主要借鉴西方话语之外，还充分挖掘了本土的"民间"话语资源，用民间文化"小传统"来颠覆儒家文化"大传统"，用"民间"审美理念来建构五四新的诗歌话语体系。

1917 年 2 月，《新青年》第 2 卷第 6 号刊登了胡适的《白话诗八首》（包括《朋友》《赠朱经侬》《他》等），这是中国新诗史上的标志性事件。胡适，作为五四白话新诗之第一人，"登高一呼"，而"四方响应"："北京有我的朋友沈尹默、刘半农、周豫才、周启明、傅斯年、俞平伯、康白情诸位，美国有陈衡哲女士，都努力做白话诗。白话诗的实验室里的实验家渐渐多起来了。"① 1917—1922 年，《新青年》《少年中国》《新潮》《时事新报》等新文学期刊，均先后开辟了新诗专号或专栏，发动并组织了一系列有关白话新诗创作和理论的探讨，成为中国新文学史上最早关于新诗的理论批评性文字。

这些文字虽论者不同，观点也不尽一样，但都大量而频繁地使用"自然""真实""具体""自由""普通""平民""创造"等与"民间"话语相关的词汇。究其原因，主要是与五四新文学革命倡导的"民间"话语理念分不开。他们坚持"一切新文学的来源都在民间"②，"要煮清茶，须亲到山头找源泉去"③，秉承"文学革命自当从'民间文学'入手"④ 的做法。作为五四白话新诗话语系统的建构者，胡适、刘半农、周作人等十分注意挖掘、彰显乃至利用"民间"话语中异质于古典诗歌传统的审美元素，并加以现代转化和改造，最后将之熔铸到五四白话新诗的理论建构中来，从而使"自然""真实""创造"等民间理念成为五四白话新诗创作与批评最基本、最重要的准则。

一 自然：从"自然的音节"到"内在的韵律"

"自然"这一概念，首见于老子《道德经》第二十五章："域中

---

① 胡适：《尝试集·自序》，上海亚东图书馆 1920 年版。
② 胡适：《白话文学史》，姜义华主编《胡适学术文集·中国文学史》，中华书局 1998 年版，第 155 页。
③ 康白情：《新诗底我见》，《少年中国》1920 年 3 月 15 日第 1 卷第 9 期。
④ 梅光迪：《致胡适信四十六通·第三十三函》，罗岗、陈春艳编《梅光迪文录》，辽宁教育出版社 2001 年版，第 162 页。

有四大，而人居其一焉。人法地，地法天，天法道，道法自然。"作为一个重要的哲学命题，"自然"主要指事物存在、运动、变化的一种非人为的、本然的特性或状态。在中国古典诗学中，有"人禀七情，应物斯感，感物吟志，莫非自然"（刘勰《文心雕龙》）、"诗者，天地自然之音也"（李梦阳《诗集自序》）等说法，还有陶渊明、李白、韦应物等推崇"自然"的诗人。"自然"，可以说是中国古典诗学最为重要的创作与批评原则。近人王国维主张"以自然之眼观物，以自然之舌言情"，更是将"自然"视为文学批评的最高境界之一。在西方，特别是在"回归自然"的欧洲浪漫主义运动中，"自然"与"人性""天才""创造"等同，成为现代诗学"反传统""反理性"和"反技术"的一面旗帜。在谈及浪漫主义运动的崇尚"自然"时，谁也不能否认其与民间歌谣运动的关系。珀西之于柯勒律治、华兹华斯诗歌的关系，赫尔德、格林兄弟之于德国的狂飙突进运动，已获得文学史的公认。然而，这样一种以"自然"为中心的美学境界和诗学追求，却在中国宋元以来刻意雕琢和过于文饰的"文人之诗"中几乎消亡殆尽。要改变诗歌发展的衰颓之势，则只可返求之于"民间"。

1919年10月10日，《星期评论》发表了胡适的《谈新诗》，并将之作为辛亥革命"八年来的一件大事"来看待。此时，胡适的文学思想，已从五四文学革命初期的"破"转到了新文学建设的"立"上来，重点思考的是如何用"白话"这种民间的语言形式来创造一种"国语的韵文"——"新诗"。在这篇题为《谈新诗》的理论性文字中，"自然"一词反复出现、频率极高地被使用。在某种程度上，我们可以说"自然"是胡适白话新诗理论最重要的"关键词"。胡适认为：

（1）五四白话新诗是第四次诗体的大解放，是诗歌发展的"自然"趋势和"自然"演进的结果。"这种解放，初看去似乎很激烈，其实只是《三百篇》以来的自然趋势。"胡适这里所说的"自然"，其实就是"进化"论的哲学观在文学上的表现。通过"自然"（"进化"论）的文学观，白话新诗的在中国诗歌史上的合法性地位就被确立起来。

（2）五四白话新诗的音节应该是"自然的音节"。"诗的音节全靠两个重要分子：一是语气的自然节奏，二是每句内部所用的自然和谐……"在这里，胡适跳出了传统诗歌音节的外部律，而强调新诗的创作要注重"研究内部的组织"，只有这样才能创作出"和谐"的"自然的音节"来。

在胡适看来，白话新诗创作要真正做到"诗体的大解放"，就得遵循"自然"的审美原则："若要作真正的白话诗，就要充分采用白话的字，白话的文法，和白话的自然的音节，非做长短不一的白话诗不可。这种主张，可叫做'诗体的大解放'。诗体的大解放就是把从前一切束缚自由的枷锁镣铐，一切打破：有什么话，说什么话；话怎么说，就怎么说。这样方才可有真正白话诗，方才可以表现白话的文学可能性。"①

《谈新诗》发表之后，胡适的这篇诗论被大量转载和引用，被视为五四白话新诗创造和批评的金科玉律。② 胡适的后来者们更是将"自然"（或相近的"天然""自由""谐和"等）视为五四白话新诗最高的美学原则和不二的诗学理想。③ 诸如，俞平伯认为，"原始的诗——诗底素质——莫不发乎天籁，无所为而然的"④，宗白华认为，"新诗的创造，是用自然的形式，自然的音节，表写天真的诗意与天真的诗境"⑤，等等。

诗人康白情在谈及新诗时，认为"新诗排除格律，只要自然的音节"。何谓"自然的音节"？康白情说："情发于声，因情的作用起了

---

① 胡适：《我为什么要做白话诗》，《新青年》1919 年 10 月 1 日第 6 卷第 5 号。

② 参见朱自清《中国新文学大系·诗集·导言》，《朱自清全集》第 4 卷，江苏教育出版社 1996 年版，第 367 页。

③ 参见谢志熙《汉诗现代革命的理念是为何与如何确立的》，《中国现代文学研究丛刊》2005 年第 3 期。

④ 俞平伯：《诗底进化的还原论》，《诗》1922 年 1 月第 1 卷第 1 号。

⑤ 宗白华：《新诗略谈》，《少年中国》1920 年 2 月 15 日第 1 卷第 8 期。

感兴，而其声自成文采。看感兴底深浅而定文采底丰歉。这种的文采就是自然的音节。"并将"自然的音节"与诗人更内在的"感兴"联系起来："我们底感兴到了极深底时候，所发自然的音节也极谐和，其轻重缓急抑扬顿挫无不中乎自然地律吕。……情动于中而形于言，莫知其然而然的。无韵的韵比有韵的韵还要动人。……感情内动，必是曲折起伏，继续不断的。他有自然地法则，所以发而为声成自然的节奏；他底进行有自然的步骤，所以其声底经过也有自然的谐和。""诗要写，不要做；因为做足以伤自然的美。……总之，新诗里音节底整理，总以读来爽口，听来爽耳为标准。"①

正是鉴于康白情的论述，胡适在《尝试集》再版时，将新诗的"自然的音节"论予以发展，阐释为："'凡能充分表现诗意的自然曲折，自然轻重，自然高下的，便是诗的最好音节'，古人叫做'天籁'的，译成白话，便是'自然的音节'。"按照这样一个再界定，胡适认为自己《尝试集》中只有《老鸦》《老洛伯》《关不住了》《希望》《应该》等14篇才是真正意义的"白话新诗"。② 至此，胡适关于白话新诗"自然的音节"的理论才最终定型，其侧重点也从最初的"诗体"过渡到此时的"诗意"，并成为早期白话新诗"自然"论的阶段性成果。

作为"异军突起"的郭沫若，在五四白话新诗"自由""解放"的道路上则走得更远。"我自己对于诗的直觉，总觉得以'自然流露'为上乘。……诗的创作贵在自然流露。"③ 在一首题为《春蚕》的诗中，郭沫若以春蚕"吐丝"喻诗人"作诗"："蚕儿呀！／我且问你：／你可是出于有心？／你可是出于无意？／你可是出于造作矫揉？／你还是出于自然流泻？""我想你的诗，／终怕出于无心，／终怕出于

---

① 康白情：《新诗底我见》，《少年中国》1920年3月15日第1卷第9期。
② 参见胡适《〈尝试集〉再版自序》，姜义华主编《胡适学术文集·新文学运动》，中华书局1993年版，第409页。
③ 郭沫若：《论诗三札》，见杨匡汉、刘福春编《中国现代诗论》（上），花城出版社1985年版，第59页。

自然流泻。"郭沫若尤为注意新诗创作中的"无心"与"自然流泻"，将新诗韵律上的"自然"与诗人更内在的"情绪""心灵"结合起来："诗之精神在其内在的韵律（Intrinsic Rhythm）……内在的韵律便是'情绪的自然消涨'……内在的韵律诉诸于心而不诉诸于耳。"①这样一来，郭沫若的"自然"论在胡适、康白情的基础上又迈进了一大步，进入诗歌的"本体"论的层面。

至此，新诗"自然"理论的重点就由"外"而"内"，从"自然的音节"过渡到"内在的韵律"，从"诗体""诗感"转向了"诗意""诗情"，从"语言""形式"层面推进到"情感""思想"层面。

二 真实："个性之真"与"社会之实"

与五四白话新诗的"自然"论紧密联系在一起的，是五四白话新诗的"真实"论。

"真"作为一个概念，始于道家，指事物及人的本质、本相、本色，儒家以"诚"为"真"，重点指向人的天赋本性，一种自然而又真实的存在状态。庄子首次将"真"引入文艺美学领域，"真在内者，神动于外"，司空图亦标举诗之"真体""真力""真迹"，晚明诗人提出"真人""真性""真诗"之说，从而确立了"真"在诗学中的审美地位。②

在五四"白话新诗"的倡导期，"真"这一诗学的本体范畴被重新发掘出来。"人言'山惟草树与泉石，/未加雕饰何新奇？'/我言'草香树色冷泉丑石都自有真趣，妙处恰如白话诗'。"沈兼士的这首题为《真》的白话诗，恰如其分地概括出了五四初期白话新诗向民间真诗靠拢的美学追求。

作为五四文学革命"闯将"的刘半农，是一个对"真"一直情

----

① 郭沫若：《论诗三札》，见杨匡汉、刘福春编《中国现代诗论》（上），花城出版社1985年版，第51页。

② 参见陈良运《论"真"的美学内涵》，《东南学术》2002年第6期。

有独钟的人："我爱看的是真山真水，无论是江南的绿畴烟雨，是燕北的古道荒村，在我看来是一样的美，只是色彩不同罢了。至于假山假水，无论做得如何工致，我看了总觉得不过尔尔。"① 他认为"作诗本意，只须将思想中最真的一点，用自然音响节奏写将出来，便算了事，便算极好"。为此，他痛斥古代那些所谓的诗人"灵魂中本没有一个'真'字，又不能在自然界及社会现象中，放些本领去探出一个'真'字来，却看得人家作诗，眼红手痒，也想勉强胡诌几句，自附风雅。于是，真诗亡而假诗出现于世"。在这里，刘半农极为看重诗人思想之"真"和性情之"真"，视"真"为诗歌最高的美学追求："《国风》是中国最真的诗——《变雅》亦可勉强算得——以其能为野老征夫游女怨妇写照，描摹得十分真切也。后来只有陶渊明、白香山二人，可算是真正诗家。以老陶能于自然界中见到真处，老白能于社会现象中见到真处。"并认为孔子以"思无邪"的眼光来删诗，"简直是中国文学上最大的罪人了"。②

> 我爱看的是真山真水，无论是江南的绿畴烟雨，是燕北的古道荒村，在我看来是一样的美，知识色彩不同罢了。之于假山假水，无论做得如何工致，我看了总觉得不过尔尔。因此我不大喜欢逛公园。即如北海，在公园中也可以算得数一数二的了，但在我脑筋中，总留不下一些影子，倒不如什刹海的秋田一角，陶然亭的芦荻翻风，使我想到了就不禁悠然神往。③

刘半农的新诗"真实"论，显然是受到了"真诗在民间"理念的影响。明朝晚年，在阳明心学和人欲解放思想的影响下，追求"真性真情"的诗人不满于"复古"的诗坛现状，将目光普遍转向了"民间"和"底层"，在流行于桑间濮上、勾栏瓦肆的"民歌时调"

---

① 刘半农：《国外民歌译·自序》，北新书局 1927 年版。
② 刘半农：《诗与小说精神上之革新》，《新青年》1917 年 7 月 1 日第 3 卷第 5 号。
③ 刘半农：《国外民歌译·自序》，北新书局 1927 年版。

中发现了"真诗"。其代表人物冯梦龙在《序山歌》中认为：（1）为上层文人所不屑的民歌时调，自然而天成，不虚伪，不矫饰，"乃民间性情之响"，是民间性情的真实表达；（2）文人学子应学习民间诗作的赤子情怀，来"借男女之真情，发名教之伪药"；（3）民间诗歌区别于文人之诗的地方就在一个"真"字上，正所谓"情真乃不可废"。① 刘半农认为，诗歌之"真"，一为诗人个人思想、情感之"真"；一为自然、社会事实之"真"。鉴于此，刘半农十分羡慕儿童性情之"真"：

> 你饿了便啼，饱了便嬉，
> 倦了思眠，冷了索衣。
> 不饿不冷不思眠，我见你整日笑嘻嘻。
> 你也有心，只是无牵记；
> 你也有眼耳鼻舌，只未着色声香味；
> 你有你的小灵魂，不登天，也不坠地。
> 呵呵，我羡你，我羡你，
> 你是天地间的活神仙！
> 是自然界不加冕的皇帝！
>
> ——《题小蕙周岁日造像》

白话新诗的"真实"论，从古代民间诗学中获得某种启示，并服膺于五四新文学启蒙的需要：一方面，要求诗人真实地表现个人的思想、灵魂和性情，暗合的是五四对"人"的张扬，即"人的文学"。如郭沫若所言："我们的诗只要是我们心中的诗意诗境之纯真的表现，生命源泉中流出来的 Strain，心琴上弹出来的 Melody，生之颤动，灵的喊叫，那便是真诗，好诗；便是我人类欢乐的源泉，陶醉的美酿，

---

① 冯梦龙：《序山歌》，见郭绍虞主编《中国历代文论选》（3），上海古籍出版社 2001 年版，第 231 页。

慰安的天国。"① 另一方面，又要求诗人去观察自然与社会，尤其是底层民众的生活情状，"在自然界中见到真处"，"在社会现象中见到真处"，暗合的是五四对"民"的凸显，即"平民的文学"。从这些来看，五四白话新诗的"真实"论，就带上了个性解放和社会解放的双重色彩，体现了五四新文学的启蒙性诉求。

"人到世间，本来是赤裸裸，/本来没有污浊，却被衣服重重的裹着，这是为什么？难道清白的身，不好见人吗？/那污浊的，裹着衣服，就算免了耻辱吗？"（沈尹默《赤裸裸》）"我们不过是穷乏的小孩子。偶然想假装富有，脸便先红了"（郑振铎《赤子之心》），就是五四白话新诗追求"个性之真"的两个典型诗例。另外，胡适、沈尹默、周作人、刘半农、康白情、刘大白等早期白话诗人，在展示自己真实艺术个性的同时，也表达了诗人对弱势群体的关注与同情，自觉地配合着五四新诗的启蒙性诉求。如胡适、沈尹默的同题新诗《人力车夫》，刘半农的《相隔一层纸》《车毯》《学徒苦》《卖萝卜人》，康白情的《"棒子面"》《先生和听差》，刘大白的《田主来》《卖布谣》，等等，都充分凸显了五四白话新诗的"平民化"品格和民间现实情怀。"我们要求'真率'，有什么话便说什么话，不隐匿，也不虚冒。我们要求'质朴'，知识把我们心里所感到的坦白无饰地表现出来，雕凿与粉饰不过是'虚伪'的逃遁所，与'真率'的残害者。"② 这是《雪朝》八诗人的真实心声，也是五四新诗的共同追求。

稍晚于刘半农的俞平伯，亦受到"真诗在民间"理念的影响："我平素很喜欢民歌儿歌这类作品，相信在这里边，虽然没有完备的艺术，却有诗人底真心存在。"③ "其实歌谣——如农歌，儿歌，民间底艳歌，及杂样的谣谚——便是原始的诗，未曾经'化装游戏（Sub-

---

① 郭沫若：《论诗三札》，见杨匡汉、刘福春编《中国现代诗论》（上），花城出版社1985年版，第54页。
② 郑振铎：《〈雪朝〉短序》，商务印书馆1922年版。
③ 俞平伯：《诗的自由与普遍》，《新潮》1921年10月第3卷第1号。

limation）的诗。"① 并将刘半农关于新诗的"真实"言论发展为两种信念，提出了新诗创作中的"自由"与"普遍"原则：（1）"自由"，指向诗人真实的个性："我相信诗是个性的自我——个人底心灵底总和——一种在语言文字上的表现，并且没条件没限制的表现"；（2）"普遍"，则指向群体和社会："诗不但是自感，并且还能感人；一方是把自己底心灵，独立自存的表现出来；一方又要传达我底心灵，到同时同地，以至于不同时不同地人类。"② "自由"与"普遍"，看似矛盾，其实并不"相妨"，两者辩证地统一于"真实"。郭沫若有一个说法，"个性最彻底的文艺便是最有普遍性的文艺，民众的文艺"③，可以看作"自由"与"普遍"关系的最好注解。

新诗如何达到这样的两个方面的"真实"呢？五四新诗人认为，首先，有赖于诗人人格的培养，包括诗人创作动机的纯正、自由独立个性的养成、艺术品性的完善，等等。"如真要彻底解决怎样做诗，我们就先得明白怎样做人。……诗底心正是人底心，诗底声音正是人底声音。'不失赤子之心'的人，才是真正的诗人，不死不朽的诗人。"④ 其次，还得多多接触真实的自然和社会：（1）"在自然中活动"。"直接观察自然现象的过程，感受自然的呼吸，窥测自然的神秘，听自然的音调，观自然的图画。……在自然中的活动是养成诗人人格的前提。"（2）"在社会中活动"。"诗人最大的职务就是表写人性与自然。而人性最真切的表示，莫过于在社会中活动——人性的真相只能在行为中表示——所以诗人要想描写人类人性的真相，最好是自己加入社会活动，直接的内省与外观，以窥看人性纯真的表现。"⑤

这样，五四新诗的"真实"论就将五四时期倡导的个性的解放与

---

① 俞平伯：《诗底进化的还原论》，《诗》1922 年 1 月第 1 卷第 1 号。
② 俞平伯：《诗底自由和普遍》，1921 年 10 月《新潮》第 3 卷第 1 号。
③ 郭沫若：《论诗三札》，见杨匡汉、刘福春编《中国现代诗论》（上），花城出版社1985 年版，第 52 页。
④ 俞平伯：《〈冬夜〉自序》，上海亚东图书馆 1922 年版。
⑤ 宗白华：《新诗略谈》，《少年中国》1920 年 2 月 15 日第 1 卷第 8 期。

社会的解放有机地统一起来，共同指向五四文学的共同主题——"人的文学"与"平民的文学"。

三 创造："新诗的精神端在创造"

胡适在写作《白话文学史》时就指出"民间的小儿女，村夫农妇，痴男怨女，歌童舞妓，弹唱的，说书的，都是文学上的新形式与新风格的创造者"。① 充分肯定了来自"民间"的创造性。郑振铎也曾指出"创造"是民间的一个重要特质，"勇于引进新的东西。凡一切外来的歌调，外来的事物，外来的文体，文人学士们不敢正眼儿窥视之的，民间的作者们却往往是最早的便采用了，便容纳了它来"。② 其实这一点，比较容易理解。民间由于较少受到传统和体制的约束，其自由自在的品格决定了民间的主体——民众——可以自由自在、随心所欲地去表现自己的"想象力"和"创造力"。

1916 年 7 月 22 日，胡适创作了新文学史上"第一首白话诗"③ ——《答梅觐庄》。该诗虽是一首"打油"之作，还被梅光迪讽为"莲花落"。但胡适却坚定了这种敢于冒天下之大不韪的尝试精神。7 月 26 日，他在致任叔永信中说："吾志已决矣。吾自此以后，不更作文言诗词。"8 月 4 日，更是悲壮地说："我此时练习白话韵文，颇能新辟一文学殖民地。可惜须单身匹马而往，不能多得同志，结伴而行。然我去志已决。"④ 正是胡适的这种"敢于尝试"的精神以及"放胆创造"的勇气，才能有后来五四新诗乃至整个五四新文学全新的局面。

1920 年之前，白话新诗的创作还未能形成气候，白话新诗的理

---

① 胡适：《白话文学史》，姜义华主编《胡适学术文集·中国文学史》，中华书局1998 年版，第 155 页。
② 郑振铎：《中国俗文学史》，东方出版社 1996 年版，第 4 页。
③ 司马长风：《中国新文学史》，昭明出版社 1975 年版，第 36 页。
④ 胡适：《逼上梁山》，《东方杂志》1934 年 1 月 1 日第 31 卷第 1 期。

论建设更是相当薄弱。要彻底动摇"旧诗"的统治性地位，巩固白话新诗的已有成果并谋其长远发展，新诗人必须得有一种开辟鸿荒的"创造"精神。"好凄冷的风雨啊！/我们俩紧紧的肩并着肩，手携着手，/向着前面的'不可知'，不住的冲走。/可怜我们全身都已湿透了，/而且冰也似的冷了，/不冷的只是相并的肩，相携的手了。"刘半农的这首《我们俩》，恰如其分地表达出了五四新诗人在困难面前相携作战、共同创造新诗美好未来的决心和想法。

刘半农早在"文学革命"的倡导期，就十分重视从民间汲取营养，敢于引进新的东西。他曾就"韵文"的改良提出了三点建议："破坏旧韵重造新韵"、"增多诗体"、"提高戏曲对于文学上之价值"，认为新诗应从古风、乐府、方言、戏曲中吸取养分，充分发挥民间资源在新诗建设中的作用。"彼汉人既有自造五言诗之本领，唐人既有造七言诗之本领。吾辈岂无五言七言之外，更造他种诗体之本领耶。"① 综观刘半农的新诗创作，其《扬鞭集》《瓦釜集》中的大部分诗作，均章无定节，节无定句，句无定字，字无定声，诗歌的语言和体式亦相当的自由与随意。在谈到自己的新诗创作时，刘半农不无得意地说："我在诗的体裁上是最会翻新鲜花样的。当初的无韵诗，散文诗，后来的用方言拟民歌，拟'拟曲'，都是我首先尝试。"② 在此，仅以他的《拟儿歌》小作分析：

> 羊肉店！羊肉香！
> 羊肉店里结着一只大绵羊，
> 吗吗！吗吗！吗吗！吗！……
> 苦苦恼恼叫两声！
> 低下头去看看地浪格血，
> 抬起头来望望铁勾浪！

① 刘半农：《我之文学改良观》，《新青年》1917年5月1日第3卷第3号。
② 刘半农：《扬鞭集·自序》，赵景深、杨扬辑注《半农诗歌集评》，书目文献出版社1983年版。

> 羊肉店，羊肉香，
> 阿大阿二来买羊肉肠，
> 三个铜钱买仔半斤零八两，
> 回家去，你也夺，我也抢——
> 气坏仔阿大娘，打断仔阿大老子鸦片枪！
> 隔壁大娘来劝劝，贴上一根拐老杖。

这首诗模拟儿歌，用江阴方言创作而成。刘半农从羊面临被宰割时"苦恼"的叫声和吃羊肉者的"抢夺"中来赋予寓意，寓当时北洋军阀政府的明争暗斗、你抢我夺，以及平民老百姓被宰割的命运和无尽的苦恼。该诗充分运用民间的语言（江阴方言）、民间的形式（拟儿歌）、民间的手法（政治讽刺）等，实现了对民间歌谣的创造性改造。

刘半农在新诗创作中这种敢于"增多诗体""翻新鲜花样"的创造精神，很大程度上与其重视民间文学的"创造精神"有关。康白情将民间的创造精神借用到新诗中来，更加旗帜鲜明地指出"新诗的精神端在创造"。"我以为与其研究关于作品底空论，宁肯观摩古今真正的作品，而与其观摩别人的作品，又宁肯自己去创造。新诗底精神端在创造。我愿世间文学的天才，努力探寻宇宙底奥蕴，创造成些新诗，努力修养，创造自己成一个新诗人！""因袭的，摹仿的，便失掉他底本色了。"[1] 康白情的诗歌创作以"剪裁时代的东西，表个人的冲动"[2] 为原则，很好地将民间的"创造"精神融注其中。在"创造"这一点上，康白情可能比同时代的其他诗人走得更远。他敢于自由吐出心里的东西，"无益于创造而创造了，无心于解放然而他解放的成绩最大"。[3] "草儿在前，/鞭儿在后。/那喘吁吁的耕牛，/正担着犁鸢，/目古着白眼，带水拖泥，/在那里'一东二冬'的走

---

① 康白情：《新诗底我见》，《少年中国》1920 年 3 月 15 日第 1 卷第 9 期。
② 同上。
③ 胡适：《评新诗集·康白情的〈草儿〉》，《读书杂志》1922 年 9 月 3 日第 1 期。

着。"康白情的这首《草儿在前》将古诗音韵的"一东二冬三江……"融入新诗诗句中，化为耕牛在泥水中走路的声音"一东二冬"。这种颇有意思的写法为废名所激赏，"作者将对于旧诗的怨苦很天真的流露出来了，他不是有意的挖苦，只是一点儿游戏的讽刺，因此见他的一种'修辞立其诚'，比喊起口号来打倒旧诗有趣多了"。① 充分肯定了康白情在新诗创作中的"自由意识"和"创造精神"。俞平伯在为《草儿》作序时，也充分肯定了这一点："白情做诗底精神……就是创造。他明知创造的未必定好，却始终认定这个方法极为正当，很敢冒险放开手做去。若这本集子行世，能使这种精神造成一种风气，那才不失他底意义。……如果但取形式，忘了形式后面底精神，那么辗转摹仿，社会上就万不会有新东西了"，"我最佩服是他敢于用勇往的精神，一洗千年来诗人底头巾气，脂粉气。他不怕人家说他 too mystic，也不怕人家骂他荒谬可怜，他依然兴高采烈地直直地去。"② 因而，我们可以从某种程度上说，《草儿》《冬夜》等早期诗作跟胡适的《尝试集》一样，其意义和价值"不在建立新诗的规范，不在与人以陶醉于其欣赏里的快感，而在与人以放胆创造的勇气"。③

从胡适最初的"破"，到现在的"立"，五四白话新诗走过了差不多五六年筚路蓝缕的艰难历程。而其间，新诗的倡导者、创作者、诗论家均不约而同地把目光投向了"民间"，并发出了"喜欢做诗的，必得到民间去学啊"④ 的真切感言，他们希望从中国一切文化的"源头"——民间——来寻得足以供新诗话语体系建设发展需要的本土资源。俞平伯的弟子吴小如先生谈到这一点时说："在'五四'时

---

① 废名：《论新诗及其他》，辽宁教育出版社 1998 年版，第 97 页。

② 俞平伯：《〈草儿〉序》，上海亚东图书馆 1922 年版。

③ 陈子展：《中国近代文学之变迁 最近三十年中国文学史》，上海古籍出版社 2000 年版，第 293 页。

④ 俞平伯：《诗底进化的还原论》，《诗》1922 年 1 月第 1 卷第 1 号。

期，当时有些作家写新诗就从民族传统的韵文中去寻'根'觅'源'，比如刘半农、康白情的作品基本上就走的这条路。而为了在国内寻根觅源，又不想走五七言古近体诗的老路，于是很自然、也很容易地就找到了我国民间固有的民谣和山歌。这就是顾颉刚、魏建功诸先生为什么有一段时间大量采辑并提倡民谣和山歌的真正背景。而平伯师最后一本新诗集《忆》，走的也正是继承并发展民谣和山歌的道路。"① 民间话语分别在诗歌的语言形式、方法技巧、审美理念、思想情感等方面给予五四白话新诗以重要的参考和借鉴。五四新诗将从"民间"那里中获得的鲜活资源，诸如，清新活泼的白话口语、和谐自然的韵律节奏、自由真挚的个性情感、具体直接的写作手法以及开拓创新的精神气质等，与五四文学革命从西方借鉴而来的现代诗学理论相掺和、交媾，充分地融合、搅拌，初步形成了五四新诗理论体系"现代性"建构。正是在这样的理论建构下，五四白话新诗才取代传统文言旧诗，在 20 世纪中国文学史上的主导地位得以确立。1920 年至 1922 年，仅以出版的新诗集计就达 10 多种，包括胡适的《尝试集》、郭沫若的《女神》、俞平伯的《冬夜》、康白情的《草儿》、汪静之的《蕙的风》、湖畔诗社的《湖畔》、朱自清等的《雪朝》等。这些诗集既有力地回击了对于白话新诗的讥讽和攻讦，也消除了人们对于新诗是否可以真正取代旧诗的疑虑，充分展示了五四白话新诗的创作实绩。1922 年 1 月，中国新文学史上第一个专门诗歌刊物《诗》创刊，成为一个标志性事件，预示着中国新诗走过了五四艰难的草创期而迈入更为坚实的发展进程中。

（原载《湖北大学学报》2014 年第 3 期）

---

① 乐齐、孙玉蓉编：《俞平伯诗全编·序言》，浙江文艺出版社 1992 年版。

沈从文湘西民歌搜集整理
与其新诗创作的关系

湘西民间歌谣是湘西地区民俗民风的重要组成部分，是湘西民众反映生产生活、表达思想感情的重要工具，其历史悠久、传唱广泛。朱熹《楚辞论集》中："昔楚南郢之邑、沅湘之间，其俗信鬼而好祀，其祀必请巫觋作乐，歌舞以娱神。"记录的就是湘西民间歌谣的巫歌。而除了祭祀庆典这种正式场合演唱的巫歌之外，山歌、小调、劳动歌、风俗歌则以一种更为轻松自然的方式广泛渗透于湘西人的生命之中，几乎达到无人不歌、无事不歌、无处不歌的程度。

沈从文是从湘西走出来的现代作家，他对湘西的民间歌谣情有独钟。他刚到北京之初，即遭遇了生命最艰难困窘的时期，是湘西民歌给了沈从文都市生存的勇气，并促使沈从文走上了新文学创作的道路。

一　沈从文搜集整理湘西民歌的缘起

关于搜集整理湘西民间歌谣的最初原因，沈从文本人未曾进行过多的直接描述或解释，只在其搜集整理的《筸人谣曲》的《前文》中有所提及："可是我渐渐感到我所知道的山歌太少了，许多许多我能摹想得到的那类青年男女的事情，就找不到一首更朴质合乎实境的歌来唱。因此我才想起写信转故乡去找寻那些东西。"① 颇有"书到用时方恨少"之意，至于为何急于用"书"，他明确写道："一见到她们，或是听到一个地方，幽幽的有了女人说话声音时，总不能自制，我对这类健康的娱乐生一种遐想。"即使向往，却又无从实现，于是"每日每日到半坡上去低低的唱我所知道的那几首山歌"，"小小麻雀才出窠，一翅飞到田落角，只有麻雀胆子小，看到谷黄不敢剥"，"唱个山歌把姣兜，看姣抬头不抬头；马不抬头吃嫩草，人不抬头少风流"。② 不难发现，抒唱男女情状的民歌成了二十出头的沈从文对爱情极度渴望的寄托和望而不得、幽思难遣的发泄途径，这是他搜集湘西民歌最直接的心理动因。

至于另一个隐而未说的重要原因，需要我们设身处地考虑沈从文当时的境况：怀揣七块六毛钱，只身从偏居一隅的蛮荒之地来到几百万人口的大北京，一心想着"读好书救救国家"却屡遭落榜。读书无路，转而写作，没日没夜伏案的结果却是所有稿件石沉大海，杳无消息。在忍受理想上的绝望的同时，还备受现实生存的折磨，寄居在"霉而窄小斋"，一身单衣，两床棉被是全部过冬之物。吃饭常常上顿不接下顿，冷极了去京师图书馆烤火，饿极了靠喝开水充饥。他 1924 年 11 月至 12 月写下的日记体散文《公寓中》便记录了当时的生活："独居生活的幽闭、欲望不能达成的焦虑、不断的挫败与失意，以及自怨自艾的感伤。"③ 当他终于得到第一份工作，在香山慈幼园图书馆做了小办事员后，却又因卑微寒酸受到教务长的挖苦和同事的轻视。这一切，都让沈从文深深体会到了都市生存的不易和人情的冷漠。

综观其 1928 年以前的作品，有关回忆湘西故乡生活的文字占压倒性比重。凌宇认为，这是"一种对孤独，为人情冷漠挫伤的都市生活经历的心理反映现象"。沈从文"企图从往事中寻找由友谊和亲情

---

① 沈从文：《沈从文全集》第 15 卷，北岳文艺出版社 2002 年版，第 18 页。
② 同上书，第 17 页。
③ 姜涛：《"公寓空间"与沈从文早期作品的经验结构》，《中文自学指导》2007 年第 2 期。

构成的人间温暖与同情"。① 这时除了回忆，饱含了"爱和热情"的湘西民歌显然成了沈从文最容易得到的安慰。由此，我们也许不难理解为什么他在最困难的日子里还要屡次委托表弟代为搜集、抄录家乡民歌了。可以说，一方面他借此获取来自故乡的温暖，另一方面则是对都市人情冷漠的反抗。用他自己的话讲，"若是同一个新式城中女人去唱歌，高雅点去作诗，那可不行，最好，还是赶快找一点钱吧"。② 而家乡唱着民歌的男男女女却是靠着真率、质朴来获得属于自己的纯洁爱情。

上述两点是沈从文搜集民歌主要的内在因素，但并不能以此解释其对民歌细致的筛选，考证及后来的编辑、发表工作。要彻底弄清这个问题，有必要结合当时新诗的发展状况和相关文学事件进行分析。

沈从文的民歌搜集活动集中在 1924 年至 1927 年。这一时期，正是中国新诗的"建设期"，新诗的写作资源是诗坛关注的一个重点。用古典的旧辞藻，产生不了现代意义的新诗，而一律借用西方的词汇、概念，又造成中国新诗本土因子的缺乏，往往为人所诟病。这个问题，已被刚刚尝试新诗创作的沈从文注意到了，为此他创作了民歌体的新诗《乡间的夏》。沈从文说，"至于最新的什么白话诗呢，那中间似乎又必须要加上云雀、夜莺、安琪儿、接吻、搂抱"才行，"若因袭而又因袭，文字的生命一天薄弱一天，又那能找出一点起色？因此，我想来做一种新尝试"。③ 可以说，沈从文对湘西民歌的搜集是在有意识地为新诗寻找新的创作资源。既无家学渊源又不是科班出身的沈从文，也正是通过诸如《乡间的夏》之类的民歌体新诗走上新文学创作之路的。

其实，当时的北大歌谣运动还正处于方兴未艾的状态。从 1918 年设立歌谣征集处，到 1925 年 6 月《歌谣周刊》的停刊，前后近八年时间，以刘半农、周作人、胡适为代表的一批北大知识分子，掀

---

① 凌宇：《沈从文正传》，江苏文艺出版社 2010 年版，第 93 页。
② 沈从文：《沈从文全集》第 15 卷，北岳文艺出版社 2002 年版，第 34 页。
③ 同上书，第 7 页。

起的这场近世规模庞大的民间歌谣征集运动，动员全校教授、职员、学生乃至社会各界人士参与其中，影响可谓深远巨大。而沈从文1924 年至 1927 年，基本上都生活在北大附近的学生公寓里，"他们被北大开放的校风，自由旁听的制度，以及周边浓郁的文化氛围所吸引，游走于课堂、图书馆、街道和公寓之间，彼此联系，互通声息，构成独特的文化生态"。① 直至晚年，沈从文还对当年北大的公寓生活记忆犹新，"以红楼为中心，几十个大小公寓，所形成的活泼文化学术空气，不仅国内少有，即在北京别的学校也希见"。② 由于临近北大加上表弟黄村生的引荐，沈从文陆陆续续结识了一大批北大的学生，如冯至、陈炜谟、杨晦、刘梦苇、陈翔鹤、黎锦明等，并与北大学生会主席董景天成为很要好的朋友。北京大学的歌谣运动所造成的氛围无疑影响到正在尝试新文学创作的沈从文。

沈从文湘西民间歌谣搜集的直接成果，是《筸人谣曲》及《筸人谣曲选》的陆续发表。而更为深远的影响，则是为沈从文此后的文学创作，尤其是新诗创作，注入了源源不断的能量，影响并形成了沈从文迥异于同时代其他作家的鲜明特色。

二　湘西民歌对沈从文新诗创作的影响

综观沈从文的所有作品，他早期所创作的新诗是受湘西民间歌谣影响最明显深刻的一类。

第一，表现在语言风格上。湘西民歌夹杂了大量的方言土语，而沈从文早期新诗中的湘西方言和苗语，运用得十分普遍。典型作品如《乡间的夏》，使用最纯正的凤凰方言共计 12 种，依次为："身小伢仔""相骂相哄""打眼闭""您妈""一个二个""苗老庚""倒到"

---

① 朱海涛：《北大与北大人》，见陈平原《北大旧事》，三联书店 1998 年版，第362—364 页。

② 沈从文：《忆翔鹤》，《沈从文全集》第 12 卷，北岳文艺出版社 2002 年版，第 255 页。

"乖生乖生了""捋毛""鸡鸭屎""饭蚊子""眼屎懵懂"。此外，还有两个常用苗语："代狗"和"代帕"（意即青年男、女）。其他如《镇筸的歌》《初恋》《还愿》《春》《黄昏》《叛兵》《狒狒的悲哀》《我喜欢你》《月光下》等新诗作品中，湘西方言也随处可见。方言入诗，在某种程度上解决了五四白话新诗本土资源缺乏的问题，而且还为新诗吹来了一股清新自然之风，增添了乡土的气息，丰富了本土的色彩，但也不可避免地给外地读者的阅读和理解带来了困难。为此，鲁迅就对沈从文大量使用湘西方言表现过不满。在一封写给钱玄同的私信中，鲁迅曾戏称沈从文是"孥孥阿文"。① 沈从文后来可能也意识到了问题的存在，自 1927 年后，他所创作的新诗，方言的使用在明显减少。但这并没有影响沈从文新诗的品质，1931 年陈梦家在编选《新月诗选》时，用"朴质无华的辞藻写出最动人的情调"②来评价沈从文的新诗，并选录了沈从文新诗 7 首，成为入选诗歌数量仅次于徐志摩（8 首）的诗人之一。由此可见一斑。

第二，沈从文新诗的表达形式，修辞手法亦受到湘西民歌的明显影响。首先，异于大多数诗人倾向通过意境营造、景物渲染达到抒发情感的目的，沈从文更多采用对话、倾诉与发问的方式。《春》写一个外乡人跟乡长女儿的对话，在对话中，完成对健康自然的男女爱情的礼赞。《曙》和《絮絮》分别从青年嫖客、妓女的立场进行直接诉说，让读者看到了黑暗肮脏角落里绽放的纯洁爱情和人性光芒。《失路的小羔羊》通过孩子对母亲的发问，揭露了人人一副鬼脸的虚伪世界。除此之外，《看虹》《我喜欢你》《月光下》《微倦》《时和空》等作品采用对话、倾诉的方式亦屡见不鲜。对应到湘西民歌，我们不难发现，无论是《筸人谣曲》里的单歌，还是《筸人谣曲选》里的对歌，舍弃这种方式而独立存在的几乎为零。其次，除却这种形式的借鉴，在具体写作中，沈从文还经常嵌用、化用湘西民歌里的句子甚至整首民歌

① 参见鲁迅《致钱玄同》，《鲁迅全集》第 11 卷，人民文学出版社 2005 年版，第 510 页。

② 陈梦家：《新月诗选·序言》，新月书店 1931 年版，第 29—30 页。

作为新诗的一部分，且处理得极为自然。如《乡间的夏》第7节中的"大姐走路笑笑底，一对奶子俏俏底；我想用手摸一摸，心里总是跳跳底"直接嵌用《筸人谣曲选》第1首："大姐走路笑笑底，一对奶子翘翘底，我想用手摩一摩，心里总是跳跳底。"前衔以"轻轻唱个山歌给她听（歌儿不轻也不行！）"，后继以"只看到那个代帕脸红怕丑，只看到那个代帕匆脚忙手"。无论是感情流动还是结构安排，都做到了浑然天成、不露痕迹。这种嵌套，在《春》中表现得更明显，嵌入个别句子的如"鹭鸶夹鱼过大江"，"枫子到时须离枝，它将白云缓缓过山去"。摘用整首民歌的，则对应的是《筸人谣曲》第41首"莫学高粱红了眼，莫学花椒黑了心……"与第33首"大田大坝栽葡萄，葡萄长成万丈高……"此外，"白果好吃白果浓……""头发乱了实难梳……"等虽未收入已整理的民歌中，从原文引号的使用及我们对湘西民歌的实地调研中，也见出确实采自湘西原汁原味的民歌。最后，作为一个极富创造力的诗人，沈从文在直接嵌用的同时，还经常将湘西民歌里的情节或句子作为素材进行化用。例如，《春》中的外乡人请求姑娘给自己表现机会时，说"我请求你许我有机会去你门前踏破那双铁草鞋"，便是化用了《筸人谣曲》第17首"娇家门前一道坡，别人走少郎走多，铁打草鞋穿烂了，不是为你——为哪个？"又如，男子向女子表明恋爱选择对象虽多，但个人钟情的却只有一个，打的比方"火灶里同一时候原烤了千万种粑……这当看各种味道有各人的爱"。就源于《筸人谣曲》第31首的"火内烤粑各有主"一句。

第三，在沈从文的新诗创作中，比喻、重叠等修辞手法运用得十分普遍。一类是明喻。如《我喜欢你》一诗中，把心仪女子的聪明比作"鹿"，把别的许多德性比作"羊"。《X》里的"我"是"一张离了枝头日晒风吹的叶子"，"妹子"化身作"有绿的枝叶的路槐"，离了她，"我"只能半死不活。《初恋》使"我"成了一个"陀螺"，抽动"我"的是"小鞭子"似的年轻尼姑亮晃晃的眼睛。《想——乡下雪前雪后》的雪景"像撒面，像撒盐，山坡全是戴了白帽子"。另一类是稍难理解的隐喻。沈从文经常将身体隐秘部位同自然物象勾连起来，将男女媾合的描写升华为一种纯粹艺术的充满美感想象的意境创造。如《颂》里的"小阜平冈""一草一木""大风撼柳"。沈从文这种手法的运用，极易让人联系到《篁人谣曲》的第 10 首"一株桐子五尺高，我吃豆荚你吃苔，豆荚请你大姐煮……"第 19 首"小小麻雀才出窠，一翅飞到田落角，只有麻雀胆子小，看到谷黄不敢剥"的写法。除比喻之外，沈从文还频繁使用叠字、反复等。以《痕迹》《其人其夜》等为代表，明显借鉴了歌谣中的重叠。又如前面所提及的"笑笑底""俏俏底""跳跳底"等，在此不再赘述。

如果把沈从文新诗的语言、表达形式、修辞手法方面的特色，统一归结为沈从文对湘西民歌的物质外壳的运用，那么沈从文新诗中迸射出来的那一股股热烈、原始、健康的活力，则得益于湘西民歌的精神内核。

众所周知，民间歌谣大多歌男女之情，传倾慕之意，所以热烈赤诚。又往往出自劳动人民之口，唱和于田间地头、山坡峡谷，所以真切自然、火辣直露。湘西处于地理与文化的边缘，民风原始而淳朴，受正统儒家伦理道德的钳制较小。外加苗族性观念的相对开放，"让少年男女在一起玩乐，直到青春期也不分开。允许异性之间有婚前爱情，父母还加以奖励。年轻人在公开场合调情，暗地里过性爱生活"，"婚姻关系没有汉族人那么牢固，婚外婚，离婚，再婚已经司空见惯"。①所以，在湘西民歌里到处可见的是情人间（非夫妻关系）的互唱互答，甚至表现出一定的泛爱思想。这种思想在"原始文化与苗文化混合"②的凤凰往往不被看作过错。《篁人谣曲》第 12、13 首，写两个情人在辣子林里摘辣子的相互雅谑，表明不稀罕家中同床的那位，只盼望与对方做露水夫妻，充分体现了人性中的原始情欲。可贵的是，这种关系并非交易，更非占有，往往溢满了脉脉温情。如第 21 首，一对情人分离时，男子对女子唱的歌"天上起云朵朵蓝，报妹归家要耐烦，莫

---

① 金介甫：《沈从文传》，符家钦译，湖南文艺出版社 1992 年版，第 132 页。
② 张功明：《试论篁人情歌与三峡情歌》，《三峡文化研究》2006 年第 6 辑。

拿丈夫打骂你，莫把小郎挂心尖"，细心为对方着想所体现出的关心已然超越肉欲，呈现出一种近乎亲情的宽厚温暖。主张泛爱的歌如一个捡柴青年唱的："捡柴要捡竹子柴，竹子去了笋又来；联姣要联两姊妹，姊姊去了妹又来。"以为两个不够还要更多的"戴花要带满头红，吃烟要吃三五筒，联姣要联三五个，这个冷淡那个浓"。

作为凤凰之子的沈从文，很自然地汲取了蕴藏于民歌中的生命意识、情感力量与反抗精神。他的很多新诗都折射出热烈、原始，非伦理的一面。代表性的如《颂》："你是一株柳，有风时是动，无风时是动，但在大风摇你撼你一阵过后，你再也不能动了。我思量永远是风，是你的风。"没有任何忸怩造作，可谓大胆直露，热切雄强，与都市中人"在温的接吻中应守着死样的沉默"① 形成强烈对比。最具颠覆性的叙事抒情长诗《曙》，跳出社会传统的伦理框架，对身处社会底层的妓女表现出极大的同情与尊重，甚至在某种程度上充分肯定了她们存在的意义，"我可怜你在生活中所受的摧残"，"于此人间世，我找不出比你这样更其伟大崇高的人格"。可以说，主人公之所以能怀有如此博大的思想情感，是因为站在反伦理的基点上，跃上了生命的高峰，进而以人性的视野对妓女的生命形态进行观照和反思。这样，上层社会的少男少女们成了一群感情上装了甲、玩弄他人又欺骗自己的魔鬼，而妓女虽则卑微，却有着"真实的热情""未完的天真""伟大崇高的人格"。这种大胆的看法和独特的表现，在同时代作家作品中极为少见，就是描写妓女最多的老舍，也只停留在同情或"哀其不幸，怒其不争"的层面上。沈从文能够做到这点，与大胆歌唱男女原始情欲、表现生命本真欲望、蔑视传统伦理道德的湘西民间歌谣有直接关系。世俗意义的伦理，在湘西民歌和沈从文的文学世界中失去了惯常的强力。而生命、人性、爱和美，才是沈从文及其文学永恒的主题。

（与唐红宇合作，原载《文艺新观察》2015 年第 3 期）

---

① 沈从文：《沈从文全集》第 15 卷，北岳文艺出版社 2002 年版，第 17 页。

论丁玲对现代女性解放的
探寻与反思

　　20世纪20年代初，"五四"启蒙思潮席卷文坛，"破坏一切，创造一切"的时代精神与现代"人"的觉醒促成了现代女性意识的萌动。一大批女性作家先后浮出历史的地表，逃离封建大家庭，进入新式学堂，步入现代社会。她们通过自己的切身体验与感悟，营造出了女性或优雅孤寂或苦闷彷徨或大胆张扬的精神世界。陈衡哲、冰心、凌叔华、庐隐、冯沅君、苏雪林是她们中的佼佼者。丁玲，当然是她们的晚辈。

　　1927年，《梦珂》《莎菲女士的日记》在《小说月报》上相继发表，一时横扫当时文坛的颓废和低靡，"似在这死寂的文坛上，抛下一颗炸弹一样，大家不免为她的天才所震惊了"。① 没落的封建大家庭出身，复杂的都市社会和女性情感体验，使得丁玲对中国女性的现实有着常人无法理解的深刻。她摒弃了冰心基督式的"爱的世界"，结合了庐隐的感伤与冯沅君的大胆，在20世纪20年代末"普罗文学"粗暴的喊叫中，用自己独特的笔触致力于探寻现代女性的身心解放。

　　纵观丁玲的创作，其对女性解放的思考大致集中在三个阶段：1927—1929年的"莎菲"时期，以《梦珂》《莎菲女士的日记》《阿

---

　　① 毅真：《丁玲女士》，见袁良骏编《丁玲研究资料》，天津人民出版社1982年版。

毛姑娘》为代表；1930—1933 年的"左联"时期，以《韦护》《一
九三〇年春上海》《母亲》为代表；1936 年后的"延安"时期，以
《"三八节"有感》《我在霞村的时候》《在医院中》为代表。在不同
的时期，丁玲的创作虽都富有不同的社会时代色彩，但对女性命运的
关注与思考却没有停止过。

一

丁玲出身于一个没落的封建大家庭，受其母亲的示范式影响，
"五四"前后辗转于长沙、上海、北京等地求学。20 世纪 20 年代，
"五四"退潮后的中国社会正经历着深刻的变化，由"激越"而"颓
废"，由"呐喊"而"彷徨"。为追求自我解放而离经叛道的"娜
拉"纷纷遭遇"无路可走"的现实困境："不是堕落，就是回来。"①
丁玲当时正身处时代的大风圈里，感受并体验着"娜拉"们的命运，
思索着女性的现代出路。

丁玲早期的作品始终聚焦于身处传统社会之外的独立女性，她们
大多走出了封建家庭和传统婚姻，只身闯荡社会，用属于自己的方式
生活。这些年轻的女性一般都具有现代教养，摆脱了庸俗的价值趣味
和对传统男性的依附，敏感而又乖张地意识到时代的闭塞和社会的无
奈，沾染上种种"世纪末"的情绪，在官能和理性的纠葛中苦闷彷
徨。但她们又都不甘屈服于社会、依附于男性、回归到家庭，过有独
立人格的生活是她们存在的前提。

丁玲让梦珂走出充斥着欺骗的情场游戏和虚伪的传统亲情的姑母
家，去只身面对污浊的社会，在"纯肉感"的都市商业娱乐圈内隐忍
孤独（《梦珂》）。社会虽可怕，但梦珂却独立、倔强地活着。在丁玲
看来，女性走出这一步是艰难的，甚至在迈向深渊，意义却是无比重

---

① 鲁迅：《坟·娜拉走后怎样》，《鲁迅全集》第 1 卷，人民文学出版社 2005 年版，
第 166 页。

大的，它标志着现代女性正朝自我的解放在靠近。大学生莎菲远离家庭，失去密友，备受肺病的折磨，在空虚、绝望中拒绝一切低廉的怜悯和盲目的爱情，还对"五四"女作家神往的自由恋爱心存疑虑（《莎菲女士的日记》）。莎菲不仅要过独立的生活，还要以女性自我的眼光来审视男性，主宰自己的情爱。在情爱面前，她更多的是体悟和反思。她有性爱的原始冲动和情感慰藉的需要，然而，她的爱不是为了得到男性的同情或施舍，而是为了实现个人爱的理想和爱的价值。

丁玲在她笔下的女性面前是严肃的，更是痛苦的。她希望她们能生活在理想的状态中，但她的笔却是残酷的、执拗的。为了实现自己的理想和价值，捍卫着自己的独立与尊严，丁玲早期作品中的女性拼命地挣脱传统的羁绊，在反叛的道路上越走越远。梦珂的表嫂以自己的婚姻遭际为证，竟认同"嫁人也等于卖淫，只不过是贱价而又整个"的论断，更幻想把自己弄得更坏些，更不可收拾些，甚至由衷地羡慕妓女的生活。这个论断在《庆云里中的一间小房里》被进一步强化，聪明机灵的妓女阿英想了一整天，也没有找出嫁人和卖淫有什么不同，女人想要的东西，通过卖淫也能得到，人身自由、朋友、乐趣，等等。《暑假中》承淑、志清、嘉瑛们之所以选择独身或同性恋，无非是看到了爱情与婚姻的不幸，只不过想以这样的方式来实现自己独立罢了。正如丁玲把她的第一个小说集命名为《在黑暗中》，她早期作品的女主人公，命运大多是灰色的，生活在"黑暗"之中：莎菲在对男性绝望后，只能面对更大的孤独，"悄悄地活着"或者"悄悄地死去"；阿毛偶然间接受了都市的想象力后，发现自己置身的却是乡村凡俗的婚姻现实，绝望中吞火柴杆自杀（《阿毛姑娘》）；伊萨在困境与苦闷中写着自杀日记（《自杀日记》）；伊赛在昏睡中度日（《日》）。她们同家庭决裂、与俗世对抗，在黑暗污浊的社会泥淖中痛苦潜行，在苦闷、绝望以致死亡的状态中存在。她们遵循个人的情爱价值逻辑，以孤独自守的方式拒绝来自社会/性别的异化。

这些女性的灰色存在是丁玲所不愿看到的，但现实却不容回避。丁玲已经意识到20世纪20年代末的中国社会不可能为女性的独立与解放提供真正的发展空间，她们刚刚走出了婚姻家庭的泥潭，却又面临着跌入社会深渊的危险。梦珂在隐忍中出卖自己的灵魂，莎菲在绝望中自我放逐，阿英甘愿沉迷于下等妓女的生活，有的甚至走上了畸形变态的同性恋幻境……冯雪峰当时在谈到丁玲的创作时，就指出《莎菲女士的日记》是"一个不能再前进的顶点，面临着一个危机"。①"莎菲模式"的创作危机与女性意识的灰色境遇，迫使丁玲不得不进一步思考现代女性的出路。

二

1928 年前后，中国社会的政治文化语境发生了很大的变化，"革命""阶级""大众"一时成为文艺的关键词，"革命 + 恋爱"的创作模式受到追捧。丁玲早期作品孤傲的女性个体意识、灰色颓废的审美风格显然不合时宜。1930 年《韦护》的发表，标志着丁玲女性主义创作明显"向左转"。这一转变显然受当时革命文学"大环境"的影响，也与丁玲生活的"小环境"（此时丁玲的丈夫胡也频已经接受了马克思主义）有关，但更是丁玲不断探寻女性出路的必然结果。丁玲认为，"妇女要真正得到解放、得到自由、得到平等，必须整个社会和整个制度彻底改变，否则是不行的"。②

《韦护》是丁玲的一个创作尝试，她希望以此来突破"莎菲模式"的创作危机，在新的时代背景下探寻女性创作的出路。这部作品通过丽嘉与韦护的爱情体验传达着这样一个观念：个人的情爱理想应该让位于大众的革命事业，"革命"已取代"情爱"、"大众"已取代"个人"而成为时代的主题。为了肯定革命的必要，丁玲不惜笔墨来礼赞爱情，大肆渲染爱的无法抗拒性。越是礼赞，越是渲染，就越显示出抉择的艰难。丽嘉有着如莎菲一样的性情，对"革命""大众"

---

① 冯雪峰：《从〈梦珂〉到〈夜〉——〈丁玲文集〉后记》，见袁良骏编《丁玲研究资料》，天津人民出版社 1982 年版。

② 丁玲：《解答三个问题》，《丁玲文集》第 5 卷，湖南人民出版社 1985 年版。

有着天然的排斥和误解，却理解和支持自己的爱人，并在最后克服了狭隘的自我意识，要"好好做点事业出来"。丁玲在这里抒写的是爱情，而爱情的出路是革命，与其说为革命而牺牲爱情，不如说为爱情而走向革命。爱情的力量是伟大的，它可以让一个桀骜不驯的莎菲变成一个为爱而付出的丽嘉。《一九三〇年春上海（之一）》写了一个20世纪30年代的"娜拉"美琳，离家出走，参加到革命的行列中来，"要在社会上占一个地位"；《田家冲》中三小姐因参加革命而被身为地主的父亲遣送到乡下，她却将乡下的佃户引上了革命的道路。我们发现，这一时期丁玲不再仅仅局限于追求女性个体的解放，而将女性的个性解放与社会革命斗争联系起来考虑。

从某种程度上说，此时丁玲已渡过了创作的危机。然而，当丁玲以曾经的女性主义眼光来审视20世纪30年代初的革命文学创作时，作者又感到了某种困惑：阶级性是否要以牺牲个性为前提？现代女性是否要因社会革命而抛弃性别意识？丁玲将自己这些思考很自觉地融入她的革命文学创作中，既依循时代的革命理念，又忠于自我的女性意识。丁玲没有盲目地将爱情让位于革命、将个人消融在群众的洪流中，而是从价值的层面衡量"革命"与"爱情"在女性人生天平上的重量。《韦护》中，丁玲大肆而又熟稔地叙写了丽嘉孤傲的性格和细腻的情爱体验，在文本叙述中，我们随处可以捕捉到丽嘉的个性与革命的冲突；《一九三〇年春上海（之二）》丁玲则用玛丽的个人主义行为表现出女性的独立思考，她不理解爱人望微革命后的变化，觉得自己被冷淡、被忽略，埋怨"望微把工作看得太重了，而爱情却不值什么"，个人主义（玛丽）与革命献身精神（望微）最后决裂，玛丽以重新寻找新的情爱伴侣来实施对革命者望微的报复。在这些人物的身上，情爱的魔力胜过虚化的革命。丁玲对革命的理性追求和文本实践中的不自觉悖反，产生了虚写革命、实写爱情的间离效果。①

————————————————

① 参见常彬《虚写革命，实写爱情——左联初期丁玲对"革命加恋爱"模式的不自觉背离》，《中国现代文学研究丛刊》2006年第1期。

　　此后，丁玲顺应时代大潮，还创作了《水》《夜会》《法网》等作品，这些作品受到了左翼文艺界的普遍好评，认为《水》"用大众做主人"，"易个人而为群体"，是丁玲"脱胎换骨"的开始。① 然而，一个不争的事实是：随着丁玲走向大众，丁玲的女性意识和艺术特色却在不断消失。"政治进步，艺术退步"的困惑，一度使丁玲相当苦恼。经过一番痛苦的思考，丁玲又重新回到自己十分熟悉的题材、人物、主题上来，细腻而平实的《母亲》就是这样的心态下的创作。丁玲将女性的命运重新置于社会历史的变迁中，试图找回曾经丧失的女性意识与艺术感觉。可惜的是，1933 年 5 月，丁玲的被捕入狱中断了这一有价值的探索。三年的幽禁生活，给了丁玲以时间来思考和总结自己此前女性创作的得失。

三

　　1936 年，丁玲出狱后从上海来到延安，她得以重新关注和认识中国女性——西北革命根据地的女性——的命运。经过短暂的兴奋和适应后，丁玲发现在延安这样一个现代化水平相对落后、男女比例失衡、男权政治文化主宰的社会里，妇女的权利和地位并没有得到应有的尊重。作为现代都市女性的丁玲与传统落后的乡村大众、官僚意识形态作风之间的历史的、文化的、生活方式和价值观念的冲突日渐凸显。② 《我在霞村的时候》（1940）、《在医院中》（1941）、《"三八节"有感》（1942）等作品，多少就表现了这种尖锐的冲突，并在当时的革命圣地产生了强烈反响。

　　丁玲延安时期的女性主义创作，早期女性的内省意识已经弱化，聚焦的主要是与女性密切相关的外部世界。《我在霞村的时候》中的

---

　　① 冯雪峰：《关于新的小说的诞生——评丁玲的〈水〉》，见吴福辉编《二十世纪中国小说理论资料》第 3 卷，北京大学出版社 1997 年版。

　　② 参见孟悦、戴锦华《浮出历史地表——现代妇女文学研究》，中国人民大学出版社 2004 年版，第 128 页。

贞贞，在惨遭日本侵略者蹂躏后，灵魂并没有被压瘪，反而利用自己的特殊身份为我方传递情报。然而，幸运逃离苦海回到故乡的贞贞，却受到乡村贞洁戒律的贬损，被家人甚至恋人唾弃、误解，贞贞的遭际值得我们去反思。她的不幸，除却肉体所遭受的蹂躏，更多的是传统给予的文化、观念、精神上的创伤。丁玲将女性悲剧的根源直指乡村社会逼窄的、愚昧的传统文化观念。贞贞是清醒的，"既然已经有了缺憾，就不想再有福气"，"人也不一定就只是爹娘的，或是自己的，别人说我年轻见识短，脾气蹩扭，我也不辩，有些事哪能让人人都知道呢？"贞贞有自己的独立思考，她的女性意识是超前的。最后，丁玲通过贞贞的行动指出：追求解放的妇女必须投身社会，到更广阔的空间（延安）去学习和锻炼。延安是当时所有的热爱解放和追求进步的青年向往的圣地，但理想和现实也是有差距的，丁玲的《在医院中》就以女性的眼光，展示了延安政治文化生活中某些消极的方面。陆萍是一位能够打开她生活局面的年轻人，她兴奋地来到这个后方医院，却发现了许多不和谐的地方：领导的官僚习气、同事的恶意中伤，等等。她以高度的革命热情和强烈的理性意识去工作，换得的却是关于自己的流言蜚语。她踌躇过、怀疑过，甚至对"革命"产生了动摇。最后，她亦选择了再学习的道路来锤炼和丰富自己。

随着丁玲对女性问题思考的渐趋深入，她深深地意识到："革命"并没有撼动历史、文化、性别的基石，现代女性的解放任重而道远。"我自己是女人，我会比别人更懂得女人的缺点，但我却更懂得女人的痛苦。"（《"三八节"有感》）丁玲在《"三八节"有感》中，切实从延安女性的现状出发，就恋爱、婚姻、家庭等方面列举了妇女生活中所存在的各种思想障碍，并针对性地提出了破除的方法，即"女人要取得平等，得首先强己"，强调要有健康的身体、进取的精神、思索的头脑和坚定的决心。对男人也提出了希望，"少发空议论，多谈实际的问题"。只有全社会关心女性，女性的解放事业才能得以实现。然而，在民族战争和政治革命背景下，丁玲的这些倡议毕竟过于理想，也不可能被政治意识形态认同。1942年延安开展整风运动，《"三八节"有感》受到了延安文艺界的批评，王实味的悲剧警告并教育了丁玲这样的"异端"。此后，丁玲的文学创作发生了根本性转变。丁玲潜隐以致剔除了自己一以贯之的女性自我意识，转向了客观冷静的中性叙述，并严格按照毛泽东《在延安文艺座谈会上的讲话》的精神，走与劳苦大众相结合的道路。《太阳照在桑干河上》中的女性意识已经彻底淡化，小说的着力点也转向了农民大众，转向了阶级斗争。这部作品在某种程度上标志着丁玲独立探寻女性解放出路创作的终结。[1]

综观丁玲的女性题材创作，我们可以勾勒出一条清晰的女性身心解放探索的轨迹：现代的女性需"独立"→独立的女性应"革命"→革命的女性要"自强"。在丁玲看来，现代女性的身心解放与社会时代的变化发展紧密相关，其出路需要不断调整并走向深入，不仅从个体精神意识上，还应从文化体制上寻得彻底的解放。从这个意义上说，丁玲无疑是中国现代女性命运探索之第一人。

然而，丁玲笔下的女性毕竟是社会时代气候下的女性，裹挟在中国社会转型、阶级革命、政治斗争的洪流中。身为女作家而要参加革命、要介入政治，使得丁玲不得不同时进入文学和政治两个完全不同的圈子。[2] 这两者的冲突与融合尽管使丁玲的作品有新的思考点，但其艺术个性却受到了损害。丁玲努力试着去调和其女性自我意识与社会政治身份的矛盾，但实践证明她难以缝合两者之间的裂缝。中华人民共和国成立后，逐步走入"政治"体制中的丁玲，几乎没有什么可以称道的文艺作品，在女性解放问题上基本是"失语"的状态。"五四"时期那个具有鲜明女性意识色彩"飞蛾扑火，非死不止"（瞿秋白语）的丁玲，则早已成为历史的陈迹。

（原载《湖北大学学报》2009年第1期）

---

① 参见白露《〈三八节有感〉和丁玲的女权主义在她文学作品中的表现》，见孙瑞珍、王中忱编《丁玲研究在国外》，湖南人民出版社1985年版。
② 参见林贤治《左右说丁玲》，《南方周末》2001年3月8日。

论施蛰存小说的乡土意识

　　20 世纪最初的二三十年里，中国社会正经历从传统向现代的转型，其中最典型的表现就是现代化大都市上海的崛起，"都市"和"乡村"的对立由此而形成。西方现代的文明气息与中国传统的心理特质，在这里发生了冲突与碰撞。在上海这片中西文化的交叉地带，现代的、洋化的、物质的东西，对传统的中国人产生了深刻的影响。江浙及其周边，甚至更远地方的人们，已经感受到了大上海的诱惑，纷纷离开祖辈曾经生息繁衍的故土，来到这现代而又陌生的大都会，用一种全新的思维方式和生活逻辑，在上海落脚、生根和发展，成为新兴的上海人。在现代作家施蛰存的笔下，对这一类现代都市人的聚焦和表现尤为集中。但若剔除掉作品人物面孔上贴满的各类时尚、洋派的标什，我们也许不难发现其背后隐藏着的一张张乡下人的脸、一双双乡下人忧郁的眼睛。

一

　　与西方发达而开放的海洋文明相比，中国社会由于特殊的地理环境及文化因素，形成了相对封闭和保守的农业文明形态。中国人都恪守传统，珍视故土，无论走到哪里，都被一种挥斩不断的情绪所包围：乡土意识、游子情怀。这一点，在中国的近代化、现代化时期更为明显。1840 年以后，中国社会被动地进入近、现代化，传统的农业文明形态和中国人的思想意识均经历了巨大的变化。

上海自开埠以来，以其优越的地理条件，在现代化的进程中迅速地膨胀、发展，在 20 世纪初就成为中国人口最多、工商业最发达、生活消费最能引领潮流的现代化大都市。上海的超速发展，促成了上海周边及江浙一带乡镇经济的解体，并被纳入大上海都市化发展的轨道上来。曾经常年生活于宁静乡镇的人们，现在也成为繁嚣都市的一员。这就必然要求他们在生活方式和文化观念上也跟上都市化的节拍。上海，作为中国与西方文明沟通的窗口，到 30 年代已失去了中国传统城市的古典形态，而赋予自己以现代色彩。摩天大楼、咖啡厅、跑马场、Jazz 乐、霓虹灯、商贾大亨、时髦男女等现代的元素应有尽有。虽然在经济层面上，乡村经济已日益让位于都市经济，人们渴求着物质生活上的满足；但在文化和观念的层面上，人们眷念甚至仍沿袭着两千年来的文化传统，对现代的都市形态怀有一种拒斥乃至抵抗的心理。因而，从根本上说，作为现代中国缩影的上海，仍然是乡土中国的产物。"上海这个城市，由于西方经商企业的设立而诞生，就经济生活而论，虽然绝大部分按照欧美方式组成，实际上却安放在农村文明的基础上。"[1] 这种中国特色的都市形态引起了当时许多作家的兴趣，他们都试图从上海这种城乡二元悖论模式来探寻都市人的生存状态。施蛰存就是其中最典型的一个。

施蛰存与 20 世纪 30 年代的其他都市作家（如刘呐鸥、穆时英、杜衡等）不同，他不刻意于摄取大都会光怪陆离、色彩斑斓的物态景观，也不大热衷于展现都市男女大胆而张扬的情欲世界，而是专注于在繁华与喧嚣的都市背后，展示上海中下层市民的生存现状与心理困境，进而探寻现代都市人十分隐秘的文化价值取向。20 世纪二三十年代的上海人，大多来自上海周边及江浙一带的乡镇。对于初入都市

---

① ［美］罗兹·墨菲：《上海——现代中国的钥匙》，上海社会科学院历史研究所编译，上海人民出版社 1986 年版，第 2 页。

的他们来说，高度商业化的社会经济关系等一时还难以适应，更谈不上接受了。但为了生存和发展的需要，他们不能也不愿逃离这充满机遇和诱惑的大都市。我们完全可以说，他们正处在现代都市文化与传统乡村文化的交叉地带。他们虽无所适从，但只能默默地忍受。在他们的眼中，都市虽极具诱惑，但并不亲切，甚至是可怕的"夜叉""魔道""凶宅"。他们不能承受都市生活之重，在怔忡中染上了各种都市病症，或忧郁，或寂寞，或恐惧，或困惑。从根本上说，这些都市病症，只是传统乡土观念遭受现代都市文明挤压的产物。正如张爱玲所说，"上海人是传统的中国人加上近代高压生活的磨练，新旧文化种种畸形产物的交流，结果也许是不甚健康，但是这里有一种奇异的智慧"。① 这也许正是施蛰存所要表现的。

二

施蛰存的小说创作自《上元灯》始，先后创作出版了《将军底头》《梅雨之夕》《善女人行品》《小珍集》等小说集，涉及历史、都市、女性等题材。施蛰存将弗洛伊德性心理分析引入小说创作，使得原本现实的题材具有了现代的元素。正如有论者谈到这一点时指出，施蛰存的小说"有洋味、欧化倾向，但又始终掺和着由江南城镇风物凝结成功的那股民间气息"。② 这股民间气息也就是本文所述的乡土意识。

中国进入近现代社会以后，都市作为现代化的表征，在文化、习俗和观念等层面，业已成为乡村传统的对立物。中国现代知识分子幼年大多生活于乡村，曾经切身地感受过乡土世界的清新、宁静、和谐与温情，后如同鲁迅一样，"走异路，逃异地，寻求别样的人们"，

---

① 张爱玲：《到底是上海人》，《张爱玲文集》第 4 卷，安徽文艺出版社 1992 年版，第 20 页。

② 吴福辉：《对西方心理分析小说的向往》，见曾小逸主编《走向世界文学》，湖南人民出版社 1985 年版。

来到代表着现代文明的都市。面对这摩登而又陌生的都市，他们的心态是矛盾的：一方面，他们认同并接受了都市的繁华与优越；但另一方面，他们在精神与心理上又游离于都市之外，成为都市的"陌生人"甚至是"批判者"。他们将在都市生活中体验到的种种失落、苦闷、彷徨、无奈，甚至厌恶、憎恨的情绪，化作为一种对乡土、乡村生活的无限眷恋，对田园牧歌的潜在向往。于是，在他们的文艺创作中就有了令人歆羡的"理想的乡土"：废名笔下与世无争、宁静和谐的鄂东"竹林"，沈从文清新自然、健康人性的湘西"边城"。

在创作之初，施蛰存虽生活在繁嚣的大上海，但他并没有将笔触直接指向现代化的大都市，而是采用舒缓的格调表现那些停留在记忆中的乡镇生活片段。他的第一个短篇小说集《上元灯》，所展示的主要是苏杭、松江一带的风俗、人情、世态，带有浓郁的民间传统文化气息。上元节别具一格的花灯、少男少女纯真朦胧的恋情等，如同一幅幅清新淡雅、秀丽动人的江南风俗画卷。字里行间流露出作者对乡村自然、自在状态的无限企慕。在此基础上，小说以愿望中的理想乡村为依据，构筑出了一个伦理道德化的世界。《上元灯》以上元节前后三天的日记形式，抒写一个书香子弟的恋爱情怀。在这个喜庆的日子里，"我"换了新杭绸皮袄去见那个深情的少女：她心境恬淡、不尚奢华，她表达爱情是东方式的含蓄，并赠以雅致的纱灯为信物。小说写出了江南小城风俗文化的特殊形态，给少男少女的恋爱营造了一种古风雅韵的氛围，充满一种含蓄蕴藉的诗意。但在现代文明的冲击下，这种富有人情味的古朴乡风日趋淡化、瓦解甚至是消失，作者在不经意间流露出一种淡淡的叹惋之情。我们完全可以说，施蛰存是在赞歌与挽歌的复调中创作《上元灯》的。《周夫人》中寡居少妇与幼稚少年之间温情的"爱"；《宏智法师底出家》中昔日浪子在情爱沉浮中的道德忏悔；《扇子》中两小无猜的少男少女赏月追萤的情景。另外，《诗人》为落魄诗人营造的挽歌情调，在古风崩毁的文化大背景中，咀嚼着人性的悲哀；《渔人何长庆》展示了远离尘嚣的江村伦理观念：大都会的畸形文化把天真的少女变为娼妓，草野之民的淳朴伦理观念把娼妓变为贤内助。在乡村古老的这片净土上，没有压榨，没有欺凌，没有掠夺，更没有道德沦丧，有的只是人与人、人与社会的契合无间、和谐自然。小说集《上元灯》呼唤着一种清净无为、知足长乐的纯朴伦理观念延续，呼唤着人性的自然回归。

此后，施蛰存小说创作自然地由乡村转向了都市，在现代都市中寻找乡土的所在。在施蛰存看来，现代都市人在生活的困厄和精神重压之下，患有各种各样的不适症，这些都市病不仅是物质上的，更多是精神上的，"不是怨，不是轻蔑，不是悲哀，而是一种空虚的惆怅"（《妻之生辰》）。然而，他们医治自己病症的方式，不是求助于医学手段来除掉病魔，而是从乡村文化的追忆、幻想中，在无限的企慕或怀念中去求得心理上的某种平衡。① 《梅雨之夕》中的办公室职员，下班后无意于乘车直接回家，而是在雨巷中漫步，寻找戴望舒式的"诗意"，希望逢着一个丁香一样的姑娘，继而把街头偶遇的少女误认为是自己一直念念不忘的初恋情人。在这一路的幻想中，他通过心理意识的梦游，重温了旧时乡村生活的单纯与温馨。在追忆中，他暂时排遣了内心的无名烦闷与忧郁。《夜叉》中，通过在城郊的游山玩水，体验野外旅行之趣，在自然的山水之间，主人公释放出被压抑的都市性苦闷。《魔道》中的主人公，宁可在周末坐火车去路途遥远的乡野，也不愿在都市里过现代生活。《鸥》中的小陆，在上海最繁盛市区的最大的银行中，看着黄浦江鸥鸟的自由飞翔，梦想着家乡那个与自己一同站在夕暮里看海边白鸥展翅的女孩子。

乡村和谐宁静，温柔可爱，是现代都市受伤人理想的心理疗养所。施蛰存作为一个有着现代意识的作家，通过自己的观察，并没有为自己的情感所羁绊而廉价地把乡村视作治愈都市病的药方。既然现代文明的冲击、乡村都市化的趋势无法阻挡，作家就理应客观地展示这一切。施蛰存后期的小说就写出了都市冲击下农村经济的破产。

---

① 参见李俊国《"都市里的陌生人"——析施蛰存的小说视角兼谈现代都市文学的一种审美特征》，《湖北大学学报》1988 年第 4 期。

《牛奶》中，乡下奶农无法抗拒"牛奶公司"的冲击而遭侵吞，不得不加入公司联营，看着自己的牛奶盛在贴有"科学炼制卫生牛奶·Grade B 周氏牧场出品"的瓶中。更为难得的是，施蛰存后期小说已显示出对乡村愚昧落后观念、行为的可贵批判精神。《汽车路》中写到杭沪公路的贯通，"镇上的市面也会变得兴旺起来"，农民关林意识到这是于己有利的。但对现代文明的本能仇恨和浓重的自私自利观念，使得他故意去破坏公路建设，结果是自己吃了官司，遭到了惩罚。《猎虎记》中因时事的大变换，大霞岭的猎户生活难以为继，于是猎人们走上了油滑取巧的生活。小说在近似幽默的笔调中，透露出对时代落伍者揶揄批判的成分。

从以上的分析中，我们不难看出施蛰存的小说乡土世界是由讴歌而批判的，这种由"理想的感情"而转化为"批判的感情"似乎不合情理，却是辩证的，是合乎历史发展潮流的。现代文明对旧传统的冲击，乡村落后的成分必将为进步的东西所替代。这个替代是肯定的，却是艰难的。施蛰存已清醒地认识到这一点。在《善女人行品》的部分篇什中，施蛰存阐释了女性新的自我意识与婚姻观念同传统人生价值的冲突。无疑，这意味着现代意识对乡村的开启，然而，强大的封建传统观念又无情地将这一苏醒扼杀。《雾》中已经28岁的素贞小姐，不甘于要么嫁一个渔夫、要么以老处女终其一生的命运，她相信所谓的自由恋爱，准备趁表姐之婚事而去上海寻觅自己所属的婚姻。在火车上，她邂逅了一位与自己私拟的丈夫标准完全吻合的男人，压抑了多年的情感和欲望瞬间复苏了。她立即"觉得本能地脸热了"，甚至跨出了完全出乎自己意料的一步，主动和那陌生的男子搭讪。但最后，当得知他是一个电影演员即所谓的"戏子"时，她像受了"意外的袭击"，又龟缩回从前封闭的生活中去了。另外，小说《春阳》的情节有点类似于张爱玲的《金锁记》，寡居的婵阿姨，十几年前用青春换得了一份婚姻，也拥有了金钱。现在，在这样一个暖春的大都会上海，她被午后的艳阳和大都会人的热情蒸烘得情欲骚动起来，但传统意识和世俗观念的桎梏，她只有接受孤寂和零落的命运。

无论是"理想的感情"也好，还是"批判的感情"也好，都体现了施蛰存与"乡土中国"斩不断的情谊：一种抹不去的爱。当然，这两种情感很难截然地分开，总相互交织和渗透着。

《梅雨之夕》的主人公把陌路少女当作自己苏州旧时的女友，并发生了刹那间的心理漂移。究其原委，除了对妻的倦怠之外，还有补偿都市生活的空虚乏味。作者借此以传达出对故乡"精神家园"的企慕，但同时作者又是清醒的，毕竟破败的乡村绝非都市人理想的乐土。《鸥》中的小陆由于无法忍受银行生活的刻薄单调，"决心在繁嚣的都市中寻觅一点适当的享受"，做起故乡的"白鸥梦"来。然而，农村经济的破产，唯一能够给他以精神寄托的梦中女孩也来到上海委身事人。小陆困惑之至，"那唯一的白鸥已经飞舞在都市的阳光里与暮色中了。也许，所有的白鸥都来了，在乡下，那迷茫的海水上，是不是还有着那些足偕隐的鸥鸟呢?"小陆的迷惘透露的正是施蛰存的清醒。在施蛰存看来，乡村虽宁静美丽，但同时乡村也凋敝落后。中国社会必须步入现代化的进程，必须用现代文明来重构理想的乡土世界。

三

同为新感觉派的代表人物，与刘呐鸥、穆时英相比，施蛰存的创作并不仅仅拘泥于现代的都市生活，而将笔触伸得更远、更深。他的小说里既有古代野蛮荒凉的大漠边关，也有现代宁静和谐的江南小镇。其创作跨越时空，各色人等粉墨登场，既有唐朝的将军、西域的高僧，也有草莽英雄、世俗凡人。无论何时，也无论何地，施蛰存笔下的人物始终都伴随有一种潜隐的、挥斩不断的乡土意识、家园情怀。除上文提及的篇目之外，《将军底头》中的花惊定、《鸠摩罗什》中的鸠摩罗什等无不如此。

在 20 世纪中国文学中，乡土的理想，或浓或淡，或疏或密，是一个普遍的存在。赵园在谈到这一点时，曾说："中国现代知识分子的审美理想，很难完全超越'乡村的中国'这一现实，何况还有强大的极富诱惑力的文化传统。"① 从现代作家的家庭出身来看，他们大多来自中小城镇的书香门第，与乡土社会有着千丝万缕的联系。当年在上海，施蛰存和刘呐鸥、戴望舒等，过着相当摩登的都市生活，"每天上午，都在房里聊天看书，各人写文章、译书。午饭后，睡一觉。三点钟，到虹口游泳池去游泳。在四川路底一家日本开的店里饮冰。回家晚餐。晚饭后，到北四川路一带看电影。看过电影，再进舞场，玩到半夜才回家。这就是当时一天的生活"。② 但施蛰存跟大多数市民一样，也来自乡土中国。施蛰存亲身经历过松江、杭州、苏州的乡镇生活。自 1923 年到上海求学后，几乎一直在上海生活。但他仍旧眷念江浙的乡村和那儿淳朴的人们。他的《上元灯》诸作，就表现出对江浙乡镇生活一股浓郁的温热感，尤其是对女性的依赖与留恋，对乡村美好人性的向往。当他到上海读书及"往来于松江上海之间"时，大都市光怪陆离的生活与作者以前温柔宁静的江南气息产生了鲜明的对照，形成了强烈的反差。在这种城乡文化的碰撞中，施蛰存看到了种种都市之"恶"，自然地由厌恶都市社会而转向对乡村文化传统的怀念与认同，其心中一直潜隐的乡村记忆就自然而然地浮出水面，构筑起自己的"理想的精神家园"来。

赵园同时又指出，这种浓厚的乡土情结致使中国很多的现代作家"难以由城市生活形态，由大工业生产的宏伟气象来发现美，难以由'不和谐'中发现更具'现代意识'的美感"。③ 施蛰存虽然在感情上对即将逝去的传统文化表现出相当程度的依恋，但他并没有长时间停滞在情感的表层，沉迷在过去的记忆中。作为一个现代知识分子，施蛰存相当理性地看待这一切，他清醒地意识到现代都市人希望折返到

① 赵园：《论小说十家》，浙江文艺出版社 1987 年版，第 137 页。
② 施蛰存：《我们经营过的三个书店》，《施蛰存文集·北山散文集（一）》，华东师范大学出版社 2001 年版，第 307 页。
③ 赵园：《论小说十家》，浙江文艺出版社 1987 年版，第 137 页。

农业文明的田园牧歌式的时代，只能如"梦中的白鸥"一去而不复返。施蛰存顺应现代化的潮流而行，但又不随波逐流，对现代的一切保持着理性的思考。他能不断地抑制住来自内心深处的个人情绪，而将自己的观察建立在对历史、对传统理性的审视上，对都市乡民既掬一把同情泪，又赋予他们一种难忘的灰色。这在当时是难能可贵的。

施蛰存从带书香气息的江南村镇走来，站在摩登上海的霓虹灯下，驻足观望，在屋檐下、在庭院里，他看到了一张张熟悉而陌生的面孔。透过这些都市乡民的面孔，施蛰存发现他们的人格呈现出分裂的一面，现代而传统，繁嚣而忧伤。在现代的气息中，他们渴望回归传统；在都市的风浪里，他们企慕宁静的港湾。在都市与乡村、现代与传统的交叉点上，施蛰存试图找到某种相对的平衡。施蛰存这种独特的创作内核决定了他只属于那个开放而多元的 30 年代，当中国社会日益走向政治化、革命化之后，也预示着他的小说创作行将结束。20 世纪 30 年代中后期，施蛰存逐渐淡出现代文坛，这是他个人的遗憾，也是时代的悲哀。

（原载《华中人文论丛》2010 年第 1 辑）

关于都市与文学的几点思考

　　都市（metropolic）是具有综合功能的社会共同体，它是社会经济发展到一定阶段的产物，又是人类文化发展的象征。现代意义上的都市形成于 19 世纪的欧洲，工业革命后资本主义生产关系的确立和发展，以机器生产为基础的都市工业迅速崛起，大工商业城市、国际贸易中心逐渐形成，新兴都市急剧增加，大批农村人口涌入都市，出现了伦敦、巴黎这样的大都市。到了 20 世纪，特别是第二次世界大战后，世界进入现代化都市发展时代，现代都市通过强有力的政权、雄厚的经济实力，便利的交通运输和邮电信息网络，强大而迅速的大众传播媒介系统，使都市成为一个国家或地区的中心，纽约、东京、上海、香港等大都市在各自国家或地区的位置举足轻重。

　　我们从社会学的角度来看看现代都市的特征：

　　（1）利益至上。在城市中，尤其是大都市，较之在其他任何环境，不以人情为重，而重理性，人际关系趋向以利益和金钱为转移。都市就意味着竞争，为职业和生存寻找出路。情感态度在现代都市中已不能解决许多实际的问题。而问题的解决更多地依赖于利益上的一致。在现代都市里，人已成为物化的人，人与人之间赤裸裸的利益关系显得越来越明显，"生存"就意味着利益。这种赤裸裸的利益关系必将导致人际关系的虚伪与冷淡。

（2）流动性。由于现代交通和通信手段的发达，互联网的沟通更拉近了世界的距离。一切，包括人，都处于瞬息万变的流动之中，人们的注意力可以分散得很广，甚至可以同时生活在若干个不同的"空间"里，"个人的流动"使得人们互相接触的机会大大增加，但却又使这种接触变得更加短促、更加浅表。这实际上是以偶然的、临时的接触关系代替了原来长期的、稳定的、亲密的人际关系。

（3）刺激性。都市是光怪陆离、色彩缤纷的，都市里的一切都充满了诱惑。它是那么陌生，又那么新鲜，而同时，它又提供各种机会和冒险，使城市生活越发富于刺激性，让人感到它特别有诱惑力。

（4）严密的社会组织性。城市社会是按照一定的规范来运行的，经济成为它最重要的指挥棒，决定着你所属的阶层以及你在阶层中的地位，等等。为了维护各个阶层的既得利益和社会公共事业的进行，城市必须借助严密的组织，形成一定的制度。这样一来，城市社会的组织、制度就取代了原来乡村社会所沿袭的宗法和义气。

（5）浪漫渴求。由于城市里残酷的利益至上原则，都市的人际关系疏淡、冷漠，荒原意识的存在，孤独、寂寞、无助、迷惘、彷徨的人必定会有浪漫的欲求，想寻得心理上的慰藉，特别是来自异性的安慰，另外还有乌托邦式的幻想。①

下面从文学的角度来考察与都市相关的几个问题：

一　都市与文化冲突

都市是现代工业文明的标志之一，都市化的进程必将带来文化意义上的冲突与碰撞。20 世纪中国社会的发展充分证实了这一点，都市每一次的大发展，必将导致文化上的大裂变。我们可以以中国现当代文学为依托，来看中国都市化进程中文化冲突的表现：

①　参见［美］R. E. 帕克等《城市社会学》，华夏出版社 1987 年版。

（一）20 世纪二三十年代，中国都市的发生发展期

这一时期，由于西方的殖民入侵，中国是被迫进入现代社会，在没有一点准备（包括物质的、思想的、文化的）的前提下开始都市化进程的。上海、广州、武汉等世纪初出现的现代城市，都是从乡村社会演变而来的，它们既有着光怪陆离的现代感，也有着陈旧保守的传统气，形成了文化上的现代与传统二元对立模式。在这些新兴的城市里，中西文化发生了激烈的冲突与碰撞。在茅盾的《子夜》里，抱着《太上感应篇》的吴老太爷一到上海这座现代化的大都市里，就即刻风化，而吴荪甫则正春风得意、踌躇满志地建构着自己的现代工业梦想；施蛰存笔下人物纷纷逃离乡村，渴望过城市优厚的物质生活，但在精神上却都患上了严重的忧郁、怔忡症，空虚而寂寞，都要借乡村、山水来弥补、消解心理上的失落，乡村与都市成为矛盾的统一体。而沈从文作为生活于 30 年代北平的"现代人"，却自称"乡下人"，一直沉迷于建造自己的湘西人性神庙，对都市人生百态极尽讽刺和揶揄。在他的笔下，乡村人性是淳朴自然的，而都市人性是丑恶而可笑的，乡村与都市的冲突和对立可见一斑。

（二）20 世纪八九十年代以来，中国都市的再次发展期

20 世纪四五十年代以来，伴随着土地革命的蓬勃开展和不断推进，农村成为中国社会的中心和重心，中国社会都市化的进程骤然中断，都市成为一个不受欢迎被人忽略的角落。"文化大革命"结束后，经济被重新置于中心的地位，人们把视线重新拉回到停滞凋敝甚至一度被还原为乡村的都市。城市得以被重新重视，经济得以复苏，一大批中小城市如雨后春笋般涌现。到 80 年代末 90 年代初，市民作为一个重要的社会群体已经形成，城市变成了一个以"市民"为主体的社会，给都市文化带来了新的面貌。

1. 大众通俗文化与精英启蒙文化的冲突

这对矛盾其实在五四文学中就业已出现，以鲁迅为代表的、以批评国民性弱点和唤醒民众的启蒙主义者对鸳鸯蝴蝶派的消遣娱乐文学的批判；20世纪40年代延安时期，知识分子杂文派（以丁玲、王实味、萧军为代表）对延安文艺的大众化之路的"牢骚"文章，也可见这种文化意义上的冲突。但由于缺乏大众文化所必须具备的市民社会作基础，这些冲突只表现在某一时期、某一地域或某一特定的语境下。

80年代末，中国经济改革的大踏步前进，形成了一个遍及全国范围的市民群体，大中小城市中普通市民的比重越来越大，满足他们的文化需求成为一个重要的现实问题。80年代初，重新唤回的五四精神，在很大程度上实现了对"文化大革命"的否定批判，从人性的角度实现了对"文学是人学"的反思，并重建了一种文化的、历史的、责任式的悲剧审美模式（《古船》是最典型的代表）。但市民群体所需求的是简单的、轻松的、消遣的、娱乐的审美方式。在这样的背景下，王朔的"痞子"文学，池莉的"市民"小说、港台的武侠言情小说、流行歌曲、电影电视的风光无限，是再自然不过的事情。人文精神的大讨论充分体现了以"精英启蒙"为己任的知识分子对大众通俗文化的冲击所持的担忧的姿态。雅与俗的话题被凸显和放大，在经济转型和商业化的大潮下，都市必将进一步扩大其市民群体，市民群体的壮大所导致的大众通俗文化的泛滥，使张承志、张炜、史铁生、李锐等人文精神的守望者越来越势单力薄，越来越孤独，但其对抗和冲突仍然不会消逝。

2. 后现代/先锋文化与现代主义文化的冲突

80年代中国由于对西方社会文化思潮一股脑儿地接受，没有严格意义的现代主义与后现代主义区分，在很大程度上是将后现代主义文学作为现代主义的一部分来认识。因而，这两种文化的冲突在中国80年代社会似乎并不存在或者说不明显。只是到了80年代后期，中国学术界和西方学者的大量接触与交流，"全球化""后现代"作为一种不可回避的文化现象在中国社会引起了广泛关注。先锋文学的一度抢眼，西方后现代主义理论的大量引入，再加上陈晓明、王宁、赵毅衡等后现代主义文学研究者的理论阐释，后现代主义才逐渐从现代主义中剥离出来。这一剥离的过程实际上就是两种文化冲突的结果。

后现代主义出现于第二次世界大战后的西方社会，是后工业时代带给人的精神上的荒原感的产物，文学艺术上强调反中心、反主流、反权威，力图以一种语言上、行为上的先锋姿态来表达某种对抗情绪，达到消解的目的。20 世纪 80 年代中后期，以韩东、于坚、李亚伟等为代表的先锋诗歌，以马原、孙甘露等为代表的先锋小说和当代都市背景下成长起来的新生代、晚生代、新新人类的写作者都带有一定的后现代主义味道。特别是 90 年代以来的文学，由于市场经济时代的确立和商业文化的畸形繁荣，社会问题的纷繁杂乱，后现代主义思潮在新兴作家的笔下，有了大幅度的表现，他们以自己的个性来写作，试图表现文化冲突背景下的人情世态，是值得注意的。

二 都市与欲望

都市是"荒原"，充满了污秽和邪恶，是"恶之花"。生活在荒原里的都市人，有着各种各样的欲望，西方社会学家将都市人的基本欲望界定为：（1）他必须有安全感，即是说有一个家庭，某种出走而后复归的场所；（2）他必须有新的经历、新的娱乐、新的冒险、新的感受；（3）他必须受到承认，不管在任何地方，他必须是个人，而不是经济的或社会的机器中的纯粹的螺丝钉；（4）他不能缺少爱，不能缺少与某人或某物的亲密关系，从这种关系中感到了一种情感并且知道这种情感是相互的。

这是西方对都市人欲望的基本界定，他们不是从个人的角度来分析人的欲望的，而在中国，情况就有所不同，虽然这几个基本的欲望都需要，但更突出的是金钱、权力、美色。这些东西从远古流传下来的、至今仍在沿袭，支配着大部分中国都市人的欲望世界，这使得都市因欲望而畸形。在日渐欲望化的都市大背景下，个性化的人日益为欲望所羁绊，成为欲望指挥棒下的人皮道具。

　　茅盾的《子夜》中，吴荪甫可以看作"财富欲"者的典型，为了大量地聚积财富，他不择手段地吞并中小企业、吸收银行资本，大搞国债投资，物欲在他身上得到了很好的体现；刘醒龙的《痛失》中，孔太平在仕途的步步升迁中、在权力欲的膨胀中，由一个正义的、富有责任感的、能与人民分享艰难的镇委书记，一步步丧失良知、丧失正义，沦为一个玩弄权术的官场里手；刘恒的《白涡》中，周兆路作为一个中医行业的高级研究员，在通往学术事业顶峰的途中，却抵制不住美色的诱惑，在理智与欲望的双重煎熬下，在家庭责任感和事业心的要求下，他有过数次的抵抗和克制，但最终还是一次又一次地跌进了美色的温柔陷阱。《子夜》对"物质财富欲"的工业巨子是正面表现，对殖民化背景下的民族工业有几分挽歌的味道；《痛失》却是赤裸裸地揭示权力欲的流行泛滥；《白涡》则是用弗洛伊德主义来分析处于潜意识层面的隐秘的"力比多"冲动，再现原生态的欲望世界。欲望的形式和效果尽管不一样，但都是真实人性的一个层面。在欲望化城市里生活的人，不可能没有了欲望，展现欲望、探究人性自然成为都市文学一个重要的命题。

三　都市与女人

　　"城与女"的话题在20世纪90年代已成为一个热点，女人天生就属于城市，都市也因女人而得以充分展示。考察20世纪中国都市文学的发生发展史，我们不难发现女人在都市文学中经历了一个由"遮蔽"到"显现"的衍变过程。

　　都市是男性中心的产物，女人只是一种装饰或点缀，女性的光芒有意或无意地完全被遮蔽。在男性化的都市中，女人只是花瓶，装点着都市的门面。在这里，女人是男人的附庸，在社会生活中毫无地位可言，自己也没有独立的个性与尊严。旅美台湾作家欧阳子的《花瓶》讲叙的是男性中心下都市女子的情感生活现状，以"花瓶"来隐喻、象征现实生活中女子的遭际；巴金的"激流三部曲"《家》

《春》《秋》中大家庭的女子深受传统礼教的束缚，大多沦为男性世界交易的牺牲品；茅盾的"蚀"三部曲《幻灭》《动摇》《追求》中的慧女士、孙舞阳、章秋柳是深受五四新思潮影响的现代女性，她们虽个性张扬，却畸形颓废，徘徊往返在革命的浪漫蒂克之中。在男性中心的都市中，女性虽千姿百态、楚楚动人，但女性的雕塑设计者是男性，她们私己的亮色为男性无边的黑幕所笼罩，她们只能在人生舞台上按导演的意志表演、游戏。

随着现代都市文明的发展，女权主义者的努力，女性的自我意识快步觉醒，她们从幕后走向了前台，逐渐引人注目，显现在都市的阳光之下。以中国当代文学中的女性为例，"显现"的女性表现在：

（一）女性男性化

女人以男性为模型来规划、塑造自我，以强者、能人的姿态撑起了"半边天"。她们通过自身的努力，做出一番惊天动地的大事业，成为众人瞩目的女强人、女能人。旅美作家周励的自传小说《曼哈顿的中国女人》在20世纪90年代初曾引起轰动，她为我们绘出了一个自强不息、孤身奋斗的女强人形象，她不仅强于留美的中国男性，也不弱于本土的美国男性，在商场能于应对、在人际关系中游刃有余，成为第五大道的高级白领，为自己赢得了地位，也为祖国赢得了尊严。在共和国"红色时代"的文学作品中，我们同样可以找到李双双、江姐、陆文婷这样或思想进步或坚强不屈或饱受磨难的女强人。这些令人叹服、叫人称绝的女性形象积极进步，实则化女为男。

（二）女性私人化

20世纪90年代的写作商业化趋势和女性要唱出自我的声音共同演绎了一场私人化的写作浪潮，把女人从社会舞台拉回到婚恋家庭，龟缩在自己的私人空间里，或对着镜子自我欣赏，或在物欲充斥的都市里疯狂地展示自己的身体，或逃避男性中心世界、对女性自我作深沉的思考。这股私人化写作的浪潮在90年代掀起大波，使女人、女权问题、女性主义文学一时成为社会的热点问题。

20 世纪 90 年代的女性私人化写作大致可分为以下几种。

（1）残缺的私人话语：以林白、陈染为代表。

（2）疯狂的欲望展示：以卫慧、绵绵、九丹为代表。

（3）智性的自我思考：以徐坤、徐小斌为代表。

这是一群绝对女性自我的声音，她们身处都市，身处男性"菲勒斯中心"世界，她们尊重自我，尤其是尊重自己的女性意识，她们从女性自身的身心渴求出发，关注女性之自我，不为世俗不为传统更不为男性而放弃自我，她们在这一点上坚决而果断。但她们却是一群世俗社会的弃儿，她们主动地逃离或被动地抛弃，在精神上无家可归，她们痛苦、迷惘，她们看不清自我的航向，她们也许永远"在路上"。

都市文学相对于乡村文学等传统样式而言，表现人性的内容更复杂，表现的层面更深刻。它是一个新兴的领域，有许多话题值得探讨。都市作为现代文明的附属物，将随着文明程度的提高而不断呈现出新的面貌、新的特点。作家用人性的、审美的、历史的眼光对之作自我之评判，后将绽放出特色各异的都市文学作品。文学因都市而丰富，都市因文学而多彩。

先锋的崛起与衍变

中国当代先锋小说概说

　　1985 年，在中国当代文学史上有着特殊的地位，这一年里，中国文坛出现和酝酿了今后许多值得分析、探讨的现象和事件。2 月，阿城的中篇小说《孩子王》在《人民文学》上发表，马原的小说《冈底斯的诱惑》在《上海文学》上发表，史铁生的短篇小说《命若琴弦》在《现代人》上发表；3 月，刘索拉的中篇小说《你别无选择》在《人民文学》上发表；4 月，王安忆的中篇小说《小鲍庄》、莫言的《透明的红萝卜》在《中国作家》第 2 期上发表；5 月，黄子平、陈平原、钱理群推出《论"二十世纪中国文学"》，在《文学评论》第 5 期上发表；6 月，韩少功的中篇小说《爸爸爸》在《人民文学》上、《归去来兮》在《上海文学》上发表，残雪的小说《山上的小屋》在《人民文学》上发表；7 月，阿城的《文化制约着人类》在《文艺报》上发表，刘心武的纪实性小说《5·19 长镜头》在《人民文学》上发表；9 月，张贤亮的《男人的一半是女人》在《收获》上发表；11 月，刘再复的论文《论文学的主体性》在《文学评论》上发表，高行健的话剧剧本《野人》在《十月》上发表，等等。从上面的罗列，我们可以发现，被后来命名为"寻根小说""现代派小说""先锋小说"的重要的作家作品几乎是同时在这一年出现或发表的。"寻根小说""现代派小说"因种种原因，很快就从文坛中销声匿迹，而作为先锋小说早期的重要代表作家马原、残雪、莫言都在这一年才开始发表其重要的作品。继他们之后，洪峰、余华、孙甘露、苏童、叶兆言、格非、北村等也纷纷闯入文坛，他们以充分的"文体自觉"意识，在小说的叙事形式和语言感觉上大胆实验创新，成为中国 20 世纪八九十年代文坛最具特色的一道风景。

对马原及其后作家的创作，评论界有相当多的提法："探索小说""形式主义小说""实验小说""新潮小说""后新潮小说""现代主义小说""后现代主义小说"。"探索小说""形式主义小说""实验小说"都从文本本身入手，强调小说形式技巧方面的创新；"新潮小说""现代主义小说"是以西方"先进"的现代主义文学样式①为参照，强调小说观念、视角的新颖；"后新潮小说""后现代主义小说"是从时间上沿袭"新潮""现代主义"而来的，强调文本形式的后现代倾向。这些提法都从某一方面强调了马原等人的小说特性，却无法涵盖作为这一流派整体的、从 1985 年开始到 90 年代中期才消失的近十年的小说创作。而且它们只强调了小说形式上对传统文学的反叛，忽略了作家及作品的精神向度和时代文化内涵。而"先锋小说"则淡化了具体的界定，能从小说的形式、精神、文化、思想等方面来进行全面的考察和分析，为我们研究这一特殊的文学现象提供了好的"关键词"。

我们要了解"先锋"一词的含义，首先得看看先锋概念的发展历史：

先锋（Avant-Garde）是一个法语单词，大约在 18 世纪后半叶之前，一直是一个军事术语，指的是军队中的先头部队，这和中文的先锋意义基本一致。到了 1830 年，由于傅立叶、欧文等空想社会主义者对一种有着超前性的社会制度和条件的建构，这个术语被借用，一度成为乌托邦社会主义者圈子里一个流行的政治学概念，被用来指称

---

① 其实，在 20 世纪 80 年代中期，西方现代主义先锋派已无可挽回地衰落溃退，跌入后现代的文化陷阱中。但在刚刚走出思想文化禁锢，开始接触现代主义、先锋主义思潮的中国，标新立异、奋勇向前的先锋主义却成为当时文坛反叛传统文学格局的先进的文化、文学资源，这是一个有意思的悖论。

未来社会的"想象者"。至于 Avant-Garde 和文学艺术发生关系则是在 19 世纪后半叶的事了，被普遍用来描述在现代主义文化潮流中成功 的作家和艺术家的运动的美学隐喻，他们试图建立自己的形式规则， 并以此反对权威的学术及普遍的趣味，如早期的印象主义画家莫奈就 被称为先锋，再往后也就是 1930 年以前，先锋达到了高潮，表现主 义、未来主义、达达派、超现实主义、结构主义等都似乎被称作过先 锋；再接下来就差不多该到了第二次世界大战以后，除一部分现代派 作家继续被称作先锋外，这顶皇冠大概就该轮到后现代主义戴了；到 了 20 世纪 60 年代以后，像波普艺术、品钦、巴塞尔姆、里德这样不 同的流派和作家都曾经被戴过先锋的帽子。① 此时，这一术语已不再 专门用来指涉现代主义艺术，而部分用来描述后现代主义艺术中激进 的一支。

通过对先锋概念的考察，我们可以发现，先锋是一个流动、开 放、包容的概念，它通常表现为一种文化上的精神、姿态或者是倾 向。先锋意味着一种艺术形式的变革，指的是从艺术陈规和艺术品位 中解放出来，向已经形成体制的、被大众认可的文化品位和学术实践 进行反叛，并为艺术创新做出决绝的挣扎和努力。可以这么说，先锋 是一种文化"异质性""距离感"的产物，其本质就是对抗，当这种 对抗一旦与既定的现实文化视野构成相当级别的差异，以至于不能被 这种视野所笼罩时，它就会被命名为"先锋"。②

先锋是一个流动的概念，不但有时间性，而且有地域性（特指西 方文艺）。"先锋"在中国当代文学中的出现，是我们用传统的现实 主义的文学批评眼光打量异质性写作的结果。当年，朦胧诗、新潮小 说、探索戏剧都被批评界称作过先锋。徐敬亚在《崛起的诗群》一 文中，首次从朦胧诗对传统诗歌背离的立场来肯定其先锋性，指认其 意识上的趋前性和冲击力。"在这一年（1980 年），带着强烈现代主

---

① 参见王蒙、潘凯雄《先锋考——作为一种文化精神的先锋》，《今日先锋》第 1 辑， 生活·读书·新知三联书店 1994 年版。

② 参见周志强《想象先锋》，《艺术广角》2001 年第 1 期。

义文学特色的新诗潮正式出现在中国诗坛，促进了新诗在艺术上迈出了崛起性的一步"，"归根结底，现代倾向要发展成为我国诗歌的主流"①。后来，借用"先锋"一词来指认新时期文学中向西方现代主义靠拢的文学样式，这已成为文艺批评界的共识。

20世纪80年代初，王蒙对"意识流"技巧的探索，茹志鹃、宗璞对荒诞、变形等现代小说技法的应用，高行健《现代小说技巧初探》的出版和受欢迎，都表明了这种靠拢的趋势。1985年，刘索拉的中篇小说《你别无选择》的发表，引起了强烈反响，加上其后徐星的《无主题变奏》等小说，被称为"真正的"现代派小说。当然，真正称得上"先锋"的，一般还是从马原、残雪开始的，包括洪峰、余华、孙甘露、苏童、叶兆言、格非、北村在内的一批作家，他们在近十年的文学创作中，经历了形式创新到精神重铸的嬗变，在与既定的文化秩序的反叛与对抗中，显示出浓烈而自觉的"先锋"意味。

1985年，马原、莫言、残雪等人的崛起是先锋小说历史上的大事，某种意义上甚至可以把它作为先锋小说的真正开端。此后，先锋小说的发展演变大致经历了三个阶段。

第一阶段（1985—1989年）：为了追赶世界"先进"文学的脚步，反叛传统的文学样式，先锋作家从叙事和语言等方面进行小说的形式实验。其中包括马原的《拉萨河女神》《冈底斯的诱惑》《虚构》《拉萨生活的三种时间》等作品所体现的"叙事圈套"；孙甘露在《信使之函》《访问梦境》《我是少年酒坛子》《请女人猜谜》等小说中毫无顾忌的语言狂欢；格非在《迷舟》《褐色鸟群》《青黄》《大年》等小说中耐人寻味的"故事迷宫"；余华冷漠语言背后的暴力和血腥；残雪梦呓和恐惧背后人性的扭曲和变形；北村对事件反复不断的颠覆和解构……这些典型的事件共同构成了早期先锋小说的形式狂欢。

第二阶段（1989—1992年）：八九十年代之交中国社会的经济转

---

① 徐敬亚：《崛起的诗群》，《当代文艺思潮》1983年第1期。

型，大众文化的冲击，先锋小说内在的不可避免的危机，共同导致了先锋作家的分化和转型。先锋小说的形式实验色彩越来越淡化，逐渐地沉沦、坠落，不断地接触贴近现实生活，与"新写实""新历史"纠缠不清。在先锋作家的笔下，历史题材被大量地叙写。苏童、叶兆言的新历史主义小说格外卖座，先锋作家纷纷逃离先锋实验，先后走向故事性、现实性很强的中长篇小说创作。苏童的《妻妾成群》《红粉》《米》，叶兆言的《夜泊秦淮》系列、《挽歌》《艳歌》系列，余华的《在细雨中呼喊》《活着》等都是先锋小说向现实转化的结果。

第三阶段（1992—1995 年前后）：先锋作家在现实转型的同时，却又对过去的先锋实验充满怀念，那种反叛、对抗的决绝精神姿态仍在他们的头脑中萦绕。"人文精神的大讨论"①迫使他们对自己的现实选择进行反思和追问。"精神含量"越来越成为他们创作的支点，形成一种与大众通俗趣味的"距离感"，从而产生"异质性"，他们试图以此重建一种本土化的先锋文学。余华、格非、北村等先后舍弃了以前轻浮的形式话语，主动承担起对生命存在的关注，在自己的创作中融入了一种沉重的精神，在迷惘与虚无中呈现出浓郁的人性深度。当余华的《活着》《许三观卖血记》，北村的《施洗的河》，格非的《敌人》《欲望的旗帜》被广大读者所接受而逐渐成为 90 年代的文学经典时，作为先锋小说和先锋作家的"先锋性"却在一步步地消亡，这是先锋注定的命运，一个复杂的悖论。

先锋小说从 1985 年前后的崛起，从反叛、革命到中期的危机、沉沦，再到在精神迷惘中反思、重建，走过了十年的沧桑历程，成为当代中国文学中最富有意味的文学现象。

---

① 指的是 20 世纪 90 年代初，一批具有忧患意识的人文知识分子在《上海文学》《读书》等刊物上开辟专栏，针对商业化时代人文素质的普遍坠落、文化精神领域的浮躁而发起的一场旨在呼唤人文精神回归的大讨论，后由王晓明汇编成《人文精神寻思录》一书，文汇出版社 1996 年版。

从想象到革命

——中国当代文学"先锋时代"的开创

20世纪80年代中期，以韩少功为代表的"寻根文学"、以刘索拉为代表的"现代派"、以马原为代表的"先锋小说"，以及"1986现代诗群体大展"等，或用建设性的言论主张，或用异质性的文学作品，浓墨重彩地为中国当代文学史绘上了最激情、最狂放的片段。今天，当我们回首反顾，也许不无感慨：当下，中国文学曾经的激情哪里去了，中国作家创造的精神哪里去了？本文以80年代中期先锋小说的崛起为线索，重点分析中国当代先锋小说的先锋性元素，并探寻其现代性意义。

中国当代先锋小说在20世纪80年代的崛起，始于马原。1984—1986年，马原先后发表了一系列以西藏为题材的小说：《拉萨河女神》《冈底斯的诱惑》《叠纸鹞的三种方法》《拉萨生活的三种时间》等。这几篇小说以其怪异的叙述手法和错乱的情节结构，颠覆了长期以来中国当代小说的创作模式与阅读习惯，在当时的文坛掀起了轩然大波。马原，被誉为这场从"写什么"到"怎么写"的文体革命的发动者。此后，洪峰、余华、孙甘露、苏童、叶兆言、格非、北村等也纷纷闯入先锋文坛，他们大多接受过西方现代主义文学的影响，并以一种先锋的文化姿态、一种更加自觉的文体意识，在小说的叙述方式与语言感觉上大胆实验，勇于创新。为了达到与主流文学"异质"的效果，他们甚至将这种形式实验推向了极端，激进而狂放，造就了一个属于他们自己的"异质性"的先锋文学时代。

一　先锋语境：在渴望与想象中起步

"文化大革命"结束后，"解放思想，实事求是"的思想路线，使中国迅速地从政治、经济、文化封闭的状态中走了出来，特别是改革开放的贯彻与推进，中国再次进入一个思想文化相对开放的国际大环境中。打开国门，放眼世界，中国意识到了自己的落后。追赶世界的步伐成为 20 世纪 80 年代中国社会的首要目标。文学作为一种特殊的意识形态，它受经济基础的制约又反作用于经济基础，中国社会的现代化迫切需要一种与之相适应的文学上的现代化。而中国当代文学的落后面貌显然是不能适应这种需要的。

20 世纪 80 年代初，文学在"伤痕"和"反思"中缓慢起步，主要停留于控诉"四人帮"的种种罪行和反思"文化大革命"所造成的悲剧。从总体上说，文艺观念与创作理念还比较保守、陈旧，文学作品的思想深度与艺术水准整体还不高。在当时的作家和理论批评家看来，"文化大革命"后的中国文学明显地不及"五四"所开创的现代文学，更远远地落后于西方 20 世纪占主导的现代主义文学。80 年代初，文艺界有意识地大量引进西方的现代文艺思想，并展开了关于"文学的本质"、"现代派"、人道主义与"异化"等问题的讨论，试图从本质上解决中国当代文学长期存在的认识论问题。由此，我们也可以看出当时中国文艺界面对世界文学时的一种焦虑而又矛盾的心态：一方面对中国当代文学的现状极度不满，迫切希望改变这种落后的境况，早日与西方现代文学接轨；另一方面又对西方的文艺思想保持着某种类似于意识形态的警惕。在这种复杂的文化心态下，80 年代初的文学只能慢慢地复苏、缓缓地前行。

在这些论争中，关于"文学的本质"，即"文学是什么"的讨论倒值得我们注意。讨论沿着两个方向进行：一个是文学表现的内容上，即"写什么"的问题；一个是文学采用的形式上，即"怎么写"的问题。前者集中体现为：把文学定位为人学，即"文学是人学"，呼唤"五四"现代启蒙精神的重新凝聚与回归："伤痕文学""反思文学""寻根文学"都以人为本，聚焦于审视人和重构人的精神内核；后者则相对具体，主要体现在对西方现代主义小说形式技巧的探索与运用上。80年代初，文学在回归"五四"精神的同时，"回到文学自身""回归文学本体"的呼声也日益强烈。

王蒙最先于20世纪80年代探索小说技巧，"意识流"被他大量运用，茹志鹃、宗璞、汪曾祺、高行健等也不同程度地采用荒诞、变形、心理分析等手法。但他们的创作只是对某些现代主义技巧简单的模仿和移植，只是在传统的小说内部加进一点现代主义的作料。事实上，无论从哪种意义上讲，他们的文体实验都缺乏现代主义所极度张扬的生命体验和存在反思。因而他们没有也不可能改变80年代初现实主义小说占绝对统治地位的局面。文学仍然是社会人生的载体，仍然背负着沉重的社会历史文化包袱，在通往"理想的文学"道路上蹒跚。在80年代初，理想的文学应该是一种能与中国社会的"现代化"目标相适应的、具有现代化色彩的、与世界文学接轨的、能体现作家主体意识的自觉的文学。当代文学必须得有一场属于文学自身的革命，从一体化的桎梏中解放出来。

1985年，刘索拉的《你别无选择》吹响了向传统文学（包括新时期以来责任感极强的主旋律文学）挑战的号角。小说以音乐学院作曲系的几个学生为主人公，他们具有鲜明叛逆色彩，颠覆体制，无视权威，生活浑浑噩噩，个性却极度张扬，在自我的王国里飘荡，寻找着属于自己的人生旋律和音乐创作欲望。徐星《无主题变奏》的主人公看到了现实的虚伪，而用蔑视、嘲讽的姿态生活在社会的边缘。陈建功的《卷毛》以及后来王朔的作品，也塑造了一大批具有这样反叛意识的浪子、痞子形象。刘索拉等用类似于西方某些现代小说流派的表现方法——"荒诞""变形""人物几乎没有历史和过去""形象化的抽象""夸张化的人物特征"等——来表现作品主题的①，与《麦田的守望者》（塞林格）、《在路上》（凯鲁亚克）、《第二十二条军规》（约瑟夫·海勒）等存在着某种精神上的联系。这批极具"现代派"色彩的作家作品及其"非理性"精神对当代文学传统产生了巨大的冲击，也拉近了中国文学与西方现代主义文学的距离。

但严格意义上，刘索拉等是"伪现代派"。② 他们的反叛还只是寄寓在作品中人物个体的行为意识上，作为文学的创作主体，他们并没有走太远，他们从文坛上很快地消失就说明了这一点。而其后的"先锋作家"似乎就不大一样，他们的异质性更多地体现在文学行动上，而且声势浩大，他们试图用决绝的文学反叛来实现他们的文学"现代性"梦想。

马原、残雪、余华等先锋作家大部分出生于 20 世纪 60 年代，是"文化大革命"后成长起来的作家，他们或多或少地感受过"文化大革命"的荒唐与梦魇。80 年代初上大学，使得他们有了大量接触西方现代文化的机会，20 世纪西方现代主义文学和现代主义大师成为他们的精神养料，成为他们仰视和膜拜的对象。年轻的他们，富有青春的激情，也有着深刻的焦虑和期待。他们敏感地意识到存在于中国当代文学与 20 世纪西方文学之间的巨大鸿沟，对以现代主义为代表的欧美文学充满了渴望与向往。相反，对中国当代文学的一体化模式和主流叙事却强烈不满，甚至对五四文学的启蒙传统也充满敌意。他们寄希望于从西方现代主义寻得资源、用年轻人的激情和创造来一场痛痛快快的革命，把文学从（来自体制的、传统的、责任的）"苦难"中拯救出来，以至造成文学乃至文化上某种"震惊"和"断裂"的效果。这是他们的初衷，也是他们赋予自己的艺术"使命"，他们就这样起步了。为了实现自己的

———————————

① 黄子平：《沉思的老树的精灵》，浙江文艺出版社 1986 年版，第 167—168 页。

② 参见黄子平《关于"伪现代派"及其批评》，《北京文学》1988 年第 2 期。

梦想，他们的策略就是形式革命：从叙述和语言上进行文本实验，造成一种轰轰烈烈的革命效果。在他们看来，这是最积极也是最有效的办法。

二 文体实验：障碍的叙事设置

"先锋小说"在开始阶段，就极为重视"文体的自觉"和叙述方法上创新。其小说"实验"的观念和方法，与法国的"新小说派"（以罗布—格里耶为代表）、阿根廷的博尔赫斯的创作和理论、20世纪六七十年代美国的"反小说"有关。

马原是中国先锋小说的第一人，他第一个把小说的叙述（"怎么写"）置于比情节（"写什么"）更重要的位置。自《拉萨河女神》始，马原就用新的叙述观念和叙述方式来讲述一个个残碎的、断片式的故事。马原的小说叙事造成了意义解读的困难，形成了一个又一个"叙述圈套"。①《冈底斯的诱惑》把三个互不相干的故事拉扯到一起，联结它们的仅只是伪装的两个叙述人。这三个故事都是非常吸引人的，但故事却是残缺不全的，形成了一种"复线交叉错时叙述"。这种叙述方式就如同一个多格盒子，把故事分别装在各个格子里，完全"扰乱了读者对事件的因果联系的惯常追问"，"阻止了读者对人物性格发展的直线关怀"，"而仅仅被各个事件的片断所吸引"。② 在读者看来，马原在他的小说中把叙述人、叙述时间、叙述结构都搞得比西藏还神秘，造成的是一种似真似幻的叙事效果。在他的笔下，故事常常有头无尾，被扭曲起来藏在叙述方式的背后，不可知、不确定、没有意义。马原的《虚构》却以最大的可能性切近"真实"，这种"真实"的虚构是由马原（一个伪装的叙述人，"我就是那个叫马原的汉人"）自己来完成的。可最后，叙述时间告诉我们：这一切都是虚构

---

① 参见吴亮《马原的叙述圈套》，《当代作家评论》1987年第3期。
② 王一川：《中国现代卡里斯马典型》，云南人民出版社1994年版，第280页。

的。他用个性化的叙述压抑甚至取代了小说传统的故事，消解了叙事的意义指向。在马原那里，我们通常意义的"创作"在向"写作"本身还原，不再负载过多的意义指向。稍后的洪峰在这方面也进行了大量实验。他在《极地之侧》中涉及：A. "我"到大兴安岭寻找朱晶（大晶）、B. 那个"女人"的故事、C. 章晖讲的故事、D. 我的朱晶（小晶）听章晖讲的故事、E. 我的朱晶（小晶）去北极村等几个类型十几个故事，这些故事真真假假、虚虚实实，而且前后相互穿插，完全打乱了正常的叙述秩序，使整篇小说变得支离破碎、扑朔迷离。他的《第六日下午与晚上》《走出与返回》《重返家园》《瀚海》等作品更是把这一技巧运用得娴熟自如。

叙事的革命已经开始并将继续下去。

格非从博尔赫斯的迷宫式小说得到启示，他的小说往往拆除了故事必要的因果逻辑链条，造成了一种叙事的"空缺"。而这些空缺恰恰处于故事的关键部位，结果造成了解读的障碍与困难。《迷舟》在故事的高潮部分戛然而止：主人公萧去榆关到底是去传递情报还是去私会情人杏呢？在这个有意设置的空缺中，萧断送了自己的性命。这样一来，整个故事就变得扑朔迷离。《青黄》中，格非巧妙地将九姓渔夫生活中最不幸的环节弄成结构上的"空缺"，而"青黄"一词的意义空缺就是生活史的不完整性的隐喻。随着民俗学家的不断勘探，"青黄"一词的含义不断地被颠覆，最后，考证得知"青黄"只不过是一条狗的名字。这是对意义空缺的填补，还是对意义的颠覆？留给我们读者的只能又是一个疑问。《褐色鸟群》中，人物的前后言行相互矛盾，随着叙事的不断推进，矛盾之处越来越多，甚至连小说的内在意义也完全消失在叙事的相互抵牾之中。小说有很多疑问和空缺，作者却没有给出答案。如果你一定要追究这一切的真假，你"将一无所获"。小说采用格非所惯用的"回忆"来推动叙事，然而，"回忆"在每一次瓦解叙述追踪时，却又提出了一种新的现实，这种新的现实本身又构成叙述，叙述再度追踪回忆如此循环往复。格非正是用这样一个又一个相互包容的圆圈来消解延续的重复。①

这种叙述上的重复和意义上的颠覆，在北村早期的小说中显得更为极端。《逃亡者说》《聒噪者说》《劫持者说》等小说，重点就在"说"字上做文章。小说通过对同一事件反复不断地叙述、来回枯燥地言说，事件的所谓的"意义"不断地被诠释和更改。事件本身只是叙述的一种载体，已经变得毫无意义，剩下的似乎只是叙述者在"说"了。

在先锋小说家看来，叙述就是一种虚构、一种游戏，更是一种策略。他们以全新的叙述观念和叙述方式制造了一大批怪模怪样的先锋文本。小说中叙述的圈套和迷宫、叙述的空缺和重复，给文本意义的解读造成了一个又一个障碍。它们强烈地冲击、颠覆着传统的叙事，在 20 世纪 80 年代中后期的文坛上引起了轰动。

三　能指狂欢：纷呈的语言魔方

20 世纪 80 年代，由于西方语言学、符号学理论的大量引进，"语言"成为文学革命的重要凭借和手段。在现代西方语言学、符号学看来，"语言"具有某种本体性的意义。当语言一旦获得本体意义，文学创作的"语言"转向就相当明显。80 年代中后期，先锋小说实验的重心就逐渐从文体上的革命转向了语言上的创新，马原后的先锋小说家都注重语言的重大意义，他们都醉心于创造一种个性化的、近于游戏的语言样式。因为，在他们看来"语言便是文体"，是一种使小说具有独立意义的文体。在他们的笔下，小说语言缺乏必要的所指，呈现出的大多只是一种耗散、拼贴的状态。

作为当代小说写作最极端的挑战者，孙甘露的小说语言是绝对抽象的、诗化的。《访问梦境》《我是少年酒坛子》《信使之函》等小

---

① 参见陈晓明《无边的挑战——中国先锋文学的后现代性》，时代文艺出版社 1993 年版，第 68 页。

说，都可以作为超现实主义的文本来解读。他的小说随处可见的是梦呓、玄想和沉思，是一种典型的寻找语言快感的纯粹的抒情的文本。正如《访问梦境》一开始引用了卡塔菲卢斯的名言"到了结束的地方/没有了回忆的形象，只剩下了语言"那样，孙甘露的小说在很大程度上只剩下语言。《访问梦境》用"我"的意识来铺写梦境中纵横交错的、瞬间的、飘移的幻觉，这些幻觉之间很难找到有机的联系，彼此是相互孤立、相互对峙的。"我行走着，犹如我的想象行走着。我前方的街道以一种透视的方式向深处延伸。我开始进入一部打开的书。它的扉页上标明了几处必读的段落和可以略去的部分。它们街灯般地闪亮在昏暗的视野里，不指示方向，但大致勾画了前景"，"一个声音在地平线上出现，它以一种呓语般的语调宣称：最终，我将为语词所溶化。我们的肉体将化作一个光辉的字眼，进入我所阅读过的所有书籍中的某一本，完成它那启示录的叙述"。《信使之函》中，我们感觉到的只是语言内在的诗性碰撞。在这个极具"拼盘"结构的文本中，孙甘露用了50多个"信是……"箴言式的句子将零碎的逻辑上毫无关联的段落给连缀起来。"信是纯朴情怀的伤感的流亡"、"信是自我扮演的陌生人的一次陌生的外化旅行"、"信是耳语城低垂的眼帘"、"信是瘫痪了的阳物对精液的一次节日礼花般怒放的回顾"、"信是情感亡灵的一次薄奠"、"信是叙述以叙述向所述事物的剥离"等梦呓式句子，在诗性的任意迸发和形而上的顿悟中脱颖而出，可以让人作无穷的想象与阐释。《我是少年酒坛子》《请女人猜谜》更是如此。对于孙甘露语言实验的理解，有评论家认为，读者应"终止对小说所述事件意义的探寻而去品味句式，把意义的存在当成是使句式更加精美和匀贴的一个条件，而不是相反，把句式当成表达意义的工具"。① 孙甘露的小说可以看作"一堆华美辞藻的集合，一堆无法对应的毫无还原可能的词语梦想"，"它描述的仅仅是业已能指化了的文字。能指的文学以及文字的虚构性与不可信任性，构成了

_____

① 蒋原伦：《老派小说读意义，新派小说读句式》，《钟山》1990年第2期。

这篇小说的唯一所指内容"。① 孙甘露的叙述文体把语言推到了极端的状态，他在幻化的梦境里专心致志地玩弄着纯粹的语言游戏，最大限度地拆除了小说与诗和哲学随想录的界限，为语言实验提供了一个无边自由的空间。在那些跳动的、不断位移和闪烁其词的叙述中，我们感受到的是一次纯修辞的导引与启蒙。

和孙甘露充满诗化的抒情的语言相比，吕新的小说则呈现出一种自由散漫的状态。吕新在面对当代"语言学转向"时，他不是像其他先锋作家那样斩断语词的所指、凸显能指，而是通过增加所指的厚度与密度，恢复语言的弹性与张力。吕新将自己文学的想象力建筑在一种充满灵性的语言上，他的句子几乎没有晦涩难懂的，但其所指的超常密集，使句子与句子的连缀组合产生同时指向各种方向的意义。他特别喜欢用形容词，还习惯把动词当作名词来用，把名词作为动词来用，大量地运用加长型的定语。这一切使得他的小说语言产生了一种强烈的装饰效果。② "天空中飘满拳曲的长满牙齿的标语口号，大家深深的脑后拖着细细的猪尾巴甩来甩去围着桌子开会至深夜……长城以北深色的山谷里开满橘红色的叶片，嘴唇鲜艳的女人深居简出，隔着一些窗户，眺望马的高耸的背部。河东的红杨树附近，有跳舞的影子。"（《农眼》）他的语言是纯粹的、散漫的，没有任何的目的，但在无目的中却给人新异的感觉。这也许就是无目的的合目的性吧。

残雪作为一个早期的先锋作家，她小说的语言是一种精神分裂式的语言。她以女性特有的敏感神经、一种在别人看来奇诡的、刻薄的眼光来看这个充满"恶"的世界。残雪喜欢以童稚的感官印象去呈现某些污秽的意象——蝙蝠、蜥蜴、黑蘑菇、腐尸、蛛网……残雪肆无忌惮地写下了这些意象，在纯真无邪的表面底下，透露出人物对梦魇般的生存现实的潜在恐惧。这种描述所用的语言，便是一种近乎精神分裂的语言。这种语言使残雪能够在某种自我封闭的状态下，尽情

① 吴亮：《无指涉的虚构——关于孙甘露的〈访问梦境〉》，《当代作家评论》1990年第6期。
② 参见吕新《抚摸·跋》，花城出版社1993年版。

地去编织一个非理性的世界。《山上的小屋》《黄泥街》《苍老的浮云》等小说中的世界就是一个个密封的、反理性、反逻辑的世界。残雪语言的独特意义在于她毫不保留地发挥了女性特有的先天的歇斯底里和焦虑恐惧,将个人潜意识深处的记忆一一记录下来。这些歇斯底里的感知与想象一经反复的铺述就成为一种超现实的、非理性的、梦魇的世界,从而形成"梦"与"现实"、"理性"与"非理性"的对立。残雪就是用这种精神分裂的语言来反叛传统的、理性的价值体系的。

余华以一种近乎冷漠的姿态、用冷峻刚硬的语言讲述着一个个阴谋、暴力、血腥的事件;苏童以"意象"为语言营造的中心,凭借一种良好的语感来讲述"乡村—城市"的故事。在苏童的笔下,乡村意象的清新和城市意象的恶毒形成了鲜明的对照,从而为人物的精神还乡提供了必然。

另外,先锋小说家为了反叛传统,在进行叙事革命和语言创新的同时,还用一些通俗小说的方式和手法来给读者的阅读造成某些兴奋点,更能引起人们的注意。余华小说中的阴谋与暴力,格非、洪峰小说中的性,马原小说中的西藏异域风情,等等,共同构筑成先锋小说一种特别的视觉效果。

在对西方现代主义文学的渴望与想象中起步的中国当代先锋作家,在他们的形式实验中寄寓着一场美妙而复杂的"先锋梦想"。在谈到这一点时,余华说:"我所有的努力都是为了使这种传统更为接近现代,也就是说使小说这个过去的形式更为接近现在","这种接近现在的努力将具体体现在叙述方式、语言和结构、时间和人物的处理上,就是如何寻求最为真实的表现形式"。[①] 我们可以这样认为,先锋小说家的形式实验就是为了更接近文学的现代化,接近"文学是叙事的艺术""文学是语言的艺术"这样两个文学命题,寻求更真实的能够表现他们期待中的文学形式。这是他们的初衷,也是他们的

---

① 余华:《虚伪的作品》,《上海文论》1989 年第 5 期。

目的。

　　20 世纪 80 年代中期，西方先进的现代主义文学的距离诱惑，中国当代文学的落后现状，再加上青春激情的烘烤，交织混合成一种幽深的焦虑、一种热切的期待、一种自赋的启蒙意识。这就是 80 年代中国先锋小说起步的背景。马原等先锋作家为了构筑他们想象中的文学殿堂，经历了一个从"渴望先锋/想象先锋"到"实践先锋"的过程。其实践的途径就是：叙事革命和语言狂欢。为了达到他们轰轰烈烈文学革命的目的，他们的观念是大胆的、他们的行为是放肆的，他们在颠覆传统的基础上创造着一个属于他们自己的"个体之诗"的文学时代。

（原载《湖北大学成人教育学院学报》2010 年第 3 期）

分化与逃离

——20 世纪 90 年代先锋小说的危机与衍变

先锋作家在天马行空、肆无忌惮地进行文本的形式革命时，关注的只是小说文本形式技术层面的革命，以及他们行为实践的社会文化意义，而竭力避开的是对人的意义和价值的追寻。在大多数先锋小说文本中，先锋作家很少去真诚地关注人，关注人的价值和意义，人的理想与未来，人的痛苦和欢乐。这与他们文学革命的颠覆一切价值、反叛一切陈规的理念有关。在这群年轻的革命者看来，表现意义、追寻价值都是传统文学的使命（而正是这些使命才使得文学变得沉重、没有了生气），要想恢复文学自由潇洒的本来面目，就得抛弃掉那些阻碍文学自由飞翔的桎梏。正是这样，我们年轻的先锋者们才在形式实验上挥洒生命激情，在叙事和语言的"狂欢"中倾注艺术才华。

然而，他们只能是那个时代（20 世纪 80 年代中期）的宠儿，他们的激情挥洒、艺术狂欢只能属于那个文学的、诗的时代。到了 80 年代末，中国社会的急剧转型，先锋小说的形式实验出现了内外交困的局面，一场不可避免的危机已经到来。面对先锋小说形式探索的危机，本来就不稳固的先锋群体很快就出现了分化，无奈的逃离、痛苦的坚守、快意的堕落。八九十年代之交，处于文学转型期的"先锋小说"，在彷徨、迷惘中失语，它已经不能注解这个时代，而成为这个时代的注解。

一　先锋小说形式探索的危机

（一）文学生态环境的剧变

20 世纪 80 年代末到 90 年代初，中国社会的现代化改革经历了几年的探索与实践，已经取得了巨大成功，中国社会已基本完成了从传统的农业社会向现代的工业社会的转变、社会主义计划经济体制向社会主义市场经济体制转型。商品经济在社会生活中发挥着越来越重要的作用，商品意识、市场行为成为指导人们社会文化生活最重要的指挥棒。从整个社会来看，商品意识无孔不入，已经广泛地渗透到中国社会的各个角落。在文化领域，媚俗的、煽情的、刺激的代表市民趣味的大众通俗文化正在大面积覆盖社会；好莱坞重磅大片、港台音乐影视、金庸古龙的武侠纷争、琼瑶的言情小说潮水般地淹没、占领文化市场。作为"文化精英"的知识分子受到强烈冲击，逐渐失去了社会文化的中心地位，而被法力无边的市场挤到了社会、文化的边缘。在这个大众通俗文化主宰的时代，文学的生态环境已经发生了剧烈的变化，不可能再出现 80 年代那样"振臂一呼，应者云集"的文学革命，就是原来的文学格局也难以维系。在 80 年代末，有论者就提出了"文学在失去轰动效应""文学的比萨之塔已经倾斜"的判断。① 到了 90 年代，文学的这种状况还在加剧，文学理想在坠落，80年代文学的那种革命意识和创新精神在不断沦丧。

在市场经济条件下，中国社会逐渐走入了信息时代。在信息时代，现代传媒的干预力是无法想象的。作家、出版商、读者是通过传媒而展开关系，出版物成为连接作家与读者的必要桥梁。在现代社会里，出版商是绝对以市场为导向的，他们操纵着书籍的出版、发行，甚至是作家的写作。他们可以依据市场的需要来干预作家的创作，用手中的市场份额来限制不受市场欢迎的纯精神或艺术的曲高和寡的作

---

① 参见阳雨《文学：失却轰动效应以后》，《文艺报》1988 年 1 月 3 日。

品，用市场炒作来使某些具有刺激娱乐消遣色彩的通俗读物畅销。某种程度上可以说，王朔的"顽主"系列小说、春风文艺出版社策划编辑的"布老虎"丛书、余秋雨的"文化散文"、池莉的"市民小说"和"美女作家"都是现代传媒操纵和干预的结果。在大众通俗趣味的覆盖下，先锋小说决绝的形式实验与语言狂欢决定了他们的小说只能被读者远离、抛弃，因而也就不可能得到出版商的青睐。如果不改变趣味，也许，先锋作家的小说创作只能躺在抽屉里任凭他们自己独自品玩。而要是这样的话，饿着肚皮的、不能为人关注的先锋作家们还谈何"先锋"呢？

（二）形式技巧走向极致和绝望

先锋小说家在先锋实践时选择了两种途径：叙事和语言。他们为了造成一种与传统文学的距离感，年轻的先锋们对"先锋之重"（先锋实验所承载的中国当代文学的"现代化"重任）缺乏足够的认识，特别是在先锋的形式革命取得轰动效果之后，已经沉溺在形式的迷宫里，认为只要把形式这条路走到底，中国文学的现代化就指日可待了。因而，他们抱着这种幼稚的想法，叙事和语言都走向了极致。"游戏形式"和"玩味先锋"可能是他们共同的心理状态。作为先锋实验的首席功臣，马原也没有清醒认识到"先锋实验"的艰难，他过于迷恋自己的"叙述圈套"，始终用叙述来压抑故事，不厌其烦地用"元小说"①技巧重复着自己的叙事模式，讲述着一个个"汉人马原"或类似马原的姚亮、大元的故事。在马原1987年发表的《大元和他的寓言》《错误》《上下都很平坦》中形式化的意味更强烈，叙述者、叙述时空的变换也越来越虚幻，故事拼接的手法也越来越精湛。从某种程度上看，马原是在和读者玩弄一种叫作"叙事"的游戏，用似真似幻的叙事笔法把读者引上自己精心设置的圈套。在80

---

① 元小说就是关于怎样写小说的小说，是关注小说的虚构身份及其创作过程的小说。在叙事时，作者通常有意识地反顾或暴露叙说的技巧。参见［英］戴维·洛奇《小说的艺术》，作家出版社1998年版，第230页。

年代后期，叙述方式的实验性意义消失以后，叙述圈套就变成了故弄玄虚的障眼法，成了捆绑马原才智和感觉的绳索。同样，余华在《世事如烟》《难逃劫数》中将象征推向了绝致①，采用高度抽象化、符号化的超现实语言，创造了一个神秘、恐惧、战栗、破碎的世界。孙甘露的语言诗化、北村的语言迷津、格非的迷宫叙事，也是他们所精心演绎和设置的形式。

在先锋小说这种浓厚的技术化倾向和极度膨胀的叙述欲望下，那些靠叙述者想象、虚构出来的语言、人物、事件全都失去了他们在原本经验世界的个性特征，他们的语言、行动、思维方式都无一例外地超出了他们的实际，而沦为虚空。先锋作家们认为"一个好的作家的功绩在于提供永恒意义的形式感"②，但我们仔细分析先锋文本后，发现这种形式感背后的精神实体是空洞的。在先锋作家大量的所谓"新历史主义"文本中，作家对话语讲述年代的现实生活缺乏体验，缺乏对那个年代的现实景象和生命存在的透彻理解，而只能借助典籍、历史、材料所提供的历史文化氛围来发挥想象。先锋作家并不是不想在作品中注入强大的精神实体，但这就是他们力所不及的，而只能把才华用于修整作品外形的完满之上。由于先锋作家缺乏强大的精神力量做支撑，他们越是把形式搞得精致完满，就越显示出他们对先锋实验缺乏信心。

"先锋就意味着孤独"，没有一点殉道者的精神，任何一种先锋运动都不可能进行到底，特别是在中国这样一个传统意识极其强大的国度。先锋反叛传统的形式革命在当初是成功的，但要一直坚持自己的形式实验却是艰难的。先锋们的年轻、生活经验和精神支柱的缺乏，决定了他们在遭受一系列疏远和冷遇后，必将绝望于所继续的形式实验。同样是形式实验，为什么会有如此大的反差？他们自己都迷惘

---

① 余华在《虚伪的作品》（《上海文论》1989 年第 5 期）中说："一部真正的小说应该无处不洋溢着象征，即我们住居世界方式的象征，我们理解世界并且与世界打交道的方式的象征。"这是余华先锋小说的叙述美学的基本出发点。

② 苏童：《想到什么说什么》，《文学角》1988 年第 6 期。

了。20 世纪 80 年代末，迷惘的先锋们可能都在思考着同一个问题：先锋的出路何在？

二 先锋的现实衍变：分化与逃逸

20 世纪 80 年代末，先锋小说形式实验的现实危机，只要是来自市场经济形态下的大众通俗文化的冲击（外因）和先锋小说家天生缺乏强大的精神力量做支撑（内因）。中国社会的经济转型是无法逆转的，大众通俗文化的冲击也是先锋作家所不能改变的。在这样的社会背景下，先锋小说只能是顺时代潮流，通过改变自身来寻得出路。中国的先锋派本来就不是一个严格意义上的小说流派（只是评论家为了评论方便的习惯称谓而已），因而，在现实的危机面前，这些原来看似行动一致的先锋作家的分化解体、先锋小说的现实转型也就是情理之中的事了。

（一）从作家层面看：分化与逃亡

马原作为先锋实验的始作俑者，他深切感受到这场形式的危机。20 世纪 80 年代末，他小说中的西藏的神秘故事和叙事的虚构已经引不起读者的兴趣，叙述技巧也失却了早期的轰动效应。读者的厌倦情绪和自我超越的困难，使得马原失去了继续形式实验的勇气和信心。他转而写了些生活气息很强的小说（《双重生活》《孤独的窗口》《总在途中》等）来打发疲惫孤寂的形式实验。但这几篇小说最终被冷落在几份毫无影响的文学杂志上，其尝试是完全失败的。马原自 1989 年从西藏回调沈阳后，就不敢称自己是作家了。的确，这之后的马原没有什么可以称得上好的作品了，马原已经酝酿着从文学中撤出来了。"八九年。全年失业，在搬来搬去居无定所的生活中，为中央国家机关团委纪念五·四运动七十周年大型场地演出充任总撰稿，也算养家糊口；九〇年。重新就业。改编了一部舞台话剧剧本，七月份上演。连同搭台彩排共演四场。五万字小说。九二年。先完成了改编自己小说为电视剧本，12 集。之后为这部剧集拍电视搞服务赚钱集资。剧集暂时未拍。接下来拍《许多种声音——中国文学梦》，一举八个月未摸纸笔。至今。"为了生活，马原真的很无奈，他的转向我们可以理解。正如他所言，"几年下来，不写不算，出书也远落人后，内心自有一份苦楚一份难以言说的凄凉"。① 从此，马原就淡出先锋文坛了。

与马原的无奈相比，苏童、叶兆言这几年可就风光得多了。苏童的先锋创作主要体现在以一种与肆意奔流的话语欲望相伴随的诗性想象上，以《飞越我的枫杨树故乡》《桑园留念》《1934 年的逃亡》最为典型。其中，叙述者的声音压倒了一切，对一切人物、事件、情景的描写，都是以叙述者个人的情感记忆、感觉方式和建筑在此基础上的诗性想象为基点的。然而到了 1988 年左右，苏童的"枫杨树"系列已经不能再引起人们的兴趣，苏童认为他的"枫杨树"只是一次"伤心的舞蹈"。1989 年的《仪式的完成》似乎是一个象征，预示着苏童先锋的最后仪式，以此来祭奠他心目中神圣的"红马"（我在此处把"红马"看作一种带有强烈先锋意识的精灵，在《祭奠红马》中，苏童赋予小说浓厚挽歌的味道）。1989 年苏童的《妻妾成群》不再像《1934 年的逃亡》那样迷恋于心灵的虚像，以意象的营造来抒发浓郁的诗情，而是在客观冷静的叙述语调中显示出一种写实的气度。在此后的《红粉》《妇女生活》《男人杨泊》系列中，苏童的目光转向市民生活那无奈、庸常的生存图景，并将这种细腻写实的倾向演绎得越来越明显。特别是《妻妾成群》《红粉》《米》等小说的畅销以及电影改编而大红大紫后，苏童已经彻底从先锋作家沦为写实能手，在脂粉堆和深闺大院里演绎着人生的悲欢离合、人性的凶残异化。苏童在历史故事的讲述中，相当自然地实现了转型，而且在转型中赢得了读者，赢得了其他作家少有的经济利益。和苏童相似的，还有叶兆言。在他早期的代表作《枣树的故事》中，岫云的故事在颠来倒去的叙述中，呈现出离散的状态，具有相当的形式主义意味。他

___
① 马原：《虚构·跋》，长江文艺出版社 1993 年版。

接下来的"夜泊秦淮"系列（包括《状元境》《追月楼》《半边营》等中篇）则带有浓厚的"文人"挽歌的情调。可能是身处六朝古都的南京而又具有浓厚的家教文化传统的缘故，叶兆言比其他先锋作家更早更多地关注文人、文化的现实景况，在凄凉、哀婉的情调中为这些末世的文人谱一曲心灵的挽歌。文化"挽歌"是叶兆言独有的姿态，体现出其特殊的价值形态。《艳歌》《挽歌》之后，叶兆言就开始逃离沉重的文化挽歌，而用现实的悲欢离合取代历史文化的重负，直接地引进日常生活，用爱情、家庭的油盐百味消解传统的风雨沧桑，小说形式和意义探索的分量在不断减轻，而生活写实的味道在增强。因此，将20世纪90年代的叶兆言、苏童归为"新写实"作家是不无道理的。他们在社会经济文化的转型中，没有马原那样凄凉和无奈，而是快意地走在"新写实"的坦途上，用历史和现实悲欢构筑着另一片新天地。

我们在哀叹先锋的无奈和沦丧时，更要为孙甘露、北村、吕新的执着探索精神叫好。孙甘露仍旧在语言的诗化中漂移游走，在语词的梦境中沉思冥想，他迷恋着那份属于自己的绝对的语言的世界。在《夜晚的语言》《岛屿》《忆秦娥》中，他在坚持近乎迷宫的语词游戏的同时，将某些人生主题寓言化地寄寓在作品中。人生的变幻，世界的荒诞，人与人之间的永恒隔阂，成为他小说重要的内核。他早期小说所缺乏的精神内容在不断加强，而他的语言诗化并没有因现实的冲击而减弱。在他的长篇小说《呼吸》中，小说以罗克对时间和慰藉的寻求开始，以对困惑的体会这一永恒而明确的结局告终，主人公罗克在与五个女人的性爱关系中，获得了对自己生命存在的真正确认。"小说的变化不是服从于故事情节的发展，而主要来自人物内心也归结于内心。所有叙述方面的追求也都服从于这一要求，修辞、节奏、隐喻、句子的长度以及变化，对庸俗惯例的调侃性模仿穿插其中，语言服务于结构，而不是服务于意义。"① 相对于其他先锋作家而言，

① 孙甘露：《呼吸·内容提要》，花城出版社1993年版。

北村的创作开始得比较晚，他因 80 年代末创作的《逃亡者说》《陈守存冗长的一天》《归乡者说》《聒噪者说》《劫持者说》《披甲者说》等形式主义小说，而成为先锋形式实验的后起之秀。他的"说"字小说，每一篇都是一个完美的形式寓言，在颠来倒去的重复叙说中，事件的意义被一次又一次地消解和颠覆，作为传统小说要素的"事件"仅仅只是现代叙述的载体。吕新作为一个比较边缘的先锋作家，他没有像马原、余华等先锋作家那样时刻为评论家所聚焦，而且主要以山西太行地区的农事为创作对象，所以，他能够比较平静地从事自己的创作，不会受外界环境的强烈冲击。他的《消逝的农具》《葵花》《南方旧梦》《南方遗事》等作品在叠加的装饰性词语中，小说依旧散漫，不关心任何语词以外的东西。

余华、格非以及后期的北村，他们从先锋的形式危机中认识到了先锋形式创新的症结：缺乏强大的精神力量做支撑。先锋作家的形式化小说像一个失足男孩，迷失了自己的精神家园，在怅惘与惶惑中四处漂泊、游荡。他们也酝酿着转化，不断地往自己的创作中加入现实、精神的含量。余华的《鲜血梅花》《古典爱情》《在细雨中呼喊》以及《活着》，格非的《凉州词》《傻瓜的诗篇》《敌人》《边缘》，北村的《诗人慕容》《施洗的河》，都已经显示出作家的人文理性深度和对生命存在的精神关怀。

（二）从作品的内容层面：眼光向下

先锋作家的分化与转向已经成为事实，我们当然也能从他们的作品里读到这种明显的转化迹象：

遁入历史虚构。由于年轻的先锋作家生活经验和社会体验的匮乏，在社会转型背景下，他们要与社会现实发生联系只能借助非现实的方式，即将叙事放在一个虚空的历史存在中，运用虚构和发挥想象，来赋予历史以"现实"的内涵。这样原来先锋作家形式主义实验下压抑的历史故事，就摆脱了文本形式的束缚而成为叙事话语的中心。余华的《鲜血梅花》《古典爱情》，苏童的《妻妾成群》《米》

《我的帝王生涯》，洪峰的《东八时区》，格非的《敌人》《边缘》，北村的《施洗的河》，吕新的《抚摸》，等等，都把目光投向了历史、过去。小说显示出一种向传统回归的趋向，而小说文本的实验色彩基本上消失殆尽。这些小说被后来评论家称为"新历史主义小说"，先锋作家不是纯粹叙述历史故事，而是借假定性的历史故事来展示作者对人物命运、对历史人生的思考。这些"新历史主义小说"带有浓郁的寓言色彩，也预示着先锋小说形式实验和反叛传统的意味在遁入历史、回归传统中逐渐走向消亡。

精构长篇故事。早期的先锋小说是不讲究故事的，在很大程度上说，马原、洪峰等人小说中的故事根本就不是故事，故事或者呈现出残碎、断裂、拼接的状态，或者在重复空缺中沦为一个虚空的存在。故事在早期先锋作家的笔下只是一堆叙述的工具或者说是材料，先锋小说不是"讲故事"而是"讲故事"，先锋作家不是关注"写什么"，而是关注"怎么写"。而在此时的先锋小说中，故事却越来越完整、精致。此前的先锋小说很少有长篇，现在他们都尝试着把人物放到一个相对长的时期来考察，并相继推出了自己的长篇：《米》《我的帝王生涯》（苏童），《敌人》《边缘》（格非），《施洗的河》（北村），《在细雨中呼喊》《活着》（余华），《呼吸》（孙甘露），《抚摸》（吕新），等等，小说的故事有关注历史存在的，也有关注现实人生的。在一个个精心营构的故事中，叙述的时空不再跳跃，人物在历史或现实的生活场景下从飘忽闪烁走向了丰满厚实，小说的情节设置也趋于完善。故事已经成为先锋小说家关注生命和表现思想的基石。

拉近现实人生。先锋作家改变了原来孤傲的、只盯着技巧形式的实验眼光，逐渐由"形"而上转向了"性"而下。现实人生的悲欢离合、凡夫俗子的生存际遇、生命存在的苦难意识都成为先锋作家笔下的典型素材。正是在这一点上，先锋小说和新写实小说纠缠在了一起。后期的苏童、叶兆言之所以被拉进"新写实"的阵营就是因为他们日渐模糊的先锋意识和越来越裸露的凡俗写实。就是余华、北村这些相当先锋的作家也拉近了与现实人生的距离。余华的《活着》

中已经很难找到早期先锋文本中扎眼的精神戕害、恐惧、暴力和血腥的场面，我们看到的只是福贵半个多世纪来在中国社会历史变迁中的一桩桩现实苦难。

三　转型中的先锋小说之缺失

20 世纪 80 年代末 90 年代初先锋小说的现实转向是很明显的，原来统一从事形式探索的作家出现了分化：有的在苦苦坚守面临危机的先锋形式实验，有的干脆随潮流而动而向现实快意滑行，有的则是在生命存在的现实苦难中投注更多的精神关怀。总体上看，这一时期先锋小说创作在社会文化急剧的转型中显得紊乱而急躁，存在许多的不足。

（一）逃离了"先锋之重"，放弃了决绝的文化反叛意识

20 世纪 80 年代中期，中国的先锋小说是在反叛传统和对主流话语的对抗中突兀起来的。先锋作为一种文化上的"异质性""距离感"的产物，其本质就是对抗。当这种对抗一旦与既定的现实文化视野构成相当级别的差异，以至于不能被这种视野所笼罩时，它就会被命名为"先锋"。而且 80 年代中国的先锋小说家是以实现中国当代文学的"现代化"为使命的。他们用一种形式上的决绝姿态来造成一种文学上的革命氛围，把文学从意识形态的桎梏中解放出来，从而实现与西方现代主义文学接轨。某种意义上说，中国的先锋小说应该是中国现代性文化工程的命题作文。这是它无法逃避的"先锋之重"①。然而八九十年代中国社会的急剧转型，在市场的种种诱惑和潜在的先锋危机面前，年轻而又幼稚的先锋作家无力继续这场任务艰巨的"文学现代化"革命，纷纷逃离枯燥、寂寞、抽象的先锋形式实验，而大多选择了一种快意的现实生存方式。此时，他们基本上已放弃了精神

---

① 周志强：《想象先锋》，《艺术广角》2001 年第 1 期。

文化上的反叛意识和对抗立场，心理上更没有了过去那种决绝的叛逆色彩，在汇入大众通俗文化滚滚洪流的同时，已经主动给自己卸下了"先锋之重"。我们在苏童的《妻妾成群》《红粉》《妇女生活》《离婚指南》等作品中，根本就找不到任何对传统、主流话语的反叛和抗争意识，看到的只是传统的回归和对通俗趣味的认同，作家的文化个性在现实生活中不断地隐匿和消失。

（二）拉近了先锋与传统现实的距离，先锋的异质性在流失

先锋在思想、行为、实践上讲究一种"距离感""异质性"，并把它看作先锋的最本质特征。而20世纪八九十年代之交的先锋文学在大众通俗文化的强烈冲击面前，为了渡过形式实验的危机，纷纷贴近现实。他们不能承受"先锋之重"，基本放弃了先锋的形式追求，在现实的危机中逐渐认同了他们原来鄙弃和反叛的"现实主义"的写作方式。他们在贴近传统和现实过程中，寻得了一片暂且可以聊以自慰的空间，"新历史主义小说""新写实小说"是这一时期他们创作的两个基本点。我们研究一下1989年的"先锋派"作品会发现，原来远离现实的先锋作家其实与现实有着千丝万缕的联系。先锋作家的形式主义实验只不过是他们实现中国文学现代化的一种美学策略、一次行为艺术，是一场为了达到文学与中国改革开放的现代化道路相适应的冒险，在他们的内心深处，还是想贴近现实大地。1989年《人民文学》推出了一组先锋小说，格非的《风琴》、余华的《鲜血梅花》、苏童的《仪式的完成》和叶兆言的《最后》。就人们对先锋派的期待来看，这些作品多少有点令人失望，人们希望看到更富有挑战性和反叛力度的作品出现，从而将"文学现代化"的革命进行到底。可我们时代的先锋们在这些历史味道很浓郁的小说中，把故事讲得很精致，过去叙事上的"圈套""障碍"和"空缺"都被隐匿淡化了，而把原来受压抑或者被遮蔽的故事凸显出来，先锋小说原来的形式化实验完全被他们有意地遗忘了。1989年以后，先锋小说这种历史、现实化的趋向越来越明显，与此时盛行的"新写实小说"的距离越来越近，先锋小说家写民

间现实苦难的故事已经不再新鲜。在向传统和现实回归的过程中，先锋小说不再先锋，它所特有的"异质性"正在先锋作家快意的现实历史写实中慢慢流失。在后来《妻妾成群》《妇女生活》（苏童），《艳歌》《挽歌》（叶兆言），《一个地主的死》（余华）等作品中，我们已经很难找到他们与"新写实"作家的差别，他们已基本上认同了现实价值而在创作中采取了取悦、迎合大众的立场。

（三）模糊了人类的悲哀和沉重，缺乏必要的精神支撑

在社会转型条件下，为了渡过现实危机和继续生存，先锋小说家采取了认同现实的立场。但在对现实的叙写中，他们缺乏现实的生活磨炼，没有一种彻底向下的眼光，不能融入人们的现实生活状态中，缺乏一种强大的精神力量做支撑。先锋的现实转型其实也无可厚非，但他们经常采用一种模糊的态度，放大现实的魔力，而将人类本来就有的沉重和悲哀化为飘忽的烟云，轻轻就被擦拭掉了。在这些"历史颓败"和"现实苦难"的叙述中，作品虽回到了历史传统和现实生活中，但人物同先锋作家一样，没有从传统和现实中找到可以依靠的精神资源，都显得那么羸弱。"先锋啊，你软弱了吗？"的确，在活生生的现实面前，先锋是疲软和退却的。传统是他们过去所反叛的，现实也是他们宣称要对抗的，现在，他们却主动地向它们靠拢。他们很矛盾，他们怕面对现实的苦难，更怕面对传统的沉重。因为，他们没有承受苦难的勇气，没有强大的精神力量做支撑。也许，模糊的态度可以暂时掩盖这些心灵深处的软弱，给他们一定的时间来思考该怎样面对传统与现实的问题吧。

由于先锋作家对在当代中国语境下追赶世界文学步伐的艰巨性（"先锋之重"）缺乏足够的认识，没有意识到传统和现实对当前文学语境的深刻影响。因而，在他们年轻的思想深处存在一种"简化先锋"的侥幸心理和"玩味先锋"的游戏姿态。20 世纪 80 年代末 90 年代初，随着中国社会语境的急剧转换，先锋小说不可避免会受到传

统和现实的冲击，重重矛盾掩盖下的先锋创作必将出现危机。再加上我们的先锋作家缺乏一种强大的精神动力做支撑，他们年轻的生命无力承受"先锋之重"，在强大现实的冲击面前，不得不出现分化、面临转型，在逃离和沉沦中或快意地淹没或痛苦地煎熬。怎样从现实的逃离中回归、在短暂的沉沦后崛起，是转型期患上失语症的"先锋"一个亟待解决的问题。

在反思中重建

——20 世纪 90 年代先锋小说的转型

当我们检视 1992 年以后的先锋文坛，会发现原来的先锋作家群体在大面积减员。马原已经没有什么作品出炉，基本上退出了先锋文坛，只是做些解读西方现代主义大师的随笔文章（后著有《阅读大师》一书）。和马原差不多的是孙甘露，可能是在现实的条件下坚持形式主义的先锋创作太艰难，在写完《呼吸》一书后，孙甘露几乎筋疲力竭，用完了所有的积蓄，也开始重新解读大师，妄图找到解决中国先锋危机的新资源。洪峰自《重返家园》后，并没有重返人类的精神寓所，而是汇入世俗的热流中，《苦界》《年轮》《东八时区》《和平年代》的平庸已经不能和《奔丧》《瀚海》《极地之侧》相提并论了。除此之外，他还沦落到专门给《体坛周报》写些足球评论的文章。苏童、叶兆言则完全是一种世俗化的写作，他们已不再被当作先锋作家来看待，他们正在"新写实""新历史"的路上风风火火。虽然，20 世纪 90 年代出现了刘恪、潘军、韩东、朱文等先锋后来者，有论者称其为"后先锋"，但他们与本文所论及的先锋有很大的不同。① 故不在本文的论述之列。吕新总是一个人在先锋的边缘漫

---

① 这些先锋的后来者很大程度上是在 20 世纪 90 年代开始创作的，他们的先锋创作带有很浓厚的后现代色彩。在创作动机和风貌上迥异于以中国当代文学的现代化为己任的先锋作家，他们的创作也不具备本文所论及的先锋的特质。

步，而且他的创作也没有太大的变化。残雪可以说一直是一个比较异类的先锋作家，她那种女性特有的敏感纤弱的神经和对先锋的独特把握，决定了她的先锋创作是一种孤独的个人创作，很难形成某种思潮，她的创作也是一个特例。这样一来，受到现实强烈冲击而又试图坚守先锋写作的就只剩下余华、格非、北村了。

先锋小说的分化虽然暗示了群体性的危机，但也意味着一个新的开始，在这个相对松散的局面下，先锋小说正酝酿着一次质变、一次飞跃。余华、格非、北村都经历过先锋的沧桑巨变，有过苦闷迷惘，也有过短暂的堕落沉沦。几年来的先锋探索之路是崎岖而坎坷的，特别是20世纪八九十年代先锋的突然失语，惊醒了"玩味""游戏""狂欢"状态中的先锋们，打碎了他们精心营构的形式梦幻迷宫和"乌托邦"蓝图，让他们重新认识到在中国现实的土壤中实现先锋文学理想任务的艰巨性。也正是如此，先锋作家对中国的"先锋之重"有了更深刻的认识：必须重新赋予"先锋"以新的质素，离开原来相对幼稚的"形式化路线"，接受现实的考验；唤醒人的生命意识，用一种强大的精神力量做支撑，克服"先天的软弱综合征"，在孤独和失落中实现新的崛起。他们逐渐放弃了他们所珍视的形式实验的策略，而在现实的困难中主动承担起精神救赎的重任。在他们看来，在我们这个贫乏的时代，先锋就是得与大众通俗趣味保持相当的距离，与现实物质性"异质"；先锋应该是那些在精神探索上走在最前列的人。真正的先锋是精神的先锋，是体现在作家审美理想中的自由、反抗、探索和创新的艺术表现，是作家与世俗潮流逆向而行的个人操守，是对人类命运和生命存在的可能性前景的不断发现。①特别是90年代知识分子的"人文精神大讨论"，使得先锋作家更明确地意识到在这样一个商业化、欲望化时代，作家必须得有一种现实精神支柱，必须在作品中倾注一种精神关怀。90年代先锋的现实回归和通俗化以来，先锋浪潮趋于平静。但这并不意味着先锋文学

---

① 参见洪治纲《无边的迁徙：先锋文学的精神主题》，《文艺研究》2000年第6期。

的寿终正寝，事实上，这正是中国先锋文学寻求先锋本土化之路的开始。

20世纪90年代先锋文学的本土化重建，就是要将先锋文学从一种想象中的移位和移位构想而不可得后的躁动不安中稳稳地坐在本民族文化的脉息上来，让中国人的先锋文学在中国人自己的生活与传统中扎下根来。① 余华、格非、北村们不再过度地注重文本的形式建构和花样翻新，也止住了向世俗的滑落，而将探索的重心放到人类存在的精神内核上，用心灵的质量打击世界，在作品里致力于民族精神向度的重塑，寻找原来丢失的意义和价值，从而突出先锋作家在创作主体上的内在精神高度。

一　凸显现实苦难和生存困境

现实苦难和生存困境是世界优秀文学的重要母题，是关注人及人的存在的最重要依托，它是20世纪艺术，特别是现代主义艺术灵感的重要来源，可以说先锋作家从来没有放弃对人类生存苦难和困境的关注。但在早期的先锋小说中，由于叙述策略的需要，先锋文本的叙述压抑和遏制了故事，人的生命存在往往被掩盖、被遮蔽，无法显现。余华的《现实一种》《一九八六年》，残雪的《黄泥街》，苏童的《1934年的逃亡》，在残酷冷漠的叙述语调中，在死亡、暴力、灾难、恐惧的背后，我们可以感受到人类残酷的生存境遇和血淋淋的精神戕害，但这些只是一种文本上的感官刺激，而缺乏一种精神创痛感和一种深切的心灵震颤力。从先锋遁入历史开始，先锋作家就在自己的创作中关注苦难的生命存在、重视现实人生的困境。《敌人》《我的帝王生涯》《细雨与呼喊》② 都以人为中心，表现人的孤苦无依、苦难

---

① 参见张卫中《先锋的重建：中国本土化先锋小说形态构想》，《文艺评论》1998年第6期。

② 小说最初以《细雨与呼喊》发表在《收获》1991年第6期上，1993年收入花城出版社出版的先锋长篇小说丛书的单行本时更名为《在细雨中呼喊》，后一直采用这个篇名。

重重的生活经历和忧郁、沉重的情感体验。在他们看来，苦难就是人类生存的本质，是人类不可超越的生存状态。

1992 年《收获》第 6 期上刊出了余华的《活着》和格非的《边缘》，这两部现实苦难的悲歌，标志着先锋小说真正地开始了自己的本土化之旅。在两部小说中，作者都以暮年老人的回忆为线索，展示了他们对生存境遇的由衷感悟。他们在人生的长河中，经历了数不清的天灾人祸，战争、饥饿、死亡是他们无法回避的现实存在，他们的生命浸泡在无尽的灾难和不幸中。他们不像转型期的先锋小说那样逃避客观的生存苦难（如《我的帝王生涯》中的端白由帝王变成走索王、《在细雨中呼喊》中的孙少林上京求学），而是在咀嚼苦难和悲痛中，把苦难和死亡看作生命存在的一部分。《活着》上演的是一出由死亡连缀而成的生命悲剧，福贵经历了父母、妻子、儿子、女儿、女婿、外孙等众多亲人惨死的打击，经历重重苦难。战争的惨不忍睹、灾祸的频繁光顾，使得福贵不得不孤苦伶仃生活在沉重的现实中，饱尝孤独无依的痛苦。在余华的笔下，苦难沿着两个向度扩展：一是直指终极的生命悲剧，一是指向人必须直面的生存困境。前者以《活着》为代表，后者则体现在《许三观卖血记》中，许三观用个人的力量去面对生存的困境，他要承受现实生活的压力，就得一次又一次地去卖血，这是许三观无法逃避的生存困境。①

生存的苦难意识在先锋小说中并非仅仅表现为贫困的生活和孤独的处境，而更为重要的是对个人的精神痛苦、心灵创伤的展示。孙甘露的《呼吸》中的罗克在与五个女人的性爱关系中，获得了对于自己生命存在的真正确认。虽然这五次性爱没有造成婚姻的悲剧，却使罗克饱尝了无言的痛苦。没有家园、没有归宿，只有永远的相互寻找和互相背弃，虚妄是他最大的生存困境。格非的小说《边缘》暗示了一种人生的存在状态：无论你选择一种怎样的活法，你都会生活在

① 参见昌切、叶李《苦难与救赎——余华 90 年代小说两大主题话语》，《华中科技大学学报》2001 年第 2 期。

边缘，这是人类生活的永恒困境。你可以在边缘处努力求索，在边缘中苦苦抗争，但你无法摆脱生存的苦难，逃离人类的困境。艾略特认为现代文明是一片精神荒原，人类在其中忍受着无边的苦难；卡夫卡笔下的人物永远是生活在孤独绝望中，看不到一丝希望；而萨特则从存在主义的哲学高度认定人的存在是一个永无止境的苦难历程。20世纪90年代中国的先锋小说在这一点上，无疑和现代主义的艺术精神是暗合的。

先锋小说家笔下的现实苦难和生存困境除了来自外在的社会自然灾难，来自心灵的情感创伤，还来自历史文化的重负。20世纪90年代先锋小说遁入历史、回归传统，开始本土化重建，那么，它必须重新认识历史文化，重新掂量传统在先锋小说中的分量，这是先锋小说本土化无法回避的问题。这样，先锋小说就处在中西文化交汇、传统文化与现代文化碰撞的当口上。其实，早期的先锋文学也与中国传统的道家文化、术数文化有极强的联系。① 对于传统文化，先锋本来是持反叛和颠覆态度的，但要重建中国本土的先锋文学，先锋不得不在传统中寻找资源。先锋是矛盾的，这种矛盾就必然体现在本土化的先锋小说中。《敌人》中赵少忠在亲人一个个神秘的死亡中苦苦地寻找着"敌人"，并陷入了无尽的困惑和迷茫；《施洗的河》中刘浪为了驱赶精神的颓败和迷惘而想从传统中寻找慰藉：读典籍、练气功、中药养身、玩女人等，但这些都不能拯救精神的绝望、生存意义的匮乏，生存根基被抽空的刘浪也就失去了生存的依靠，只有任凭灵魂游荡；《欲望的旗帜》中，尽管小说彰显了道家思想和存在主义的哲学命题，但这一切都不能拯救淹没在现实欲望中的人们。先锋作家希望在历史和传统中找到解救现实苦难的办法，却陷入了更大的生存困境，这是一个荒诞的悖论。

---

① 参见胡河清《论格非、苏童、余华与术数文化》，《当代作家评论》1992年第5期；《论阿城、马原、张炜：道家文化智慧的沿革》，《灵地的缅想》，学林出版社1994年版，第162—167页。

二 展示精神迷惘与温情救赎

在现实的生存困境和苦难面前，先锋作家笔下的人物在饱尝人生的酸楚、饮啜生活的泪水时，都处在绝望的边缘。无论是作家本人、读者还是批评家都不希望我们的先锋在绝望的路上走下去，作家凸显绝望，本质上是为了最终摆脱绝望，在虚无中找到真正的意义。重塑20 世纪90 年代的先锋文学，意味着要强化作家对人的精神深度的内在勘探，以自己独特的话语直面人类的生存困境，将个人的心灵置入存在内部，从而彻底摆脱转型期先锋小说过于表象的叙事策略。余华等人正是这样做的，为了重塑先锋，他们从困惑和迷惘走向冷静与宽容，在现实的大地上寻找生命的价值和存在的意义，实现对现实苦难和精神绝望的超越。

（一）生存之重与死亡之美

在先锋作家看来，现实中人的存在是一个永无止境的苦难历程，人一出生就是一个悲剧，人活着就要受苦，这是人所无法逃避的事实、注定的宿命和难逃的劫数。个人在命运面前毫无反抗之力，人活下来是沉重的，要不断遭受苦难的现实折磨，还得忍受精神的煎熬。而死亡，则是对生存之重的一种解脱，一次快意释放。余华和格非都酷爱在文本中编织往来生死间的人物和话题，在他们的很多小说里，主要人物都一个个消解在难逃的劫数里。他们通过对现实苦难的放大凸显和对死亡的精微刻画，从而造成一种强烈的对比，表达出"活着"的沉重和荒谬、"死亡"的灿烂和美丽。

在《活着》里，"我"爹被活活气死，有庆在输血时被抽空而死，家珍得了软骨病安然病死，春生自杀而死，凤霞分娩大出血而死，二喜被水泥板砸死，苦根饥饿后吃得太多被活活撑死……在《边缘》里，父亲吐血而死，母亲经过磨人的病期和冗长的弥留而死，渴望消失在泥土中的小扣最终被送去火化，杜鹃在渐渐扩散的癌症中悄然死去，仲月楼自杀在粪池里，徐复观在百岁寿诞前寿终正寝……这些形形色色的死却构成了对活着人的压力，亲人一个个地死去，而把苦难、悲痛、寂寞都留给了活下来的人，他得承受死人不需要承受的痛苦经历。在活着的人看来，目睹别人死亡比自己死亡更痛苦，他们经历太多的苦难和死亡，这份经历让他们更怀疑生的意义和渴望死的到来。死，到最后只是上天的恩赐，是苦难的一种解脱，是生命存在的最后仪式。正是出于这样的理解，《欲望的旗帜》中将现实的欲望之谜化作死亡的精神之花；《敌人》中将亲人莫名的死看作个人欲望与精神的一种解脱；《活着》却将生存之重化为死亡之轻。生与死作为文学的重要母题，在先锋作家那儿获得了新的意义：人生是生死之间的徘徊，分不清起点和终点，人要么沉重地活着，要么痛快地死去，任何中间状态都是虚妄的。

（二）迷惘之"在"与救赎之需

对精神深度欲望的追寻给先锋小说带来了存在发展的空间，但对存在探寻得越深，作家对存在的迷惘感也就越强。存在主义面对价值解体后的人类存在就曾感受到巨大虚空，甚至一切意义都成为悖论。今天的生存现实，一方面是精神操守的大面积沦丧，一方面则是物质欲望的无限增殖，在既定社会秩序中，生命留下的只有欲望，心灵再也找不到栖息之所。这使得先锋作家在直面现实人生、深入生存的表象之后，不可避免地会意识到意义的危机，流露出迷惘、绝望的情绪。在《呼吸》中，罗克在寻求的困惑中，体验到的却是永恒的虚妄。更困难的是我们试图寻求超脱的凡胎肉体很快会在尘世的喧嚣中疲软下来，产生的是一种"无法弥补和无法挽救的感觉"[①]。小说通过对言辞的强化而证明了罗克的虚妄。没有家园，没有寄宿之地。这一切仅仅只是一次脉搏、一次呼吸。小说的意义也正在于此，揭示了现代人迷惘、虚妄的存在状态；《施洗的河》中刘浪心灵中永远也抹

---

① 孙甘露：《呼吸·南方之夜（代后记）》，花城出版社 1993 年版，第 198 页。

不去的迷惘和幻灭感，表达的乃是神性缺席之后的生存黑暗：心灵的空虚与精神的匮乏；《敌人》《边缘》《我的帝王生涯》《在细雨中呼喊》中的人物无一不在现实中迷失、在精神的折磨中渴望慰藉、渴望救赎。

先锋作家在直面现代人的精神困顿时，没有理由逃避世纪末的精神现实。但先锋小说仅仅展示迷惘和感伤是不够的，它必须得探究其精神困境的根源，以存在主义观照人类现状，并借助话语体现自己明确的救赎意识。先锋笔下的人物或生活在苦难的生存现实里或迷失在沉重的精神虚无中，先锋作家不能让自己心爱的人物浸泡在无边的深渊中，必须以警示的态度提示人们如何完成自我的拯救。这种救赎在形式上是对困难的超越，在精神上则是对虚无的超越。"在今天的文学艺术中，如果我们只表现焦虑之梦和绝望的歇斯底里，而不去表现希望和信心，乃至确信的情绪，那么毫无疑问，这只是表现了'自然'生命的一半。"[1] 所以，先锋在任何时候都不能丧失这种救赎行为，这是重建时期先锋艺术存在的终极意义和核心价值。

（三）拯救之途和超越之思

要解救现实苦难和精神迷惘中的人们，先锋作家所采用的拯救办法是完全融入现实生存之境，从愤怒、困惑走向平静与宽容，在苦难中寻找温馨，在死亡中寻找美感，在哲学文化中寻找精神出路。小说中的人物在先锋作家的温情关怀下，纷纷实现了对苦难和迷惘的超越，而走向了精神的澄明之境。

余华20世纪90年代的小说已彻底从暴力、悲观、绝望的困境中走了出来，在他的小说中，我们读到的是"希望"，是人在苦难边缘活着的那份精神的超越和坦然。余华借《活着》中的福贵表达出了"人是为活着本身活着，而不是为了活着之外的任何事物所活着"[2]

---

① ［德］豪克：《绝望与信心——论20世纪末的文学与艺术》，李永平译，中国社会科学出版社1992年版，第3页。

② 余华：《活着·中文版前言》，长江文艺出版社1993年版。

的真理。福贵在经历了生活的大起大落，忍受一次又一次的丧亲之痛，在孑然一身、孤独地走向暮年时，并没有放弃生活，他仍然以超越苦难的达观和超越绝望的平静悠然地生活着。"《活着》讲述了人如何去承受巨大的苦难……'活着'一词在我们中国的语言里充满了力量，它的力量不是来自喊叫，也不是来自于进攻，而是忍受，去忍受生命赋予我们的责任，去忍受现实给予我们的幸福和苦难、无聊和平庸。"[1] "活着"的在世态度是救赎这一主题话语之下的重要语码。这种在世态度之中，人面对苦难的乐观态度以及生命的质感都得到了充分体现，它构成了绝望景象和苦难人生的现实性的正面救赎力量。《许三观卖血记》中许三观在现实苦难面前所持的乐观态度，其在世的精神实质可以说仍然是"活着"的诗学重复。

和余华的在世的温情救赎不同，格非、北村是用灿烂死亡的悲剧之美来实现自己对人物灵魂的拯救的。北村笔下的人物在人生的道路上都曾深刻感受到存在的无聊和空虚、精神的迷茫和意义的危机，《消失的人类》中的孔丘、《伤逝》中的超尘、《玛卓的爱情》中的玛卓等，都无法使自己痛苦的灵魂得到解脱、为走投无路的灵魂在尘世中找到一个归宿，那么肉体的存在还有什么意义呢？自杀与死亡就成为他们在寻求绝对价值而不得的漫长精神苦旅之后的一种自觉选择。北村小说人物的死亡是那么悲壮、无比的灿烂，他们在死亡中实现了对俗世庸常人生的超越，终结了精神上的飘忽、流浪状态，达到了一种人性的澄明之境。格非的《边缘》《欲望的旗帜》中的众多人物也是如此，仲月楼、徐复观、小扣、杜鹃（《边缘》中的人物）、贾兰坡、邹元标、宋子衿（白痴）（《欲望的旗帜》中的人物）等或在无尽的苦难中释然而死，或是在现实欲望的煎熬中自杀而亡。死亡作为现代主义文学的一个核心主题，在先锋作家笔下赋予了它超越形而下的世俗生活而达到形而上的意义追寻。

---

① 余华：《活着·韩文版（1997年）序》，《我能否相信自己——余华随笔选》，人民日报出版社1998年版，第146页。

先锋小说的人物在灵魂的流浪漂泊过程中，最终走向了绝望，并宣告了人类自我救助的失败。怎样才能让痛苦沉沦的灵魂找到宁静的港湾呢？先锋作家在追寻终极意义和精神价值的探索中，试图借用文化、宗教的力量来构筑人的神性圣殿。余华、格非从中国儒、道的"仁""忍""无为"等传统中找到了承受现实苦难的依托；北村在《圣经》基督中找到了精神的皈依。儒、道为他们寻得了精神出路，主的宽恕恩典洗去了他们的罪恶，慈爱的光辉抚慰着布满创伤的心灵。回到传统、皈依上帝也许只是先锋小说一个很好的暂时栖息地吧。

经过经济转型所带来的文学边缘化、知识分子边缘化的现实考验和人文精神的大讨论对精神的高度呼吁，先锋作家在逐渐走向成熟，他们通过重新反思先锋小说实践，深刻地意识到中国先锋小说的责任之重和实现中国文学现代化工程的任务之艰。他们彻底抛弃了先锋小说原来的"形式实验"，从沉沦、堕落和失语的萎缩状态下折了回来，贴近现实大地，关注人的生存苦难和精神困境，力举走"精神/存在先锋"之路，来重铸中国本土化的先锋文学。追求终极价值、展示温情救赎是先锋本土化的重要内容。

20世纪90年代的中国是一个由媒体语言、欲望话语主宰的社会，大众通俗文化泛滥，成为人们日常生活的主导，而且正在生发、增长的后现代文化也冲击着传统的单一文化体系。在这样的社会语境下，先锋怎样保持应有的清醒和警惕是90年代中国先锋小说的应有之义，这意味着中国先锋所肩负的责任将更加艰巨。为此，先锋作家从"形式先锋"到"存在先锋"，从"反思先锋"到"重铸先锋"，走上了先锋的本土化之路。然而，在复杂的中国现实语境下，这注定是一条痛苦的不归路；先锋们必将是"生活在别处"的他者，是孤独的"边缘人"。在这样一个欲望聒噪的年代，中国先锋能在这条边缘的不归路上决绝地走下去吗？中国所谓的先锋能够实现本土化吗？作为精神守灵人的先锋们能承受得住内心的孤独吗？这是我们的疑惑和担心。

先锋：中国当代文学一个未竟的命题

我们的疑惑是必然的、我们的担心是必要的。20 世纪 90 年代中期以后，我们不得不注意到这样一个事实：当《活着》《许三观卖血记》《施洗的河》《欲望的旗帜》等厚重的先锋作品被媒体和舆论奉为经典时，当余华等先锋作家被誉为当代的文学大家时，我们的先锋作家们再也不愿保持沉默了，他们纷纷出现在文学讲台、媒体镜头和研讨会的话筒前，发表着自己的所谓的文学理念。"今日先锋千姿百态却殊途同归地要挤进大众媒体的镜头——这是今日先锋的存在方式"，在市场干预下，"大众传媒的图腾性活动，已经构成了先锋存在的仪式性场景，而今日先锋的生存不过是在这个场景中的仪式性表演"。[1] 可以说被镜像化的先锋的"先锋性"正在消失变异。先锋逐渐成为一个虚空的存在，这是一个有意味的悖论，也正是中国先锋文学的复杂性所在。

从 1985 年马原开始叙事革命到 20 世纪 90 年代中期余华、格非和北村等人的先锋本土化重建，从初期的形式主义实验到后期的精神关怀，从最初的肆无忌惮、天马行空到后来的贴近心灵、融入现实生

---

① 肖鹰：《封闭的游戏——作为当代形象的今日先锋》，《今日先锋》第 5 辑，生活·读书·新知三联书店 1997 年版。

命，从先锋的群体狂欢到个体的孤独抗争，先锋走过了十年的艰苦历程。可以说，"先锋"是中国当代文学最值得注意的事件，为了实现中国文学的现代化，追赶世界优秀文学的步伐，我们的先锋们用年轻的生命和创造的渴望在落后、贫乏的文化沙漠上营造起一块现代文学的绿洲。年轻的先锋挥洒着自己的聪明才智和艺术激情，叛逆的话语、决绝的姿态、创造的冲动，黏合成一股澎湃涌动的逆流，冲击着既定的文学、文化秩序。他们有过短暂的胜利，有过轰动的"形式主义"冲击波，离散、消解甚至颠覆了传统的话语格局，一个遥远的梦想似乎指日可待。然而，这一切只是年轻幼稚的先锋们的"乌托邦"设想。中国文化的现实是沉重的，而且，他们看似决绝的形式主义实验背后隐藏着深刻的危机。八九十年代中国社会的急剧转型几乎倾覆了整个先锋文坛，在现实的诱惑和陷阱面前，先锋作家纷纷逃离原来自赋的"先锋之重"，选择一种现实的生存策略。而苦苦坚守先锋立场的作家也不得不放弃原来过于西化的"形式主义"文本实验，考虑先锋文学怎样与中国本土实际相结合的现实问题。他们试图再次崛起，重新关注人类的现实生存状态，重新体验人类的精神苦难，用强大的精神力量为"先锋"支撑起一块新的天空。到此，先锋从"形式主义"策略、从文本的歧途上折回，在现实的土壤里寻找苦难存在的"精神救赎"。余华、格非、北村等人作为先锋的后期代表，以精神守灵人的面目，实现了先锋文学的第二次飞跃。但我们不得不正视这样一种现实：90 年代中期以后，在中国文学日渐浓厚的"无名"状态和多元化格局下，先锋文学的"先锋性"却在淡化。先锋文学在主、客观上都显得不再突兀奇俏，先锋不再"先锋"了，甚至先锋作家也不再自封为先锋了。"先锋"只是一个虚妄的存在，一个评论界的习惯称谓而已。

一　中国先锋小说特质：为我所用

从对十年中国先锋小说先锋性的发生、衍化和流变的分析，我们得重新认识中国的先锋文学。从中国先锋文学 20 世纪 80 年代中期产生的语境和实践的过程看，它同西方的先锋应该存在一致性。以西方的现代主义理论资源为依托，用形式实验的方式，来对抗、反叛传统的、已经被社会接受并习惯了的、同时又显得陈腐的价值观念，是一种革命的、创新的文化精神①；但中国的先锋小说毕竟是在中国的现实语境下进行的，它有着自己独特的中国特色：第一，中国的先锋和沉重的现代性有着斩不断的联系。中国的先锋文学起步于对西方"先进"现代主义文学的想象与渴望，是以文学的"现代性"为旨归的，这是中国先锋存在的语境。而在西方，"先锋派就是自由"（欧仁·尤奈斯库语），是一种流浪状态。正是自由赋予西方的现代主义作家一种飞翔的品格，他们能够按自己的想法尽情地去反叛、去创造，没有任何的顾虑和责任。而中国先锋的"先锋之重"，则阻碍和限制了年轻的先锋们的激情与创新，让他们不能自由飞翔。而中国十年的先锋文学实践证明，在当代中国，要恢复它生命的本来之轻，就意味着其"先锋性"的消失，它必须承受一种永远也无法逃避的"沉重"。正是在这种意义上，中国的先锋"在实施现代性工程的同时又推动现代性工程的崩溃"②。第二，中国的先锋小说是一种借鉴性的先锋小说。中国的先锋是西方现代主义文化、文学"影响焦虑"下的产物，它不具备原创性，没有深刻的理论和文化根源。这就决定了中国"无根"的先锋文学存在很大的"为我所用"的借鉴色彩，什么时候需要什么样的理论就借用西方相关的理论资源。早期借用西方现代主义的语言学、叙事学、文化学的结构主义、解构主义等形式主义理论，认为先锋就是要从形式上彻底地反叛和背离，造成与既定的现实文化秩序的距离。而到了 90 年代初中国社会的现实转型，先锋的形式实验遭遇危机后，中国的先锋很快地舍弃了形式主义的文本实验，而掘取西方现代主义大师的精神资源，认为"先锋就是精神的先锋"，是

① 参见尹国均《先锋实验——八九十年代的中国先锋文化》，东方出版社 1998 年版，第 7—8 页。

② 胡继华：《拒绝先锋》，《艺术广角》2001 年第 1 期。

对人类的生存困境关注，对困境中人的精神苦难的温情救赎。第三，这种对"先锋"借鉴的、流动的、功利化理解背后隐藏着中国先锋一个致命弱点：软弱、现实。缺乏一种决绝的西西弗斯精神，缺乏一种忍受孤独的能力。"先锋意味着孤独"，而中国的先锋显然是不能承受那份深刻的"孤独感"，现实毕竟有着太大的诱惑也有着太多的无奈。先锋就是要"出世"，要同现实保持绝对的距离，同常规异质，这就得忍受孤独。而我们的先锋却经常在孤独时，现实地选择了"入世"。

从某种程度上可以说，中国的先锋整体上是一种现实的先锋，是一种"为我所用"的先锋，它是一个各种理论混杂、现代性与后现代性交织的、被误读的先锋。

二 中国先锋文学所带来的思考：一个文学的本土化问题

中国的先锋文学是西方现代主义文学焦虑影响下的产物，是中国的有识之士对西方先锋思潮的借鉴和引进，是源于西方体系的现代主义、后现代主义文学在 20 世纪 80 年代中国的移植栽培。中国十年来先锋文学的发生、衍化和变异的坎坷历程，先锋瞬间的突兀、急剧的堕落以及无声的消匿，证实了中国先锋是何等的脆弱。应该说 90 年代余华、格非等人的"先锋本土化重建"是中国先锋文学一个良好的开端，为什么就这样悄无声息地化为一个虚空的存在呢？这自然让人联想到全球化背景下的文学本土化问题。

20 世纪 80 年代初中国开始的改革开放政策，目的是把中国纳入世界一体化的进程中去，这样，中国才有了放眼看世界的机会。一种对西方现代文明的渴慕和想象，一种改革中国落后面貌的强烈冲动，成为主宰中国知识分子的核心思想。中国先锋文学正是开始于这样一个放眼全球的文化背景下。在对待西方现代主义资源时，早期的先锋作家是无甄别的引进和吸收，对西方所谓的"先进"文学采取模仿和套用的方式，将西方的现代主义模式搬到中国的当代文学实践中，的确一定程度上达到了反叛传统和预谋革命的目的。但误读的成分和过分的形式化，导致了先锋小说与中国读者的距离和隔膜，使得中国的先锋小说成为一个被悬置的楼阁，一个生活在别处的、为现实所遮蔽的圈子里的实验。中国先锋作家尽管是以实现中国文学的现代化为初衷的，但先锋实践时，他们的天真和幼稚却使得他们逐渐地偏离了航向，走向了对西方现代主义文学的顶礼膜拜而忘却了自己脚下的土地。飘忽的先锋实验必须回到厚重的大地、与中国的现实土壤结合，生发出属于中国自己的本土的先锋文学。

20世纪八九十年代中国的社会转型所带给先锋的危机，让先锋们认识到在中国现实条件下，要实现自己的文学梦想必须按中国自己的模式办事。正如同建设有中国特色的社会主义，必然强调中国的本土化，即全球化背景下考虑中国先锋文学的民族性。90年代以来，余华、格非等人的先锋文学创作正是朝着中国先锋文学的本土化努力，回归传统，贴近现实，关注意义，放大存在，凸显现实苦难，寻找终极价值，彰显民族文化精神，并以此来拯救精神迷惘的人们，这是中国本土先锋文学的主题。但遗憾的是，当先锋文学越来越接近民族大地、贴近现实存在时，当先锋作家的作品赢得世人的青睐、被认为是当代文学的经典时，先锋文学的"先锋性"却在流失、在变异，这绝对是中国先锋的遗憾和悲哀。其实，从世界范围来看，此时，西方先锋主义早已成为过眼烟云，为一种气势更凶猛的后现代思潮所取代，他们不可能再为中国的先锋派提供更多的资源了。随着这种极端先锋而又极端反先锋的"后现代"思潮于90年代初在中国兴起，中国先锋主义颓败的命运就已注定。

这就是中国的先锋文学，一个灿烂的想象，一项庄严的工程，一次不羁的狂欢，一个天真的童话，一次快意的堕落，一段苦难的历程，一个再造的神话，一个虚妄的存在，一个未竟的命题。

对生命存在的多元言说

——刘恒小说论

　　站在 21 世纪的门槛上，当我们对过去一百年的文学进行回顾性阅读时，我们会发现：20 世纪 80 年代文学在呼唤"五四启蒙精神"回归的同时，实现了对文学的社会政治叙写模式的超越，大书特书人性，向文学的内在审美本质靠拢；而 20 世纪 90 年代的文学则因中国社会的急遽转型，迅速地商业化和大众化，呈现出浓厚的娱乐性和消费性特征。这一社会文化历史语境的剧变，使我们的作家不得不思考：作为一个人文知识者，如何将社会历史所赋予的精神启蒙立场与消费时代的话语狂欢缝合等话题。

一　生存启蒙的精神立场

　　20 世纪 80 年代初，伤痕、反思文学所呼唤的五四精神的回归，形成了一股以"文学是人学"为核心的激进昂扬的启蒙思潮：重新审视人和重构人的精神内核。在政治权力话语主宰了近半个世纪后的中国文坛，这无疑将激发和成就一批作家，刘恒的成功即来源于此。1986 年，《狗日的粮食》引起文坛的注意后，刘恒在此后的二十年里先后推出了《白涡》《虚证》《伏羲伏羲》《黑的雪》《贫嘴张大民的幸福生活》等小说力作，担任编剧的《本命年》《菊豆》《秋菊打官司》《没事偷着乐》《漂亮妈妈》《美丽的家》《张思德》《集结号》等也异常红火，使得刘恒成为当代最引人注目的实力派作家之一，无怪乎"无知者无畏"的王朔也感到了刘恒的压力。

综观刘恒的创作，对人类生存处境的关注是其永恒的主题。刘恒痴迷于给自己心爱的主人公创造生存困境，让他们在困境中痛苦挣扎，把人的生命本能和承载人生命本能的日常生活推向永恒的悲惨境地，从而把读者引到他生存启蒙的精神立场上来。

刘恒的少年时代是在农村度过的，20 世纪 60 年代的农村和农民的生存困境他深有体验，他在自己的作品中表达了自己对农民困苦处境的某种总结性的思考。"粮食"是农民维持生存最基本的要素（《狗日的粮食》）；"力气"是另一个重要条件，作为农民，有没有知识或智慧倒显得不怎么重要，他必须有力气去耕作、去生活（《力气》）；"性"是使生命得以延续的不可缺少的条件，性无能不仅使你无后，还使你在别人面前永远抬不起头来（《伏羲伏羲》《虚证》等），刘恒把它们看成农民赖以生存的几根柱子。① 当其中某个基本生存要素缺乏时，人的日常生活必将受到巨大冲击，人也就不可能得到正常的发展，困境中的人就会发生异化，出现某种形式的变态。刘恒正是在这种异化、变态的生存状态下，对人进行精神启蒙的。

饥饿年代里，杨天宽在会"扒食"的瘿袋老婆面前完全丧失了男人的尊严，粮食决定了他们在家庭中的地位，但也正是粮食使得人的性格和命运发生了逆转。瘿袋无意中丢了粮证，这毁灭性的打击不止使得这刚强的女人变得软弱，而且让一辈子没有威风过的男人恢复了权威，一巴掌结果要了他老婆的命（《狗日的粮食》）。作者深入地表现了人的"食"本能对粮食的需要，粮食的缺乏导致了人类理性的退化，粮食也最终吸干了瘿袋的一生。如果说《狗日的粮食》是从生存要素的缺乏来探讨人性，那么《力气》则是从生存要素充分具备

---

① 参见刘恒《逼视与抚摸》（《山花》1997 年第 4 期）、《伏羲者谁》（《中篇小说选刊》1988 年第 6 期）等文。

（"力气楞壮"）的情况下来进行人类之思的。杨天臣不为外界环境的障碍（日寇烧死他一家三口的血海深仇、娶汉奸之妻的舆论压力、儿子所受的政治迫害等）所牵制，在任何状态下，都要将自己的自然生命力最大限度地展示出来。他最后用自己残存的力气悲壮地结束自己的生命，给人以强烈的震撼力，使你不得不思索人怎样才能真正理想地活着。"粮食""力气"诚然重要，"性"对人身心发展的利害关系则更为直接。杨金山的性障碍，不仅造成了自己的悲剧，更造成了杨天青和王菊豆的悲剧（《伏羲伏羲》）；郭晋云因"家伙不好使"而形成了深深的自卑，在无法排除的死亡宿命中投水自尽（《虚证》）；周兆路抵制不了性的诱惑，而在伦理与欲望之间徘徊，最终还是沉迷在与华乃倩肉体愉悦的泡沫彩虹中（《白涡》）；李慧泉在爱情面前的自卑感，导致了性心理的变态——手淫自慰，在无所谓中死去（《黑的雪》）。这一系列的悲剧告诉我们："性"是人的命根子。

上面的因素大致可归结为物质的或生理的，在刘恒那里，它们是最根本的，是人类正常生存发展所必不可少的。但心理的、文化的、精神的因素，刘恒给予了更充分的关注。"面子""尊严""嫉妒""报复"等中国人的"劣根"，在《杀》《萝卜套》《秋菊打官司》《本命年》《拳圣》中都得以凸显。王立秋为了挽回业已失去的面子，杀死了不给自己活路的窑主关大保（《杀》）；柳良地对窑主韩德培一味地奉承和忍让，潜意识里却装着满腔的仇恨，当他的暗地的诅咒在韩摔成残废而意外实现时，他赢得了尊严、地位和老婆的归心（《萝卜套》）；秋菊死也不回头的上告，无非是为了"找个说法"，找回做人的尊严，而并不是与"法""权"社会的对抗（《秋菊打官司》）；爱面子的王宗礼怀着对"一把手"赵竹溪的嫉妒和报复，铤而走险去偷窥赵的行为，却发现了赵与团支书闵小蕾的偷情，在嘲弄和要挟中，在对方的苦苦相求中，他找回了属于自己的尊严——面子（《拳圣》）。"面子"是一种被扭曲的自尊。随着人的真实存在被外在名分所缚、所累、所隐乃至所葬，人也就日益失却独立判断力，他对自身的价值体验也就越来越仰赖于"面子"，即全然取决于世俗对他的认同或唾弃。这就是"面子膨胀"。① 刘恒通过叙写人的"面子膨胀"，挖掘到了国人心态的最里层，"面子"如同鲁迅笔下阿Q的"精神胜利法"，永远成为国人的精神枷锁。

人除了面子和尊严，还必须得有"梦想"。刘恒认为在残酷的现实生存困境面前，"如果没有梦想，没有那些所谓的迷信和虚妄的美好生活幻影支撑的话，现实的痛苦会让他们无法忍受。"② 史大笨在竞争中得到狼窝窑、日夜苦干甚至冒险倒卖，是因为他想早日致富，为史家争光（《狼窝》）；开车铺的田二道向往山外的世界、山外的生活，他撒钢屑图钉赚黑心钱，无非是为了个人的发展和幸福（《陡坡》）；李来昆在命运的捉弄面前始终没有低头，而是一次又一次地同命运作斗争，成了一个"死不了的人"，他的韧性和永不言败的精神就来自对生活的梦想与对自己的信心（《天知地知》）；张大民对生活的"忍"和"韧"，说到头来，就是希望一家人过上幸福的生活。在苦难的日子里，"梦想"成为动力、毅力和恒心。正是靠"梦想"，刘恒笔下的人物顶住了生活的压力，纷纷走出了困境，成为生活的强者。

我们可以从刘恒貌似寻常的日常叙述中发现：他把探讨人的生存要素摆到了精神启蒙的首要位置，并从这些要素出发，来描写人的生存本相（恶劣的生存环境、处于挣扎中的生存状态、顽强的生存欲望等），呼唤野性的、充满生机活力的、富有拼搏和韧性的"真正的人"的回归。刘恒在这里呼应着"五四启蒙精神"，批判了那些阻碍人正常发展的传统文化因素。他的方式是：给人物以灰色的结局或是采用揶揄的叙述，虽没有鲁迅的那份辛辣和残酷，却也是深刻和沉郁的。

二 生命存在的审美把握

刘恒是一个长于叙事的作家，他小说的故事性和可读性都很强。

---

① 参见夏中义《新潮学案》，上海三联书店1996年版，第52页。
② 刘恒：《逼视与抚摸》，《山花》1997年第4期。

他没有像同时期的新锐作家那样采用现代派的种种形式实验或是语言狂欢，而是执着于对生命本能的现实叙写。从他单篇的作品中你很难找到某种特殊的叙事模式，但若把他的小说看作一个整体，你就会有惊奇的发现：

（一）"冲突—抑制/迸发"的叙事模式

怎样展开小说的叙述，是一门学问，而叙述的关键在于造势，即设置悬念，烘托气氛，加强感染力，以连续的戏剧化冲突造成情节跌宕起伏，引导读者进入自己的小说世界。刘恒的叙述很普通，没有太多的新花样，看似风平浪静，其中却涵盖着旋流和风暴。刘恒喜欢给人设置现实的生存困境——物质贫困的生活状态、先天性的生理缺陷、传统的文化心理障碍等，伴着这些尴尬处境的不断堆积，势必给人造成一种压迫的态势，形成现实与人的紧张对抗。正是在人与现实困境的紧张对抗中，刘恒小说的叙述才得以展开。

刘恒笔下的人物大致可归为"冲突—抑制"和"冲突—迸发"两种类型，前者大多存在于其宿命的作品中，如《伏羲伏羲》中的杨天青、《黑的雪》中的李慧泉、《虚证》中的郭晋云、《苍河白日梦》中的曹光汉等；后者则常见于其悲壮的理想主义作品中，如《冬之门》中的谷世财、《力气》中的杨天臣、《天知地知》中的李来昆等。这两种人物类型其实与叙事的"冲突—抑制/迸发"模式互为因果。

《伏羲伏羲》这部小说一开头就将矛盾冲突与现实困境展现在读者的面前，杨金山的性无能导致性变态，杨天青与王菊豆作为正常人的本能欲望，使得小说中的所有人物的位置开始发生偏斜。来自人本能的、正常的性渴求，对抗的是传统的伦理道德，酿成的却是永远喝不完的苦酒：做父亲的做不了父亲，做母亲的做不了母亲，做父亲的管儿子叫弟，做儿子的管父亲叫哥。荒谬的现实给杨天青和王菊豆的精神压力，比之于杨金山给他们的皮肉之苦要甚数十倍。杨天青在伦理和现实面前，付诸的不是反叛和抗争，而是不断的压抑和等待。他们寄希望于时间能抚平一切，一再的压抑和沉默，换来的只是更大的痛苦和悲哀，儿子的施威和内心的折磨掩埋的最后只能是自己苦难的生命。小说展示的是人与现实、人与自我环环相扣的紧张的矛盾冲突。六万字的小说就在一步步的冲突中开始，在越来越压抑的氛围中结束。结尾似乎冲突得以解决，但在读者的头脑里烙下的却是深深的人性悲剧。小说的阅读虽然结束，但故事给人的思考却仍然在继续，这可以说是刘恒叙事的成功之处。

面对生存的困境，人同现实有着同等的冲突，不同的是选择因人而异。有的人不断地压抑自己，最后被现实所吞噬；有的人却在与现实命运的抗争中迸发出了生命的火花。那个处处被人欺侮、形容猥琐的畸形儿谷世财，爱上了颇具姿色的干姐顺英，他不能容忍别人对她的爱慕，也看不惯她对别人的微笑。他想找回男人的尊严，换来的却是讥讽、愚弄和挨打。这是现实给他的生存困境：想爱而不可得，想做一回真男人也不可得。他要证明自己的价值，走出这人生的困境。谷世财几近疯狂，宣称自己是当时一桩桩神秘命案的幕后英雄，顺姐只是冷淡的讥笑。在顺姐走后，他才明白那个漂亮的女人竟是面带微笑的杀神。谎言被不攻自破，荒诞的现实是对他的最大打击。平时连一勺盐卤也不敢放的他，最后却在日本人和伪军的聚餐会上往汤里放了砒霜，自己也踏入了日本人的雷区，轰轰烈烈了一把。谷世财在与现实困境的冲突中，不断地为现实所戏弄，他在爱的绝望中用生命的力与美，展现出了"视死亡为生存"的现代悲剧精神。

刘恒的小说与"以冲突为美"的现代审美理念相契合，在人与现实困境、人与传统文化心理、人与自我的矛盾冲突中展开。无论是悲观的知识者，还是乐观的平民，都逃脱不了现实的生存困境，这是他们无法逃避的宿命。困境中的人，压抑也好，迸发也好，只有冲突才是真正的美，刘恒的小说文本是这么认为的。

（二）淡化时空意识，凸显生命本能

在叙事学中，时间、环境是叙事最基本的要素。小说是一门在时

间和空间背景下展开的艺术，没有时间和空间就等于取消了小说的叙事，特别是历史题材的作品，叙述者必须把故事安排在特定的背景中，用时空来展示人物的性格和表现人物的思想。刘恒的小说有发生于 20 世纪初榆镇党人反清为背景的《苍河白日梦》、以刘恒故乡洪水峪为发生地的"新乡土小说"系列（《狗日的粮食》《力气》《伏羲伏羲》等），以及抗日背景的《冬之门》和"文化大革命"背景的《逍遥颂》。按中国当代文学的惯常逻辑，刘恒的这些历史题材应该走反封建、为民众、批迫害的路子。但在阅读刘恒的作品后，我们却丝毫找不出上述的痕迹。刘恒的小说无意于对特殊历史背景下的社会时代话语进行叙写，继而作某种意识形态上的价值判断。他惯用的手法是：隐现特定的社会背景，显现恒定的日常生活；淡化人的社会属性，强化人的生命本能，在隐在和显在的相互映衬中，在淡化和强化的相互作用中放大他的"人性—生存"观①。

在刘恒看来，外在的时空意识以及与之相关的社会历史背景，都是创作的一个可操作环节，不具有恒定性；不变的是人的生命本能、人在困境中的抗争，这才是小说创作的核心。将刘恒 20 世纪 90 年代和 80 年代的小说作一纵向的比较分析，我们会发现：故事的背景在不断地游动，有充满野性的农村，亦有庸常的都市；语言也由沉郁顿挫转而为灰色幽默，然而其作品的内核，仍然是表现个性的生存发展与现实困境的冲突，在冲突中凸显人的生命本能。在刘恒的小说里，时间、地点、人物都可以忽略、隐去甚至是替换。20 世纪初的榆镇可以是《伏羲伏羲》的背景，曹光汉可以是杨金山，都是性功能障碍者，人格发生了扭曲，或自虐或他虐；外国人大路可以是杨天青，都是勃发的性冲动和性渴望者，在本能欲望支配下获得过欢娱，最终却被传统所吞噬；郑玉楠和王菊豆也一样，都是正统婚姻的叛逆者，反叛的结局是自我的毁灭。如此看来，《苍河白日梦》和《伏羲伏

---

① 参见昌切《无力而必须承受的生存之重——刘恒的启蒙叙述》，《文学评论》1999年第 2 期。

羲》沿用的是同样的叙事模式：本能欲望下的三角恋情的伦理悲剧。在这样的模式下，时间可以是凝固的，空间可以是封闭的，只有人的生命存在是绝对真实和永恒流动的。

刘恒谈化时空意识、强化生命本能的叙事，试图以一种冷静客观的"零度情感"来还原生存本相，是对当代意识形态话语统摄下的文学创作模式的超越。刘恒在以人为中心的生存还原叙写中，对生存进行另类发现，对历史进行另类解构。

（三）心理分析的穿插流动

"生命是心理的东西"，法国哲学家柏格森在他的《创造进化论》中如是说。小说最终关注的是人，而人的本质，即人的内在状态是生命的冲动。20 世纪 80 年代初，西方的心理学说，尤其是弗洛伊德的性心理分析在中国盛行。刘恒当时读过一些弗洛伊德的东西，对性心理分析有一定的关注，因而其创作自然而然地会受到影响。生命是一种心理意识的活动，刘恒对生命存在的多元言说很重要的一条途径就是运用心理分析的方法，潜入生命个体的内宇宙，窥探困境状态下灵与肉的纠缠冲突。心理分析手法使叙述既能保持一种客观冷静的态度，又能对人的内心观察做到鞭辟入里。刘恒的小说在展现人物复杂性心理以及对死亡的追溯推导和对文化心态的涉及等方面，呈现出浓厚的心理分析色彩。《黑的雪》在出版时被加上"一部探索性的精神分析的小说"的副标题；《白涡》被喻为当代男性文化心理分析小说。此外，《伏羲伏羲》《虚证》《逍遥颂》《苍河白日梦》等小说也随处可见心理分析的痕迹。

《白涡》虽然写的是婚外恋题材，刘恒却没有从社会层面来探讨，而重在对男性文化心理承受能力的分析。周兆路一方面受着性本能的驱使，一方面又有来自道德的克制，更要紧的是官运的亨通。在欲望、道德与仕途之间，他哪一个也不愿舍弃，企图找到某种心理的平衡。最初的赴约，对撒谎内心有着强烈的犯罪感，他既惊讶于自己对肉体的迷恋，又对"温柔陷阱"心存侥幸，他渴望着一切"偷偷摸摸地开始，偷偷摸摸地结束"。北戴河之行，他领略了华乃倩的肉体魅力后走火入魔，此时他"没有了无地自容"，只有舒适和回味。他感到"一点也不后悔"，肉体的愉悦突破了道德的约束，本能占了上风。然而对妻子和家庭的内疚，使他有点"厌恶"这种关系，可又被其深深吸引，一次又一次的"沦陷"。他是一个爱自己甚过一切的人，"时刻提心吊胆，以防代价过大"。他曾下决心断绝这种关系，却又忧郁徘徊，内心充满了矛盾，这是他的生存困境。对那把选择命运的钥匙，他的决心显得十分的脆弱，他才感到"陷阱不是那么容易爬出来的"。一旦事业上显露出了成功，自爱的他就意识到再也不能继续陷进去了，不能拿自己的慷慨和前途去换取一个女人的虚荣心。当得知华曾有过别的情人时，感到自己被玩弄，心里竟刻毒地骂她是"臭娘儿们"。华乃倩的登门"拜访"，他就意识到了自己最后一道防线的崩溃，他"无论怎样挣扎，始终也逃不脱那幽深的陷阱"。刘恒在这里为我们提供了当代男权社会中男性文化心态的典型，我们从此可以看到一些成功人物的另一面，小说揭示了一种复杂的心理状态，道破了一种尴尬的生存处境。

三　宿命情结和理想主义的悖论

在叙事学中，有"暗含的作者"这一概念，指的是从文本分析中所得出的"作者的第二自我"，他诞生于真实作者的创作状态之中，"这个自我通常比真实的人更文雅，更明智，更聪慧，更富有情感"。①生活中的刘恒是一个幸福乐观、普普通通的北京小市民，站在文本背后的刘恒却是一个残酷的生存困境的叙写者，一个沉郁的悲剧灵魂解剖者，一个执着的理想主义渴求者。在精心营造的现实困境中，在激烈的矛盾冲突中，他用沉重粗犷的语言来探视人的灵魂，在死亡和宿命的悲剧氛围中为人生失意者掬一把同情的泪水。作为生存启蒙者的

---

① ［美］W. C. 布斯：《小说修辞学》，北京大学出版社 1987 年版，第 80 页。

刘恒，从现实人生出发，他不能让心爱的主人公永远在死亡和宿命的阴影中活着，必须给自己笔下的人物一条光明的出路。在刘恒看来，理想主义是最好的改善自己创作路子和疗救悲剧人生的办法。这里的理想主义，包括前面所论及的对未来的"梦想"、生活的乐观主义态度，尤其是"精神胜利法"。这样一来，作为悲剧审美者的刘恒与作为理想主义渴求者的刘恒在文本中就发生了碰撞和错位，造成了解读的困难。文本中的刘恒有时表现为两者的分裂，有时却相互融汇，形成优势互补。其实，不管表现的形式如何，两重意义上的刘恒都是真实审美的，都出自生存启蒙的现实需要，刘恒生存启蒙精神立场的定位，决定了文本中刘恒解读的悖论。

下面从刘恒的创作实践来探讨这种悖论的表现及其产生的原因：

从纵向上看，刘恒的创作以 1986 年和 1992 年前后为界点大致可分为三个时期，走的是"粉色理想主义—沉重现实主义—轻松现实主义"的道路。"文化大革命"1986 年以前的作品，大多是回城知青题材，表现的是真挚的爱情、高尚的理想和美好的人性，展示了青年的人生理想，颂扬了人性之善。但作品缺乏现实的深度，又没有鲜明的艺术个性，注定了刘恒十年的默默无闻。"文化大革命"刚结束的现实，需要的是文坛对人类心灵创伤的反思，对早已漠视的"五四启蒙精神"的呼唤，文学必须重返人学的轨道，用现实主义精神重写人性。理想主义的文学不可能走进苦难深重的现实，粉色必将在现实的碰撞中被涂抹得乱七八糟。刘恒在谈到这一时期的创作时，说："陆陆续续写了十几个短篇，主要写一些粉色的跟青春期有关的东西，而且都是想当然的，是对生活理想主义的想象，也是发了就发了，没有赞扬，更没有批评，让我身感了写作的乏味和寂寞。……检讨以前的种种文学，发现自己中了理想主义的圈套，喝大粪水喝得太多了。"① 刘恒思考着转机，1986 年《狗日的粮食》的发表，那一声粗鲁而痛快的"狗日的"，立刻引起了文坛的注意，接着又有《白涡》《力气》

---

① 刘恒：《粪水和苦水》，《乱弹集》，春风文艺出版社 2000 年版，第 142 页。

《伏羲伏羲》《虚证》《黑的雪》等一批重磅作品的出炉，构成了他独特的小说世界：现实的残酷无情、生命个体自身的宿命情结、驱除不散的死亡阴影始终笼罩，内外的交相作用形成了人物无法遁逃的生存困境，刘恒就在这样的人生困境下，以一种地狱般的激情，展开自己的悲剧叙写。《狗日的粮食》是一个食本能导致人性退化的悲剧；《力气》是生命力旺盛的个体在时代衍变中的个性悲剧；《伏羲伏羲》是一个欲望悲剧；《虚证》是一个性障碍患者的心理悲剧；《黑的雪》是一个心理无法沟通的孤独者的悲剧……刘恒1986年至1992年的小说惯于营造人生的悲剧，流露出愤世嫉俗、悲观绝望甚至虚无的情绪。从这个意义上说，刘恒堪称严格意义上的现代悲剧艺术家、文坛的冷面杀手。20世纪90年代的社会转型，文学走向边缘，大众消费主义文化语境意味着旧有文学创作模式的危机。刘恒精心营构的《逍遥颂》《苍河白日梦》推出后，反响却很一般的现实，使得刘恒不得不重新面对现实，改变自己心爱的悲剧创作模式，同其他写实者一样走进生活的底层，认同平民立场，描摹原生态的现实生活。在现实中糅进了乐观的因素，用调侃、幽默、苦中作乐来重塑理想主义，实现了"否定之的否定"式的创作回归。1996年的《拳圣》《天知地知》，1997年的《贫嘴张大民的幸福生活》，2001的《美丽的家》，这些作品中的人物虽也处在这样或那样的人生困境中，但都对生活充满信心，乐观地同生存困境作抗争，显现出了超乎寻常的"忍"和"韧"，而这是刘恒此前的悲剧人物所缺乏的。刘恒认为"不管多困难，人自我拯救的唯一办法，就是欢乐。这是自己的盾牌，一个最后的盾牌"。① 张大民是刘恒笔下最理想的乐观人物，张大民的乐观主义就是一种阿Q式的精神胜利法。在这里有必要对刘恒的精神胜利法作一下阐释，刘恒背离了鲁迅所说的作为国民劣根的精神胜利法，而把它纳入自己的乐观主义范畴。21世纪的激烈竞争和冲突，心理疾病将成为下个世纪的主要疾病，而人类的自救得靠精神胜利法。他认

---

① 刘恒：《嘴贫心不贫》，《乱弹集》，春风文艺出版社2000年版，第182页。

为阿 Q 身上最主要的问题是他的惰性，惰性才是国民的劣根性。为此，刘恒在《贫嘴张大民的幸福生活》中塑造了一个"高大全"的用精神胜利法来面对困境的张大民形象：无论生活怎样捉弄他，他永远是乐观面对。乐观在刘恒那里包括心理的包容性和承受能力。他觉得凡是有益身心健康的、能够给人心理带来愉悦的、在困难的时候能够让人看到光明的就是乐观主义，而张大民就是乐观主义的典型，甚至有点理想主义的色彩。①

从横向看，在刘恒某个时期或单独的某部作品中，宿命悲剧氛围与人物的理想主义色彩同时存在，苦难中有温情与温情地受难合二为一。文本在灰色、沉重、忧郁、悲观的背后，却总饱含着理想主义的人生慰藉，或是在啼笑皆非的幽默里析出挥之不去的苦涩和心酸。"笔触软下来的时候，那颗心便硬了，化成难以破碎的顽石。笔触硬起来的时候，那颗心却软了，软到只须轻轻一搭，便有鲜红的泪水四处飞溅。"② 刘恒说的就是自己的这种创作悖论。《力气》中杨天臣的自缢而死无疑是人类的悲剧，生命力旺盛的人却用自己的双手结束了自己的生命，给人留下的只能是深思。但杨天臣却是刘恒笔下的英雄主义、理想主义的化身，"抗战英雄""地雷大仙""庄稼强人"的称号，和死后也耐不住寂寞的意蕴，在读者看来，要比耍贫嘴、以苦为乐的张大民更加"高大全"。不过，英雄主义、理想主义一碰到现实，将被嘲弄、得不到应有的价值认同，悲剧就在这样酿成。《天知地知》中的李来昆，本是一个对人生充满自信，乐于与天斗、与地斗、与人斗的困境斗士，一次又一次的失败，唤起的是他一次又一次的抗争，然而现实戏弄了我们的斗士，让李来昆落魄地自挂窑场的大门而死。现实与理想、悲剧与喜剧，本是截然对立的概念，但在刘恒的实际创作中却实现了融会统一。因而，《贫嘴张大民的幸福生活》所引发的"张大民是一个悲剧人物还是一个喜剧人物"的争论是可以想象得到的。刘

---

① 刘恒：《嘴贫心不贫》，《乱弹集》，春风文艺出版社 2000 年版，第 183 页。
② 刘恒：《苍河白日梦·卷首语》，作家出版社 1993 年版。

恒将张大民的故事界定为主要是乐。① 其实，刘恒大可不必对此言说，是悲是喜，文本最有发言权，人物自己最有发言权。这样才有利于读者去把握刘恒小说的内质：展示人在生存困境下的抗争。

秘鲁诗人塞萨尔·巴列霍夫说"我只有本领表达死亡，却无法表达生命"，但在我们的作家刘恒那里，他本能地表达着死亡，却又生动地摹写出生命的悸动。生命是多彩的，但生存却是艰难痛苦的。人要摆脱生存的困境，要么苟且"幸福""达观"地活着（张大民式），要么悲壮地死去（杨天臣式）抑或平静地消失（郭晋云式）。在这里，刘恒生存启蒙的精神立场呼应了"五四"对于生命个体的关注，却无意于对这些解脱的方式作价值评判，他执意于在生存困境苦苦挣扎的过程中，展现人生之思，展示人性之美。刘恒 20 多年创作走的是启蒙模式，面对中国改革和转型的现实，刘恒有过徘徊和反思，他用自己沉重的笔记录下了这段心路历程："在叙述角色的沉重面具之下，将永远只有我汗迹斑斑泪迹斑斑的歪脸"，"大枪在手，是断了对手的魂，还是断了自己的魂？想不透。不以笔为枪，其所断只能是一己的魂灵，断魂即断肠，断肠人在天涯，仇与愁，苦与哭，有声与无声全在里面了。我眼下却抱定这杆大枪且面含微笑，想读者无疑全领略这里潜伏的是怎样一种宿命"。② 刘恒承受并超越了这种写作的宿命，"写小说是一件痛苦的乃至绝望的事情"。可"写小说又是件快乐的事情。在薄薄的纸页上可以盖天堂，也可以搭地狱，而且随时都可以找到摧毁它们或使它们不朽的理由"。③

（原载《湖北大学学报》2003 年第 1 期，题为《刘恒：启蒙精神在衍变中迷失》，本文在此基础上有一定程度的增改）

---

① 参见刘恒《嘴贫心不贫》，《乱弹集》，春风文艺出版社 2000 年版，第 185 页。
② 刘恒：《断魂枪》，《小说月报》1988 年第 11 期。
③ 刘恒：《虚证·卷首语》，作家出版社 1993 年版。

近 20 年中国先锋文学
研究之回顾

    "先锋文学"以其强烈的形式实验和文化反叛意味而成为新时期以来中国最具现代色彩的一个文艺命名。因其与 20 世纪西方现代主义、后现代主义的文学命题的亲缘关系，因而在 90 年代，中国被纳入世界性的全球化浪潮以来，先锋文艺及其创作以及与此相关的先锋话语研究一直是文艺理论及文学批评界的热点话题。

    新时期以来，中国当代文艺面临着一个如何与世界文艺接轨、交流与对话的问题。从这个角度而言，自 1980 年前后滥觞、冲击整个 80 年代文坛的先锋文学，无疑代表着中国当代文艺的最前卫和最巅峰的文艺实践：1980 年前后震醒一代人的"朦胧诗潮"、《深圳青年报》和安徽的《诗歌报》发起的"中国诗坛 1986 现代诗群体大展"、1987 年处于高潮的"先锋实验小说"，等等。但因"先锋"概念与命名的模糊性、形式及其话语的异质性、八九十年代中国文学语境的急遽变化、先锋作家年轻而浮躁的个性以及反叛与实验的姿态，先锋文艺在当代中国的命运极其复杂。"朦胧诗"在 80 年代初就引发了一系列论争，先锋小说也在 1985 年以后就成为创作与批评界的热点，然而在 90 年代中国社会急遽经济转型和文化转型语境下，"先锋"却出现了前所未有的困境，出现了无法克服的危机。在大众文化和消费主义时代，中国的"先锋派"的生存状态是绝望、逃离、沉沦与死亡，哀伤地演奏着自己的"最后的舞蹈"。少有的几个坚守者，也不得不弱化先锋的异质性、强化先锋的精神性，用各自的生存哲学苦苦支撑。在这一系列的嬗变中，先锋原有的文化和精神品性也就在不知不觉中淡化了，大约在 1995 年前后，先锋作为一种文艺思潮在中国就已逐渐消退了。

从传播和接受的层面来讲，不管 20 世纪 80 年代中国的先锋文艺在圈子内是如何风光，但因其叙事话语及语言形式的极端技巧化，时空交叉跳跃、人物颠倒错乱、情节芜杂残缺、语言感性飘忽，完全不符合中国传统读者的阅读习惯，甚至也为资深评论家所诟病。"先锋"作为一种文艺实践在大众群体中并没有被广泛地传播、接受，更谈不上认同了，先锋文艺自始至终是圈子里行动。相对于先锋文艺的创作而言，先锋文艺的批评与研究更显得滞后。"先锋"作为文艺批评术语引进，并以之作为界定文学现象和文学思潮的专业术语来使用，已经是 80 年代中后期的事了。

纵观 20 年来的中国先锋文学研究，大致可以分为四个阶段。

一 先锋文学研究的摸索阶段
（20 世纪 80 年代）

20 世纪 80 年代，是中国先锋文艺滥觞和形式实验时期。当时，"先锋文艺"是中国人没有接触过的，因而也是难以理解的（最典型的是朦胧诗、新潮小说、试验小说的命名）。先锋文学的研究大多是感性的归纳和现象的梳理，主要是对先锋文学现象的命名、对先锋作家作品的解读与分析。除了大量关于这种文艺形式的"命名"以及不具备多少学术含量的论争外，只有一些散见的分析先锋小说叙事、语言、形式技巧等方面的论文，这些论文试图通过分析和解读来探讨小说背后的文本内涵、话语意义等。代表性的研究成果有：谢冕、孙绍振、徐敬亚的"三崛起"言论对"朦胧诗"的充分肯定；批评家吴亮、李劼等对马原"叙述圈套"和新潮小说语言等方面的归纳和总结。

二　先锋文学研究的"话语—理论"借鉴阶段（1989—1993）

　　20 世纪 80 年代先锋实验的激情和狂热，打造了马原的"叙述圈套"、格非的"叙事迷宫"、孙甘露的"语言狂欢"、余华语言的冷漠与残酷，宣告了一个新文学时代的到来。先锋无疑是中国当代文学的一个神话。但 90 年代初，在中国急剧的社会转型面前，"先锋"却显得如此脆弱，形式实验面临着严重的困境、出现了深刻的危机并迅速被作家们抛弃，不得不遁入现实的泥淖。这一切都深深地刺激了当初的呐喊者和曾经的兴奋者，也激起了他们无比的研究热情。90 年代初，以陈晓明为代表的一批学院派学者（包括王宁、赵毅衡、张颐武等人），他们利用所处的研究机构和高校的资源优势，借助国际性的语言、文化和学术交流，接触了大量的后现代主义文化理论。在国内首先用西方最新的结构主义、解构主义的语言学、叙事学和文化理论来分析先锋小说文本，探讨中国语境下先锋小说的发展及衍变，取得了先锋文学研究理论上的重大突破。可以说，到此时中国的先锋文学研究才真正起步，而且一起步，先锋文学的研究就达到了相当的高度。其中，陈晓明的先锋文学研究成就最为突出。他在深入地解读大量的先锋小说文本的基础上，系统地分析了中国当代先锋文学（主要是小说）的理论资源、叙事话语、精神变异及文化象征，认为先锋小说是中国文化溃败时代的馈赠[①]；王宁运用西方的后现代主义理论，通过对中国先锋小说接受和变形的研究，试图把中国当代先锋小说纳入世界后现代主义文学的体系之中[②]。陈晓明等都是在八九十年代文学转型前后进入先锋文学研究的，又是真

---

　　①　参见陈晓明《解构的踪迹：话语、历史与主体》（中国社会科学出版 1994 年版）、《无边的挑战——中国先锋文学的后现代性》（时代文艺出版 1993 年版）等著述。
　　②　参见王宁《后现代主义与中国先锋文学》（原载《人民文学》1989 年第 6 期）、《接受与变形：中国先锋小说的后现代性》（原载《中国社会科学》1992 年第 1 期）等著述。

正在西方理论熏陶下成长起来的一批实力派的学者、评论家，理论阐释是他们的特长。他们的研究视角比较独特、分析也能创新，而且治学也比较严谨，强调讲究方法的可操作性和论述的科学性。但是过多地借鉴西方理论使得"先锋小说"批评与研究的后殖民味尤浓，并有理论拔高中国先锋文学的趋向，而渐失中国的本土色彩。正是鉴于此，赵毅衡从文化的角度提出了中国本土的先锋小说，认识到先锋小说在中国的必要性。[①]

三 先锋文学研究的"精神—思想"寻根阶段（1993—1997）

随着日渐深入的大众文化冲击，先锋文学业已失去"轰动效应"，在不断地"迷失""堕落"和"消匿"。先锋文学的确不再像20世纪80年代中后期那样狂热并备受瞩目。更多的作家将形式实验弱化、将先锋精神内化，以另外一种状态出现。这样就有一大批诸如韩东、朱文等所谓"后先锋"小说家的涌现，把90年代后的文坛闹得叽叽喳喳。尽管如此，先锋的内敛和颓势已不可避免，但先锋并没有终结。南帆的"再度先锋"又一次唤起了落潮的先锋批评，谢有顺、洪治纲等青年批评家在缅怀先锋的同时重提先锋。[②] 他们以西方现代主义经典大师（诸如卡夫卡、博尔赫斯、尤奈斯库等）为精神依托，用"存在"理论从精神层面来分析转型后的先锋小说，呼唤先锋小说的生存意识、展示精神迷惘和温情救赎，先锋小说研究又走向了一个新阶段。他们重点以余华、北村、格非三位作家90年代的先锋写作为代表，强调了先锋的价值取向——在生存困境中展现精神救赎，并将之奉为90

---

① 参见赵毅衡《先锋派在中国的必要性》，《新华文摘》1994年第3期。

② 参见谢有顺的《寓言话语与先锋小说深度空间的阐释》（《艺术广角》1993年第1期）、《终止游戏与继续生存——先锋长篇小说论》（《文学评论》1994年第3期）；南帆的《先锋的皈依——论北村的小说》（《当代作家评论》1995年第4期）；洪治纲的《先锋精神的还原与重铸——兼论九十年代先锋文学存在的必要性》（《小说评论》1996年第2期）等论文。

年代先锋文学走出创作危机、实现先锋本土化的必然选择。和90年代初的先锋文学研究相比，谢有顺等的研究从后现代"话语—理论"层面转向了本土化"精神—思想"层面，由形式研究转向了精神内核研究，从后现代主义话语理论资源转向了现代主义大师的思想资源。他们把研究重点放到了中国先锋文学的本土化重建与鼓吹上，试图树立余华等先锋作家作品的示范作用和经典地位。然而，先锋的本质是反叛、对抗权威，始终要求保持其异质性和流动的状态，先锋的经典化无疑是又在维护和制造权威，违背了先锋的精神。谢有顺们大多年轻，多是激情型的批评者，充当思想卫士，喜欢一种随意文风，在他们随笔式的批评中欠缺的是前一批学者批评的理性和系统性。

四　先锋文学研究的多元化化和系统化时期（1997年至今）

此时，先锋作为一种文艺思潮已经完全隐退，先锋不再是一个神话，而成为许多向往依靠先锋文学实现中国文学与世界文学接轨的文学理想者的剧痛。先锋的命运和结局给研究者以更多的思考，陈晓明等研究者前期的成果也给研究者以理论的借鉴。痛定思痛，先锋文学研究逐渐摆脱了借鉴西方后现代主义语言和文化理论的单一固定模式，呈现出一些新的特点：

第一，先锋文学研究的领域在不断拓展。20世纪90年代初，先锋文学的研究主要集中于先锋小说，而呈现出多元的局面。

（1）先锋文学的研究有整体上的先锋文艺思潮研究，代表成果有：尹国均的《先锋实验——八九十年代的中国先锋文化》（东方出版社1998年版）梳理先锋的概念、界定了先锋的本质，重点介绍了先锋小说与先锋诗歌的形式实验特质，还介绍了其他诸如建筑、美术、行为等先锋艺术；张清华的《中国当代先锋文学思潮论》（江苏文艺出版社1997年版）一书很敏锐地捕捉到先锋文学在文化发生学意义上的"境遇""策略"问题并指出其发展、衍变的文化逻辑；王洪岳的《审美的悖反：先锋文艺新论》（社会科学文献出版社 2005 年版）一书围绕"审丑"这一现代美学命题，在中国特殊的文化背景、20 世纪西方哲学和文艺的自身规律中来把握先锋文艺的本质性特征——审丑的"感性学"意义。

（2）比较系统的先锋文学理论（主要是先锋小说）研究。代表性成果是洪治纲在《小说评论》自 2000 年始开辟的"先锋文学聚焦"专栏，以及他近期出版的《守望先锋——兼论中国当代先锋文学的发展》（广西师范大学出版社 2005 年版）一书。洪治纲在总结 20 世纪 90 年代先锋的"精神—思想"研究的基础上，系统地提出了先锋的主体向度—精神高度、警惕姿态、民间立场以及先锋的"怪异原理""苦难原理"等命题。

（3）先锋诗歌方面的研究。吕周聚的《中国当代先锋诗歌研究》（中国广播电视出版社 2001 年版）将朦胧诗作为中国先锋诗歌的发源地，描述了当代先锋诗歌观念及审美的流变，指出当代先锋诗歌的亚文化特征、波西米亚风格、生命意识、艺术形式及其语言方面的探索，并分析了当代诗歌理性崩溃下的压抑与痛苦、焦虑与崩溃、疯狂与死亡等精神特征，在先锋诗歌研究方面具有开创性意义。罗振亚在长期研究中国现代主义诗歌的基础上，写出了一系列当代先锋诗歌研究论文，其博士论文《朦胧诗后先锋诗歌研究》（2004 年被评为湖北省优秀博士论文，中国社会科学出版社 2005 年版）一书主要描述了朦胧诗后先锋诗歌的发展与流变，揭示了其演变规律与历史地位，在对"第三代诗歌""先锋诗歌的死亡""90 年代先锋诗歌""下半身写作""女性主义诗歌"作深入论述的基础上，指出了朦胧诗后中国先锋诗歌具有反叛性、实验性、边缘性的艺术特质。另外，陈仲义、陈旭光、周瓒、沈奇、南野等各具特色的研究也拓宽并深入了这一时期的先锋诗歌的研究。①

———————

① 参见陈仲义的《九十年代先锋诗歌估衡》（《当代作家评论》2004 年第 6 期）、陈旭光的《九十年代：文化转型与先锋诗歌的"后抒情"》（《当代文坛》1996 年第 4 期）、周瓒的《当代中国先锋诗歌论纲》（《广播电视大学学报》2000 年第 2 期）、沈奇的《"口语"与"叙事"：90 年代先锋诗歌的语言问题》（《文艺评论》2002 年第 5 期）、南野的《形式——先锋诗歌的实质性话语》（《南方文坛》1996 年第 5 期）等论文。

（4）近年来对先锋戏剧的研究也逐渐多起来，特别是对高行健、林兆华、孟京辉等人的先锋戏剧的研究。最有代表性人物是陈吉德，他指出先锋戏剧在文化结构和社会结构上呈现出鲜明的边缘性，同时又指出中国先锋戏剧因其特殊的存在体制，又受商业性和受众的影响，其边缘性问题相当复杂性，并在此基础上指出了中国先锋文艺在本土化过程中的特殊性。①

第二，更多年轻的评论家、研究者进入先锋文学研究领域。吴义勤、谢有顺、洪治纲、张清华、罗振亚、吕周聚、王洪岳，这些20世纪60—70年代出生的研究者，都把先锋文学作为自己的主要研究方向并倾注了相当的精力，提出了一系列有价值的先锋命题。一个值得注意的现象是，近年来，以"先锋文学"为研究对象的学位论文的数量在增加，整体质量也不错。据万方数据、中国知网等权威数据库每年所收集的博士、硕士论文也不下于20篇，这说明更多更年轻的学者将加入先锋文学的研究中来。

第三，强化了先锋文学基本资料收集与整理。作为研究对象的先锋文学的原始资料、不同风格的选本大量出现。孟京辉的《先锋戏剧档案》（作家出版社2000年版），很有意思的是书中收集的有戏剧演出的海报、宣传单、说明书、随感录等这些不可多得的资料；陈吉德的《中国先锋戏剧（1979—2000）》（中国戏剧出版社2004年版）、梁晓明的《中国先锋诗歌档案》（浙江文艺出版社2004年版）、西渡的《先锋诗歌档案》（重庆出版社2004年版）等也以"档案"这种形式收集、保存了大量原始的先锋资料，以供此后的先锋文艺研究，这是值得肯定的。

---

① 参见陈吉德的《中国当代先锋戏剧的演变流程》（《四川戏剧》2003年第3期）、《中国先锋戏剧在社会结构上的边缘性》（《四川戏剧》2004年第2期）、《回归传统——论中国当代先锋戏剧对中国传统戏曲的借鉴》（《四川师范大学学报》2004年第1期）、《中国当代先锋戏剧的后现代主义特征》（《当代戏剧》2004年第1期）等论文。

当代湖北文学述与论

十七年的湖北革命历史题材小说

中华人民共和国成立后，摆在当代作家面前的一项很重要的任务就是用文艺作品的形式追忆、书写新的民族国家艰难缔造的历程，凸显中国共产党及其领导的人民革命的光荣传统和丰富内涵。武昌首义之后的湖北，在中国共产党领导的人民革命中一直占有十分重要的地位。从最早董必武等人参与中国共产党的创建，再到北伐时期武汉居于国民革命的中心，以至土地革命、抗日战争、解放战争时期，湖北地区的革命斗争 30 年来从未间断，人民革命的红旗始终不倒。湖北新民主革命史，为我们留下了许多可歌可泣的革命故事，也为后来作家的创作提供了大量历史素材。另外，大批全国各地的文艺工作者来湖北工作后，也将各自切身经历的革命战斗岁月转化成文字，激情书写那一段段艰苦卓绝、荡气回肠的革命战斗历史，也给湖北十七年时期的革命历史题材小说创作带来了新的气象和新的内容。

一　反映"大革命"时期工农革命
风起云涌的《前驱》

1964 年，陈立德[①]完成了他的长篇小说《前驱》。这部小说是其

---

① 陈立德（1935—　 ），湖北天门人，湖北著名的军旅作家和电影文学编剧。1949 年参加解放军，1952 年开始发表作品。1956 年，创作了电影剧本《北伐先锋》，后将该剧本改编为长篇小说《前驱》（"大革命三部曲"之一），1964 年由人民文学出版社出版。另外，还著有《翼上》（1977 年）、《城下》（"大革命三部曲"之二，1987 年）等长篇小说，以及《吉鸿昌》《黄英姑》等电影文学剧本。

史诗性长篇小说"大革命三部曲"的第一部，小说以北伐战争中叶挺领导的"独立团"为原型，出色地描绘了"北伐先遣团"在北伐战争中的丰功伟绩，歌颂了这支由中国共产党领导的无产阶级革命队伍的革命精神和崇高品质。小说一开始就将读者拉回到那个风雨飘摇的年代，"乌云漫卷，飓风满楼。中国，一九二六年的中国，正面临在一场大风暴的前夕"，具有很强的时代感。主人公万先廷为追求革命理想，从湖南平江老家来到了大革命的根据地广州，参加到国民革命北伐的洪流中。然而"在孙中山逝世后那些艰辛的日子里，革命正遭受着严重的考验。在革命根据地的广州，光明与黑暗在搏斗。代表着形形色色派系的国民党人，正为着北伐的议程在勾心斗角，一场看不见的复杂纷纭的斗争，在暗地里激烈地进行……"故事就在如此广阔而复杂的历史背景下展开。小说主要描写了"北伐先遣团"在北伐过程中的种种英雄壮举，他们为了革命事业和革命理想，克服种种困难，翻山涉水，孤军深入，奋勇作战，攻碌田、取息县、克醴陵、破平江，取得了战场上的一个又一个胜利。此外，小说还用了几个章节描写蒋介石阴谋叛变革命的丑恶嘴脸以及北洋军阀吴佩孚垂死挣扎的情景。这些内容有机融合而成为一个整体，广阔而真实地反映了大革命时期国内革命斗争的复杂性和艰巨性。

《前驱》重点塑造了以万先廷、齐渊、刘大壮、容大川、赵炳清、大凤、黑牯等一大批共产党员和革命群众的光辉形象，在他们的身上集中体现无产阶级革命党人高贵的革命品质和彻底的革命精神。主人公万先廷，原本是一个单纯、质朴的青年农民，有着苦难的家庭出身和深重的阶级仇恨，在共产党人容大川、齐渊等的引领下走上了革命道路，并迅速成长为一个勇敢、坚定的无产阶级革命战士。他的身体，融合"农人中最宝贵的品德"和"共产党员的特质"。作者正是紧紧把握住了万先廷这一性格特点，写出了他崇高、纯洁、丰富的内心世界和坚强、勇敢、执着的革命品质。此外，小说中的其他人物也性格鲜明，各有特点：齐渊的沉着、深谋远虑；容大川的亲切、循循善诱；刘大壮的乐观、富有幽默；赵炳清的仗义正直；大凤的敢作敢为；黑牯的豪爽鲁莽，等等。

作为一部近 50 万字的长篇小说，《前驱》的故事情节并不复杂，但其结构安排却颇具匠心。小说以万先廷为中心，用他的一举一动串起先遣团的军事活动（主线）和湖南平江农民运动（副线）。作为主线，小说通过万先廷在先遣团中的磨砺和成长，重点说明中国共产党及其领导的"先遣团"在北伐战争中的决定性作用；作为副线，小说通过万先廷的记忆闪回，巧妙地补叙、插叙湖南平江农民运动的发展和壮大，生动说明了农民运动与革命斗争的血脉联系。这两条线索基本平行，也有一些交叉。而写到先遣团攻克平江后，作者就将先遣团的军事活动与平江的农民运动融汇在了一起，共同形成小说最后汹涌澎湃的革命斗争高潮："早晨，安平桥完全沉浸在一片沸腾、热烈、喜气洋溢的革命气氛中了。一来，今天农协开始了打倒土豪劣绅；到处成群结队，一片红旗，歌声、口号声、欢笑声，响彻山岭。二来，革命军今天又要出发北上了；士兵们正在作着集合前的准备，到处人喊马嘶，敲锣打鼓，军号声、口令声，四处应和。安平桥充满着一片蓬勃的、革命的朝气。……"

二　反映抗日战争及人民革命斗争的
《平原枪声》《清江壮歌》等

相对十七年时期湖北"大革命"题材小说创作而言，反映 20 世纪三四十年代尤其是抗战时期的小说创作就显得量大而丰了。其中影响较大的有，反映晋察冀根据地人民在党的领导下展开"反扫荡"斗争的《人民在战斗》（长篇小说，俞林著，1956 年），反映冀南平原抗日军民与日寇、汉奸殊死搏斗的《平原枪声》（长篇小说，李晓明、韩安庆合著，1959 年），反映湖北恩施地区地下革命工作者与国民党特务斗智斗勇、宁死不屈的《清江壮歌》（长篇小说，马识途著，1966 年）。这些作品大都源于作者本人三四十年代的革命斗争经历，是抗日战争时期中国人民革命斗争的真实写照。

　　俞林①的《人民在战斗》孕育于 1943 年秋天。当时，俞林受党组织委派，到太行山区工作，并与那里的人民群众一道参加了为期三个月的反"扫荡"斗争。这段硝烟弥漫、惊心动魄的战斗体验，使俞林深刻体会到战争中"人民"的含义和"人民"的力量，便决定为战斗着的"人民"唱一曲赞歌。"人民，这就是我们的人民！作为一个知识分子，一个能拿笔的人，怎么能不写下这些普通的人民但又是高大的英雄们的事迹呢？如果不写他们，我就觉得欠人民一笔债……"② 这就有了 13 年后的《人民在战斗》。小说主要写的是梁家三代人，爷爷梁老位，第二代的梁生海和生海婶子，第三代的梁耀梅、梁荣彦等。这三代人的生活经历，从一个侧面反映了中国农村近半个世纪的历史。梁老位是有历尽沧桑的老一代农民的代表，他含辛茹苦地创家立业，却摆脱不了命运的一再捉弄，继而对未来失去了信心。但反"扫荡"中，他却为保卫伤员的安全壮烈牺牲。中年一代的梁生海，是革命的楷模和领头人，他以惊人的毅力忍受种种精神、肉体的病痛，始终将全部的精力投入反"扫荡"斗争中去。青年一代的梁耀梅，艰苦的工作、石洞的斗争、苦役的折磨、死亡的威胁，都无法使她有任何的动摇和犹豫。她坚忍不拔的意志、宁死不屈的精神，成为小说最闪光的人物。俞林所精心营构的梁家三代人，十分典型地体现了十七年革命历史小说中的家庭代际书写模式，也极大地丰富了 20 世纪中国文学家族小说人物形象的类型。另外，小说还成功地将梁家三代人予以放大，写到了与梁家人一起进行英勇斗争的赵瑞、桂英、张老惠、田福子、张成英、李发奶奶等人物，他们无一不是极其普通的人，却又无一不是大写的"人"，平凡与伟大、普通与

　　① 俞林（1918—1986），河北河间人。1941 年，奔赴晋察冀抗日根据地。1947 年发表了第一篇小说《老赵下乡》。中华人民共和国成立后，俞林来武汉工作，参与编辑创办了《长江文艺》。曾担任中南文艺学校副院长、中南作家协会副主席、《长江文艺》副主编等职。先后发表《韩营半月》、《和平保卫者》（小说）、《为创造新的人物典型而奋斗》（评论），1956 年问世的长篇小说《人民在战斗》是其代表作。

　　② 俞林：《写于〈人民在战斗〉再版时》，《俞林文集》，百花洲文艺出版社 2006 年版，第 426—427 页。

崇高。也正是这些普通的"人民"及其心中蕴积的不可战胜的精神力量，才筑成了抗日战争铜墙铁壁般的民族脊梁。正如小说最后的一句话："谁想和人民为敌，谁就要为人民所埋葬！"这也就是俞林将这部小说取名为《人民在战斗》的意义所在。

李晓明①的《平原枪声》1959 年一问世，就受到了读者的普遍欢迎和喜爱，并迅速成为 20 世纪 60 年代家喻户晓的"红色经典"。这部小说主要源于 40 年代初，李晓明在冀南枣北担任县委书记兼大队政委期间的抗日斗争生活。小说主要讲述了青年党员马英在民族危亡的关键时刻，回到冀南平原的家乡肖家镇，通过发动群众，组织革命力量，与反动会道门、汉奸恶霸、日本鬼子展开尖锐而复杂的长期斗争。在斗争中，马英领导的人民武装从无到有、从小到大、从弱到强，经过多次的博弈并最终取得对敌斗争的全面胜利。小说为我们重点塑造了共产党员马英这一英雄人物形象，作为冀南平原抗日游击大队的领导人，他时刻记着自己身负的重任。为了民族的解放事业，他可以置家仇不顾，与仇人苏金荣谈判；在被敌人抓入壮丁训练所后，他依然不忘发动群众，为日后的武装斗争创造条件；面临生死的重大考验时，他沉着冷静、勇敢顽强。当然，马英这样的性格也不是天生的，他最初也幼稚、容易冲动、不够沉着，甚至还存在骄傲轻敌的毛病，但在革命烈火的淬炼和残酷事实的教训下，他逐渐成长为一名相当成熟的革命领导干部。正如苏建梅评价的"任何物件经过长时间的磨炼，终究要毁坏的；只有人，革命的人，越磨炼越坚强，像太阳一样，放射出永不熄灭的光辉！"马英就是这样的"革命的人"。在马英的周围，作者还塑造了一批抗日英雄形象。如勇猛豪爽、敢打敢冲的王二虎，沉着冷静、智勇兼备的赵振江，沉稳老练、机智潜伏的郑敬之，带病忘我工作的杜平，死不变节的苏建梅，传奇英雄老孟等。与这些抗日英雄相对照，小说中的敌人形象则有些脸谱化，中村的凶

---

① 李晓明（1920—2007），河北枣强人。1938 年参加抗日革命工作，1948 年随军南下湖北。1956 年开始创作。曾任武汉市委宣传部副部长、湖北省文化局长、湖北省委宣传部副部长等职。代表作为 1959 年与业余作家韩安庆合作完成的长篇小说《平原枪声》。

残、苏金荣的阴险、刘中正的无耻、杨百顺的可恶，他们丑陋的嘴脸在小说中暴露无遗，实在令人痛恨。通过如此鲜明的对比刻画，小说为我们深刻揭示了人民力量不可战胜的真理和敌人必然崩溃的本质。作者采用传统小说的写法，以对话和动作来写人，讲究故事的一波三折，追求语言的通俗易懂。因而，这部小说在当时受到读者的欢迎和喜爱，并被奉为"红色经典"。

马识途①抗战初期曾在湖北的鄂北、鄂西等地的农村从事党的地下工作。这段生与死、血与火的斗争经历，对于马识途后来的创作意义重大："这些人物和事件都慢慢地沉落进我的记忆的底层，逐渐变成为思想的矿藏。"② 他20世纪60年代创作的《老三姐》《清江壮歌》均源于此。《老三姐》（短篇小说）为我们描写了一位细心照顾、主动掩护、誓死也不暴露我党地下同志的革命群众"老三姐"的形象。长篇小说《清江壮歌》则正面塑造了抗战时期鄂西地区被国民党反动派杀害的一批党的地下工作者形象。小说以1960年革命老干部任远（以马识途本人为原型）找到失散多年的女儿的感人相聚为序幕，为读者讲述了二十年前那一可歌可泣的革命年代。柳一清（原型为刘惠馨，鄂西特委妇女部长，马识途当年的妻子、革命伴侣）、贺国威（原型为何功伟，鄂西特委第一书记，马识途当年的革命同志）等受党的委派，在恩施地区秘密开展革命的时候，不幸因叛徒出卖，被捕入狱。但他们在狱中经受住了敌人的种种威逼利诱，坚强不屈，并以监狱为战场，与敌人展开了又一轮的较量。大胆地揭露了敌人的阴谋和叛徒的嘴脸，始终大义凛然，宁死不屈，最后壮烈牺牲在敌人的屠刀之下。小说到处洋溢着革命的英雄主义和革命的理想主义色彩，特别是小说中作为红线贯穿全篇那首《清江壮歌》："清江之

---

① 马识途（1915— ），重庆忠县人。抗战初期，先后在湖北的武汉、枣阳、谷城、恩施一带从事党的地下革命工作，曾任枣阳县委书记、鄂西特委书记等职。1935年开始发表作品，20世纪60年代初，根据当年在湖北的革命斗争经历创作了短篇小说《老三姐》《找红军》、长篇小说《清江壮歌》等。
② 马识途：《我怎样写起小说来的》，《青年作家》1982年第9期。

水浪滔滔，/壮士横眉歌且啸。/为使人民求解放，/拼将热血洒荒郊！/东看雨花英魂远，/北望长城云梦遥。/雾散霞开天欲曙，/红旗满地迎风飘！"小说的最后，对柳一清、贺国威、章霞的壮烈牺牲时的定格，更是将这种革命浪漫主义推向了极致："侩子手的枪声响了，在他们眼前不是倒下去三个人，却是升起了三块巨大的、闪闪发光的岩石，越升越高，高入云霄，任狂风呼啸，暴雨冲击，屹然不动……在那三块大岩石的后面飞起两只雄鹰，接着又飞起来一只；它们矫健地拍着闪电般的翅膀，冲天而起，越飞越高，穿过乌云，翱翔于碧蓝的天空中……"《清江壮歌》作为一部典型的革命历史小说，也写出革命者的铁骨柔情，如贺国威在狱中写给父亲的绝笔书，柳一清写给丈夫的诀别信，以及上刑场与襁褓中的女儿生死割离的情景，今天读来亦为之动容。

这一时期，湖北有一定影响的革命历史题材小说还有革命老干部马国昌①的《延安求学记》和湖北黄梅农民作家严亚楚的《龙感湖》。前者是一部革命回忆录式的中篇小说，主要记叙了 1943 年，冀中八路军某部的一批指战员、根据地的一些学生以及从敌占区来的知识青年穿越火线，前往圣地延安抗日军政大学学习的经历。小说塑造了杨永生、徐琼英、泥鳅、王虹等人物形象，告诉我们革命是一场火热的战斗，如大浪淘沙，要经得起大风大浪的考验。小说还切实歌颂了延安所倡导弘扬的艰苦奋斗、自力更生的优良传统。严亚楚②用章回体小说的形成创作完成的《龙感湖》，以 1935 年冬至 1938 年初这一期间为历史背景，主要描写了龙感湖地区的广大渔民和党所领导的湖上游击队与湖主恶霸所展开的革命斗争。

---

① 马国昌（1925—2010），河北安平人。1938 年参加八路军，1944 年开始发表作品，是一位革命老干部作家。曾任武汉军区空军宣传部长、文化部长，武汉市作协副主席、文联副主席，湖北省作协主席等职，著有中篇小说集《延安求学记》（湖北人民出版社1959 年版）等。

② 严亚楚（1923—?），湖北黄梅人，农民作家。长期在农村从事戏剧文艺工作，担任过县文化馆副馆长等职。1949 年开始发表作品，著有短篇小说《芋头籽》《本性难移》、长篇小说《龙感湖》（长江文艺出版社 1982 年版）等。

三 反映解放战争和剿匪反霸题材的《我们的力量是无敌的》《枫香树》等

　　1948 年，碧野①作为一名入伍不久的新战士，参加了人民解放军解放太原的战役。作为太原火线生活的收获，碧野创作完成了长篇小说《我们的力量是无敌的》。1950 年，该书作为中国人民文艺丛书的一种，由新华书店发行，是中华人民共和国成立后最早出版的一批长篇小说之一。作者虽只选取了太原战役中一个团的战斗生活片段，却及时有效地从一个侧面写出了中国人民解放战争的伟大胜利，发掘出了中国人民用血、肉创造历史的伟大性格。小说通过对团长高陵、连长李老旦、班长史德明、副班长崔大宝、战士董二孩、王六娃、郭毛子，以及董玉英、陈老汉、陈福生等人物的描写，刻画了他们勇敢而勤劳的高贵品质。这些人民的战士，在敌人面前像猛虎一样，而在人民面前又像绵羊。他们珍视革命的荣誉、阶级的友情，为人民的胜利而喜悦，为中途的挫折而感到羞辱。正是人民战士和人民群众所拥有的钢铁意志和巨大勇气，汇聚成任何东西都无法阻挡的巨浪洪流，以摧枯拉朽之势倾覆了反动势力的一切抵抗，彰显了"我们的力量是无敌的""人民的力量是无敌的"这一深刻主旨。

　　王英先②1964 年创作的《枫香树》，主要描写的是解放初期鄂西地区的剿匪反霸斗争。小说开篇的"题叙"以枫香树的"红"为引子、作象征："一九四九秋天，这座枫树林红得分外鲜艳。……老年人们都

----

　　① 碧野（1916—2008），广东大埔人，著名散文家。1935 年，参加北方的"左联"组织。1960 年调入湖北省文联工作，曾任中国作家协会湖北分会副主席，华中散文学会会长等职。著有《我们的力量是无敌的》《阳光灿烂照天山》《情满青山》《丹凤朝阳》等小说。散文《天山景物记》入选中学语文课本，影响较大。1986 年，与姚雪垠、徐迟并推为湖北文坛"三老"。2008 年，被湖北省人民政府授予"终身成就艺术家"荣誉称号。
　　② 王英先（1920—1993），河北栾城人。1938 年参加八路军，曾任中共随枣县委书记、江汉军区团政委等职。1949 年，率部进入恩施剿匪，后任中共恩施县委书记、恩施地委书记等职。1964 年，王英先根据自己在恩施的剿匪斗争经历创作完成了长篇小说《枫香树》。小说原名为《枫橡树》，分上、下两册，由中国青年出版社 1964 年出版。1979 年，由中国青年出版社修订再版时，作者将两册合二为一，书名改为今天的《枫香树》。

说：从我们记事起，这座枫树林从来也没有这样红过。等着吧！咱这里要'红'了！"这话仿佛是一个预言。1949年4月，中国人民解放军开进鄂西，很快解放了恩施地区。但狡猾的国民党保安大队队长、恶霸地主马玉池一边伪称起义，一边将自己掌握的保安大队潜伏在老家——龙弯一带，聚集收编国民党的残兵败将和其他反动豪绅的地方武装，企图伺机发动暴乱。主人公王洪，作为一个年轻的老革命，临危受命前往龙河，"打开局面，铺开摊子，建立政权，发动群众，开展剿匪反霸斗争……"他一来到龙河，就给当地民众吃了一个定心丸："哪个兴风作浪、造谣惑众，哪个欺压老百姓、吓唬老百姓，哪个敢拉土匪、打黑枪，好！那就来吧，我们统统把他抓起来，消灭掉！"接着一个人单枪匹马赴会马家院，用自己的行动和胆识给马玉池一个下马威，表达了党坚决剿匪的决心，更显示出一个党员干部革命的大无畏精神和革命的历史责任感。此后，王洪在吴龙眼、吴登云等革命群众的支持和配合下，组织民兵，建立党组织，进一步巩固了革命成果，并同马玉池展开了激烈的斗争。经过反复较量，最终取得了剿匪斗争的胜利，给龙河人送来了春天。在最后的反霸大会上，龙河人民释放出了几十年积压在心头的深仇大恨，挥泪痛斥了恶霸地主马玉池的种种罪恶，并在"枪毙马玉池"的怒吼声中将之予以正法。"龙河乡几千年的封建统治，从此宣告结束。人民当家作主的时代开始了！"小说的"尾声"又以枫香树为线索，"土改后的枫香树，比往日更加鲜红夺目了"。既呼应了"题叙"，又进一步点明、深化了题旨。

四 以《李自成》为代表的历史题材小说创作

十七年时期，在革命、战争历史题材的主导下，鲁迅《故事新编》所开创的现代历史小说书写传统受到了相当程度的压抑，处于"夹缝"中生存的状态。[①] 1961年，在党中央提出"调整、巩固、充

① 参见陈顺馨《1962：夹缝中的生存》，山东教育出版社2002年版。

实、提高"的八字方针后，文艺界也相应地作出了一些调整①，对过去过"左"的路线进行了一定程度的纠偏，要求积极发扬艺术民主，尊重艺术规律，倡导作家的自由表达。但"左"的影响和阻力还很大，不可能实现事实上的自由表达。这种情势之下，作家比较明智地选择了"历史"，"借古讽今"，以一种较为委婉、曲折的方式表达自己对现实的思考。

20 世纪 60 年代初，历史题材的小说创作和戏剧创作开始活跃起来，出现了一个短暂的创作高潮。据不完全统计，从 1961 年冬到 1963 年春，陆续在《人民文学》、各大期刊以及报纸副刊发表的历史题材短篇小说就达 40 余篇。② 代表性的有：陈翔鹤的《陶渊明写〈挽歌〉》《广陵散》，黄秋耘的《杜子美还家》《鲁亮侪摘印》《顾母绝食》，冯至的《白发生黑丝》，蒋星煜的《李世民与魏征》，师陀的《西门豹的遭遇》，等等。具体到湖北，代表性的是姚雪垠的《草堂春秋》《李自成》（第一卷），以及武克仁的"柳宗元""李贽"系列历史小说。这些历史小说大多因事而发、因感而作，透过古人的所作所为，曲折地表达作家对现实的针砭和期望，有着特殊的思想价值和重要的文学史意义。

（一）姚雪垠的《草堂春秋》和《李自成》（第一卷）

1953 年，中南作协成立，姚雪垠③由河南迁居湖北武汉，专业从事文学创作。20 世纪 50 年代，姚雪垠有多次进行历史题材、工业题材创作的计划和尝试，都因主管领导的批评和反对而不得不放弃。

---

① 20 世纪 60 年代初，文艺政策调整主要体现在三次会议上：1961 年 6 月的"新侨会议"、1962 年 3 月的"广州会议"和 1962 年 8 月的"大连会议"。

② 参见於可训、吴济时、陈美兰主编《文学风雨四十年》，武汉大学出版社 1989 年版，第 190 页。

③ 姚雪垠（1910—1999），河南邓州人。1929 年开始发表作品。中华人民共和国成立前就以《差半车麦秸》《牛全德与红萝卜》《春暖花开的时候》等作品享誉文坛。1953 年，迁居武汉。1957 年被错划为"右派"。在逆境中开始创作长篇历史小说《李自成》。其《李自成》（第二卷）于 1982 年获首届茅盾文学奖。姚雪垠在湖北长期工作，曾担任湖北省文联主席，中国作协名誉副主席等职，与徐迟、碧野并推为湖北文坛的"三老"。

1957 年，更是被错误地划为"极右分子"并被下放到东西湖农场劳动。1958—1962 年，姚雪垠在极其"孤立"的状态下，秘密创作并完成了长篇历史小说《李自成》（第一卷）（1963 年 7 月由中国青年出版社出版）。其间，姚雪垠还发表了历史小说《草堂春秋》、与人合编了汉剧《王昭君》等，给十七年时期的湖北文学创作带来新的气象。

1962 年，适逢杜甫诞生一千二百五十周年。姚雪垠以杜甫流寓成都草堂的一段生活经历为素材，创作了《草堂春秋》①。与同时期其他以杜甫为题的历史小说②的言说方式稍有不同，姚雪垠注重刻画成都草堂时期杜甫悲喜夹杂、"出世"与"入世"两难的复杂心境。③小说以成都少尹兼御史徐知道发动叛乱这一重大历史事件为背景，从杜甫成都草堂时期的著名诗作（《戏为六绝句》《江畔独步寻花七绝句》《遭田父泥饮》《美严中丞》《茅屋为秋风所破歌》等）中寻得的一些历史琐事（如杜甫在家写诗、在黄四娘家赏花、在田大家喝酒、和严武应酬唱和，以及幼子因饥饿与父母吵闹、百年柟树为风雨所拔等）为线索，经过作者精心的艺术构思、想象加工而成。小说共分七节，第一节，一开始就径直描述和渲染了杜甫在成都草堂世外桃源般的生活，与子垂钓，与妻下棋，饮茶赋诗，读来让人好不羡慕。可接下来，作者笔锋一转，开始描写杜甫的满腹牢骚和对现实的不满，可谓喜去悲来。在此后的六节中，杜甫的情绪始终徘徊在悲喜之间。赏花、喝酒、吟诗、作对所带来的短暂喜悦，始终难以掩盖杜甫对现实社会的不满，更难以排遣心灵深处的隐忧。这种悲愤的情绪不断地累积叠加，并在最后爆发出来，凝成了那首千古绝唱《茅屋为秋风所破歌》："安得广厦千万间，/大庇天下寒士俱欢颜，/风雨不动

---

① 《草堂春秋》发表于《长江文艺》1962 年第 10 期，是姚雪垠中断了的长篇传记文学《杜甫传》的一个章节。

② 主要有：冯至的《白发生黑丝》（《人民文学》1962 年第 4 期），黄秋耘的《杜子美还家》（《北京文艺》1962 年第 4 期），包全万、刘继才的《杜甫在夔州》（《长春》1962 年第 4 期），桂茂的《孤舟湘行纪》（《湖南文学》1962 年第 6 期）等。

③ 参见李遇春《六十年代初历史小说中的杜甫形象》，《文学评论》2006 年第 4 期。

安如山！／呜呼！何时眼前突兀见此屋，／吾庐独破受冻死亦足！"结合 20 世纪五六十年代姚雪垠的人生遭际和所受到的不公正待遇，我们完全可以说，这部历史小说是姚雪垠在"借他人酒杯，浇自己块垒"，曲折地表达一个现代知识分子的社会责任感，既表达了姚雪垠对社会现实的不满，同时也寄寓了姚雪垠对社会的美好期望。

如果说《草堂春秋》是姚雪垠 20 世纪五六十年代历史小说创作小小的一朵浪花，那长篇小说《李自成》则是他历史小说创作波澜壮阔的一条大河。从 40 年代开始收集资料，到 1957 年开始第一卷的动笔创作，再到 1999 年全五卷出齐，跨度近半个世纪。《李自成》五卷书共计三百余万言，是作者耗尽后半生的呕心沥血之作，也是 20 世纪中国文学史上规模最大、篇幅最长的一部长篇历史著作。

与短篇历史小说《草堂春秋》"借他人酒杯，浇自己块垒"不同的是，长篇巨制《李自成》，在严格遵循现实的历史逻辑、追求艺术典型化原则的同时，又十分讲究小说的结构和章法。《李自成》（第一卷）完成于 1962 年，出版于 1963 年。其创作正体现了作者这样的艺术追求。其主要内容如下：

明崇祯十一年（1638），清军大举南下，进逼京城，情况十分危急。明朝统治者在强敌逼境的情况下，不是合力抵御外侮，而是"攘外必先安内"，抽调精锐部队镇压陕南李自成领导的农民起义。由于叛徒的出卖和官军的追堵，李自成领导的农民军在潼关南原一带陷入了官军的重重包围。经过激烈的拼杀和多次的突围，李自成部几乎全军覆没，高夫人等也在突围中失散，农民革命遭到严重的挫败，陷入低谷。李自成十分痛心，但没有沉沦，而是立刻率残部转移到商洛山区，隐姓埋名，潜伏下来，卧薪尝胆，积极经营，准备东山再起。其间，李自成还积极促成张献忠在谷城的起义，与突围到豫西的高夫人胜利会师，为农民革命战争新高潮的到来积蓄着力量。作为背景和副线，小说还写到了明末社会的动荡不安和朱氏皇朝的风雨飘摇，展示了明朝统治阶级内部在对清主"战"、主"和"问题上的派系矛盾和尖锐斗争。

作为《李自成》系列的第一卷，小说主要描述了李自成所领导的明末农民起义由小到大、由弱到强，在挫折和逆境中成长的基本过程。同时，也呈现出了明末清初错综复杂的阶级矛盾和民族矛盾，为读者绘制出从宫廷到民间、从京城到乡村纷纭繁复的生活画卷，为《李自成》后四卷叙事的全面展开作了有力的铺垫。茅盾曾高度评价了第一卷在全书中的结构性意义："就全书的结构言，一开卷就把主人公置于极其激烈的阶级斗争的最高形式（武装冲突）的旋涡中，用奇伟的笔触，瑰丽的色彩，描绘了惊心动魄的场面，这是个先声夺人的好办法。就人物性格的塑造而言，作者借这个旋涡来考验书中的主人公及其主要助手，用形象的事态的发展而不是用抽象的叙述显示李自成及其重要将领们如何通过这场考验，总结经验，吸取教训，从而在政治上和军事上更成熟了。"[1]

《李自成》（第一卷）还比较成功塑造李自成这一典型的农民英雄领袖形象。作为政治领袖，他有宏伟的抱负和超凡的远见，胸襟开阔，多谋善断；作为军事统帅，他运筹帷幄，指挥若定；作为农民出身的义军首领，他艰苦朴素，与官兵打成一片。作者是将李自成这一形象放置到特定的历史环境中，在惊涛骇浪中、在风口浪尖上（如潼关南原大战的全军覆没、商洛山中的卧薪尝胆、谷城赴会的只身冒险等情节）来表现和塑造的。而且，李自成性格不是一开始就给定的，而是在情节的发展中逐步显现出来的："由浅而深，由淡而浓，如迎面走来，愈走则面目愈明晰，笑貌愈亲切，终于赫然浑然一个形象与精神卓然不群的英雄人物出现了。"[2]

总的来说，《李自成》（第一卷）在表现社会、历史的深度和广度，描写古代农民战争的惨烈，人物形象的典型塑造，悲壮风格的艺术定位，章法结构的追求等方面，都有独特的创造。在某种程度上，可以说是《李自成》整个系列中最具艺术震撼力的一部。

---

[1] 茅盾：《关于长篇历史小说〈李自成〉》，《文学评论》1978 年第 2 期。

[2] 同上。

（二）武克仁的"柳宗元""李贽"系列（残本）历史小说

1949 年 5 月，武克仁①随人民解放军南下到武汉，以军代表的身份接管了汉口的民众乐园。20 世纪 50 年代初，因对戏曲艺术的热爱，武克仁按照戏剧"三改"工作的要求，创作了新编历史剧《易水曲》而受到关注。1962 年 1 月，武克仁的中篇历史小说《柳宗元》②在《羊城晚报》上开始连载，分别是：1962 年 1 月 5 日的《柳宗元被贬》、1962 年 2 月 12 日的《写传》、1962 年 4 月 9 日的《毒虫》。可惜的是，小说仅仅刊载三章就中断了。但《柳宗元》发表后，反响却是强烈的。当时，评论者将武克仁的《柳宗元》与陈翔鹤的历史小说《陶渊明写〈挽歌〉》并举，将它们喻为南北文坛上令人闻之而喜的"空谷足音"，予以热情的肯定。③

《柳宗元》（仅就刊载的三章而言）主要描写了柳宗元忧国忧民之心，彰显了柳宗元与郭橐驼之间的纯真友谊，以及柳宗元被贬前后与社会种种不公、不平之事的抗争。第一章《写传》，通过柳宗元躬身亲为，主动伸出手来与种树之士郭橐驼交往，以心交心，最

---

① 武克仁（1918—2003），山西临猗人。1935 年开始发表作品。中华人民共和国成立后曾任武汉中南区文化部戏改处副处长、武汉市文化局副局长、武汉市文联副主席、剧协主席等职。著有戏曲剧本《易水曲》《忠王平妖记》《张羽煮海》，历史小说《柳宗元》《李贽》，长篇小说《丹桂泊》，等等。

② 据作者所言，中篇历史小说《柳宗元》共六章，在《羊城晚报》发表的三个章节《写传》应为第一章，《柳宗元被贬》应为第二章，《毒虫》实为第四章，其他三章至今未见刊载。参见陈美兰《一部含有恶毒政治用意的作品——评武克仁〈柳宗元〉》，《江汉论坛》1965 年第 1 期。

③ 参见吴秀明《中篇历史小说选·前言》，湖南人民出版社 1984 年版。相关文献资料：陈翔鹤的《陶渊明写〈挽歌〉》在《人民文学》1961 年第 11 期发表后，评论家黄秋耘对之作了高度评价："在这方面（指当代文学历史小说创作，笔者注）看来，陈翔鹤同志的近作《陶渊明写〈挽歌〉》，真可以算得是'空谷足音'，令人闻之而喜。"（《空谷足音——〈陶渊明写〈挽歌〉读后〉》，《文艺报》1961 年第 12 期）。武克仁的《柳宗元》发表后，评论家黄展人对之作出了肯定的评论，说它是历史小说创作领域中的"空谷回声""以美感形象唤起读者的情感，给人思想上的教育"，以及在"发扬历史精神"等方面，都做得比较好（黄展人：《读"历史小说有感——兼评〈柳宗元被贬〉》，《羊城晚报》1962 年 1 月 16 日）。

后赢得了他的信任和友谊，并从中悟得"治人"之理，即所谓"吾问养树，得养人术"。第二章《柳宗元被贬》，着重描写了柳、郭之间高尚的友谊。特别赞赏了柳宗元被贬之后，郭橐驼不舍不弃，主动要与柳宗元"同走一路"的崇高行为。强调了"尊严"和"傲骨"才是"人生的真正价值"的观点。相比之下，社会上各种流行的、庸俗的为人处世之道，则遭到了柳宗元的唾弃和否定。第四章《毒虫》，将柳宗元激愤的心理进一步渲染，对比"圣洁者安得其所"，而柳宗元是"吾将上下而求索"，将与社会不公正的现实、所谓"守业之君"抗争到底。小说塑造了一个敢于坚持真理、誓死为民请命、不怵大小权势、忧国忧民的柳宗元形象，并对柳宗元、郭橐驼所代表的有"尊严"和"傲骨"的知识分子形象进行热烈的歌颂。

除《柳宗元》外，武克仁当年还以明代叛逆思想家李贽为题创作了系列历史小说《李贽》。但笔者今天很难见到《李贽》的全貌，仅见武克仁发表在1981年《广州文艺》第9期的历史小说《身瘁灵魂在》，小说副标题为"小说《李贽》末章"。小说写的是李贽收监入狱后，仍大义凛然，坚持真理，义正词严与统治者斗争，并毫不留情地揭露了他们的丑恶嘴脸和虚伪本质。小说最后渲染了李贽刚烈而特异的死。他用自己的鲜血，用自己的牺牲，来维护真理，为民众换取言论的自由和国家的未来。小说题名《身瘁灵魂在》，其实在告诉我们读者，李贽虽然死了，但他的精神却永远留存，并在不断激励后人。对此，作者借文末后人之言，发出了对李贽的由衷赞叹："为护真理之道，死不屈节，壮哉！"

1962年9月，党的八届十中全会上发出"千万不要忘记阶级斗争"的号召，文艺界的空气又顿时紧张起来。很快，"左"倾思潮又强势回头并迅速占领文坛，并将"以阶级斗争为纲"和"大写十三年"作为文艺的主要方向和原则。历史题材创作成为禁区，而此前的历史题材创作，包括姚雪垠、武克仁的历史小说，几乎无一例外地都受到了批判。① 它们都被视为"影射现实的""反动的""攻击无产阶级""为资产阶级、封建阶级服务""反党反社会主义"的"大毒草"。十七年湖北历史小说创作短暂的春天就此结束。

综观十七年时期湖北的革命历史题材小说，无论是反映大革命的《前驱》，反映抗战的《人民在战斗》《平原枪声》，反映与国民党反动派斗争的《清江壮歌》，与土匪恶霸斗争的《枫香树》《龙感湖》，还是反映古代农民革命、历史上的知识分子题材的小说，都为我们具体讲述了人民"革命"的起源、曲折、发展和壮大的故事，生动地说明了只有在共产党的领导下，人民群众的革命潜能才能够得到最充分的发挥，国家民族的解放事业才能最终走向胜利这一革命真理。从某种程度上来说，这些作品就是一部部鲜活生动的革命历史教科书，在当时的传播和接受中，充分发挥文艺作品"教育人民的伟大效能"。②

(参与撰写的《湖北文学通史（当代卷）》内容，长江文艺出版社 2014 年版)

---

① 代表性批判文章有陈安湖《姚雪垠〈草堂春秋〉宣扬了什么?》（载《江汉论坛》1964 年第 12 期）、宋漱流（刘绶松）《在历史题材的掩盖下——评姚雪垠的〈草堂春秋〉》（《长江文艺》1965 年第 1 期）、（陈美兰《一部含有恶毒政治用意的作品——评武克仁〈柳宗元〉》（《江汉论坛》1965 年第 1 期）。1965 年，《李自成》第一卷被作为大毒草在大字报、漫画和各种会上受到批判，武汉地区造反派编辑铅印的小册子《毒草一百种》中，将《李自成》列为第 53 种。

② 茅盾：《人民文学·发刊词》1949 年第 1 期。

十七年的湖北生产建设题材小说

中华人民共和国成立后，党和政府在相当短的时间内实现了全国的解放，基本肃清了特务土匪在内地的存在，国民经济得到了初步恢复，社会无序的局面也得到了根本扭转。1953年，党适时提出了"一化三改"的过渡时期总路线①，制定并实施了发展国民经济的第一个五年计划。从此，我国进入大规模地对生产资料私有制实行社会主义改造和有计划地进行社会主义建设时期。十七年期间，社会主义建设虽曾有过决策上的失误，遭遇过困难和挫折，但全国上下都以极大的热情和无比的信心投入新中国的社会主义生产建设中来。各条战线，尤其是农业、工业战线上，涌现出了不计其数的社会主义新人新事。社会主义新中国显示出巨大的吸引力和无比的优越感，众多的作家，也为这种气象所鼓舞感动，唱出了一首首生产建设的颂歌。

一 农村生产生活题材小说

湖北居于中国地理版图的中部，东部、西部主要为山区，北部为

---

① 党在过渡时期的总路线完整表述为：从中华人民共和国成立，到社会主义改造基本完成，这是一个过渡时期。党在这个过渡时期的总路线和总任务，是要在一个相当长的时期内，逐步实现国家的社会主义工业化，并逐步实现国家对农业、对手工业和对资本主义工商业的社会主义改造。简而言之，是"一化三改""一体两翼"的总路线。

丘陵，中南部为平原，湖泊众多，被誉为"千湖之省""鱼米之乡"，
是一个农业大省。十七年时期，湖北农村先后经历了土地改革、农业
合作化、"大跃进"和"人民公社"等重大事件，农村的社会面貌和
农民的精神状态发生了巨大变化。一大批作家，有像田涛、吉学沛、
李德复这样的作家，曾以工作者的身份亲自参加过土改、切实到农村
体验过生活；也有像徐银斋、魏子良、严亚楚这样的农民作家，本来
就是一个土生土长的农民，长期生活在农村。他们都十分近距离地目
睹了湖北农村社会的巨大变化，相当真切感受到了农民翻身得解放、
当家又作主的情形，故而能够十分及时而敏锐地用文艺作品生动地表
现出来。

　　中华人民共和国成立之初，湖北农村的土地改革正轰轰烈烈地展
开。刚刚到武汉工作的老作家田涛①就主动要求下基层去锻炼，并到
浠水县参加那里的土地改革试点工作，回到武汉不久就创作完成了
《浠河上游》，发表在 1951 年第 4 期的《长江文艺》上。小说主要描
写了土改工作组来到东岳乡后，遇到地主阶级大肆收买农会干部、利
用会门组织造谣破坏，批斗公审大会效果不理想等不利局面和现实难
题，土改工作组依靠贫、雇农积极分子，发动广大群众的革命性，最
终打倒了恶霸地主涂仅轩、取缔胡九叔堂客的反动会道门，打开了土
改工作的全新局面。田涛的这篇小说，在今天看来，无论是人物的塑
造还是情节的推进，都显得十分的粗糙，还说不上是一部成型的小
说。但作为湖北地区最早反映农村土地改革的作品，有着不可抹杀的
开创性意义，是当代湖北文学史无法绕过的存在。②

　　十七年时期，湖北农村题材的小说创作，主要呈现出东、西两边

---

　　① 田涛（1915—2002），河北望都人。1935 年开始发表作品。1949 年受老朋友于黑
丁邀请来武汉，出任中南文联编辑出版部副部长，兼任《长江文艺》副主编。后在湖北从
事专业创作多年，主要作品反映湖北农村土改的《浠河上游》（1951 年）、反映武钢建设的
《工地主任》（短篇小说集，1959 年）、《金光灿烂》（中篇小说，1959 年）等。1964 年回
河北。

　　② 在 2009 年湖北省作家协会选编的《同行——湖北文学六十年（1949—2009）》（创
作卷）》中，主编於可训将《浠河上游》作为 1951 年唯一入选的篇目。

开花的局面。"西",指的是在鄂西北襄阳一带工作和生活的吉学沛、李德复等作家的创作;"东",指的是浠水农民作家徐银斋、魏子良以及黄梅农民作家严亚楚等的创作。东、西两边共同撑起了十七年湖北农村题材小说创作的天空。

(一) 吉学沛的《一面小白旗的风波》《两个队长》等

吉学沛①是从河南一个贫穷农村走出来的作家,对农村和土地一直有着一份特殊的情感,几乎所有的小说创作都围绕农村生活而展开。早期的小说《有了土地的人们》《高秀山回家》等,就径直表达了土改后农民有了土地的喜悦和对未来的美好憧憬,写出了 1949 年后农村所发生的翻天覆地的巨大变化,由衷地歌颂了共产党,歌颂了社会主义给农村带来的新面貌。1953 年,吉学沛从河南省文联调入湖北,成为一名专业作家,但他并没有脱离农村、脱离土地,而是一头扎进火热的农村,先后在河南的鲁山、湖北的襄阳等地挂职锻炼,深入生活,常年与农民劳动、生活在一起。在不长的时间内,吉学沛创作出了大量脍炙人口的农村题材小说,如《一面小白旗的风波》《两个队长》《三个书记》《四个读书人》等,这就是当年传颂一时的"一""二""三""四"。吉学沛的小说善于表现农村社会主义生产建设中涌现出来的新人新事,也敢于正视农村社会中过去遗留或新近出现的矛盾、问题等。他的每一篇小说一经发表,社会反响都很大,并很快成为 20 世纪五六十年代与赵树理、李准等齐名的农村题材小说家。

《一面小白旗的风波》发表于《长江文艺》1954 年第 3 期,是吉学沛 20 世纪 50 年代的代表作。小说反映的是农业合作化时期农村涌现出的新人新气象。小说一开始就给我们勾画出了一幅勃勃生机的农村劳动画面:"河两岸,不时传来一阵银铃似的欢笑声。是谁在那边

---

① 吉学沛 (1926—2016),河南偃师人。1949 年开始发表作品,1953 年调入中南作协从事专业创作。曾担任湖北省文联副主席、省作协副主席、《今古传奇》杂志主编等职。代表作是《一面小白旗的风波》《两个队长》等。

唱起'豫西梆子'来了，嗓子是那样清脆而且响亮；是谁又在这边故意捏着腔哼起了'南阳大调'，声音是这样柔顺而又缠绵。看吧！净是那些正在地里锄麦的年轻小伙子和姑娘们，东一群，西一群；南一片，北一片，黑鸦鸦的，看有多少人啊！"接着小说围绕一对小夫妻由生产的质量和劳动的纪律问题产生的矛盾与冲突而展开。女主人叶俊英作为公社副社长，在劳动生产和工作评比中，以高度的集体责任感、严格的纪律和标准来要求每一个人，甚至不顾私情批评了自己有点大男子作风、做事马虎冒进的丈夫李良玉，并给丈夫担任组长的生产小组插上了代表落后的白旗。这面小白旗就在这对小夫妻间掀起了一场风波，小说的故事情节和矛盾冲突由此得以推动。叶俊英晓之以理（集体的利益、制度的执行）、动之以情（妻子的柔情、爽朗、宽容和大度），说服教育并最终影响了丈夫李良玉，二人重归于好。小说最后在小夫妻"吃吃吃"的笑声中结束。小说情节简洁流畅，人物性格鲜明可爱，对话语言幽默生动，充满了生活的气息。小说成功地塑造了叶俊英这一女性形象，使之与李准笔下的李双双（《李双双小传》）、浩然笔下的彩霞（《彩霞》）等，共同构成并丰富了十七年时期农村题材小说中的"新女性"形象。

《两个队长》是吉学沛 20 世纪 60 年代的代表作。小说先是在《人民日报》发表，后又被《湖北日报》等多个报刊转载。反映的是农村干部该如何处理农村工作中的棘手问题。小说开门见山，将问题直接给我们摆了出来："魏三婶的羊子啃了队里的麦苗，被记工员刘快活逮住了。……"按照规定，羊的主人是要赔偿队里的损失的。但魏三婶却是有名的"疙瘩头"，喜欢吵架撒泼，绰号"人人怕"。副队长刘全有胆小怕事，怕惹麻烦，想息事宁人，睁一只眼闭一只眼。可刘快活却要求坚持原则，公事公办，"枪打出头鸟"，故事就在三个人之间喜剧性地展开。魏三婶的撒泼取闹、刘快活的机智调皮、刘全有的东躲西藏，刻画得栩栩如生。矛盾冲突的最终解决，得益于队长刘镇起的出现，他的为人处世与刘全有不大一样，既坚持原则，又方法得当，圆满地处理了这一棘手事件，体现出了一个农村干部应有的品质："咱们当干部的，就不能光当那一号'好人'。"

吉学沛是十七年时期湖北农村题材小说创作的旗帜性人物，被誉为"一个时代的农村记忆"①，其影响是巨大的。《一面小白旗的风波》曾被改编成电影，小说亦被译成英文和俄文介绍到国外，还被列为"文学初步读物"收入中学教材。1965 年，武汉话剧团还将小说改编为轻松戏剧《春雨》，搬上舞台，反响颇佳。《两个队长》在 20 世纪 60 年代也被改编成戏曲，在武汉、北京等地演出，引起了轰动。在河南、襄阳等地，曾将吉学沛的《两个队长》《三个书记》以"干部必读"文件的形式下放给广大干部学习。"刘快活"的形象在基层干部中更是深入人心，是襄阳等地家喻户晓的"知名人物"。②

（二）李德复的《典型报告》《鄂北纪事》《高高的山上》等

1956 年，大学毕业的李德复③志愿下基层，从武汉来到襄阳农校工作，后来又被调到襄阳地委工作。其间，他经常带学生下乡实习或到农村采访调查，深切感受到在农村合作化高潮中，"人民公社"和"大跃进"的给农村带来的惊天变化。"当工作告一段落，自己闭目一想，群众的一举一动，同志们的一言一笑，自然而然地在脑子里活起来，呼之欲出。"④ 于是拿起笔开始了文学创作。1958 年，李德复创作的小说《典型报告》在当年的《长江文艺》第 4 期"农业大跃进专号"上发表，很快就被《人民文学》等报刊甚至是苏联的《真理报》转载。上海海燕电影制片厂还将小说改编成了电影，1959 年在全国放映，受到了极大的关注。小说以一个乡村支部书记给大家作

---

① 刘富道：《吉学沛：一个时代的农村记忆》，《湖北日报》2012 年 6 月 5 日。
② 参见楚奇《生活是源泉、人民是母亲——记老作家吉学沛的创作生涯》，《武汉文史资料》2003 年第 5 期。
③ 李德复（1932—2012），湖南新邵人。1956 年，华中师范大学毕业到湖北襄阳农校工作，后任襄阳地委秘书，襄阳报社编辑，湖北作协专业作家，武汉市作协副主席，湖北通俗文学学会会长等职。1957 年开始发表作品，代表作为小说《典型报告》。先后出版《鄂北纪事》《高高的山上》等小说集。
④ 李德复：《鄂北纪事·后记》，湖北人民出版社 1963 年版。

报告的口吻，讲述了"大跃进"时期，山区干部、群众在党的号召下，开动脑筋，挖掘潜力，铆足干劲，开山、治水，改天换地，在不宜栽种水稻的地区大胆改造开发水田的惊天壮举。该乡从最初的"最多改五亩"，上升到两个月后的令人咂舌的"一万五千亩"，从最初"保守典型"一跃而成为全县"先进典型"的故事。小说的创作在今天看来，的确是受了当时"浮夸风"的影响，盲目地歌颂了"一天等于 20 年""人有多大胆、地有多达产"的"大跃进"思维。但作者却是真心地赞颂了山区人民不甘落后、敢想敢干的美好品质，尤其全社干部群众七天七夜在"月亮潭"找泉眼的情节，至今读来都令人感动："半夜四更时辰，当我们把一块最大的、根最深的岩石掀开时，'哗啦啦'地便冲出了一股泉水……清甜的泉水呵，那一阵子，简直把人喜煞了，有的人就像电影里照的那样，都抱着跳起来了。……哎！那股水多爱人哟，真是比自己的老婆还迷人……"

李德复在襄阳工作期间，创作了大量反映鄂北农村生活的作品，先后结集为《鄂北纪事》（短篇小说集，湖北人民出版社 1963 年版）、《高高的山上》（短篇小说集，人民文学出版社 1965 年版）。这两个集子中的短篇小说，有的重点写中华人民共和国成立后农村社会涌现出的新面貌。比如反映农田水利建设给山区农民生活、婚恋观念带来深刻变化的《一见钟情》；在大旱之年，一个"三保"大队不但不接受国家的救济减免政策，反而自发向国家捐献口粮，表达了灾区人民对党无限情意的《威力》。有的作品重点塑造了新涌现出来的社会主义新人，如目光远大、扎根农村、踏实肯干、敢于创新的技术员（《一个戴眼镜的技术员》）；潜心研究栽培技术、无私推广高产稻种，领导群众共同致富的生产队长（《红心一号》）；处处为农民着想、为将来着想，大公无私、忘我工作的老支书（《胸怀》）；坚持原则、厉行节约、善于精打细算的女会计（《"财政部长"》）；平凡务实、善于集中群众智慧，领导群众开展生产自救，节约度荒的妇联主任（《厉害角色》），等等。

李德复小说有一个很明显的特点是比较讲究写法，有的欲扬先抑

（《一见钟情》），有的故意设置伏笔（《一双明亮的眼睛》《厉害角色》），有的采用在对比中讲述（《高高的山上》），小说的故事性都很强。另外，李德复的小说，语言通俗俏皮，在叙述中巧妙地穿插了一些民间艺术形式，诸如《父亲》中祖孙俩的歌谣对唱，《"半边天"》中歇后语的运用等，增添了小说的生活气息。

（三）浠水农民作家的小说创作：《胡琴的风波》《春桃》等

十七年时期，湖北农村题材小说的创作除了吉学沛、李德复的影响较大外，在全国叫得响的还有"浠水农民四作家"。[①] 作为土生土长的本色农民作家，他们的文化水平都不高。1958年徐银斋创作的小说《胡琴的风波》，1959年魏子良创作的小说《春桃》，先后在专业文学刊物《长江文艺》上发表，开始引起人们的注意。在1962年湖北省第三次文代会上，主席骆文曾将这两部作品作为工农作者的优秀作品予以介绍。

徐银斋的代表作《胡琴的风波》以一首农民特色的小诗开头："春光社，不简单，打消自卑感，/闯出神秘关，排除万难办剧团。/不怕没有胡琴手，自作胡琴自己钻，/培养琴师十一个，谁说农民操琴有困难？"以此诗为引子，小说讲述了合作化时期，春光社的文艺骨干为丰富广大社员的文化生活，自发成立业余剧团的故事。但由"胡琴手"所引发的一场风波，导致剧团的演出一波三折，甚至面临垮台。最终大家克服困难，自己动手创造条件，为群众带来了丰富多彩的文艺大餐，受到广大群众的热烈欢迎。小说通过这场风波，表现了在农村社会生活中所出现的个人私利与集体公益事业的矛盾和冲突，以及先进思想（以凤莲、张艺兵等为代表）如何战胜、教育落

---

① 包括魏子良（1902—1988）、张庆和（1929—2017）、徐银斋（1928—2000）、王英（1927—2013）四位农民作家。其中魏子良擅长曲艺、小剧本的创作，小说《春桃》是其代表作；张庆和的诗歌、小歌剧、小戏曲比较有特色；徐银斋的绝大部分作品是小说，代表作为《胡琴的风波》；王英长于诗歌创作，是一位典型的诗人。他们一直没有脱离劳动、脱离故土，始终保持农民的本色。20世纪90年代初，浠水县委宣传部和浠水县文化局编选过一本《泥土的芳香——浠水县四位农民作家作品选》，专门介绍这四位农民作家。

后自私意识（以凤莲的父亲"五爪猪"为代表）的全过程。这篇小说在《长江文艺》刊出后，被《人民文学》1958 年第 11 期转载，《人民中国》将其译成七国文字对外发行，小说从湖北农村走向了世界。1965 年，徐银斋代表湖北农民作家，出席了全国青年业余作者积极分子代表大会，受到刘少奇、周恩来等中央领导的亲切接见。

魏子良出身鼓书艺人，中华人民共和国成立后从口头创作开始走上业余创作的道路。他的代表作是 1959 年创作发表的小说《春桃》。首先要说明的是"春桃"不是一个"人"，而是一头"猪"，一头大肥猪。小说以"说书"和"讲故事"的形式，向读者讲述了在"大跃进"时期，"我"针对"臭虫"游击安对"大跃进"的质疑和泼冷水，决定与之对打赌，并用实际行动，精心培育，终于养出了千斤重的大肥猪"春桃"，有力地回击、制止和揭发了"臭虫"的诋毁言论和破坏行为，顺利地放了一颗"超级"生产卫星上天。小说最后一回"展览"，写出了"我"带领春桃去参见公社农业展览的喜悦心情和热闹场面，是典型"诗情画意"的"喜洋洋"结局。魏子良将自己鼓书艺人和民间诗人的特长发挥出来，主人公"我"一连写下了三首诗，其中一首是这样的："春桃前来到鱼塘，/男女老少筑成墙，/老人要看新鲜事，/小伢要看猪大王。/人说春桃长得美，/果然模样惹人瞧，/远看狮子滚绣球，/近看蛟龙把尾摇，/展览回家再来看，/春桃还比黄牛高。"充分反映了"大跃进"时期，人民敢想、敢干、敢写的革命浪漫主义和革命理想主义情怀。

总的来说，十七年时期的湖北农村题材小说，比较及时而真实地反映了中华人民共和国成立后湖北农村社会的巨大变化，塑造了一批以"叶俊英""刘快活"为典型的农村新人形象，是十七年农村小说的重要组成部分。但小说的时代印记十分明显，小说故事情节的展开、人物生活环境的铺叙无不在"土地改革""合作化""大跃进""人民公社"等重大历史背景中展开，受时代政治和具体政策的影响很大，缺乏必要的过滤和沉淀，在指导思想和写法上不免受时代与政治的左右。尤其是"大跃进"时期，有些小说作品"左"的倾向较为严重，充斥的是不切实际的浮夸作风，这一点在当时比较有影响的小说《典型报告》《春桃》中都体现得十分明显。我们今天对此必须客观地予以认识。

二　工业建设题材小说

湖北既是传统的农业大省，同时也是新兴的工业大省。1953 年，国家提出了"逐步实现社会主义的工业现代化"的目标，一大批大型、特大型工业建设项目开始被列入国民经济的发展规划之中。"一五""二五"期间，以及后来的"三线建设"时期，一批世界瞩目的大型工程先后落户湖北：1955 年 9 月 1 日，武汉长江大桥开工建设，1957 年 10 月 15 日建成通车；1955 年，武汉钢铁公司开工兴建，1958 年 9 月 13 日，一号高炉建成投产；1958 年 9 月 1 日，丹江口水利枢纽工程开工；1964 年，丹江口工程复工，一批大型军工企业在湖北开工建设；1968 年，丹江口水库第一台 15 万千瓦机组投产发电，等等。来自全国各地、数以几十万人计的工业建设大军汇聚武汉、辐射湖北，全身心地投入到湖北的桥梁、钢铁、水利建设中来，跟环境作战，与时间赛跑，竖起了一座又一座工业建设建设的丰碑。20 世纪 50 年代，作家辛雷的桥梁建设小说、田涛的武钢建设小说；60 年代，李建纲的武钢工人生活题材小说等，都是十七年时期湖北工业建设题材小说的代表性成果。

（一）辛雷的长江桥梁建设小说

20 世纪 50 年代中期，辛雷①辞去了在中国铁路工会的职务，要求专门从事文艺创作。长江大桥开工建设后，他挂职来到武汉，深入

---

① 辛雷（1915—1987），原名徐辛雷，广东增城人。中华人民共和国成立后曾任全国铁路总工会宣传部副部长、武汉长江大桥工程局工会副主席，大桥局桥梁学院书记、院长，湖北省文艺创作室书记。1955 年开始发表作品。是著名的桥梁小说作家，著有长篇小说《万古长青》，短篇小说集《工地主任》《长江上的战斗》，中篇小说《水上漂》，等等。

全面开建的长江大桥一线建设工地，与工人、技术员等桥梁建设者日夜生活在一起，及时用文字的形式采访、记录、报道新中国第一代桥梁建设者的伟大业绩，并陆续发表了一批反映桥梁工地生活的特写和短篇小说，先后出版了《长江上的战斗》（短篇小说集，1956 年）、《万古长青》（长篇小说，1959 年）。迄今为止，辛雷完全可以说是文学书写武汉长江大桥建设的"第一人"。

短篇小说集《长江上的战斗》①，通过几个生动具体的个案和事例，如沉着、顽强、果断、经验丰富老船夫张师傅（《长江上的战斗》）；爱学习、爱思考、要进步、有梦想、责任感强的桥梁地质员田晓林（《"小地质家"》）；聪明好学，勤奋钻研，最后独立解决技术难题的女钻探工高云英（《女钻探工》）；敢于认识错误，走出经验主义迷雾的老劳模周福山（《长江上的钻探》）；在实际工作中锻炼和成长起来的青年学生杨雪珍（《实习生》）等，从各个方面描写了长江大桥建设者的生活面貌和精神面貌，高度赞扬了新中国第一代桥梁建设者们的劳动热情和工作干劲，全面展示出了社会主义建设的蓬勃景象和伟大气魄。"她觉得这个工地，好像一个船只稠密、五光十色的大海港；又像是望不尽头的、繁华喧嚣的夜城市。……她自言自语地说：'好大的气魄！这是咱们祖国社会主义建设的气魄呵！'"《实习生》中主人公杨雪珍的这句感叹，简直是一语中的。

长篇小说《万古长青》②的写作几乎与武汉长江大桥的建设同步，是第一部也是迄今为止篇幅最长的一部描写武汉长江大桥建设的作品。小说以长江大桥第二桥梁基础中队的活动为中心，真实生动地描写了武汉长江大桥壮阔宏伟的建设图景，为读者呈现出了为祖国浩瀚长江架起第一道彩虹、使天堑变通途的英雄们的伟大业绩。小说细致刻画了一系列鲜明生动的先进人物形象，如忘我劳动的队长朱玉峰、刻苦钻研的青年工长陈光华、女吊船司机潘云英、有着军人优良

---

① 辛雷：《长江上的战斗》，中国青年出版社 1956 年版。

② 辛雷：《万古长青》，1957 年 7 月写于汉阳，1958 年 12 月重新修改，1959 年 4 月由湖北人民出版社出版。

传统的转业军人马文贵、深入群众善于解决苦难问题的李政委和夏支书等，显示了新中国桥梁队伍在党的教育和培养下空前的发展壮大，有力地歌颂和赞扬了他们高贵的共产主义理想与为社会主义建设事业忘我劳动的精神。作品描写的中心人物是朱玉峰，一个有着三十多年建桥经验的老工人，人称"朱老头"。为了加速长江大桥的建设，他牺牲了自己的假期，甚至连三十年来时常思念的双目失明的母亲也无暇探望，一直以高度的责任感，全身心地投入工作，不知疲倦、夜以继日地忙碌在桥梁工地上，是一个周身散发着共产主义光芒的英雄形象。但这一人物，并非所谓的"高、大、全"，其思想和性格有一个发展与展开的过程。作者将之放在先进和保守、大集体和小本位等一连串矛盾与冲突中去刻画，通过小说情节的发展和推进来展示他灵魂深处可敬可爱的品质。另外，小说还通过对知识分子出身的工程师郑卓、带有旧社会"监工"习气的领工员金胡子等思想转变和重获新生的描写，体现了作者"长江大桥建设的过程也是磨砺人的品质、改造人的思想的过程"的创作意图。小说的结构和布局，严谨而巧妙。一开头，就通过大雷雨之夜，陈光华老岳父黄老伯给孩子们讲龟山、蛇山的传奇故事，自然而然地引出长江桥梁工地的建设图景。紧接着书写建设者们与狂风暴雨搏斗，与洪水赛跑，向大自然宣战，向自我宣战的情景。一个接一个的战斗场面，将小说推向了高潮。最后又以黄老伯来桥梁工地探亲，目睹并感叹长江大桥宏伟壮观的场景而收束全篇。

（二）田涛、李建纲的武钢建设题材小说

田涛是一位老作家，十分注重到基层体验生活。1951 年，他就以浠水农村土改为题创作了《浠河上游》等作品。1953 年，从慰问抗美援朝前线归来，就一头扎进武汉棉纺厂，并以 1954 年的棉纺厂防洪、生产两不误还超额完成任务的事例为素材创作了中篇小说《友谊》。1958 年，田涛又到火热建设中的武钢一号高炉工地深入生活，深切感受到武钢瞬息万变的建设情景和建设者们与天地作战、与时间

赛跑的动人事迹，先后创作出了《工地主任》《金光灿烂》等以武钢建设为题材的小说作品。

武钢是"大跃进"开局之年竣工投产的重大工程，不仅有着重大的经济意义，还有着重大的政治意义。用田涛小说中的话来说，就是"这是多么有历史意义的事呵！世界上第一流的高炉在中国流出铁水来了！""铁水流出来，可就把帝国主义吓死了"（《金光灿烂》）。"让英国对一号高炉十月一日出铁所打的问号，改变成为惊叹号"（《大钟》）。围绕上级下达的"一号高炉早日建成，确保十月一日出铁"的政治目标，当时的武钢建设者们掀起了一场场热火朝天的生产竞赛，各个平凡的工作岗位上都涌现出了一大批业务精干的生产能手和可歌可泣的先进人物。在当时，武钢建设工地流行这样一首歌谣："抓晴天、抢阴天，／芝麻细雨当好天，／灯光地下当白天，／苦战十五年，／赶在英国前。"生动反映了建设者们"与天斗、与地斗、与人斗"的革命豪情。

田涛的短篇小说集《工地主任》① 集中描写了一批平凡而伟大的武钢建设者形象，如身先士卒、忘我工作的工地主任王治（《工地主任》），勤奋好学、刻苦钻研的女电焊工吴润梅（《一个女电焊工》），视高炉为生命的混凝土工姜其斗（《老工人姜其斗》），一丝不苟的配管师傅滕敦炎（《一根钢丝绳》），认真负责的筑炉工许玉海（《一块砖》）等。他们以社会主义建设事业主人翁的姿态，以冲天的干劲和豪迈的情怀投入一号高炉的建设当中，为确保"十一"出铁积极创造条件。"姜其斗望着美丽的工地，高兴地对着同志们说：'为了共产党、毛主席，为了我们的高炉国庆节出铁，我们还得加一把劲啦！'同志们又都上了跳板，他拿起振动器，重新钻进那美丽如画的钢筋层中，振动器又发出嗡嗡的声响，和工地上二百多个振动器发出的声音，合奏出一片动听的交响乐。武钢高炉的建筑，便在他们的忘我劳

---

① 参见田涛《工地主任》（短篇小说集），湖北人民出版社 1959 年版。包括《工地主任》《一个女电焊工》《电焊火花》《父子俩》《老工人姜其斗》《一根钢丝绳》《一块砖》《大钟》8 个短篇小说。

动中，一天天地成长起来了。"《老工人姜其斗》的这个结尾，就十分明显地体现出了田涛小说创作的中心寓意。中篇小说《金光灿烂》①，则主要选取了武钢建设者中的一个典型个案，以一个冲破传统家庭束缚而主动参加到建设队伍行列里来的女电焊工吴仁华的成长历程为线索，对建设武钢一号高炉的"张广德小组"作了集中而热情的歌颂。小说塑造了以张广德为中心，包括徐志国、吴仁华等在内的一批富有高度共产主义觉悟、以主人翁姿态对待社会主义建设的工人劳动者形象，记述了他们为确保一号高炉提前出铁所做出的动人事迹。

20 世纪 60 年代初，武钢一期工程建设完成，各大厂矿也先后建成投产，武钢正式进入全面生产建设阶段。一批反映武钢工人生产、生活的作家作品也开始出现，其中较有代表性的是武钢业余作家李建纲②的小说创作。

1954 年，铁矿工人出身的李建纲南下来到湖北，参加大冶钢厂的扩建，并在业余时间里开始了文学创作。1955 年，小说《王兰》入选《工人文艺创选集》，并获湖北省文学奖。1955 年，李建纲来到武钢，并组建了工地文学小组。1960 年，出版小说集《去工地的路上》。这一时期的小说，大多是"以真人真事为基础的小故事"，有公而忘私、严格要求的老师傅（《老铁师傅》），知错能改、能文能武的小徒弟（《收徒记》），年轻漂亮、泼辣进取的女职工（《王兰》），外冷内热、实事求是的工长（《螺丝钉》），等等。从生活的一个侧面或生活的一朵浪花，来表现平凡普通武钢人的精神面貌。李建纲笔下的武钢不大同于田涛笔下热火朝天建设中的武钢，他注重表现的是生活化的武钢，描写生活劳动中的武钢人。

<hr>

① 参见田涛《金光灿烂》（中篇小说），湖北人民出版社 1959 年版。
② 李建纲（1934— ），河北盐山人。1950 年开始发表作品。1964 年后历任武钢铁业余文联副主席、《武钢文艺》主编，湖北作协常务副主席、省作协文学院院长等职。著有小说集《去工地的路上》《包铁柱的爱情》《走运的左龟年》，长篇纪事文学《民众乐园》和散文集《斯德哥尔摩之旅》，等等。

　　1963 年发表的《包铁柱的爱情》（系列）是李建纲十七年时期小说的代表作。小说写的是武钢青年工人包铁柱的工作和爱情。包铁柱不但身体结实得像根柱子，脾气也和铁柱一样，又直又硬。作者用他两次成为泡影的戏剧性恋爱故事，就轻轻地把这种性格凸显了出来。因而，当他爱上事事跑在前面的潘云后，就处处小心谨慎，不敢乱说一句话，对潘云特别的好。可身为检验工的他，一次却突然发现潘云安装的一台马达竟然短路了！是坚持原则，还是让步？是爱情至上，还是工作第一？在一番激烈的思想斗争后，他坚决去找潘云，觉得正因为爱她，就应该比对一般人更严格。可潘云也是一个棱角分明的厉害角色，是一个能干、自信、泼辣、骄傲的女孩。一向自信满满的潘云哪受得了如此"羞辱"，羞愧难当、气急败坏的她，最后是甩手弃他而去。两相碰撞，迸射出矛盾的激情火花。包铁柱还是坚持返工，绝不含糊。最后他们互帮互助，在工作和劳动中，重建了更深的爱情。作者将包铁柱放到激烈的矛盾冲突中去写，将爱情、工作和时代紧紧结合在一起。人物的思想、感情和性格自然而然就与广阔的时代环境建立起了有机的联系。

　　除上述作家作品之外，十七年时期湖北的工业题材小说比较有影响的还有左介赆的《红花朵朵开》（发表于《人民文学》1952 年第 2 期，描写坪塘炼厂工人当家作主、改进技术、增产节约的先进事迹）、李德复的《万紫千红才是春》（描写纺织厂女工在技术比武中，"一朵鲜花不是春，万紫千红才是春"，先进带后进，互帮互助，共同进步的故事）等。

　　　　　　（参与撰写的《湖北文学通史（当代卷）》内容，长江文艺出
　　　　　　版社 2014 年版）

超越的能度与现实的限度

——跨世纪湖北文学的转型及其分析

新时期以来，湖北文学给人的感觉总是现实、保守、凡俗、琐碎，缺乏引领全国文坛风气的朝气、锐气、大气与霸气。这种状况到了 20 世纪八九十年代之交，似乎有所改观，方方、池莉所代表的"新写实"、刘醒龙所代表的"现实主义冲击波"、邓一光的理想主义"硬汉"形象等先后进入文学批评和文学史的视野，而领全国文学之风骚。当我们为"文学鄂军"的成功突围而欢呼、为湖北文学的崛起而鼓舞的时候，我们必须看到，90 年代湖北文学所谓的"繁荣"是在中国社会文化语境发生重大转型的背景下出现的，是在中国文学放逐生命激情和隐匿价值理性的背景下发展起来的。与其他文学省市相比，湖北文学缺少一点反叛的精神与探索的勇气，执着于平淡而庸常的现实，很少仰望艺术的天空、展开想象的翅膀去自由飞翔。与同年龄段的著名作家相比，湖北作家大多擅长于凸显现实的生活体验，细致而琐碎，感性而诗意，多少有点小家子气，显得气象、深度和力度都不够。这些潜在的问题、症候预示着湖北文学某种新的危机。很多湖北作家津津乐道于自己现有的创作模式，不怎么去寻求突破和超越，更不用说去挖掘新写作资源了。他们似乎已经习惯了都市的"蜗居"或"滑行"，而倦怠于飞翔了。

20 世纪 90 年代，湖北文学在经历了短暂的"热闹"或者说是

"繁荣"后，就很快陷入了深刻的危机："凡俗"的市民趣味、"迷失"的价值理性、"绝望"的精神状态、"浮躁"的艺术姿态。这种"繁华"背后的危机已多次为理论界批评指出，并受到了文化主管部门、湖北作家的注意和重视，在其政策引导与创作实践中均得到了切实体现。新的世纪，湖北从"文化大省"到"文化强省"政策的提出，湖北作家也悄然寻求着蜕变、实施着超越，湖北文学发展的新局面似乎已经到来。2004 年以来，湖北作家熊召政、陈应松、叶梅等先后获得茅盾文学奖、鲁迅文学奖、人民文学奖、少数民族文学骏马奖等多个分量极重的全国性文学大奖，也许就是最好的说明。

今天，当我们面对湖北文学骄人的新局面，有必要对跨世纪湖北文学作全面而理性的回顾性考察。通过考察，我们不难发现新世纪、新千年的到来对于湖北作家、湖北文学的意义。2000 年，武汉作家陈应松，远离现代化大都市武汉，深入原始苍莽的神农架，其后才一发而不可收，有了"神农架"系列中篇小说。而同一年，一向以中篇小说著称的方方，完成了洋洋 42 万言的长篇小说《乌泥湖年谱》，深入共和国特殊年代（1957—1966）的历史维度中，去探寻父辈知识分子的命运，冷峻而厚重。表面上看来，作为湖北文学的个案，两者似乎只是时间上的某种巧合，并不能预示或者说明什么。但如果我们对跨世纪湖北文学作认真的整体性梳理和学理性分析后，我们就会发现：这两个个案在湖北作家中却有着一定代表性，是跨世纪湖北文学转型的某种象征。它们关涉到湖北作家如何在新的社会文化语境下挖掘文学的创作资源，如何突破现有的文体范式、实现自我的超越等重大问题，对于我们分析、解读跨世纪湖北文学具有重要的理论意义和学术价值。

一 创作资源的开掘：走出去或者是返回来

谈到湖北文学创作的地域文化资源问题，一般都会与发源于湖北的古代荆楚文化发生关联。但一个不争的事实是，地理位置上作为九省通衢的湖北，在近两千多年的历史文化变迁中，本土"禀性强梁"（东汉李巡的《〈尔雅〉注》中说："汉南曰荆州，其气惨刚，禀性强梁。"）、焦灼浪漫、奇伟诡异的荆楚文化个性在古代强势中原文化、近现代优势外来文化的交流融会中，已逐步变异、化合，即便是零星存在，也大多处于潜隐的状态，散落于偏远的山地、乡村。

20 世纪湖北文学在其现代性追求中，逐步形成了以武汉为中心，以长江为纽带，贯穿鄂东、鄂西两大地域的文学发展模式。从地域上讲，武汉有 800 万人口，是湖北的政治、经济、文化中心，聚集着湖北 80% 以上的现代文化资源，在湖北文学的现代化进程中，起着绝对的支配和引领作用。鄂东，在近代是开放的东南沿海文化与保守的西北内陆文化的"交锋"之地，传统与现代的碰撞孕育了一大批优秀的现代鄂东作家，闻一多、废名、胡风是其佼佼者。而鄂西，由于其特殊的地理文化特质，古代的巴文化，少数民族苗家、土家的文化风俗在这里均得到了较好的保存，是湖北文学发展亟待开发的一个文化资源宝库。在湖北文学的现代化建构中，由于武汉的独特政治、经济、文化优势，许多湖北地方作家纷纷向武汉聚集，形成了目前湖北文学"一头（武汉）独大""两翼（鄂东、鄂西）过小"的局面。

2000 年，人到中年的陈应松打点简单的行装独自登上了驶往神农架的火车。这样的场景看来似乎有点悲凉，但对于陈应松、对于神农架、对于整个湖北文学来说，却是一个标志性事件。从事文学创作近 30 年，陈应松在武汉也算小有名气的作家，但他感觉自己总像个游子，在都市找不到自己的根基。"有一阵子，我因为老不能出名，沉不住气了，看别人写武汉这个地名那个地名的小说'起了篓子'。于是也动了这个心，写出了《承受》《吹箫人语》等小说，乜弄了一堆武汉地名塞进去。结果呢，捞起'篓子'一看，空的。……并不是说，武汉的写作资源到我这儿就完了，问题出在我自己，可能武汉不适合我，无法唤醒我的才华和激情，这是一种宿命。"① 湖北有着

---

① 陈应松：《狂犬事件·跋》，武汉出版社 2006 年版。

巨大的文化资源宝库，特别是鄂西、鄂东的山地和乡村，丰饶的自然资源、醇厚的人文地气、独特的习俗文化，都值得我们的作家去挖掘。重新发掘的新创作资源，也许是湖北作家走出创作危机的必由之路。"我感到自己的写作资源有枯竭的危险，必须走下去，让整个身心沉入生活。"①。走出去的陈应松在神农架的深山老林里找到了"浩然正气"，找到了灵魂的归宿。"我小说中的神农架，是一座真能收藏人心的、神秘叵测的、深不见底而又熠熠闪光的山冈。是能存放眼泪，质感强烈，人物奔忙的山冈。是怀着逃叛的渴望为生命探险的山冈。"② 在接下来的几年里，一发而不可收，先后写出《豹子最后的舞蹈》《松鸦为什么鸣叫》《狂犬事件》《马斯岭血案》《太平狗》等十几个中篇。他的"神农架系列"给中国文坛带来一缕缕山野气息和一次次心灵战栗，也为湖北文学赢得了大量的荣誉。为此，陈应松感言道："是神农架这座大山给了我创作激情，我一下子找到了路，有种如鱼得水的感觉。是神农架拯救了我，我感谢神农架。"③

无独有偶，2002 年，以制造艺术迷宫和解读人性密码为主的武汉先锋作家刘继明，来到轰轰烈烈的三峡工程指挥部锻炼，和三峡工程的建设者们一起吃住在坝区，火热的三峡生活，以及对个人、时代、对艺术和社会的思考，导致刘继明的文学观念和创作发生了重大转折。"我确实意识到了当代作家对现实生活的漠视是导致当代文学对大众读者缺乏亲和力的最重要的因素，但如何改变这种现状我却不是很清晰，甚至可以说是有些茫然。通过三峡工程，我也为自己尝试建立更为明晰和稳定的写作理念，找到了一种明晰和开阔的认知框架。"④ 两年后，一部 50 余万字的长篇报告文学《梦之坝》诞生了，

---

① 周洁：《一吼落繁星——与人民文学奖得主陈应松的对话》，《楚天都市报》2004年 11 月 14 日。

② 陈应松：《写作札记·热爱山冈》，见湖北新闻网（http：//www. hb. chinanews. com. cn/zhuanti/chenyinsong/cys2. htm）。

③ 陈应松：《关注乡村的疼痛——李运抟陈应松对话录》，《湖北日报》2007 年 2 月 9日。

④ 胡殷红：《刘继明倾情触摸三峡》，《文学报》2003 年 7 月 17 日。

这不仅是刘继明个人文学创作的阶段性突破，也是当代报告文学的一个重大创新。

　　与陈应松、刘继明从武汉走出去，到更广大的空间去寻找、开凿新的创作源泉不同的是，有些湖北作家是返回来，回到过去自己曾经生活过的地方——那片神奇的土地——作更深的艺术发掘。叶梅、李传锋的小说一次次梦绕清江，返回鄂西土家山寨，对自然、文化、人性作深入的思考，而更具代表性的是刘醒龙。因《凤凰琴》而闻名的刘醒龙，本侧重于乡土一脉，歌咏的是单纯而素朴的乡村道德伦理。然而，当作家进入庞杂而纷繁的现代都市场域（《城市眼影》），进入错综而复杂的社会转型语境中（《弥天》《分享艰难》《痛失》）去的时候，我们发现刘醒龙小说的笔调有点杂乱：在现代的都市语境和复杂的社会权力场中，物质、欲望、权力被无限地放大与凸显，情爱价值在肉体的欢悦与沉沦中发生偏移，人性在权力话语中被扭曲进而走向迷失。刘醒龙在"分享艰难"的同时认同了社会现实，放弃了价值理性，这引起了评论家对刘醒龙的批评。当他意识到自己离乡土太久太久、太远太远的时候，内心里就有了某种隐隐的不安："不知不觉中，对过去的痕迹产生莫大兴趣已有一段时间了。在我心情郁闷时，这痕迹就像乡土中飘来的炊烟，时而蛰伏在屋后黝黑的山坳里，时而恍恍惚惚地飘向落寞的夜空。"① 怀想过去，遥望乡土也许就不仅仅是一种情感的抚慰了，"这时候的乡村和以乡村为母体的写作就显得尤为重要。她会反过来对人在现代化名义下的行为偏差进行校验"。② 通过对写作偏差的校验和创作危机的反思后，刘醒龙六年磨一剑，所精心铸造的《圣天门口》，又返回到他魂牵梦绕的鄂东，那个大别山麓的小镇——天门口。"作为写作中的乡土，没有什么能比它载起更多的明丽与阴暗、痛苦与欢乐、也没有什么比它更能表现历史与当下。乡土对于文学的贡献是城市永远也无法与之相比的……

---

　　① 刘醒龙：《过去是一种深刻》，见《弥天》，上海文艺出版社 2002 年版。

　　② 刘醒龙：《永远的乡村，永远的文学》，见中国作家网（http：//www.chinawriter.com.cn/zp/mtxy/115_ 112751.htm）。

乡土永远是人类最后的精神家园。"①

不管是走出去还是返回来，湖北作家在面对自己的创作危机时，都不约而同地意识到写作资源的重要性。特别是在湖北这样一个以现实主义为传统的文学省份，我们要彰显自己的特色，就更得"沉入生活"，"走向大地"。这就需要作家去不断挖掘写作的资源，关注现实人生，到生活的海洋中去寻找艺术的宝藏。"九头鸟"，本应"耳听八方、眼观六路""广翼丈许"的，而现实中，湖北文学呈现的却是"一头独大""两翼过小"的局面。在新的文学语境下，如何对待、发掘文学的创作资源，如何做到"九头"，如何壮大"两翼"，就成为湖北文学能否"一路春光"、长期"笑傲江湖"的关键了。

二 文体范式的突破：从中篇到长篇

20 世纪 90 年代，中国文坛呈现出长篇小说"繁荣"的局面，出现了大量优秀的长篇作家和厚重的长篇小说作品，路遥的《平凡的世界》、陈忠实的《白鹿原》、王安忆的《长恨歌》、阿来的《尘埃落定》、贾平凹的《废都》、莫言的《丰乳肥臀》、韩少功的《马桥词典》等。女性主义作家、转型后的先锋作家的长篇小说也颇有成绩。各大出版社也相继推出了一系列的长篇小说丛书。而这一切似乎都与湖北文学无关。

长期以来，湖北文学进入文学史或者批评家视野的几乎都是中篇小说。从 1987 年方方的《风景》、池莉的《烦恼人生》开始，到后来方方的《桃花灿烂》《埋伏》《祖父在父亲心中》《在我的开始是我的结束》，池莉的《太阳出世》《不谈爱情》《来来往往》《生活秀》，刘醒龙的《凤凰琴》《大树还小》《分享艰难》，邓一光的《父亲是个兵》《狼行成双》《我是太阳》，刘继明的《中国迷宫》《前往

---

① 刘醒龙：《永远的乡村，永远的文学》，见中国作家网（http：//www. china writer. com. cn/zp/mtxy/115_ 112751. htm）。

黄村》《一诺千金》，以至到最近陈应松的《松鸦为什么鸣叫》《马斯岭血案》《太平狗》，叶梅的《九月飞蛾》（中篇小说集）等，几乎都是中篇小说，以致"中篇"成为湖北作家的代名词。

的确，湖北作家大多是以中篇小说创作成名的，他们也擅长于中篇小说创作。湖北作家也想找回过去姚雪垠《李自成》为湖北长篇小说带来的辉煌，也曾有过长篇小说创作的尝试，但他们笔下的长篇大多是由中篇拉长而来的小长篇，而在规模上称得上长篇的则大多艺术上不够圆熟，没有能够形成大的影响。而返回到中篇小说创作上来，他们就如鱼得水，挥洒自如得多了。这种强烈的现实对比和难以突破的文体现状，外困内忧的局面引发了湖北文坛对于长篇小说创作的反思。湖北文学要想在全国产生更大的影响，还必须在长篇创作上有所突破。从湖北省作协的积极引导，到武汉出版社的"金黄鹤文丛"、长江文艺出版社"九头鸟长篇小说文库"的策划、推出，再到湖北作家有意识地向长篇创作转向，都表达了湖北文坛这种现实的焦虑与渴望文体突破的热切呼声。

在这种语境与氛围下，原来以中篇为主的方方、池莉、刘醒龙、邓一光、刘继明、李修文等写起了长篇小说，原来搞诗歌的熊召政、陈应松、张执浩、阿毛也写起了小说，甚至是长篇小说。湖北的长篇创作在跨世纪正在酝酿着一次整体性突破。其中邓一光的《我是太阳》，刘醒龙的《痛失·分享艰难》，池莉的《来来往往》《生活秀》，方方的《乌泥湖年谱》，李修文的《滴泪痣》等都有过一定的影响。而近年来最能显示湖北长篇小说创作实绩的无疑是熊召政的长篇历史小说《张居正》和刘醒龙的《圣天门口》，前者获得第六届"茅盾文学奖"（2005年），后者也入围第七届"茅盾文学奖"（2008年），在文艺界都获得了较高的评价。就个体而言，熊召政的《张居正》138万字的鸿篇巨制，展现了波澜壮阔、纷繁复杂的历史改革和人物命运的起起落落，试图在历史的重新建构中寻找文化的大气象。刘醒龙，从权力场人性的迷失中走了出来，回归乡土，遁入历史，其《圣天门口》，以百万长言，酣畅淋漓地描绘出了天门口镇近百年的风云跌宕，其中家族与革命，宗教与性爱盘根错节地纠结在一起，折射出现代中国沧海桑田的艰难巨变。方方，在绝望中走向涅槃，"在我的开始是我的结束"，开始重新正视自己的父辈知识分子，《乌泥湖年谱》展示了共和国特殊年代（1957—1966）中国知识分子的精神退化、异化历程，对当代历史、对知识分子的命运进行了深刻的反思。总体上看来，世纪之交，湖北长篇创作数量上来了，水平也有较大提升，各类的大奖也拿了不少。我们似乎可以大胆地说，湖北文学长篇小说创作的"瓶颈"已经被突破。

但长篇小说是一种极具"难度"的文体，讲究时间上的"跨度"与空间上的"广度"，以及对历史与现实开掘的"深度"与表现的"力度"，需要作家很好地把握好情节、态度、叙述、语言上的"速度"，是对作家才华、能力、经验、思想、精神、技术、身体、耐力等的综合考验。① 到目前为止，似乎任何一个湖北作家都难以达到这样的高度。就拿方方来说，她在创作《乌泥湖年谱》时，其实已经意识到自己作为一个中篇小说作家在创作长篇小说时的限度与难度。"'年谱'是一个难做的小说题目，它第一需要面对历史的勇气和诚实，第二需要把握大局和细节的技巧"。② 在这里，方方其实就谈到自己作为一个中篇小说作家在长篇小说创作中碰到的"真实"与"虚构"、"大局"与"细节"相矛盾的问题。为此，她扬长避短，有意识地借用了历史的叙事框架来展开自己的虚构性叙事，用虚构的却又是非小说化的日常生活来填充了1957—1966年这一段真实的历史时空。这种典型的现实主义策略不仅大大迥异于她之前的"新写实"笔调，而且也是对小说结构形式的一次开掘。但方方技术性层面的调整并不足以解决方方由中篇创作转而为长篇创作中所出现的问题，不可避免地会出现技术和经验失衡、结构与语言不协、文学想象与历史真实错位的缺憾。

---

① 参见吴义勤《难度·长度·速度·限度》，《当代作家评论》2002年第4期。
② 方方：《说出那些沉痛的往事》，《文学自由谈》2001年第6期。

另外，作家的心态也很重要。在当下，受到社会文化风气和市场导向的影响，很多作家都心浮气躁，不能沉下心来从事长篇小说创作，没有了路遥、陈忠实那份对文学的虔诚和严谨，更没有姚雪垠那样的实地勘查与反复论证。"中国作家有这样一种心理，似乎是不写长篇小说就显得气象不够，不写历史题材就显得分量不足，刘醒龙也不能免俗。"正是这种心理下，《圣天门口》的创作就或多或少地存在："作家的主观意念过于强大，所想表达的哲理和思想过于急迫而外露，这就导致了小说的人物形象过于脸谱化，在情节设置方面过于单纯而缺乏必要的跌宕起伏，有些情节缺乏足够的逻辑支撑，显得过于随意，甚至有点儿不可理喻。雪家代表宗教神性，杭家代表世俗人性，这种二元对立式的家族小说模式缺乏新意，故事的叙述过于琐屑，缺乏必要的连贯性和完整性。而且我有一个最直观的感觉就是这样的一种家长里短式的琐碎叙事何以能够支撑起一百多万字这样一个庞大的篇幅，这里边多多少少是否有注水的嫌疑也未可知。小说中的某些细节确实很出彩，但叙事节奏上过于拖沓，作为一个整体来看故事似乎也还是显得有点儿单薄。"①

因而，就湖北作家走由中篇小说转向长篇小说、由诗歌创作转向长篇小说创作的路数而言，湖北长篇小说创作要实现质的飞跃，还需要有一个相对较长的铺垫、夯实再到丰盈的过程。

（原载《扬子江评论》2008 年第 6 期）

---

① 朱向前、傅逸尘：《"诗意的现实主义"与"超越性"的历史叙事——关于刘醒龙长篇小说〈圣天门口〉的对话》，《艺术广角》2008 年第 2 期。

新世纪湖北文学的先锋性
考察与展望

一

　　20 世纪 80 年代中期，在中国文学的现代性进程上是一个重要的节点。伴随着新时期改革开放和思想解放的深入，当代文学的异质性元素和实验型创作也在不断增强。刘索拉的"现代派"、马原的叙述"圈套"、孙甘露的"语言"游戏、格非的"迷宫"叙事、余华的"冷漠"、残雪的"恐惧"，以及《深圳青年报》和安徽《诗歌报》的"1986 现代诗群体大展"等，共同开创了当代文学的"先锋"时代。然而，所有这一切几乎都与湖北文坛无关。那时的湖北文坛，还沉浸在为七月派的"归来"而欢呼、为徐迟的《哥德巴赫猜想》和姚雪垠的《李自成》叫好的氛围中，传统的现实主义和宏大的革命历史叙事占据绝对的主导位置。整个湖北文坛对外界轰轰烈烈的创新文本实验和先锋行为艺术关注甚少，或根本就不予理睬，在"执着"和"坚守"中与文学的潮头渐行渐远，错过了当代文学最灿烂的先锋时代。

　　进入 90 年代，在大众消费文化语境下，文学迅速地边缘化，纯真的文学理想与纯粹的文本实验，受到了前所未有的冲击，文学的先锋实验举步维艰，众多的先锋作家也不得不面临创作的现实转型。在这样一个只谈物质侈谈精神的年代，湖北文学却迎来了灿烂的春天。一大批中青年作家开始走出"元老们"的光环，并开始形成自己的艺术风格，方方的"人性风景"、池莉的"人生三部曲"、刘醒龙的"现实主义冲击波"、邓一光的理想主义"硬汉"形象等，引领了90年代文坛的创作潮流与批评走向。特别是在世纪之交，方方对知识分子和社会底层的生命关怀、陈应松"神农架"系列所构筑的中国魔幻现实主义叙事、刘继明的"江河湖"与中国知识分子的精神历程，以及熊召政的历史主义与刘醒龙现实主义创作先后获得茅盾文学奖，等等。这一系列耀眼的成绩，我们似乎可以断言：作为文学大省的湖北，文学创作繁荣的时代已经到来。

撇开这些炫目的成绩，我们冷静下来想一想，湖北文学近20年来的成就几乎都可归功于"现实主义"，或者最多再加上一个"历史主义"。与其他省份、地域的文学相比，我们不得不承认，湖北文学太执着于所谓的"现实主义"，缺乏一种反叛的精神与探索的勇气，文学的实验性、创新性和超越性都显得不够。1998年，长期以来担任《长江文艺》主编的刘益善，在对新世纪湖北文学作展望时仍然坚持"世纪之交的湖北文坛，只能是现实主义为主流"，并将之作为湖北作协机关刊物《长江文艺》的办刊定位。[①] 与同年龄段的其他省份作家相比，湖北作家大多擅长于表达现实的生活体验，细致而琐碎，感性而诗意，而且津津乐道于自己现有的创作成绩和创作模式，不怎么去寻求新的突破和超越，更不用说去进行先锋式的写作探索了。他们似乎已经习惯了都市的"蟹居"或懒散的"滑行"，很少抬头仰望艺术的天空，展开想象的翅膀去自由翱翔。

新世纪，湖北文学发展繁荣背后却潜藏着一种深深的隐忧。因此，我们有必要从先锋的角度对新世纪湖北文学作一番考察和展望。

---

① 参见刘益善《〈长江文艺〉在湖北文学发展中的地位浅议——为"世纪之交湖北文学走向研究会"而写》，《长江文艺》1998年第8期。

二

理论上讲，先锋是一种文化"异质性""距离感"的产物，其本质就是对抗。当这种对抗一旦与既定的现实文化视野构成相当级别的差异，以至于不能被这种视野所笼罩时，它就会被命名为"先锋"。文学意义上的先锋，特指旨在向一切被公众认可的文学"体系"和审美"规范"进行反叛的文学精神和姿态。① 基于这样一种认识，我们通过对近年来湖北文学的梳理和考察，发现：

20世纪90年代中期，在全国范围内的先锋文学思潮面临现实转型和逐渐走向销匿的阶段，总是"慢半拍"的湖北文学却出现了一批具有先锋气质的作家和作品。1994年，刘继明先后发表了一批具有明显"先锋"品格的小说，《前往黄村》《海底村庄》《明天大雪》《我爱麦娘》等作品，设置了一个又一个"疑问"和"圈套"，渲染的是神秘诡异的氛围和迷惘彷徨的精神，很好地将叙事的迷宫与精神的虚无结合起来。但刘继明这位"迟到的先锋"，因精神气质和个人经历的原因，总有点独来独往，感觉不太合群。与刘继明相比，张执浩亲和力则更大一些。这位诗人气质的作家可以说是90年代以来湖北先锋文学的一面旗帜。张执浩认为，作家应该与庞然大物的"时代"、庸俗的现实"生活"对抗，并视写作为"一种抵抗心灵钝化的武器"。② 在其诗歌和小说创作中，张执浩习惯于用一种"背对背"的姿态，叙写他笔下的人物，"幽闭高楼，耽于想象"，远离喧嚣，疏离尘世，隐匿在都市的边缘。1998年至2000年，李修文又异军突起，集束式地发表了一系列"戏仿"式的小说文本，如《大闹天宫》《心都碎了》《解放》等，肆无忌惮地"改写"历史人物、"解构"

---

① 参见尹国均《先锋实验：八九十年代的中国先锋文化》，东方出版社1998年版，第2页。

② 参见张执浩《张执浩诗歌及诗观》，《诗选刊（中国诗歌年代大展特别专号）》，2006年Z1期。

文学经典，成为湖北最具先锋气质的小说作家。以至于1999年，《作家》《青年文学》《时代文学》等联合举办的"后先锋小说联展"中，将张执浩、李修文作为典型的先锋作家加以推介。

进入新世纪，湖北形成了以张执浩、余笑忠、鲁西西、阿毛、韩少君、沉河、刘洁岷、小引等为中心的先锋诗人群，并围绕"或者""平行"两个诗歌论坛网站和诗歌刊物《汉诗》开展一系列先锋特色的诗歌活动。这在很大程度上推动了了新世纪湖北先锋诗歌的发展。2008年前后，隐匿洪湖的诗人哨兵，在其诗歌《水立方》《江湖志》中，用特殊的日期、地方志等形式，展开对故乡、个体和母语等存在的质疑与思考，在时间、空间维度的表现上，屡屡创新，为新的诗歌写作带来了某种可能。近年来，偏居十堰的苏瓷瓷，作为年轻的80后作家，以"我可不可以不这样生活/对权贵媚笑/对穷人冷漠/对美丽的衣服迷恋/对粗糙的粮食厌倦……"（《我可不可以不这样生活》）的姿态突兀而出，其代表作《第九夜》《蝴蝶圆舞曲》《李丽妮，快跑》等，构筑了"精神病院"这一特殊的文学隐喻世界。在这些作品中，苏瓷瓷善于在极端化的存在中展开叙述，往狭窄的纵深处开掘，展现生活的"非常态"和人性的隐秘癫狂，被视为新世纪湖北文学创作的"极端"和"异数"。

应该说，新世纪的湖北文学，在张执浩、李修文等的示范和引领下，以哨兵、苏瓷瓷为代表的先锋性创作还是为新世纪的湖北文学带来了可喜的变化，并对现实主义为主导的湖北文学场造成了一定的震颤。但从整体上看，新世纪湖北文学的先锋作家和先锋性创作还是凤毛麟角，并长期处于边缘的位置。他们，要么幽闭在都市的某个角落，如一只鼹鼠，在一个相对逼仄的圈子或空间里游荡，享受语言的狂欢和私我的精彩；要么隐匿于江湖，如"一只未被命名的野禽/从没失败，也没有胜利"（哨兵《一个湖边的诗人》），甘于边缘的平淡和生命的本然，始终难以形成轰动的湖北文学先锋效应，并继而在全国造成较大的影响。

三

究其原因：

首先，先锋是一种反叛的、超前的精神和姿态。"先锋派的人是现存体系的反对者——而不是它的辩护士。"① 过去，湖北有一个桀骜不驯的胡风，但其悲剧性命运似乎在告诫我们，"先锋"只能给自己带来不幸。新时期以来，湖北作家出现了一大批在全国有特点、有影响的作家，方方的对女性的独特观照、池莉的市民生活视角、刘醒龙的"现实主义"书写、邓一光的理想主义赞歌、熊召政的历史小说创作、陈应松的"神农架"叙事，等等。孤立地看，上述湖北作家均具有比较鲜明的个性，也不乏创造精神。但"他们不把'新'推到极致，不以异端的方式引领时尚"②，为"烦恼人生"所包围，看不到现实之外的"风景"，在"来来往往"中"不谈爱情"，在"白菜萝卜"中"分享艰难"，在"乡村守望"中"寂寞歌唱"。他们的创作大多沿袭传统的现实主义路数，或认同凡俗的市民话语逻辑，或营构历史的苍莽和厚重，或蟹居于斗室、把玩私我的经验和感受。即使是最有先锋气质的张执浩，进入新世纪，开始步入中年，在经历生命的特殊体验和对生活的重新认识之后，也将写作的激情转移到生活的热情上来。他认为，"一个优秀的诗歌写作者必然是一个'能够与生活平起平坐的人'"。③ 从过去与生活的"对抗"到现在试图与生活"和解"，张执浩在向生活回归的同时，开始逐步放弃自己的先锋探索，"这部作品在某种程度上体现了我那个时候的文学趣味，即，强劲的想象能都产生事实。然而，现在我不再相信它了。我更相

---

① ［法］欧仁·尤奈斯库：《论先锋派》，见《法国作家论文学》，王忠琪等译，生活·读书·新知三联书店1984年版，第569页。
② 贺绍俊：《"新世纪文学"的社区共同性——以湖北文学为例》，《文艺争鸣》2007年第2期。
③ 张执浩：《从写作的激情到生活的热情》，《青年文学》2001年第7期。

信，最终的事实最终只能通过生活来抵达，想象中的事实远比生活中的事实肤浅，真正的文学经验可能还是得通过脚踏实地的生活来完成。"① 相比于马原等先锋作家专注于形式探索来说，湖北文学专注的是"讲什么"，而对"如何讲"则兴趣不大，强调创作的有血肉，有体温："当'写什么'和'为什么写'都不再是问题，当我们只剩下了'怎样写'的时候，文学就走到了自己的末日。"② 正是基于这样一种认识，湖北作家始终将故事置于创作的中心，故事构成文本，文本凸显故事，形式技巧往往被忽略，形式、技巧创新背后的精神价值和文化理念也相应被放逐。

其次，就作品的精神价值层面而言，湖北文学仍然缺乏一种审美意义上的现代性和文化品位上的现代性。新世纪，池莉的部部小说都可以成为畅销书，但从其价值理性来看，延续的还是过去那种"冷也好热也好活着就好"的市民生存理念和"一地鸡毛"式的唠叨话语，浓墨重彩渲染的是现实的生活逻辑。前些年，邓一光的"硬汉"文学和浪漫气息给湖北文学带来了阳刚气，但其笔下的"英雄"近似草莽英雄，是宗法制农牧文化背景下男性话语的产物，他们强悍的肉体流的不是现代之血，给我们的仍然是一种传统的英雄主义和一份伪浪漫的情怀。刘继明从先锋创作撤退之后，转向了三峡水利建设题材，《梦之坝》和《江河湖》，接近主旋律叙事，将现代知识分子的命运放到宏大的历史进程和现实生活中去表现。李修文前期的戏仿之作，大胆地改写，穷形尽相地戏谑、消解和试图重构，对文本间性有巨大的兴趣，呈现出较为浓厚的后现代意味，但与余华的《古典爱情》《鲜血梅花》这些经典的解构作品相比，就显得有些单薄和幼稚了，它缺乏对存在本身荒诞和谬误的体悟与认识，只能是"大话"和"误读"。新世纪以来的爱情小说，《滴泪痣》《捆绑上天堂》可以说是他对自己的重新发现。作品中所竭力表现的"生命的极致和爱的

---

① 张执浩：《小说家的诗歌精神——张执浩作品研讨会概要》，《长江文艺》2005年第3期。

② 张执浩：《低调》，《天涯》2009年第2期。

极致"确有一定的震撼力，但在某种程度上也不过是村上春树等时尚情爱文本的移植，并没有给我们更多的关于现代情爱的思考。这两部长篇后，李修文陷入了创作枯窘和自我怀疑期，至今为止还没有新作面世。张执浩在还原常识、回归生活之后，创作进入了一个相对丰富和成熟的时期，诗集《美声》，小说《试图与生活和解》《天堂施工队》《水穷处》等，虽具有相当意义的现代性，但这些转型之后的作品，我们很难将之归到"先锋"的行列。简言之，新世纪以来，湖北作家的文本书写仍然没有摆脱现实主义的藩篱，走的是历史、传统、故事、读者的写作方式。新世纪，对于湖北文学而言，挖掘创作资源，更新价值理念，进行"距离化"和"超验性"审美创作，提升作品的现代品位应是当务之急。

最后，从某种程度上说，先锋文学是现代的都市文化所催生的特有的艺术形态，而湖北都市化整体水平不高。"在大多数现代主义艺术中，城市则是产生个人意见、闪现各种印象的环境。"① 从现代城市的发展状况来看，整个湖北除武汉之外，城市发展的水平和层次不高。进入新世纪，这种局面有所改变，城市化进程在明显加快，但大多数城市仍处于粗放发展的阶段，缺乏现代都市文化精神。即使是武汉这样的大都市，由于地理和历史的原因，也只不过是一个十分典型的功能型的市民气息城市，现代化程度不高，文化、文学、艺术方面的建设，和北京、上海、广州、南京等还有一定的差距。更重要的是，湖北文坛占绝对主流的作家大多是 20 世纪 50 年代和 60 年代出生的作家，他们大多来自乡土，由乡村而都市，有着浓厚的乡土情结。在文化心理上，始终是一个"乡下人"，难以摆脱传统而走向现代。乡土的眼光、滞后的审美、保守的立场、逼仄的视野，这些都使得他们与现代先锋意识相距甚远。"没有一种显著而得到充分发展的

---

① ［英］马·布雷德伯里：《现代主义的城市》，见《现代主义》，上海外语教育出版社 1992 年版，第 80 页。

现代性意识，先锋派几乎是不可想象的。"① 这种囿于传统农业文明和都市现实生活的思维定式，使得大多湖北作家仍然沿袭的是一种乡土式的写作，关注的是基于原生态的现实生活，缺乏形而上的探寻与追思。他们要么停留在乡村传统道德的眷念和回望上，要么局限于现代都市生活的琐碎、凡俗与逃避中，很少有值得称道的探索性作品浮出水面。以他们为主体所创作的湖北文学注定只能在乡村传统叙事和凡俗现实生活的边缘徘徊，不能也无法真正踏进现代意义的先锋写作行列。

四

从文学的整体生态环境来看，如李敬泽所言："湖北——如果我们非要把身在湖北的作家界定为一个可供考察的整体的话——这个地方自新时期文学以来一直是盛产厚重、刚强和俗世之苍茫等等价值的地方，湖北的当代文学被大地支配着，在刘醒龙、邓一光、陈应松那里，在方方、池莉那里，在熊召政那里，我们都能感到地之厚、人世之重。"② 这"厚重"的文学生态环境，从总结过去来说，是湖北文学的传统和优势，但从展望未来来说，尤其对于先锋文学来说，就是湖北文学跨越发展的掣制和负累。"地之厚"和"人世之重"，时刻拉拽着湖北文学前进的步伐，在很大程度上决定了生于斯、长于斯的湖北作家的创作思维。以湖北文学的阵地为例，湖北在全国稍有影响的文学杂志只有《长江文艺》和《芳草》，而这两份杂志虽然创刊都很早，过去的影响也很大，但进入 20 世纪 90 年代以来，我们不得不说它们落伍了，在全国文坛的影响微乎其微。正是基于这一点，2006年，《芳草》进行了改版，避开粗俗之风，力推文学新人，还推出了"田野文化""风范汉诗""修文视线"等专栏，进行了关于"中国

---

① ［美］马泰·卡林内斯库：《现代性的五副面孔》，顾爱彬、李瑞华译，商务印书馆2002 年版，第 105 页。

② 李敬泽：《"天堂"探险者们》，《文艺报》2006 年 11 月 7 日。

经验"等的讨论，其新颖、大气、纯正的文学品质赢得了一定的肯定。自 2012 年第 5 期，《长江文艺》也进行了全新改版："既往的《长江文艺》，亦以写实为主。叙事方式，结构风格，与很久很久以前几无差异。写实文学的缓慢步伐令我们不满，而心灵表达的方式一定是多种多样的。所以，我们对文本革命的作品持以尊敬和支持态度。"①"纯粹""雅致""大气""多样""时尚""光怪陆离"等取代此前的"现实主义"而成为新版《长江文艺》的追求。

　　新世纪的湖北文学要走出可能的困境，摆脱源于自身的限制，就不能画地为牢，更不可以自以为是，满足于现有的成绩。相反，应该扬弃固有的文学创作模式，敞开胸怀，大胆改革创新，注入先锋的理念和现代的精神。当然，更需要改善湖北文学的生态环境，为湖北作家的探索和创新创造良好的氛围，这样，湖北文学才可能稳定、持续、健康地发展。

（原载《湖北日报》2014 年 11 月 30 日，有增改）

---

① 方方：《改版的话》，《长江文艺》2012 年第 5 期。

学术书评

都市文学研究新理念与新空间的开创

——兼评李俊国的《中国现代都市小说研究》

伴随近代中国宣告传统"乡土中国"的整体性瓦解，中国社会的"现代性"问题便成为中国的思想界和知识者阶层关注的中心。而在20世纪中国，现代性的想象与追求最集中地体现在中国社会"都市化"的进程中。从"乡土中国"到"都市化"社会，是20世纪中国社会形态变更最主要的成果形式。中国现代意义都市的生成与发展虽不到一百年的历史，却包孕着广阔而丰富的语义空间。无论在哪个层面

（社会学、经济学、文化史、思想史等）上，这都是值得大书特书的一个世纪。

置身于20世纪急剧的社会变革和激荡的都市旋流中，中国现代作家陌生、新奇、兴奋、沉迷、彷徨、焦灼……"面对现代都市，中国作家所拥有的文化记忆、美学资源、现实经验，例如由传统的农耕文化所衍生的审美意识——自然美感方式、道德理性精神、伦理功用

色彩，已经失去它应对现代都市的艺术审美功能。"① 这种失语状态，使得现代作家不得不放弃过去的言说传统，而去探求一种全新的审美表达。从五四都市文学的欲望化审美与启蒙理性话语到 30 年代海派的洋场人性风景扫描、茅盾的都市社会学理性剖析、40 年代国统区作家的都市凡俗人生写实和人性化审美，中国现代都市文学及其审美都迥异于古代文艺自然和谐的单向度、一元化思维，而呈现出繁复交错、多义混杂的特质。

若我们进而探究中国现代都市及其文学的精神文化内涵，会发现：都市与乡村的对立互现、现代与传统的冲突互融、叛逆与皈依的异质同在……这一个个两难性的悖论，如同晨雾中含苞欲放的花蕾，期待着云雾的被拨开，期待着美的发掘与绽放。

一　都市文学研究现状：文化之重与文化之痛

自 20 世纪初，中国被动地纳入现代都市化进程，经历了自己的"都市黄金时代"，完成了结构性变化，也生成属于中国自己的都市文学。30 年代的中国现代都市文学，文艺批评界对都市作家和作品的阐释与批评相当丰富，却不免零散——大多是印象式的点击批评，限于一文一论、一家一论，或某些现象的分析，缺乏整体把握和深度透视，仿佛雾里看花。40 年代后半期伴随着中国社会"走向民间"和政治意识形态的强化，农村取代都市成为中国社会的中心和重心，来自下层的农民大众话语和来自上层的意识形态权威话语相应地取代现代都市知识分子精英话语，都市化进程主观地被迫中断。在此后长达 30 年时间里，中国的都市发展停滞，甚至严重地荒漠化和农村化，其都市功能在一步步地退隐和消逝。美籍华人学者李欧梵先生 1981 年重游上海，不无感叹地说，"解放多年后的上海，已经从一个风华

---

① 李俊国：《中国现代都市小说研究》，中国社会科学出版社 2004 年版，第 2—3 页。

绝代的少妇变成了一个人老珠黄的徐娘"。①

　　20世纪80年代中国社会的改革开放，思想观念的大解放和经济的不断发展与全面繁荣，强心针般给退化的中国都市注入了活力，中国都市迅猛复苏、强势发展。80年代中期，中国正处于都市的全面发展期，全国范围内的城镇化步伐也在加大。90年代中国都市呈现出第二次繁荣，上海、深圳、北京、广州、武汉、大连、青岛等都市群雄并起，打破了30年代上海一枝独秀的局面，重新树立起世界大都市中的地位，中国正大步迈向都市化社会。

　　自此，中断了30多年的中国都市文学开始得以恢复，真正意义上的中国现代都市文学研究也正式起步，并显示出了较高的学术水准。究其原因：

　　其一，文艺观念的大突破。80年代中国文艺思想也逐步放开，西方现代主义、后现代主义文论、形式主义美学、符号学、语言学、系统论等被大量引介。80年代中期的"寻根文学""现代派""先锋文学""现代诗群体大展"，以实验姿态反叛文学传统、颠覆现实主义的一元创作模式。与此同时，代表所谓"资产阶级文艺"的都市文学、自由主义文学及其作家再度瞩目，新感觉派、张爱玲、沈从文、徐志摩等都形成了"热"效应。文艺研究不断涉入禁区，甚至沿用了近30年的现代文学史观也为之转换，以钱理群、黄子平、陈平原的"20世纪文学三人谈"，陈思和的"中国现代文学整体观"，陈思和、王晓明发起的"重写文学史"为代表。中国现代文学研究的观念和体系也有待突破，一直被忽视的都市文学的研究亟须加强。

　　其二，文学现代性的想象与追求。"现代性"是20世纪中国社会核心命题，即使到了80年代，追逐现代性的脚步也没有停止过。伴随着西方现代化思潮的大量引进并在中国社会产生了深远的影响。中国思想文化界的现代性问题论争，引发了20世纪中国文学的现代性

　　① 李欧梵：《上海摩登——一种新都市文化在中国（1930—1945）》，北京大学出版社2001年版，第4页。

想象与追忆——营构属于中国自己的"现代"（不是时间上的，而是文学理念和意识层面的）文学。二三十年代中国都市作家的生命体验、文本实验、美学观念、形式技巧、理性精神所呈示的不正是中国文学渴望的"现代性"！无论从哪一个方面来说，最接近这种想象的也只能是中国现代都市文学。都市文学理应成为中国文学现代性想象者们竞相研究的着力点。

从80年代初严家炎先生对新感觉派的研究开始，李欧梵、吴福辉、杨义、赵园、范伯群、李俊国、张鸿声、李书磊、张新颖、李今等中青年学者都投入了相当的研究热情，对中国现代都市文学进行了各具特色的把握，先后推出了一系列有影响、有价值的研究成果。

赵园的《北京：城与人》（北京大学出版社2001年版），从北京地域文化切入，挖掘北平丰厚的史籍文化底蕴，以文化上独特的"京味"来统摄北平"城"与"人"的文学交媾；杨义的《"京派""海派"综论》（中国社会科学出版社2003年版）、李俊国在80年代中后期开始的"京派""海派"比较研究，从"京派""海派"文化的特点出发，对现代文学的两大脉系进行了学理性的比较透视，重点分析了现代文学史上京、海两派对"都市—乡村"叙事进行了不同把握，他们的研究彰显了现代都市文学的艺术魅力；吴福辉的《都市漩流中的海派小说》（湖南教育出版社1995年版），以亲历性经验和翔实的文献资料，集中研究了三四十年代海派文化的繁杂多元、海派小说的发展演变，充分展示了海派文化及其文学的多样性、复杂性以及形形色色海派作家的风采，是都市文学研究阶段性成果的集中体现；美籍华人李欧梵执着于"现代性的追求"，《上海摩登——一种新都市文化在中国（1930—1945）》（北京大学出版社2001年版）一书眼光开阔，从现代性出发，着重探讨"泛都市文化"与都市文学的渗透互涉，并在全球化背景下对上海的都市文化进行了重新思考；张鸿声的《都市文化与中国现代都市文学》（郑州大学出版社1996年版）、李书磊的《都市的迁徙》（时代文艺出版社1994年版）也对现代都市文学进行了各自的诠释。另外，近年来青年学者张新颖的《都市的感官和现代意识的"病之花"——20 年代后半期到 30 年代前半期上海的都市文学》(《作家》1996 年第 6 期)、李今的《海派小说与现代都市文化》(安徽教育出版社 2000 年版) 等对现代都市文学的研究视点和领域也有不小的拓展。都市文学研究已多层面、全方位地铺开。

从以上的梳理我们不难看出：目前的都市文学研究基本上是"比附—诠释"研究 (文化—文学)，依托文化、诠释文化、文化与文学的互涉互动是其基本模式。即从地域都市文化 (诸如海派文化、北平文化) 入手，运用历史文化学、地域文献学和城市社会学等有效手段，进行都市文化与都市文学的比附性研究。在行文逻辑上，遵循都市文学的发生、发展、衍变，从文化上探寻原因，并在此基础上归纳总结其艺术特色和精神品性，然后到文学上寻找范例，一一予以诠释、印证。复旦大学许道明的《海派文学论》(复旦大学出版社 1999 年版)，在思维和行文上，"比附—诠释"研究运用较为典型："海派文化"梳理——"海派文学"综论——海派文学风景线（作家、作品论)，从文化到文学，从总论到分论。这种研究模式思路清晰，较确实地反映出都市文化对都市文学的根源性影响。但都市文学研究中过度的文化定性分析阐释势必会遮蔽、弱化文学独特的艺术审美，以致偏离都市文学的精神本质。虽然，"都市化"已成为一个中国现代化随处可见的物态风景，已成为我们的日常生活经验事实，但我们对都市文学研究话语的"核心语汇"依然陌生。

二 都市文学研究新理念与新视野的开创

20 世纪 80 年代中后期，适逢文学史的观念变革，青年学者李俊国就敏锐地捕捉到中国现代都市文学研究的空白，以过人的胆识和饱满的热情投入这个当时所谓的文学研究禁区中，"30 年代京派文学研究"、"京派"与"海派"比较研究、施蛰存研究等，并很快就推出了一批厚重的研究成果①，成为中国现代都市文学研究行动最早起点也较高的学者之一。十多年过去了，中国的现代都市文学研究取得了长足的发展，但研究模式单一，大多停留在文化怀旧与感性想象层面，缺乏整体的学理性观照。20世纪末，中国社会的剧烈转型与嬗变，中国都市不规范地迅猛发展，李俊国切身经历和感受了这一切。80年代老一辈学者的精神熏陶，十来年清贫学斋的冷静思考，几年南方都市闯荡的生命体验，湖北地域文化发展战略的参与设计，近著《在绝望中涅槃——方方论》（湖北人民出版社2000年版）潜心用力的文本透视、审美哲思，都为李俊国一直倾注心血的现代都市文学研究提供了精神、生命、学理上的宝贵资源。2004年1月，李俊国在教学讲稿的基础上，丰富发展并形成了《中国现代都市小说研究》（中国社会科学出版社2004年版）一书。对于他本人来说，是卸下了背负长达十几年的"包袱"；对于中国都市文学研究来说，那些理解都市文学的"核心语汇"将不再陌生。

李俊国的新著《中国现代都市小说研究》从文学与都市的"关系"维度，专做现代都市小说研究，实现了都市文学与都市文化的融通，其研究方法或者说新特点主要体现在：

其一，史论构架。当前的现代都市文学研究在某些领域、某个时段（尤其是30年代"海派文学"研究），其研究是全面而深入的，但对30年的现代都市文学作整体研究还鲜有涉及。这主要是因为中国都市文学在整个现代文学中处于一种潜隐的状态，需要大胆地发掘与甄别、系统地梳理与分析、持续地思考与把握，找出属于现代都市文学发生、发展、流变的本质性命题。李俊国在长期的《中国现代文学史》，尤其是《20世纪中国文学史论》的教学、研究中，对五四作

① 包括《三十年代"京派"文学思想辨析》（《中国社会科学》1988年第1期）、《三十年代"京派"文学批评观》（《中国现代文学研究丛刊》1987年第2期）、《"都市里的陌生人"——析施蛰存小说视角兼论"海派"都市文学的审美方式》（《湖北大学学报》1988年第4期）、《"京派"与"海派"文学比较论纲》（《学术月刊》1988年第9期）、《"都市漩流"与"京城风度"——30年代"京派"与"海派"文学比较研究》（见四川教育出版社1993年版《中国现当代文学历史比较分析》一书）等。

家以浪漫情怀初入都市到国统区作家绝望地淡出都市不同阶段的不同风貌给予了潜心关注。在《中国现代都市文学论纲》①一文和《中国现代都市小说研究》一书中李先生尝试着建构中国现代都市文学独特的理论体系，即"五四"：启蒙理性烛照与都市人生情欲的浪漫张扬（主要分析的是五四浪潮影响下的20年代都市文学）；海派：都市文化理性与洋场人性风景（二三十年代海派主要是新感觉派小说分析）；乡野自然人性参照与都市文明批判（30年代以沈从文为代表的京派作家笔下的都市）；社会学理性分析与京沪都市生态描绘（30年代老舍、茅盾的都市小说比较分析）；国统区：都市苦难意识与凡俗人生的悲剧写实（40年代都市文学特质分析）；通俗小说：多元多义的都市休闲文本（作为一个流动的都市文学形式，通俗文学覆盖整个都市文学30年，以张恨水为例分析）。该构架以史为经，以论为纬，史论结合，线索明晰。通过这样的构建，整个现代都市文学发展的脉络及不同阶段的都市文学特质就准确而清晰地展示出来，可以引导我们走出现代都市文学的"迷宫"。

其二，学理互汇。几千年文化传统的现代衍变，一个世纪的中西文化碰撞所激发的瞬间辉煌，80年的沧海桑田，中国现代都市文学带给我们太多的想象与思考，这份复杂的情感成为推动都市文学研究的重要因素。李欧梵在谈到自己的上海情结时说："我对老上海的心情不是目前一般人所说的'怀旧'，而是一种基于学术研究的想象重构。"② 可以说，"文化怀旧"与"想象重构"是大多数学者最初从事现代都市文学研究的基本出发点。但随着研究的深入，情感和想象限制了都市文学研究从感觉表象进入学理语义层面，成为都市文学研究的"瓶颈"。李俊国对现代经济学、城市社会学、社会文化史、艺术哲学、历史哲学等广有涉猎，并将其融汇在都市文学研究中，全方位、多层面地对中国现代都市文学给予学理性思考。该书的导言（都

① 载《湖北大学学报》2003年第4期，《新华文摘》2003年第11期全文转载。
② 李欧梵：《上海摩登——一种新都市文化在中国（1930—1945）》，北京大学出版社2001年版，第4页。

市文化与中国现代都市小说)、结语(中国现代都市小说:回顾与前瞻),甚至是后记,所关涉的"学理"思考如一条红线贯穿全书,成为作者思想的精髓。在导言中,作者从人类文化历史中独立提出了"都市黄金时代",分析了中国现代都市的发生学角度,勾勒了中国现代都市的生成、发展及其衍变,并从艺术审美的角度展示了中国文学的都市审美嬗变。另外,从古与今、中与西、乡与城、己与他、人与都市、人与自我等都市文学的"艺术结点"进入都市文学研究的特殊思路。在该书的结语中,作者还针对都市文学研究中的"都市文学理性""都市文学经验""都市言说方式"等问题展开了讨论,对中国都市文学作家及都市文学的缺憾和不足作了分析,成为全书的点睛之笔。这些学理性的观点、思考和论述所涵盖的学术张力和启示性自不言而喻。

其三,文本精读。在都市文学的研究方法上,李俊国一直在寻求突破。在近著《在绝望中涅槃——方方论》中,作者运用文本细读法作个案研究,精细研读了方方市俗人性、知识分子命运、情爱婚恋等五类创作题材,从身份还原、人性聚焦、生命阐释等视点探寻方方创作的精神世界、文化艺术内涵,取得了成功,该书也成为当代作家个案研究的范本。从此,文本精读就成为作者都市文学研究的重要方法。在《中国现代都市小说研究》中,作者有意淡化都市文学研究中绕不开的文化问题,不在"比附—诠释"用力,而将重点放在都市小说文本解读上。通过对代表性的都市文学作品的精细阅读、比较分析,对现代都市小说文本所蕴含的文学内蕴(如作家或人物的都市文化记忆、生存经验、价值取向和都市意识,小说的文学模式、精神特征,小说的话语形式与言说方式等)作详尽分析与阐释,力求把都市文学研究由过去空泛的都市文化比附叙说还原为较为准确而切实的"文学"性研究。如在第一章"五四:启蒙理性烛照与都市人生情欲的浪漫张扬"里,作者通过对冯沅君、郭沫若、郁达夫、张闻天等部分作品的比较分析,提出了五四都市小说的五大文学模式:(1)私奔出逃式:情爱的唯自由、唯崇高;

（2）欲望文本式：情欲张扬的载体；（3）波西米亚式：都市流浪者"在路上"；（4）女体审美式：女性的被尊重、被赞美；（5）情恋多样式：丰富复杂的情爱类型。在每一个模式的阐释中，作者都是从文本出发，通过研读分析，再返回文学自身的。通过这样的文本精读，我们的确可以找到原来都市文学研究没有发现的新领地，拓展都市文学研究的新空间。

其四，审美分析。人与都市的审美关系，尤其在有两千年农业文化传统背景下的现代中国，是一种新型而陌生的审美形式。作者通过对 30 年中国现代都市进程的关注、都市文学文本的精读、都市作家生存处境的感悟，发现中国现代都市文学已经抛弃了传统的自然、道德、伦理审美方式，而呈现出繁杂、多义和流动的状态。都市，以其技术化物态现实、消费性欲望生命、商品化时尚空间，迥异于和谐自然静谧恒定的乡土审美。"中国现代都市的生成，迅速引发着中国文学的都市审美嬗变"，作者在每个时期的都市文学分析中，都把审美方式作为最重要的环节。如五四时期的欲望化审美——都市人渴望情欲的浪漫张扬，这与五四启蒙理性话语下的个性解放紧密联系在一起；20 世纪 30 年代"新感觉派"的物态化审美——对都市物态风景的迷恋与对都市机械物质文明的颂赞；茅盾、老舍的文化理性审美——老舍的文化批判与文化认同、茅盾的阶级理性与科学分析；国统区作家的生命经验审美——都市男女苦难的生存写实与人性隐秘揭示；通俗文学的大众时尚审美——"追求时好""迎合大众"。附录一《论"时尚读本"》还对时尚审美作了补充性的延伸论述。作者以都市审美为研究视角，直接展示中国现代作家在现代都市剧烈裂变中的生存体验、心理状态、情感方式、价值理念等。并由此出发，尝试着去破译和阐释中国现代都市文学的繁复多义的文学要素与语义信息，为进一步的中国都市文学审美方式及都市审美诗学研究奠定了基础，同时也为中国现代都市文学研究的学术创新找到了突破口。

其五，多义阐释。都市文学属于一个交叉性的文学领域，都市是复杂的，都市生活的瞬息万变，生命经历的千差万别，情感体验自然也各不相同，总之，都市的语义系统繁复芜杂，包含有历史的承续与变异、中西文化的冲突与渗透、都市情感的逃逸与皈依、文化精神的飞扬与委顿。正是这都市文学的复杂多义性，赋予中国现代都市文学研究无穷的魅力，这"迷宫"的"魔力"正激发着作者对都市文学作持久而深入的研究。在该书的导言中，作者专门论述"多重文化语境中的中国现代都市小说的语义空间"。从历史纬度分析了中国现代都市文学所包孕的传统与现代的冲突互融状态；从空间纬度，提出了全球化语境中中国现代都市文学对殖民权力话语（西方现代文明）既有"依附性"又有"分裂性"的文化姿态和写作策略，并在此基础上作者提出了中国现代都市及其文学的悖论性生存处境与文化精神和多义性的话语空间。在第二章"海派：都市文化理性与洋场人性风景"中的"都市崇拜：海派小说的都市文化价值取向""都市异化：海派小说的都市生存经验"，第三章"乡野自然人性参照与都市文明批判"等章节中对施蛰存、穆时英、沈从文等的都市文本的多义性作了详尽阐释。正是因为都市文学语义系统的多义性，使得简单的、一元的、单向度地对都市文学的进入都有失偏颇，必须从不同层面、不同维度对都市予以立体的审视，发掘、阐释其多义性。

李俊国的《中国现代都市小说研究》从文学与都市的"关系"维度，很好地将以上所叙的五种研究方式、方法融通，史论结合、文本精读、学理互汇，掘发和探究中国现代都市文学的多重语义空间，开创了自己独特的都市文学研究范型。

另外，该书的行文用笔也别有用心，其叙写呈现出来的是一种启发模式和开放体系，因而，有着特别的理论价值与实践意义。

其一，启发模式。作者在后记中谈到该书写作时，说"我一直坚持在本科生与研究生中开设'20世纪中国都市文学研究'选修课程，通过课堂教学，师生互动方式，拓展自己研究的思维空间，寻求较为合意而合适的研究视角与研究方法"。该书的雏形就是一门课程的讲稿，是以都市文学中的"艺术结点"为核心，提出与之相关的一系列问题而展开讨论，通过互动和再思考的方式，不断丰富发展。其实，该书的写作也只是期待在更广范围内展开讨论。作为课程教材，启发广大学生；作为学术著作，启发其他都市研究者；作为现代都市及其文学的总结思考，为中国当代都市及其文学的发展提供经验借鉴。

其二，开放体系。都市文学的覆盖面应该是相当广的，从体裁上包括小说、散文、诗歌等，从文学史划分上，有现代、当代之分。该书专做中国现代都市小说研究，作者有着自己的考虑。中国现代都市文学因其发生、成长、凋零所处的文艺生态环境异常特殊，其品格繁杂多义，具有广阔的语义空间。而中国现代都市文学主要是小说。作者在《中国现代都市小说研究》中，通过与城市社会学、历史文化学等学科的关联互涉，使都市文学与其他学科交叉，向其他研究领域开放；通过传统与现代的冲突互融，都市文化精神的叛逆与皈依、逃逸与留恋等的分析，使得现代都市文学研究与古代传统对接；通过分析现代都市文学全球化语境下的殖民写作姿态，使得现代都市文学研究向世界开放；通过都市生命体验和都市理性思考，分析现代都市文学创作的缺失与遗憾，从而使得现代都市文学研究向未来开放。

正是因为作者全新的都市文学研究理念和研究视角、启发开放式的叙写模式，使《中国现代都市小说研究》一书具有理论上的科学创新性、思想上的穿透辐射性、体系上的无限开放性。但本书也存在不足。由于是从课堂讲义扩充演化而来，每一章都是一个大的课堂研讨话题，在按史论体系的构架行文成书时，因时间跨度和文体限制（都市诗歌、散文等都无法纳入都市文学体系），章与章之间缺乏必要联系、过渡，思维跳跃性较大，有些比较重要的现代都市文学作家、作品在书中没有反映。笔者认为，可以在第一章"五四"到第二章"海派"，用专章对20世纪20年代中后期以张资平、叶灵凤、滕固等早期海派作家的都市文学创作加以论析；在第五章"国统区"后再加一章，重点分析40年代徐訏、无名氏的都市文学创作。如此一来，将有助于弥补成书出版时间过于仓促所造成的遗憾，会使该书的体系更加合理，章与章之间的联系过渡更加自然流畅，也会使中国现代都市文学的史论构架更趋完善。

（部分内容载《华中科技大学学报》2006 年第 2 期）

现代诗歌研究的"新突破"与"新启示"

——评王泽龙的《中国现代诗歌意象论》

中国新诗自孕育发生到现在，差不多走过了一百年的艰辛历程。应该说，经过这一百年的探索和发展，中国新诗业已形成了自己的传统，新诗的理论研究，尤其是中国现代主义诗歌的研究，也取得了不错的成果。20 世纪末，现代诗人、著名学者郑敏先生在对中国新诗作反思性回顾时，对"五四"所开创的新诗传统和现代性探索作出了否定性评价，指出新诗必须修复与传统的断裂，致力于从中国诗学传统中寻找出路。①

这些言论无疑影响到了中国现代诗歌研究在新世纪的走向，并引发了中国新诗创作与研究界的探讨与反思："新诗是否形成了自己的传统""新诗形成了怎样的传统""新诗如何在现代性追求中承续民族传统"……王泽龙的《中国现代诗歌意象论》②（以下简称《意象

---

① 参见郑敏《世纪末的回顾：汉语诗歌语言变革与中国新诗创作》，《文学评论》1993 年第 3 期。

② 王泽龙：《中国现代诗歌意象论》，中国社会科学出版社 2008 年版。

论》）就是这种思考下的积极回应与有益探索。该书无论是在学术观念的创新、知识体系的建构，还是理论方法的运用上，都为中国现代诗歌研究提供了新的理论视点、新的历史图景与新的观照元素，为新诗的良性发展与深入研究提供了十分富有意义的启示。

一 《意象论》直面当下学术研究现状，坚持并倡导中国现代诗歌的本体研究，引导并推动中国现代诗歌研究走向深入，具有重大的现实意义和学术价值

20世纪90年代以来，伴随着中国社会文化语境的急遽转型和文学的边缘化，诗人绝望以致走向死亡，诗歌"失语"并退出神圣的殿堂，中国新诗的研究也出现了内外交困的局面。学术界浮躁之风甚炽，急功近利的研究心态广泛存在，凌空蹈虚的"西方理论"套用，"非文学""泛文学"研究盛行。表面上看来，新诗的研究视角似乎在不断更新、研究视野也在不断拓展。实质上，这些研究大多外在于新诗自身，诗歌最重要的本体研究，新诗之为新诗的根本性追问，有意无意地被忽略了。另外，在民族传统文化复兴语境下，"国学热""汉语热"，传统文化的魅力在文化媒体的宣传阐释中被无限放大，"五四"所开创的新文化、新文学传统受到了质疑甚至是挑战。新诗研究该如何应对？作为一名从事新诗研究多年的现代文学研究者，王泽龙对新诗的现状备感焦虑，这是一种强烈责任感和使命感的学术焦虑、学科焦虑。经过艰苦的学术积累和长期的冷静思考，王泽龙找到了新诗研究的症结所在，"现代诗歌研究最薄弱之处突出反映在有关诗歌本体或诗歌形式方面"，长期以来对"现代诗歌本体性问题的理论思考和理论引导不够"。这部精心锻造的《意象论》的出发点，"也正是希望通过现代诗歌意象的研究，引起人们对现代诗歌以及其他现代诗歌本体性问题的更多关注，共同把中国现代诗歌研究引向深入"。

　　何谓"本体"？对诗歌本体的追问就是寻找"诗是什么"（what）的回答，它关注的是诗的本质属性，而无涉于诗的实用价值（for what）。在"新批评"理论里，诗歌的本体研究就是要关注诗歌的内在元素，关注诗歌作为语言艺术的话语特征。王泽龙从最初呼应并坚持"回到诗歌本体研究"到现在，十多年来，他一直视"语言意识"与"形式感受"为诗歌最重要的元素，并试图将诗歌的本体研究推向深入。"诗的文体、诗的节奏、诗的韵式、诗的结构，包括诗的语言与诗的意象问题，它们构成了诗之为诗的本体属性"。而其中，"意象"借助语言的隐喻或象征来传递情智，是诗之灵魂、诗之生命，是诗歌区别于其他文学样式的独特呈现方式，处于诗歌本体的核心层面。选择"意象"作为现代诗歌本体研究的切入点和突破口，显示出研究者敏锐而独到的学术眼光、醇厚而精深的学术素养。

　　《意象论》重点研究"五四"以来的中国现代诗歌意象系统，从本体研究的层面对中国现代诗歌的诗体、诗语、音节、诗思等作了一定的分析与阐释。另外，作者大量运用文本研究的方法，对中国现代诗歌经典作深入细致的剖析。总之，《意象论》是中国现代诗歌本体性研究的有益尝试与探索，对于良好学术风气的培育、正确研究导向的指引，都有着重大的现实意义和学术价值。

二　《意象论》从问题出发，以对"现代性"问题的思考为核心，在中国传统诗学和西方现代诗学的交媾与融会中寻求中国诗学的现代性建构

　　在20世纪中国文学研究中，"现代性"是我们绕不过的话题，中国现代诗学作为最具现代性的理论形态①，更无法回避其"现代性"

---

　　① 参见谭桂林《本土语境与西方资源——现代中国诗学关系研究》，人民文学出版社2008年版，第1页。

的纠结:"文言与白话""传统与现代""本土语境与西方资源"等命题始终伴随着新诗的成长与发展。"新诗对现代性的追求——这一宏大的现象本身已自足地构成了一种新的诗歌传统的历史。"① 那么,"一向被我们视为诗歌生命之内核与灵魂的意象的现代性意义何在""中国现代诗歌意象接受了中外意象诗学及其意象艺术传统怎样的影响"……《意象论》提出了一系列诸如此类的问题,作者却并没有正面直接去回答,而是从中国现代诗歌经典作家作品中入手,深入考察、分析这些"问题"的复杂性。正如作者在该书引论中的概括:"主要考察了中国现代诗歌意象艺术与中国古代诗歌意象艺术传统的关系,考察了中国现代诗歌意象艺术与西方现代诗歌意象艺术的关系,分析了现代诗歌意象艺术在化用民族传统与西方现代艺术过程中形成的民族化的现代性特质,为中国现代意象诗学更深入的现代性建构寻找传统的资源。"

《意象论》抛弃了过去学界对中国现代文学"现代性"的单向度认识,通过对中国现代诗歌"现代性"与"传统性/民族性"关系的重新梳理,从中发掘中国"现代性"问题的独特性。这种独特性在30年的中国现代意象诗学体系建构上都有明显的体现。这种独特性就存在于"现代性"与"传统性/民族性"两者之间复杂而又深刻的联系上,既矛盾冲突,又交流互动。中国现代诗歌就是在这种冲突碰撞、融通化合(意象艺术的民族化与传统意象艺术的现代化)中,初步完成其现代性建构的。这样的分析判断在作者评析20世纪30年代意象诗学的发展特征时可略见一斑。"第一,自觉接受西方现代哲学与象征主义诗学的影响,体现出中国现代意象诗学理论的自觉建构意识;第二,在中国传统诗学的基础上,融合西方现代诗学,自觉寻求建构现代意象诗学理论的契合点;第三,在中西诗学的阐释中,提出了一系列具有理论意义的现代诗学范畴,这是中国现代意象诗学初步形成的标志。"作者在分析中国意象诗学的发展与流变时提出了一

---

① 臧棣:《现代性与新诗的评价》,《文艺争鸣》1998年第3期。

些具有中国特质的现代诗学范畴：幻象论、兴象论、意象和谐论、意象意境化、意象沉潜论、意象凝定论等。这些概念或者范畴很好地体现了中国传统诗学和西方现代诗学的交媾与融会，是中国现代意象诗学建构的阶段性成果。

《意象论》对中国现代诗学"现代性"问题的思考与阐释，没有被当下学术界眼花缭乱的"现代性"理论所左右，也没有被"弘扬民族传统文化"的舆论导向所牵引，而是从新诗的历史在场出发，从新诗文本研究出发，在新诗的自我生成和敞开中，去把捉更为内在的历史"真实"——中国现代诗歌的"现代性"。从更深的层面上来说，《意象论》的研究，是对"五四"以来所开创的现代文化传统、现代文学传统的认同与坚守，也是对新古典主义、新保守主义言论导向的回应与纠偏，主客观上都将推动中国现代诗歌研究走向深化。

三 《意象论》在历时性与共时性中绘制中国现代诗学的意象图景，很好地体现了宏观的体系建构与微观的本体研究相统一、历史理性与审美感性相结合的研究特点

《意象论》从意象诗学论、意象艺术发展论、意象艺术比较论三方面展开对中国现代诗歌意象的思考与研究。其中，诗学论是理论基础，重点梳理现代诗歌史上重要的意象诗学理论，勾勒中国现代诗学的发展脉络，提炼具有原创性的现代诗学概念、命题；发展论是具体展开，在30年的现代诗歌创作实践、意象艺术嬗变的历史场域中，思考并总结每个阶段的意象诗学特征和贡献，其中强调从不同的意象视角对诗歌文本进行深入解读，并视之为本体性研究的重要体现；比较论是学理提升，具体考察分析中国现代意象艺术与传统意象艺术、西方意象艺术的关系。三个部分互为依托，有机联系成一个整体，共同构筑出了中国现代诗歌全景式的"意象图景"。《意象论》在宏观、系统的全景构筑时，适时地进行微观、深入的本体研究，在展开30

年纵的发展脉络与艺术嬗变的同时，又很好地实现了中外横向的比较剖析，形成了史论结合，历史性与共时性交错、宏观与微观联系的研究特色。

在我们看来，一个好的文学研究者，应该具有三个方面的基本素养：良好的审美感悟力（艺术的领悟、美的发现）、锐利的学理穿透力（选择与判断、发现与阐释、创造与提升）、精到的组织表达力（构思、表述、结构、技巧等）。诗歌是语言的艺术、形式的艺术，这就对我们的诗歌研究者提出了更高的要求，特别是在历史理性与审美感性方面，既要注重在纷繁驳杂的历史在场中去甄别、发现、梳理与剔除，也要充分体现个体的生命哲思、艺术感悟与情感参与，等等。在《意象论》中，我们随处可以感受到王泽龙个性化的生命体验、独到的审美分析、学理化的运思与阐释、诗性的语言与理性的表达。可以说，作者是在诗性、理性与智性中完成了对中国现代意象诗学的现代性建构的。

在笔者看来，《意象论》在意象艺术比较论后就匆匆结束，从结构上，似乎欠缺一个结论性的部分，不能不说是一个遗憾。

最后，我以黄曼君先生在《意象论·序》中的话作结："当下我们更需要学理性与知识性结合的文学本体性的学术研究，这是我们现代文学研究新的学术增长点的主要方向与途径，我们从泽龙的诗歌研究中是可以获得有益启示的。"

开掘当代诗歌研究的新矿藏

——评李遇春的《中国当代旧体诗词论稿》

　　在 20 世纪中国文学史上，新文学作家的旧体诗词应该是我们所无法回避的一个文学存在。诸如鲁迅、郁达夫、毛泽东等的旧体诗词，至今还为人们所津津乐道。但旧体诗词作为 20 世纪的一种文学存在，长期排除在中国现当代文学研究的主流叙述之外，其应有的学术价值及文学史意义也不大为学界所重视。青年学者李遇春，以敏锐的学术嗅觉和开阔的文学视野，率先关注中国现当代旧体诗词这样一个具有丰富学术意义的领域，
经过六年的探寻，在现当代旧体诗词这块被冷落的学科领域钻探到了"富有"的学术矿藏。新近出版的 50 万言的专著《中国当代旧体诗词论稿》①（以下简称《论稿》），就是他给我们打开的一片文学新富矿。

---

① 参见李遇春《中国当代旧体诗词论稿》，华中师范大学出版社 2010 年版。

　　《论稿》将深度的微观鉴赏与整体的学理分析结合，为我们清晰地呈现出了 20 世纪 50—70 年代旧体诗词创作的概貌。全书分为转型、炼狱和边缘三编。通过对郭沫若、田汉、叶圣陶、老舍、沈从文、胡风、聂绀弩、吴祖光、茅盾、姚雪垠、臧克家、何其芳 12 位作家旧体诗词创作的探讨，提出并解答了为什么这些作家在后半生又重拾旧体诗词，他们的旧体诗词创作与中国诗学传统有什么渊源关系，他们在旧体诗词创作中表露了怎样的现代人格与传统人格，现当代旧体诗词的创作成就等问题。作者在回答这些问题时并没有轻下断语，而是通过不厌其烦的材料引证与比照，尽可能地呈现出研究对象的复杂性和多样性，为我们勾勒出了旧体诗词从"现代"向"当代"转型的路径。全书的每一个章节，既可以独立成篇，又能够连缀成一个有机的整体。其中既有对 12 位作家的旧体诗词创作精到而深入的微观鉴赏，又有对当代文学场域权力、主体、话语相互纠结的整体考察和理性探究。全书脉络清晰、结构缜密，体现了作者治学态度的谨严和学术研究上的用心。

　　《论稿》还有意将古代文学与现当代文学打通，实现了学术研究上的学科跨越。新文学作家的旧体诗词创作，这一研究对象本身就极富象征意味，很典型地体现了中国新文学作家在新与旧、现代与传统之间复杂而纠结的创作心态。为了更好地研究这一课题，李遇春一方面拓展了自己在古典诗词领域的学术储备，一方面又尝试着破除古典文学与现当代文学研究之间的学科壁垒，实现中国文学研究上的学科跨越。在研究中，李遇春高度重视当代旧体诗词创作中的传统性与现代性因子，并一一从古典诗学传统和五四新文学传统中寻找渊源。如李遇春指出：抗战的"遗民之诗""宗南宋"，而中华人民共和国成立后的"新台阁体""主盛唐"；胡风的旧体诗词表现出对建安风骨和鲁迅旧体诗的传承，等等。

　　《论稿》强调中国现当代文学研究的"史料"意识与"朴学"精神，具有很强的现实针对性。近二十年来，中国现当代文学研究日趋急功近利、心浮气躁。尤其是青年学者，在学术上喜欢避实就虚、凌空蹈虚，流行借用西方的话语或理论来阐释中国的文学命题，却不大愿意去做一些实质性的资料搜集与文献整理工作。李遇春却埋头苦干，做了大量原始性的资料搜集和文献整理工作，从最初《中国当代文学编年史》的编撰，到今天《中国当代旧体诗词论稿》的成书，再到正在进行的《中国当代旧体诗词编年史稿（1949—2000）》，李遇春有意将清代学术中的"朴学"精神引入中国现当代文学研究中来，有效地回应了近些年学界关于"重建中国现当代文学史料学"的学术召唤。

总之，李遇春的《论稿》是中国现当代文学研究中的一部创新之作，也是一部拓荒之作，其学术理念与研究路数也将给未来的中国现当代文学研究带来不小的启示和影响。

（与伍姣丽合作，原载《光明日报》2011 年 3 月 21 日）

十年一剑著菁华

——评张永的《民俗学与中国现代乡土小说》

"乡土文学"是中国现代文学研究的一个重点，也是一个热点领域，已有的研究成果颇丰。张永作为这一研究领域的后来者，敢于知难而进，选取不大为现代文学学科所关注的"民俗学"为突破口，进行跨学科交叉研究，尝试为中国现代乡土文学研究寻找新的增长点，显示出过人的学术胆识。从1998年博士论文选题的确立，到两个博士后出站报告的完成，最后到2010年专著《民俗学与中国现代乡土小说》①的出版，真可谓"十年磨一剑"。

《民俗学与中国现代乡土小说》一书，在对现代民俗学与中国现代文学作系统考察和分析论证的基础上，开创性地提出了中国现代文学的民俗学研究视角和理论框架。这是一次跨学科交叉研究的有益尝

---

① 张永：《民俗学与中国现代乡土小说》，上海三联出版社2010年版。

试。民俗学作为一门介于社会学与文化学之间的特殊学科，有其专门的知识谱系和研究方法，如何将之应用于中国现代文学的研究，的确是一个值得探讨的学术命题。张永没有纠缠于民俗学的具体理论与基本方法，而是基于"中国民俗学与现代文学是在相同的历史文化语境中发展起来，客观上存在共时互动的关系"的认识，将民俗学作为中国现代文学发生、发展、衍变的重要文化语境来看待。通过对民俗学及中国现代文学相关知识的系统研读，张永在书中着重分析了民俗与现代作家、民俗与社会文化、民俗与小说文本之间的良性互动关系，从而将中国现代乡土小说的研究推进到民俗学这样一个全新的研究视域中来。著作的主体部分呈现为三大板块，即五四时期"为人生"派乡土小说的民俗学意蕴，左翼时期"社会剖析"乡土小说的民俗学内涵，20世纪30年代"京派"的乡土小说的民俗审美特质。每一板块均以民俗学为基点，分别从思想文化、社会革命和文艺审美等层面，展开对中国现代乡土小说的深入思考与理性认识。

张永在强调民俗学视角对中国现代乡土小说研究有效性的同时，并没有浅尝辄止，而有意将之拓展延伸到整个中国现代文学研究中来，尝试从民俗学的角度来考察五四时期的白话文学思潮、20世纪30年代的大众化文艺思潮和40年代的解放区民间化思潮，等等。但张永并没有将中国现代文学研究的民俗学视角作无限之放大。因为，民俗学的中国现代文学研究是有限的。"民俗学能在多大程度上，并以何种方式构成了对中国现代文学的实际影响；而中国现代作家又在哪些层面，以何种方式接受了民俗学的影响，以及如何体现在文学创作之中，运用民俗学理论研究现代文学务必充分考虑到其使用的范围和场域。"张永清醒认识到民俗学只是现代文学研究的一种方法、一种视角。究其根本，则源于中国现代文学的核心命题：民族性与其现代性的矛盾与冲突。

张永曾长期在部队工作，是一位作风端正、认真务实的军人。在学术研究的道路上，又先后受惠于多位治学严谨的学者，形成了他严谨踏实、孜孜以求的治学风格。他一直铭记着导师许志英先生"文章三分写七分改，要用水磨功夫"的教导，将评价颇高的博士论文反复打磨、大幅修改，最后形成了我们现在见到的这部专著《民俗学与中国现代乡土小说》。而论文的另一部分《民俗学与中国现代小说的民族化与现代化》，"打算把它归入 40 年代乡土小说民俗学研究中，或许在较长和更为广阔的文学时空下，才能把一个问题论述得透彻和完整"。在学术空气日益浮躁和急功近利的今天，张永这种理性的考虑和审慎的态度，显得十分可贵，是值得我们肯定的。

中国悲剧精神的当代观照

——评熊元义的《中国悲剧引论》

悲剧作为一种文学样式，是在古希腊定型成熟的，以《俄狄浦斯王》为代表。悲剧作为一种审美范畴，则要早得多，我们可以从古代神话、传说和史诗中找到各种悲剧原型。自亚里士多德始，西方就把悲剧作为一种重要的美学理论资源并不间断地进行研究，业已形成系统而完备的悲剧理论体系。中国因社会文化语境的不同，对悲剧艺术的理论研究则相对不够。这种状况到 20 世纪初才有所改观，王国维、鲁迅、曹禺、朱光潜、钱钟书等都形成了各自的悲剧理论建构，但他们的悲剧理念却大多建立在对西方悲剧理论认同的基础上。因而，能否沿用西方发达而成熟的悲剧理论来研究中国的悲剧问题一直是中国学术界不得不面对的难题。

青年学者熊元义在他的新著《中国悲剧引论》① 中，运用比较研

---

① 熊元义：《中国悲剧引论》，解放军文艺出版社 2007 年版。

究的方法，从问题出发，通过对中国古典悲剧的文本分析和理论把握，从中挖掘、提炼出独具特色的"中国悲剧精神"，以此为核心语码来评析西方悲剧意识中心论下的中国悲剧理论，并尝试建构自己的中国悲剧理论体系。该书承袭并强化了熊元义文学批评一贯的批判意识和现实关怀。更重要的是，该书在学术建构和学理阐释上有所突破，对中国学界建构中国的悲剧理论体系有其独特的学术价值。

第一，体现了西方悲剧理论的参照与中国悲剧审美品格彰显的结合，强调了中国悲剧的独特性。

熊元义在对西方悲剧理论的梳理与总结中，提炼出"历史正义存在"这样一个核心命题，并以此为原则归纳出西方悲剧理论的两大类型（"肯定历史正义存在"和"否定历史正义存在"）和三大走向（一是由亚里士多德开创经席勒到黑格尔集大成的悲剧理论，强调从道德层面的悲剧冲突来把握悲剧和从人物自身挖掘悲剧产生的原因；二是叔本华、尼采为代表的悲剧理论，强调个体生命意志与对痛苦的承担；三是由车尔尼雪夫斯基所提出到马克思、恩格斯那里成熟的悲剧理论，强调从悲剧人物所生活的外部环境中寻找悲剧产生的社会历史原因）。不管哪种类型和走向的西方悲剧理论均强调痛苦无边的悲剧人物和难以调和的戏剧冲突。在中国悲剧里，悲剧人物不像西方悲剧那样存在着这样或者那样的自身弱点，他们在道德上是完美无缺的；中国悲剧的悲剧冲突不像西方那样发生在悲剧人物的身上（内在矛盾），而是存在于邪恶势力与正义力量之间（外在矛盾）；中国悲剧冲突不像西方悲剧那样诉诸永恒的"绝对理念"，追求自我发展和自我完善，而大多遵循"善有善报，恶有恶报"的原则，以"大团圆"的模式结束，给人以理想和希望。中西悲剧的呈现方式与审美意蕴差异是明显的。

长期以来，受西方悲剧理论中心论的影响，中国学界广泛存在着粗暴地否定或者简单地肯定中国悲剧的倾向。如果我们以西方悲剧理论为准绳来裁剪和评判中国悲剧，就很难发现中国悲剧的独特存在了。因而，我们有必要吸收和借鉴西方的悲剧理论，来比照中国的悲剧，找到中国悲剧独特的呈现方式和美学意蕴，来丰富和发展我们的悲剧理论。正是鉴于此，熊元义指出，中国悲剧有其独特性，我们可以吸收西方悲剧理论的精华，但是绝不能以它为准绳，裁剪中国古典悲剧，即削中国之足以适西方悲剧理论之履。

第二，体现了民族悲剧精神的发掘与当下文学精神观照的结合，强调了中国悲剧精神的当下意义。

熊元义认为，中国悲剧的独特性就存在于中华民族几千年来所形成拒绝妥协、抗争到底的悲剧精神之中。"邪恶势力可以碾碎我们的骨头，但绝不能压弯我们的脊梁。身躯倒下了，灵魂仍然要战斗。"这种绝不妥协的抗争精神所追求的境界正是历史的进步与道德的进步的统一。熊元义根据悲剧人物的抗争形式的不同，将中国悲剧划分为三大类型，即精卫填海（正义力量在斗争中精神或灵魂发生了转变，即由软弱到刚强、由妥协忍受到坚决斗争的转化，以《窦娥冤》为代表）、愚公移山（正义力量在斗争中开始力量比较弱小，但他们并没有放弃，而是积聚力量、壮大自身，坚持不懈，最终战胜邪恶势力，以《赵氏孤儿》为代表）和伯夷不食周粟（没有力量抗争但又拒绝成为强大势力中的一员，而采取隐匿遁世的不合作态度与之抗争，以《桃花扇》为代表）。在中国古典悲剧中，悲剧人物的肉体虽已毁灭，但其精神是不朽的。这种拒绝妥协、抗争到底的民族悲剧精神在中国现当代文学中有着极好的延续与发展，鲁迅的"悲剧将人生有价值的东西毁灭给人看"与"一个都不宽恕"、巴金的"说真话"与"找回自我"、张炜的"理想坚守"、张承志的"清洁精神"、史铁生的"灵魂救赎"等均可清晰地找到中国悲剧精神的现代踪迹。

熊元义不是一个精神的守望者，而是一个现实的思考者。他没有停留在纯粹的学术研究层面（这似乎也不是他的特长），而是将学术研究与当下的社会现实结合起来。他在该书的序论《为什么研究中国悲剧》中谈到了自己研究中国悲剧的初衷及现实意义："20世纪90年代以来，中国思想文化界粗鄙实用主义的泛滥，中国悲剧的这种精神和境界遭到了全面的消解和否定。"在大众通俗文化背景下，躲避崇高、鼓吹粗鄙、警惕壮烈（告别革命）的言论与创作充斥着中国当代文坛。熊元义在分析王跃文的《国画》与阎真的《沧浪之水》等作品时，指出中国知识分子与当下文学创作正在丧失传统的中国悲剧精神。他对此深感忧虑。为此，熊元义提出当前中国文学要弘扬中国悲剧精神，期望中国当代文坛正气上升、浊气下降。可见，《中国悲剧引论》的写作是指向当下的，其学术努力和现实追求就是对中国悲剧精神的召唤与重建。可谓用心良苦。

第三，在对既有悲剧观念的梳理与评析中，凸显良好的问题意识、创新意识与理论建构意识。

熊元义有着良好的学术嗅觉，对学术界充满争议的问题异常敏感，并能够超越常规，推陈出新。《中国悲剧引论》即从问题入手，拿西方悲剧理论中心论背景下饱受诟病的中国悲剧"大团圆"模式开刀。在对既有"大团圆"及相关问题研究的梳理中（第一章），强调从本体论上把握中国悲剧的大团圆现象，认为中国悲剧的大团圆现象不但是现实生活的曲折反映，而且是中国悲剧这个整体中不可分割的有机组成部分，是中国悲剧内在主题的完成和深化，是中国悲剧精神和境界的强化与提升。在熊元义那里，"大团圆"不但不是中国悲剧的缺点，而正好是中国悲剧的"精髓"，从而进一步强调了中国悲剧的审美独特性与精神独特性。的确很有新意。

在第五章"中国悲剧在近现代的命运"中，熊元义从近现代中国学子对中国悲剧的认识（从否定到肯定或部分肯定）过程入手，特别是对王国维、胡适、鲁迅、朱光潜、钱钟书、唐君毅等大家的悲剧理念作了认真的梳理，认为 20 世纪以来中国学界对中国悲剧的认识都没有超越或者突破西方悲剧理论中心论，都没有认识到中国悲剧的审美独特性与精神独特性。熊元义在对此一一作出评析和判断后，将以西方悲剧理论为标准来裁剪甚至否定中国悲剧存在的研究方式大胆予以扬弃，努力寻找并尝试建构一套符合中国自己悲剧特质的理论体系。"中国悲剧精神""历史进步与道德进步的统一""境界""伦理道德关怀""拒绝妥协、抗争到底"也许就是熊元义建构中国悲剧理论体系最关键的核心词汇。

　　严格地讲，《中国悲剧引论》作为一本学术著作还有一些值得商榷和需要进一步完善的地方，但其所凸显的学术观念与学术价值是值得肯定的。熊元义敢于挑战学术权威，打破学术藩篱，与当下后现代理论思潮影响下的解构主义倾向，与西方话语主导下的洋教条洋八股学风形成了鲜明对照，强调重建中国民族理论话语的学术意识。该书体现了当代青年学者学术自立的现代品格。

（原载《长治学院学报》2008 年第 6 期）

穿过巴河，在世纪的交点找寻阳光

——评巴岸的诗集《一个世纪的怀念》

巴岸，这位来自闻一多故乡的诗人，从巴水岸边，秉着"红烛"，蹚过"死水"，向我们走来，还来不及拭去麦地的泥土，就投入了战斗者的吟唱。在他的新诗集《一个世纪的怀念》（中国文联出版社 2002 年版）中，巴岸将自己在《阳光的辞典》（诗集）和《乡村歌手的唢呐》（散文诗集）中的风格予以深发，站在世纪的窗口，全面审视自己。"我热爱新的时代，可把青春丢在了昨天/如今依然两手空空，拿不出什么献礼/我多想从头再来，然而时光不能倒转/只能坐在这样一个深夜里，背对世纪的大门/像罗丹的沉思者，面对最后的晚餐，逐渐被曙光掩埋……"（《2001 年前夜》）。回顾过去，展望未来，使得巴岸的新作呈现出勃勃生机，显示出一定的生活厚度和思想力度。

一　魂牵梦绕的乡土情怀

巴岸作为一个从农村走出来的诗人，自然难以割舍那份对故乡的深情，"还是让我回来吧，乡村/让疲惫的我投入你的怀抱"（《乡村拾穗·1》）。巴河岸边的麦田稻穗、农人渔夫、风俗乡情总牵动着诗人敏感的神经，一经碰撞就燃起灿烂的诗情，化作花絮、断片和乐章，汇成浓郁的赤子衷情，涂抹在故乡的土地上。

故乡的一山一水、一草一木都将成为诗人美好的素材，经过倒膜加工，连缀成一幅幅清新明快的画卷：点点流萤、袅袅炊烟、茵茵麦苗、幽幽流水、觅食的白鹅、舞动的牛鞭……《乡村拾穗》以美术写生的手法，将乡村的所见所闻所感简捷明快地转化为朵朵诗情，溅起又消散，消散又溅起，总也荡漾不去。"燕尾将春天/剪成一幅窗花/贴在乡村的 池塘上"（《乡村拾穗·5》），一个"剪"字，一个"贴"字，形象生动地勾勒出春天勃勃生机、轻松明快的氛围；"水田 溅起一片蛙声/将三月的夜 打湿……"（《乡村拾穗·11》）中，"打湿"二字用蛙声之动来衬托三月春夜之静，如水之浸润纸张，慢慢地湮化，慢慢地扩散，天然而和谐；"夏夜听外公讲故事/孩子们竖起耳朵/像稻垛上长满了蘑菇/采摘了一茬又一茬/怎么也采不完"（《乡村拾穗·13》），将孩子们的耳朵比喻成稻垛上的蘑菇，贴切而生动，一茬又一茬，既言孩子多而可爱，又言外公故事的吸引人，是一幅老少谐乐的动人画面。比喻、拟人等修辞手法的大量运用，使得巴岸的乡土诗充满活力，洋溢的是青春的诗情。

巴岸以回乡游子的身份融入故乡宁静和谐的氛围里，尽情地品味巴河水的清凉、麦穗菜蔬的芳香、大地母亲的赐赏。可巴岸毕竟是一个走出了农村的诗人，他以现代文明来观照乡村生活，看到了故乡宁静和谐背后的某些痼疾，传统的、世俗的、落后的文化因子总是如水蛭一样吸附在故乡母亲的肌体上，负重的乡村使得诗人多了一份沉重也多了一份惆怅。"我一直背着些沉重的负荷/彳亍不前/岁月什么也没说/却悄悄地前行了"（《乡村拾穗·2》），这正是诗人对故乡惆怅的所在。现实生活的沉重，故乡百年依旧的状况，迫使诗人在对故乡"浅薄"的向往和"苍白"的讴歌的同时，不得不带上铅重的色彩。"映山红熄灭了/苔类与时间相约老去/乡村的寂寞/融成一曲蟋蟀的清唱/村庄的背后/一声呜咽的狗吠/恰如浓酽的乡音/使我满面泪痕"（《乡村拾穗·43》），诗人流泪即是为了这"熄灭""老去""寂寞"的村庄，诗人将自己对故乡的爱化作一种对乡村现实的关切。

在《婶娘》这首叙事诗中，诗人对婶娘寡居的生活寄寓了深切的同情，更对愚昧落后吞噬人性的野蛮乡俗进行了无情的批判。寡居的婶娘"是已故之人的一只楚楚孤灯/守着残弱的日子/为未来熬一点苍白的亮色/是已故之人的一块活的碑石/打了褶的皮肤/镌刻着无穷的凄清"。本有一个希望可以缓释孤儿寡母悲凄的命运，可野蛮愚昧的族人竟将那个粗糙胡子的男人活活乱棍打死在婶娘的屋前，又酿造了一个悲剧。"再也没有人从那山道踽踽而来了，婶娘/当你听见堂弟对着两座坟共叫一声父亲时/你跪抚着两个坟头/哭死过去……"面对这淋漓的鲜血，诗人愤怒了，"所有的刀子/都捅向我吧！/我不愿再见洁净的大地上/留下斑斑伤痕和血腥"（《乡村拾穗·42》）。巴岸将这种对故乡的复杂情绪演绎在《巴河断章》这首厚重的诗中，站在民谣的开头，打开传说、寻找历史的"我"却"不敢回乡"，青青的颜色，飘摇的酒旌，渔人的脚印，都亦浓亦淡地保持着往昔的沉默。依旧得让人可怕，沉默得让人震颤，没有了骚动，没有了创造，没有了激情，也没有了哀怨，如一潭"死水"。"衰老的父亲，/那黄铜唢呐鼓手，将岁月开在黑色的死亡上。/三三两两的子孙，是雨后凋零的花瓣，/正一枚一枚，被流水带走……"岁月在苍老，子孙却在永无变更地重复着父辈的脚印。对此，诗人不无悲哀地写道："这里是生命之始的摇篮，也是生命之末的冥床啊?"也许能改变巴河人"摇篮—冥床"式生活的只能是后辈们的生活热情，"江河的墓碑是没有墓志铭的，它等待着后来者，/用爱情的鱼群去撰写，用激烈的汛风去镌刻。"但期望归期望，现实中巴河最后的儿子们依旧迈着沉重的脚步，怀揣铜锁，追赶季节而去，"他们无尽的日子，亦如天堂流下的巴河水，/源源不断，浅浅深深……"沉重的现实在诗人心中不断郁结，形成了一个永远无法解开的"结"——乡愁。它是诗人对故乡的一种深厚的情感，一种剪不断、理还乱的刻骨铭心的思恋，一种绵绵悠久的梦托，一种无声的仰天长啸，更是一触即发的疼痛。

现代文明，造就了硕大无朋的水泥空间、你死我活的竞争意识、虚伪冷漠的人际关系，生活于其中的城市人无不感到一种越来越重的精神压迫和畸形，引诱着人们向往一种坚硬、踏实、久远的精神居所。巴岸是从农村走出的诗人，他生活在"始终不肯闭上充满欲望的眼睛"的城市，在这里"酒吧的心室送出的高分贝噪音"，摩天高楼和黑色烟囱林立，人人都戴着钢铁面具，深不可测。"我"如"笼子里的鸟"，"在黄金的栅栏内/敛缩满是创伤的翅膀"，"默默地把自由歌唱"（《笼子里的鸟》）。诗人在城市里没有家，他的家在哪里？"我的乐园在高楼与高楼之间，那里的房屋像我的灵魂一样透明/那里没有墙甚至没有篱笆/那里没有猜忌也没有伪装"（《疯人之歌》）。诗人心里却有着一份渴慕："让我随同你们突围出去/到一片没有人烟水草丰美的水泊/快乐地生活，放声地歌吟"（《野鸭飞过城市的头顶》）。

"为什么我的眼中常含泪水？因为我对这土地爱得深沉"（艾青《我爱这土地》），正是这种深沉的爱、这种无法解救同时又是一心向往的剧痛，使得诗人与故土之间形成了一种血脐难断的关联。"饥荒之年，我分娩于麦垄之间/左手紧攥的是一把茵茵麦苗/右手则紧抓母亲干瘪的乳房"（《麦地》），土地给了诗人以生命，受伤的生命又在这里找到了精神慰藉。"乡村，让疲惫的我投入你的怀抱/做一只鸟/倾听轻风的耳语/或做一株小草/捕捉大地的心跳"（《乡村拾穗·1》）。"土地—生命"，"故乡—精神家园"的对应在诗人的潜意识里默默酿就。在诗人的眼中，"家园一词所连接的既是生命的源头，又是精神的归宿，是对人类生命起始时阳光和水草的基因性的和煦记忆，是人类在严峻的生存现实中，对这一幻象式的记忆，一次次重逢刚执的寻找和最终归宿的兑现"。① "家园"成为诗人最终和最高的精神指向。

二　激越鲜明的战斗鼓点

细读文本，与其说巴岸受过闻一多的熏陶，不如说跟艾青的距离

---

① 江堤、陈惠芳、彭国梁主编：《家园守望者——青年新乡土诗群力作精选·序言》，香港文学报社出版公司 1992 年版。

更近。巴岸的诗明显有两大块："乡土吟唱"和"光明赞歌"。在第一辑《世纪的鼓点》中，巴岸将自己定位于光明的歌者，诗风刚健凌厉，诗请激越昂扬，如闪电，如刺刀，透过现实，找寻着阳光。"每个人都是一个时代的歌手/从坎坷中爬起/摘下脖子上沉重的枷锁/放开喉咙，唱吧！"

在《世纪的鼓点》中，诗人提炼出大量战斗者形象（角色）："撕扯着阴霾的旗帜，驱赶着黑暗的兵曹，也鼓捣着自己独醒的灵魂"而傲然于云天的鹰（《熊瞎子和鹰》）；"宁为玉碎不为瓦全"的瓷（《瓷》）；"当太阳点燃漫天的烽火，所有的星子都随着彗星仓皇溃逃，惟有你独自迎上前去，没有一丝恐惧和怯弱"的启明星（《世纪的鼓点·启明星》）；用血淋淋的残掌打向敌人狗脸的战士（《世纪的鼓点·战士》）；"我们倒下了/就把太阳压在身下/我们倒下了/也要把地平线垫高"的唱着号歌前进的纤夫（《世纪的鼓点·号歌》）；"用永不闭合的眼睛逼视叛徒/着凉废墟与死亡/濯净祖国足上的血腥"的人民（《人民》）；永不为季节变化所降伏的水（《水》）……这些形象都有着对黑暗丑恶的憎恶，对美好光明的向往，有着永不妥协的抗争精神和激越昂扬的战斗情怀。在我们这样一个相对和平的年代里，"光明的赞歌"已经过时，诗人巴岸怎会如此痴情地歌唱这些战士呢？是因为诗人有着一颗常人不备的忧患意识，有着一颗火热的心。"其实战争离我们很近，在和平年代/英雄的塑像在熙攘的人群中孤独地招手/可人们视而未见。世界正缺一种碘——忧患。"（《我们的时代》）"如果青春之花再度枯萎/该如何面对凝视的眼睛/如果新的契机突然降临/怎能让挑战者彳亍独行。"（《信仰——纪念五四运动八十周年》）在貌似和平的、虚伪的、萧索而沉闷的时代现实面前，诗人被"哑哥"（象征一个压抑、沉默太久了的战士）的怒吼震醒，清醒而敏锐地意识到"洪荒"的来临，"洪荒来临，让我们也加入到那群平凡却可爱的人中，用胸脯抵抗贪欲，用手足掣服邪魔，用生命奏出辉煌的乐章"，"诗人，收起那虚假的浪漫，告别那尘封的象牙塔，为他们写诗！把诗写给他们吧"（《洪荒》）。

巴岸的战斗之诗如鼓点，节奏短促明快，情绪激越高昂。诗人用简短的诗行、排山倒海的笔法，堆积起一种倾泻三千尺的诗情。"闪电从它的双眼放射，暴风雨自它的翅下生发，窒息的天空恐惧地抖动着。它的利爪之前，是乌云滚滚；它的巨尾之后，是碎片纷纷……""它傲然于云天，一路战斗着，一路歌唱着，一路用乌云的絮团擦拭胸膛上撕裂的伤口。""它摇晃着大树；/它撞击着山原；/它捶大着土地；/它撼动着河流……"（《熊瞎子和鹰》）"我是疯子！我撕下虚伪的衣装/……/我是疯子！我将身体的每个部位展览于人类面前/让头发飘扬成胜利的旗帜/让乳房和生殖器太阳一样漂浮在大街之上/刺痛每一枚商业硬币/照亮每一扇水晶橱窗"（《疯人之歌》）。这样的激情，这样的斗志，无非是要鼓捣自己的灵魂，把光明和阳光找寻。《献诗》道出了诗人的心声，我无以迎接伟大而光明的太阳的到来，只有将笔搭在五指间来把您歌唱，或死后化作水、尘埃、射线，和您一样，把光芒射向蓝色星球，作为给土地母亲的回报。"把名字刻入阳光/去温暖一个又一个冬天/把血液灌进泥土/去肥沃一代又一代心灵。""我们所仰望的头颅和太阳啊/沉甸甸的/结在历史黛色的枝条上/四射光芒/点亮漫漫黑夜里的火把和大旗/点亮人民的思想。"（《英雄与阳光》）

诗人对找寻阳光是充满信心的，在一种理想乐观的信念下走上了征程。"用全部膂力举起那战旗/让赤色的灵魂燃烧成火/只要你勇敢地站成旗杆/你就会拥有必胜的信心。"（《信仰——纪念五四运动八十周年》）"醒来，醒来，都醒来/春天要来了/崭新的消息来自远方/让我们都站起来/汇入一个时代的合唱！"（《熊瞎子和鹰》）"让我们高举手臂/组成一道道钢铁的护栏啊/守卫每一条前进的道路/让我们自然地说：'太阳每天都是新的/我们每天都有新的创造。'"（《英雄与阳光》）

三　痛苦灿烂的诗性思考

巴岸的诗是乡土的诗，战斗的诗，也是思考的诗。他有着对个体生命的思考，对民族文化的忧虑，对现代文明的反思。它们零星地散落在诗集中，隐隐约约地闪现着生命的旨趣和理性的光芒。

作为一个诗人，巴岸一直思考着诗人的价值、诗人的命运。在《与抢劫犯对话》中，诗人与朋友共同导演了一曲双簧，来探讨诗歌的价值。"是的，它们（友谊和诗歌）并不能当饭吃/但，正是它们，使我和我的朋友们/有勇气而对生活，度过穷困潦倒的日子/也正是它们，使我面对您的刀子/没有半点颤栗……"诗就是财富，就是无穷的力量。"怀揣着诗稿/我和我的朋友/走在一条黑巷中/没有酒。我们轮流朗诵着诗/在漫漫黑暗中蹀躞"，诗能战胜饥饿，战胜邪恶，并"赢得大量贫民爱戴"，收下他最后一张诗稿就破产了的店老板不无感动地说："酒鬼，我收这诗稿，是收取了一个时代的遗产/这足以使我富裕一辈子，还有我的儿子、孙子……"（《留在白桦树皮上的诗歌》）。但在这样一个阴谋与铜臭泛滥的时代，诗人并没有盲目乐观，仍铭记着"为苦难民族招魂"的屈原的悲哀，寻觅着"从莫邪的刃下逃脱"的九尾鸦的孤独。诗人孤愤地唱道："屈子啊。当死亡能够拯救祖国的厄运，我还活着干吗？/苏格拉底，当时光能够荡涤误解，我干吗要争辩？"诗人的命运注定是孤独的、痛苦的。诗人却没有绝望，在《与死神的一次偶遇》中仍有着美好的愿望，他要勇敢地面对死亡，并为自己写下《葬礼》，"将死亡留给自己/把新生捧给我的朋友们"。

个体生命的延展就成为民族国家的命运，巴岸对此也倾注了深厚的感情。他的诗中，有对民族象征"瓷（china）""宁为玉碎不为瓦全"精神的讴歌；有对屈原"为苦难民族招魂"的忧患意识的怀忆；有对"中华之花"——牡丹涅槃新生的赞叹。但深爱的有着两千年传统的民族，却背上了文化的重负，沦为时代的落伍者，在经济泡沫的洪荒中，文化充当起廉价的笑料。编钟"任凭铜板的淫笑而沉默不语"；三寸金莲成为审美时尚，女娲的巨足却被儿女们考古为神话；林则徐的战炮被当作烟枪，成为慈禧卖弄的杂耍；被"外汇"挡回的诗人张继，无法在美妙的月夜漾起诗请；为茅房所苦的杜甫只能下海改写《金瓶梅》；耿直的海瑞在阎王爷那里还要被查办；包拯被贬为荒诞剧团团长，充当了改革的炮灰。诗人用戏谑的笔法，如一猛棍，为的是震醒昏睡的民族，遏制文化的堕落，"编钟，编钟，请醒来/我要用带血的头颅叩击你/为了这个时代/为了这个民族"。

诗人没有局限于狭隘的个人和民族，他对整个现代文明也给予了充分的关注。在《我们的时代》中，诗人对后工业时代商品和技术主宰人类的现状不无忧虑，"大剧场背后是流水线，商品轮番上台表演/我们从电子网络的迷宫逃出，戴着白天和黑夜的假面/沿着斑马线触及城市的隐私/时间的胃把我们的青春消化殆尽/克隆技术在发达，我们也不能回到从前"。现代文明给我们带来的究竟是什么？诗人的回答是：忧伤和战乱。"与它们一起飞翔而去的只能是我的痛苦和梦想/——我的翅膀已被城市暗堡飞出的流弹中伤"（《野鸭飞过城市的头顶》），在现代政治、军事主宰下的世界完全是政客的俱乐部，和平业已受到威胁和破坏，南斯拉夫人民正在遭受战难。

诗人该怎么办？

巴岸清醒地意识到摆在诗人面前的"一条是进入悲惨之城的道路/一条是进入永恒痛的道路/一条是进入永劫人群的道路/其余的则是通向浩瀚的耻辱"（《死城——致一位诗人》）。这首诗其实是写给诗人自己的，诗人要么痛苦地活着，要么灿烂地死去。正如诗中所言："……啊你呀你呀笨拙的诗人/为什么你活在人群中如此的疲惫和卑琐/而走向崩溃是/却是那样的从容不迫蔑视一切。"这是诗人注定的命运，也是诗的价值，诗人的价值所在。

（原载《长江文艺》2003 年第 3 期）

文学经典的赏与析

雾雨阴晴,镜花水月

——刘禹锡《竹枝词》与卞之琳《无题》的比较

　　爱情是诗歌永恒的主题,爱情之美,在其风花雪月、缠绵悱恻,更在其虚无缥缈、不可捉摸。古往今来,许多诗人都精心营构着自己的情诗,刘禹锡的《竹枝词》以清新质朴的民歌风范,展现了一幕幕韵味醇厚的爱情短剧;卞之琳的《无题》诗则以冷处理的笔法,将热烈而朦胧的爱情赋以理智和哲思。两者作为古典和现代爱情诗的优秀作品,虽篇幅短小,却蕴含着丰富多彩的情感世界,在清新活泼、空灵悠远的氛围中,我们能领略到诗人多姿的艺术风貌。

　　"杨柳青青江水平,闻郎岸上唱歌声。"诗歌一开始,扑面而来的是优美清新、活泼谐调的画面,洗衣少女抑或是渔家姑娘看到翠绿欲滴、婀娜多姿的杨柳,对着平静的江水感受着自己美丽的倩影,怎能不春意融融?在欣赏之余,更有一份期盼,盼望自己心爱的情郎。也许是偶然,也许是灵验,岸上忽然传来了小伙子的唱歌声,那自然是高亢激昂的情歌了。"东边日出西边雨,道是无晴却有晴。"东边太阳朗照,西边却下起了瓢泼大雨,这阴晴难辨、喜怒无常的天气,难道不像那些性情多变的男子?一会儿热情似火,一会儿又冷酷如冰,叫我如何承受得了?这两句一反上两句的清新活泼,转而为淡淡的忧郁。两种情绪,两种色调,形成了强烈反差,此一解也。由此,我们可以想象得出诗中的姑娘是一位多情伤感的弱女子形象。换一种思维，我们可把这两句诗理解为姑娘对小伙子的应答之词，以试探他的诚挚和机灵。"你看那——东边太阳高照，而西边却把雨来下，说是无晴（情）呢，还是有晴（情）呀?!"这是对小伙子的考验。弦外之音就是："对虚情假意之人，我将冷峻无情；对诚挚热情的人，我将满怀深情。你们看着办吧!"在这里，透露出姑娘对爱情生活的勇敢执着、审慎持重的性情。此另一解也。按这种理解，诗中的姑娘则是一个活泼机智、钟情而又腼腆的刚强女子。把整首诗结合起来，作者给我们的是一幅少男少女江边幽会、情歌应答的动人画面：一边是放声歌唱，唱给我心爱的姑娘；一边是侧耳倾听，笑而不答，而身边杨柳依依，江水潺缓……这首《竹枝词》以意境取胜，可谓融情于境的佳作，做到了"状难写之景如在目前，含不尽之意见于言外"（欧阳修《六一诗话》），无怪乎苏轼尊之为"不可追及"之绝唱。

卞之琳笔下的爱情世界，则热烈而冷静，具体而抽象，真实而朦胧，虚幻而缥缈。《无题（四）》两节八句，前三句用齐整的排比句法，"隔江泥衔到你梁上，隔院泉挑到你杯里，海外的奢侈品舶来在你胸前"，堆积起炽热的爱恋之情，如燕衔泥，不知劳累；如人挑水，不辞辛苦，为了我心爱的姑娘，我送你名贵的海外奢侈品（据卞之琳的自译"海外的奢侈品"为"Jewels frombeyond the ocean"，故应为项链、珠宝之类的饰物）。送的东西越来越名贵，感情的投入越来越多，可见男子对恋人的一片痴情。"梁上""杯里""胸前"，三者与女子的距离，越来越近，可视为男女感情越来越亲昵。正当我们为"痴情的感化"而欢呼时，却冒出一句"我想要研究交通史"，这抽象似乎不知趣的现代词条，使热烈的初恋骤然降温。但细细品味，却别有一番滋味。"交通史"，可理解为"隔江泥""隔院泉""海外的奢侈品"到你那儿的路径，也可理解为你我感情发展的历程，更可视为你我心与心的交流。卞之琳用"研究"一词，足见其冷静，不断地咀嚼感情的历程，品味交流的契合点。第二节诗形上近似第一节，前三句以两个"一付""一收"为骨架，承接"交通史"的内蕴，展示出了"追求—应答"中情感的空灵与虚幻。热恋之后，你我的情感，有

时变得含蓄而默契,是心与心的交流,我"一片轻唱",你"两朵微笑";然而有时却是另一番情景,我"付一枝镜花",却"收一轮水月",这样如"镜中之花""水中之月"爱情到底虚无缥缈、难以捉摸。作者化用"镜花水月"的典故来寄托现代人的情思,颇有深味。也许爱情之美即在于此,"故其妙处,透彻玲珑,不可凑泊,如空中之音,相中之色,水中之月,镜中之象,言有尽而意无穷"(严羽《沧浪诗话》)。所以,在这无法捕捉的美好情愫中,"我为你记下流水帐",又一个抽象的句子,却同样的具有深味。流水无情,人有情,爱情缥缈,而"帐"井然。在记下账目、体味情感时,虽烦琐却美丽,虽枯燥却有无尽的韵味。

这两首诗虽相隔一千多年,却有着共同的东西。都表现了爱情的不可捉摸,一者诉诸天气的阴晴难测,来喻情感的难以明辨;一者以"镜花""水月"之虚幻缥缈,赋现代爱情以理性的沉思。两首诗都先扬后抑,在清新活泼,优美热烈感情的自然流露后来一个转折,在忧郁中咀嚼爱的酸甜苦辣,品味爱之无穷魅力。都运用了"起兴"手法,《竹枝词》以"杨柳青青江水平"引起所咏之词,这是自《诗经》以来,古代诗歌常用的手法;《无题》同样以"燕衔泥""人挑泉"来开题。另外,两首诗都用了与水有关的意象,"江水""岸""雨""泥""泉""水月""流水帐"等,前者借江边为诗造境,又用"雨"来造情,水使情景有机地融为一体。后者的意象非常统一,全部与水有关,看中的也是流水之不可把握与爱情的不可把握十分的相像。

尽管两首诗有如上之共通之处,但一首为传统的古典诗歌,一首为现代的新兴诗歌。传统与现代、新与旧的壕沟也鲜明地显现在诗中。

主体精神的有无。刘禹锡的《竹枝词》是被贬夔州时的作品,作者特地写了比较长的引言,表达对民间歌谣的"含思宛转,有淇濮之艳"(张天池、吴钢《刘禹锡诗文选注》)的赞赏。"淇濮"本是西周时卫国境内的两条水名,在此代指卫国的民歌,古人曾鄙"卫声"

为"淫词",而刘禹锡美之为艳曲,是看重其清新刚健的风格。同时,他特意继屈原作九歌的优秀传统而努力为之,以"俾善歌者扬之"(张天池、吴钢《刘禹锡诗文选注》),不是为了自娱消遣,而是让之传诸后代。故在诗中我们找不到半点诗人自我(被贬时)的情绪,诗中的爱情完全与诗人无关,更谈不上主体精神的凸显了。而卞之琳的《无题》则不同,"不料三年多,我们彼此有缘重逢,就发现这竟是彼此无心或有意共同栽培的一粒种子,突然萌发甚至含苞了。我开始做起好梦,开始私下深切感受这方面的悲欢。隐隐中我又在希望中预感到无望,预感到这是不会开花结果。仿佛作为雪泥鸿爪,留个纪念,就写了《无题》等这种诗","我这种诗,即使在喜悦里还包含惆怅,无可奈何的命定感"(卞之琳《雕虫纪历·自序》)。由此可见,《无题》是作者个人情感体验的外化,诗中我"研究""记下"完全是诗人心迹的真实表露。

审美理念的迥异。我国的古典诗词讲究"造境",以"天人合一"的"无我之境"为最高境界,追求的是一个宁静和谐、优美清新的艺术世界。《竹枝词》展示的是人与自然统一和谐的宁静画面,"杨柳依依"、"江水潺缓"、男子高唱、女子应答,这是农业社会所向往的境界。刘禹锡在《竹枝词》中展示的就是这种"以和谐为美"的古典审美观。卞之琳的《无题》则从人与人的交流沟通入手,探究的是热恋中男女的内心奥秘。现代社会中,由于各种原因,人是以个体的方式存在的,其心理是难以沟通的,即使是恋人亦如此。诗人在诗中对男女恋情进行了许多冷处理,化热烈为沉思,将两种原本对立的情愫结合起来,体现出"以冲突为美"的现代美学理念。完全可以说,《竹枝词》展示的是一种人与自然和谐相处的静态美,《无题》是一种人与人内心矛盾冲突的动态美。

意象运用之"隐秀"。"意象"是诗歌表情达意极为重要的一环,诗人大多把内在之意诉诸外在之象,使之具有了"隐秀"的特征。"秀"是就"象"而言,它是具体的、外露的;"隐"则就"意"而言,它是内在的、抽象的。《竹枝词》用了很多传统的意象,"杨柳"

"江水""日出""雨"，其所含之意大多比较固定，也很具体。因此，也就容易揣度出象中之意，这是古典诗歌的共同之处。相反，《无题》诗中的意象较为隐晦，诗意也很跳跃。"交通史""流水帐"完全是现代全新的词汇，"镜花""水月"虽化用古典意象，却赋予了新的意义。如果不了解作者的创作意图，不做意象内涵的梳理，则诗歌所暗含的意义，读者很难把握。这是现代派诗歌的一大特征。现代派诗人反对情感的直接流露，认为诗人在不能自已时，要敢于克制自己，使情感回流，要在一定的距离上观照自己的感情，并在观照中将自己的感情化为意象。卞之琳更是如此，"我写诗，而且一直是写抒情诗，也总在不能自已的时候，却总倾向于克制，仿佛要做'冷血动物'"（卞之琳《雕虫纪历·自序》）。

另外，在韵律上，《竹枝词》虽为民歌体，却也韵律齐整，"平""声""晴"都押东庚韵，便于吟唱；《无题》是白话体的自由诗，不押韵，句式长短不一。在修辞上，《竹枝词》用谐音双关，以"晴"谐"情"，令人称道；《无题》运用了排比、反复，堆积起了一种诗情，在情感堆积的同时，诗本身在无形中也成了"一种有意味的形式"。

附：

竹枝词二首（其一）

刘禹锡

杨柳青青江水平，
闻郎岸上唱歌声。
东边日出西边雨，
道是无晴却有晴。

无题（四）

卞之琳

隔江泥衔到你梁上，

隔院泉挑到你杯里，
海外的奢侈品舶来在你胸前：
我想要来研究交通史。

昨夜付一片轻喟，
今朝收两朵微笑，
付一枝镜花，收一轮水月……
我为你记下流水帐。

（原载《写作》2005 年第 7 期）

异化的"风景","反讽"的诗学

——读辛笛的《风景》

　　看到"风景"一词，读者联想到的往往是一幅幅清新明丽、浪漫诗意的自然画卷，而诗人辛笛笔下的《风景》却迥异。他向我们展示的却是旧中国一派萧瑟颓败的病态景象，很是令人扫兴。诗歌标题给予读者的阅读预设与诗歌正文所呈现的主题内容，形成了强烈的反差，造成了"语境对于一个陈述语的明显的歪曲"即"反讽"（布鲁克斯《反讽———一种结构原则》）的艺术效果。在 20 世纪中国文学中，以"风景"为题的作品有不少，比较经典的还有"新感觉派"作家刘呐鸥的都市题材小说《风景》、当代作家方方的"新写实"小说《风景》等。这些以"风景"为题的作品，均反"风景"一词的本意而用之，或书写现代都市社会男女的情感"病态"，或展示恶劣生存环境中人性的"异化"。"风景"一词在读者的阅读和接受中不自觉地被修改了它自身原有的语义，而呈现出反讽的色彩。

　　1948 年初，辛笛赴美考察，不久就带着忧国忧民的心情回国。1948 年夏，诗人坐在沪杭的列车上，映入眼帘的是萧瑟与荒凉的旷野，不免忧心忡忡。列车本来是行驶在"铁轨"之上，诗人感受到的却是列车重重地轧在中国的"肋骨"上，"一节接着一节社会问题"，沉重而繁多，并且还在不断地堆砌延伸中。两组看起来毫不相关的意象，在诗人独特的情感体验中却相当自然地缝合起来。肋骨是何等的脆弱，它如何承受得起如此的沉重！诗的开篇就为我们定下了一个忧患而凝重的调子。

在这种沉重的心情下，诗人看到的自然风景（"茅屋""田野间的坟""夏天的土地"）与人文风景（"兵士的新装""耕牛""农人"）似乎也就不那么清新自然，更无诗情画意可言了。"比邻而居的是茅屋和田野间的坟/生活距离终点这样近"。"茅屋"是农民日常生活的所在，而"坟"则是他们人生的终点。在广袤的原野上，"茅屋"与"坟"却交相错杂，"比邻而居"，对于苟且活着的人来说，生与死，并没有明确的界限。诗人在貌似平静的描述中，不由自主地发出对生命存在的慨叹：生活的现场距离生命的终点是如此的近。接下来，"风景"换成了"人景"。"夏天的土地绿得丰饶自然/兵士的新装黄得旧褪凄惨"。"夏天土地"丰饶自然的"绿"与"兵士新装"旧褪凄惨的"黄"形成了鲜明的对比："绿"是生命的颜色，是生命力旺盛的象征，而"黄"则是生命枯败病态的隐喻。夏天土地的"丰饶自然"，生机勃勃，更映衬出现实社会的凄惨与衰败。万绿丛中一点黄，而且"黄得旧褪凄惨"，显得极为刺眼，与整个色调格格不入。在这里，诗人并没有将这些问题直接地凸显出来予以批判，而是化为一种理性思考，在冷静的叙述和客观的描写中呈现出现实本身的"矛盾"。

目睹这样的"风景"一路走过来，诗人内心自然有了一种锥心之痛。随着列车的前行，"风景"的叠加，这种刺痛感越来越强烈，以致形成了对诗人的一种重压。在此，诗歌由外在自然物象的叙写走向内在情感的抒发，诗人也由冷静的凝思转向激愤的宣泄。"惯爱想一路来行过的地方/说不出生疏却是一般的黯淡"。一路来过的地方（上海—杭州），是诗人长期生活的地方，也是中国当时最为发达的地方。但在兵荒马乱的年代里，这里呈现出的却是"一般的黯淡"。到处民不聊生，哀鸿遍野，看不到任何的生机与希望，看到的只是"瘦的耕牛和更瘦的人"。这样的"风景"，这样的情形，怎能让诗人不痛心疾首，怎能让诗人不激愤满怀。最后诗人完全敞开心扉，一吐为快，把长期压抑堆砌在心头愤懑全部宣泄出来："都是病，不是风景！"爱之深，恨之切！这种对故乡、对家园的爱，我们还可以找到类似的痛心疾首的情感表达："啊！这不是我二十年来时时记得的故乡？我所记得的故乡全不如此。我的故乡好得多了。"（鲁迅的《故乡》）"这不是我的中华，不对，不对！……我会见的是噩梦，哪里是你？那是恐怖，是噩梦挂着悬崖，那不是你，那不是我的心爱！"（闻一多的《发现》）与鲁迅、闻一多相比，诗人辛笛的表达似乎显得要含蓄、理性一些，他将对病态现实的批判化为一种艺术的反讽。在这里，"异化"的主题与"反讽"的手法合二为一，升华为一种具有超越性的现代"反讽"诗学。

《风景》这首诗最初刊登在 1948 年 9 月《中国新诗》第 4 期上，它很好地体现了"中国新诗"派"现实、象征、玄学的综合"的诗学追求。诗人善于运用感觉位移、对比、设色等手法，将抽象的理念、复杂的情绪熔铸成新颖的意象，有机地实现了黯淡的象征性与强烈的现实感的融合，在"反讽"中既增强了诗歌的现实批判指向又彰显了诗歌的审美张力，既体现了诗人强烈的现实关怀，也体现了诗人的审美现代性追求。

附：

风　景
辛　笛

列车轧在中国的肋骨上
一节接着一节社会问题
比邻而居的是茅屋和田野间的坟
生活距离终点这样近
夏天的土地绿得丰饶自然
兵士的新装黄得旧褪凄惨
惯爱想一路来行过的地方

说不出生疏却是一般的黯淡
瘦的耕牛和更瘦的人
都是病，不是风景！

（1948 年夏在沪杭道上）

（原载《中学语文》2009 年第 7—8 期）

"快"与"慢"的诗性逻辑

记得看到过一则电视宣传片："快城市，慢生活！"渲染的是成都充满人情味的休闲生活方式。其实何止成都，我觉得还有为喧嚣浮躁所累的当下中国。这理应是我们追慕的一种诗性存在方式。当年，海德格尔用"筑居"和"栖居"将芸芸众生的现实存在和诗人的精神性追求区别开来，强调人要"诗意地栖居在现实大地之上"，说的就是这个意思。

《星星》2015年4月诗歌推荐的三位诗人，安徽的王妃、重庆的张守刚以及河南的刘高贵，都是20世纪六七十年代出生。在他们近半个世纪的个体生命体验中，亲身经历了中国社会由乡村而城市的深刻变化。小时候，在乡村田野中肆意地奔跑，一心向往那座"城"；长大后，来到这座"城"，没命地打拼，为的是能够生根发芽；现在，在都市的某个角落，他们开始打捞沉淀已久的思绪，发现魂牵梦绕的还是儿时的那个故乡。王妃的诗集《风吹香》、张守刚的《徘徊在城市与乡村之间》、刘高贵的《寸草之心》所表现的差不多都是这样的主题。只不过，王妃的诗歌给人印象最深的是语言，女性的沉静而温润，日常生活的诗意与审美，不经意地绵延于字里行间："总有风吹过，每天。/能让我记住的，都是新鲜的：/花香、草香、麦香、女人香……"（《风吹香》）张守刚则在乡下放过羊，在城里打过工，故乡的疼痛与温柔，城市的冰冷与无奈，形成了他叩击灵魂的诗歌文字："在工业区看老乡/我们和土地的心情/一样沉重"（《在工业区看老乡》）刘高贵深受豫南民歌的影响，喜欢民间的简单、淳朴，"我其实是一个很简单的人/只想在早晨醒来，晚上安歇/整个白天/我都将用来劳作/希望把所有的土地/都种上水稻和玉米"（《简单的生活》）。在刘高贵看来，故乡的一事一物，桃花、杏花，大麦、小麦，总关乎情感，关乎灵魂的所持所向。

张守刚的《在监控器下上班》以一个野丫头的视角，真实地揭示了她在工厂监视器下忐忑、惶恐、惴惴不安的心理现实："总感觉有双眼睛/在背后偷偷地看/她的脊梁阵阵发凉"，"走进洗手间/她差点小便失禁/她怀疑厕所里/也装上了暗处的眼睛"。这位刚刚从故乡窄窄田埂上走过来的女孩，完全被工厂监视器下的异样生活给"异化"了。一个大大咧咧的野丫头，因为"招工启事上的待遇/将她喊了进来"，不得不放弃"妈妈从小就让她/挺直腰杆做人"，变得"连打哈欠伸懒腰/也得小心翼翼"。诗人写出了打工者为物质、技术所裹挟的无奈现实。现代社会的快速发展是必需的，但"快"速的社会发展不能以压抑人性，尤其是不能牺牲弱小、美好的事物为代价。

和张守刚诗歌直截了当、快言快语的血性诗风有所不同，王妃的《好时光是用来浪费的》、刘高贵的《把桃花和杏花分开》则明显慢几个节拍，或优雅沉静，或素朴简单，他们注重的是日常生活的品位与格调，人生在世的心态与情怀。记得台湾诗人萧萧有一首诗《21世纪的台北人》就一个音"ㄇㄤˊ"（máng），可解读为"忙""盲"，也可解读为"茫""氓"……在"忙"和"茫"的今天，如何不迷失自己？保持良好的心态，拥有一份闲适的生活格调与情怀，就显得尤为重要。在王妃那里，她享受的就是那份"不知不觉""说着说着/它就睡了""什么都不想，和婆婆对坐在阳台上/拽着她细碎的话把子"的状态和心情。在她看来，"好时光是用来浪费的"，人生的趣味就在于，漫不经心的把玩，随心所欲的品味，将生命定格在某个瞬间、某个片段，独自享受其中无穷的韵味。在这首诗中，我们看到很多个"一":"我一转身""一滴寒露""一片落叶""一粒一粒"。"一"看起来简单,细细品来,其中却有大世界、大哲学,正所谓"一花一世界,一叶一如来"。

刘高贵的《把桃花和杏花分开》则重在一个"分"字:分什么?如何分?这本是一个抽象的方法论命题,诗人却用乡村生活的真实经验巧妙地化解了这一所谓的难题,认为"其实方法非常简单",就如将桃花和杏花、三月和四月、父爱与母爱、大麦与小麦、朋友和路人一一区别开来一样,"真的非常简单"。简单的背后有一种看不见、摸不着的东西存在。其实,"那妙不可言的就是情怀"。诗歌传达的是一种审美的乡土存在,一种诗性的逻辑追求。

其实,城市也罢,乡村也罢,都是现代中国社会的真实存在,都有其历史的价值和现实的意义,我们不可能简单地凭个人主观的好或者恶来作伦理或者价值的判断。不管是城市还是乡村,也不管是"快"还是"慢",最关键的是心态,是情怀,是看我们如何"诗意地栖居在大地之上"。

附:

在监控器下上班

张守刚

总感觉有双眼睛
在背后偷偷地看
她的脊梁阵阵发凉
昨天才走进这家工厂
招工启事上的待遇
将她喊了进来

刚刚从故乡窄窄的田埂上
走过来

还不习惯这样的日子
连打哈欠伸懒腰
也得小心翼翼
这个大大咧咧的野丫头
妈妈从小就让她
挺直腰杆做人

走进洗手间
她差点小便失禁
她怀疑厕所里
也装上了暗处的眼睛

好时光是用来浪费的

王 妃

好日子就是这样：有大把大把的时光
在不知不觉中被浪费——
譬如那池中开着的睡莲，我说着说着
它就睡了；譬如这季节，我一转身
一滴寒露附着在一片落叶上
在我窗前，轻轻滑下

好时光就是这样用来浪费的
譬如这个下午，有人独自
焚香、品茶、抚琴、读书
而我什么都不想，和婆婆对坐在阳台上
拽着她细碎的话把子，把新收的花生
一粒一粒，小心地剥出来

把桃花和杏花分开

刘高贵

把桃花和杏花分开
就是从春天里找出三月和四月
从酒里找出火焰　蝉翼上找出清风
从亲情里找出父爱和母爱

其实方法非常简单
就像你总有办法
在一片拔节声中
指认出大麦和小麦

其实方法真的非常简单
就像人海茫茫　你总有办法
将朋友和路人
一一区别开来

右手青山
左手江河
在桃花和杏花之间
那妙不可言的　就是情怀

（原载《星星·诗歌理论》2015 年第 4 期）

一曲悠扬而哀婉的乡村牧歌

——读沈从文的《边城》

1933 年冬，沈从文怀着"乡下人"对理想人性重构的巨大忧患，怀着对农人和兵士不可言说的温爱，以"二十世纪最后一个浪漫派"的姿态开始动手创作《边城》。他希望通过《边城》给那些"在那里很寂寞的从事于民族复兴大业的人一种勇气同信心"（《边城·题记》）。

在沈从文的笔下，茶峒是湘西边地的一座小城，这里山好，水好，人更好。这里没有现世的喧嚣与纷争，也没有都市的冷漠与矫饰，有的只是静穆与和谐，清新与淡雅，宛若一个世外桃花源。这里的人们淳朴而善良，厚道而简单："为人天真活泼，处处俨然如一只小兽物"的少女——翠翠，忠于职守、厚道好施的饱经沧桑的老船工——爷爷，健壮如虎、热情诚实、情谊笃深的兄弟——天保、傩送，豪爽慷慨、心地善良的船总顺顺等。他们对生活没有过分的奢望，就像那城边的溪水一样清澈透明，永不止息地静静流淌。

刘西渭认为《边城》是一部 idyllic 的杰作，"细致，然而绝不琐碎；真实，然而绝不教训；风韵，然而绝不弄姿；美丽，然而绝不做作。这不是一个大东西，然是这是一颗千古不磨的珠玉"（《〈边城〉与〈八骏图〉》）。正是通过这样一颗珠玉，我们感受到了沈从文笔下的湘西乃是一个田园牧歌式的理想所在；也正是通过这样一颗珠玉，我们体会到沈从文表现一种"优美、健康、自然，而又不悖乎人性的人生形式"（《从文小说习作选·代序》）的良苦用心。

在《边城》的故事中，每个人的身上都笼罩着人性至善至美的光环。但细细品味，字里行间，却有一种淡淡的隐忧向你袭来，那是沈从文内心深处一种挥之不去的悲情。正如汪曾祺所说，"《边城》是一个温暖的作品，但是后面隐伏着作者的很深的悲剧感"（《又读〈边城〉》）。

在自然的"风日里长养着"的翠翠随着年岁的增长，爱情意识得以生发、萌动，一个偶然的机会她认识了傩送，并朦朦胧胧地爱上了这个勇敢英俊的少年。而老船夫也一心挂念着在自己的有生之年为翠翠寻一个好的未来，他看中的是豪放豁达、诚实可靠的大老天保，并极力为之撮合。天保与傩送两兄弟同时爱上了翠翠，为此，他们展开了公平的角逐。后来，为了成全弟弟，天保选择了离开，结果死于意外。傩送在哥哥遇难后，觉得有愧于哥哥，而孤独地远走他乡。命运似乎在捉弄这些无辜的人，善意和好心却并没有成全一桩美事。爷爷在误解与忧伤中丢下了翠翠而离去，象征着湘西民情古风的白塔也在暴风雨中坍塌了。不谙世事的翠翠仿佛在一夜之间长大了，但她还是留在溪边守着渡船，等待那个月下唱歌的年轻人。那个人"也许永远不回来，也许'明天'回来"！小说给我们留下了一个意味深长的结尾。

在谈到读者对《边城》的接受时，沈从文说："你们能欣赏我故事的清新，照例那背后蕴藏的热情忽略了；你们能欣赏我文字的朴实，照例那作品背后隐伏的悲痛也忽略了。"（《从文小说习作选·代序》）可见，沈从文具有某种深刻的现代悲剧感，这种悲剧感其实深深地掩埋在其冲淡宁静的文字表层下。同时，沈从文也是矛盾的。从情感上来说，沈从文试图挽留住这个湘西神话，但在理智上，沈从文又意识到其无法挽回的历史命运。从这个意义上来说，《边城》所精心营构的"湘西世界"，是沈从文理想人生的一个投影，是梦幻和现实交织的产物，最终也只能是一个美丽的精神乌托邦。

（原载《中学语文》2011 年第 3 期）

质朴、自然而略带忧伤的
辰河风情写意
——赏读沈从文的《柏子》

　　沈从文的湘西题材小说，迥异于鲁迅启蒙精神影响下的五四乡土小说，代表的是现代乡土小说创作的另一条路子。沈从文延续并拓展了20世纪20年代废名所开创的乡土抒情小说的创作模式，他通过对湘西世界人情美与人性美的抒写，表现了一种"优美、健康、自然而又不悖乎人性的人生形式"，并以此来建构自己理想的"人性神庙"。沈从文在一篇题为《我的写作与水的关系》的文章中，谈到这种理想人性的建构与水的密切关系，特别是与他生活过的辰河的关系："我的想象是在这条河上扩大的"，"我所最满意的文章，常用船上水上作为背景，我故事中人物的性格，全为我在水边船上所见到的人物性格"，甚至是自己文字的风格也与这水有异常密切的关系。

　　1928年的短篇小说《柏子》，就是沈从文所说的这种性质的作品。小说讲述的是辰河上的水手柏子与辰河畔吊脚楼上的妓女短暂而愉悦的一次幽会。毛手毛脚的水手柏子，心急如焚而又兴致勃勃地闯进吊脚楼，和自己的相好一番痛快淋漓的身体狂欢，胳膊的缠绕，脸的贴紧，嘴的吮吸，舌的相咬……肉体的冲撞，情感的交流，鲁莽而直接，简单而强烈。在这里，没有过多的言语和虚假的承诺，没有任何道德约束和现实的顾虑，有的只是一种原始生命力的回答。柏子将储存了一个月的金钱与精力全倾泻在妇人的身上，妇人也用兴奋与麻醉挪去柏子心中的一切穷苦与一切期望。"他们把自己沉浸在这欢乐空气中，忘了世界也忘了自己的过去与未来。"他们没有仪式的生命狂欢，和都市人的虚伪矫饰、闭抑残缺近似阉割性的情欲表达比较起来，彻底而纯粹。他们质朴、自然、勇敢、善良，带着点原始的野性，充溢着生命的活力，沈从文也正是在这样一种美好健康人性的抒写中，呼唤民族理想人性的复归。

沈从文作为接受并正在体验现代文明的作家，他并没有简单停留在对湘西古老而原始的人情、人性的表现上，而是带着现代的眼光审视他笔下的人物。像柏子这样的水手，卑微而低贱，他们�常年的漂泊、艰辛的劳作，甚至是性命的冒险，去换取情欲片刻的满足与精神刹那的迷醉，并且沉浸在这种快乐的支付中。因为他们觉得"这种花费是很好的一种花费"，"今夜所得了前前后后的希望，今夜所'吃'的足够两个月咀嚼，不到两个月他可又回来了"，"他们根本不曾预备要人怜悯，也不知道可怜自己"。字里行间，无不透露出一层淡淡的隐忧，折射的是作者对其笔下人物的一种深沉的关怀。

不过，出于现代民族品格与理想人性建构的需要，沈从文并没有将这份隐忧与沉重直接传达出来，而是作了诗化的处理。在本然的现实生命中添加了一些柔和的色调，将现实的沉重与生命的诗意结合起来，凸显的是生命本身所包含的意义和价值。《柏子》在这种诗化的处理中，便达到了一种散文诗化的艺术效果。作者在舒缓散漫的辰河风情写意中，淡入而又淡出的是小说的人物和故事的情节。在沈从文的小说美学中，吸引我们的似乎不再是光彩夺目的性格人物、扣人心弦的故事情节，而是他为我们所精心营构的生活场域（"湘西世界"）以及存在于其中的生命形态本身。

（原载《中学语文》2011 年第 3 期）

湘西世界的"常"与"变"

——读沈从文的《萧萧》

　　创作于 1929 年的短篇小说《萧萧》，是沈从文小说创作逐渐走向成熟的作品，也是最能代表沈从文文学理想与人性建构的作品之一。如果细细品读一下《萧萧》，我们会发现沈从文先生的这篇小说与《柏子》之类的散文体小说有很大的不同。那就是小说不再那么散漫，沈从文给我们提供了一个清晰的时间流动背景，即以萧萧的年龄增长为线索，讲述了少女萧萧的成长历程以及其间的人生际遇。萧萧出生之后就没有了父母，是个孤儿，被迫寄养在伯父家；到了十二岁，萧萧便做了人家的新媳妇，成天带着年纪还不到三岁的小丈夫；萧萧十五岁时就已发育成人，在花狗的歌声诱惑中懵懵懂懂地就变成了妇人；失贞怀孕后，在等待发落的过程中生下了儿子，又被夫家所接受；到儿子长到十岁时，她正式与丈夫拜堂圆房；待到儿子十二岁时，家人又给他找了个童养媳，而萧萧则抱着自己新生的毛毛在一旁看热闹。这是小说的基本故事情节，时间线索相当清晰。从某种程度上说，这篇小说就是少女萧萧的成长史（西方称之为"教育小说"）。萧萧在年龄的不断增长中，生活中的位置也发生着一系列变化，由一个孤儿变成别人家的新养媳，由一个少女变成少妇，由一个媳妇变成另外一个媳妇的婆婆。一切都那么自然，一切也都那么熟悉。

　　"就我所熟悉的人事作题材，来写写这个地方一些平凡人物生活上的'常'与'变',以及在两相乘除中所有的哀乐。"沈从文《长河集·题记》中的这段话,我们用来阐释《萧萧》似乎也十分合适。

出嫁后的萧萧,一直过着本分而又规矩的农家生活,日子过得闲适又舒畅。"风里雨里过日子,像一株长在园角落不为人注意的蓖麻,大叶大枝,日增茂盛。"伴随着萧萧的成长,一些新事物也开始进入萧萧的生活视野。诸如城里"女学生"的新潮与自由、花狗的歌声与诱惑、情欲的萌动与释放等。东窗事发后,"萧萧步花狗后尘,也想逃走,收拾一点东西预备跟了女学生走的那条路上城去"。一切似乎都预示着变化。但一切又都没有变。萧萧被抓了起来,失贞辱节的她要么"沉潭"、要么"发卖"。但周围的人都对萧萧怀有一种不可言说的温爱,包容并接纳了她,并没有像我们想象的那样成为乡土中国的悲剧。最后,所有的一切都归于常态,所有的一切都化为平静。在沈从文看来,变的是时间,变的是外在的事物形态,不变的是当地淳厚的文化习俗,以及其间优美、健康而自然的人情、人性。这些文化习俗、人情人性相互作用,共同营构着沈从文的湘西乌托邦世界。这是沈从文的审美理想。

然而,生活在现代都市的沈从文,当他以现代人的眼光来反观他所深爱的那片湘西大地时,他又是矛盾的。在"常"与"变"的理性思考、在"两相乘除"中,沈从文深深地感受到一种无奈,字里行间隐隐地透露出一种深深的忧虑。萧萧非但没能改变自己的命运,反而被周围的庸常而恒定的现实所同化,她最后真真切切融入了乡村妇女的生命轨道。萧萧从一个受习俗命运支配的人,到自觉不自觉地成为支配另一个女子命运的人。生命的轨迹在苍白的循环中渐渐构成了亘古不变的命运轮回。表面上自然平淡的湘西生活,骨子里却带有一股无奈的宿命感。沈从文通过这种近乎无事的"心灵悲剧"(沈从文《论中国现代创作小说》),写出了古老的乡土中国与作家的现代民族国家想象之间的巨大鸿沟,令人不由掩卷长思。这也许就是沈从文的现代性意义所在。

(原载《中学语文》2011 年第 3 期)

一幅颓败凋敝的乡土中国"浮世绘"

——读师陀的《寒食节》

师陀（1910—1988），原名王长简，河南杞县人。1931 年以笔名芦焚开始发表作品。1936 年出版了第一部短篇小说集《谷》，后获得《大公报》文艺奖金而受到文坛的瞩目。抗战至中华人民共和国成立前长期蛰居上海，先后创作了《里门拾记》《落日光》《无望村的馆主》《果园城记》《结婚》《马兰》等作品。师陀前期创作以乡土小说创作著称，后期创作以都市题材小说见长。他以乡村、都市两副笔墨，或信手拈来，或浓墨重彩，绘织出一幅幅现代中国"生活样式"的"浮世绘"，成为"孤岛"乃至整个 20 世纪三四十年代最有成就的作家之一。

师陀的乡土小说创作，似乎与其他现代乡土小说的叙写模式（以鲁迅、台静农为代表的五四乡土批判型，以茅盾、吴组缃为代表的社会剖析型和废名、沈从文为代表的田园牧歌型）不一样，表现出自己鲜明的个性特征。在他的笔下，形形色色的乡土人物不是作为国民性的载体、阶级性的典型或人性美的化身来塑造的，而是作为乡土中国典型的"生活样式"的代表来刻画的。

《寒食节》是师陀创作初期的一个短篇小说，发表于 1935 年 2 月《水星》第一卷第五期上，较《谷》还要早。不管是从思想内容还是从艺术手法上来说，都应该是师陀前期乡土小说创作中很有代表性的一篇。不知为何，这篇小说发表后一直未被师陀的小说集收入，直到1980年，师陀在编选《芦焚短篇小说选集》（江西人民出版社1983年版）时才把这颗遗漏多年的珍珠捡了起来，但至今也很少有人注意到它的存在和价值，这不能不说是一个遗憾。

　　20世纪二三十年代的中国，军阀连年混战，兵匪交相横行，地主乡绅恶毒霸道，农村社会破败凋敝，农民的生活苦不堪言。《寒食节》的故事就是在这样的背景下展开。小说以清明节从省城回乡祭祖的"三少"为中心，以乡人的纷纷来访为线索，独眼、瘪脸老叔、关七、朱三婆子等都有求于这省城回来的大人物，比如找个差事、打听点消息、求个人情或带个口信什么的。但主人鼻子一嗡、皮鞋一橐、白眼一翻、脖子一梗……举手投足间，尽显威严和官派，最终他们的祈求均无果而终，讨个没趣，一个个悻悻然离去。随着故事情节的展开，作家一层层地剥去了这样一个"大人物"威严、官派的外衣，我们发现："三少"不可一世，盛气凌人的皮相里填充的却是麻木、冷漠、恶毒的肉体和虚空、堕落、无救的灵魂。寒食节作为中华民族最重要的传统节日，人们有插柳、禁烟、寒食、扫墓等习俗，主要是用来表达对政治清明的祈求、对祖辈的哀思和孝道。而小说中的主人公"三少"回乡祭祖却目无长辈、咒骂族人、鱼肉乡里、败毁祖业，甚至忘恩负义，呵斥"老薛宝"式的长工长庚、驱赶苦难深重的奶妈"疯婆子"丑大娘。更有意味的是，在这样一个寒食节里，"三少"和两个团丁却大肆糟蹋着长庚特意为他们做的饭菜，隔三岔五忘情地吞食鸦片，吸食海洛因，在毒品的云蒸霞蔚里，早就将祖宗给抛到九霄云外了。小说的最后，"三少"拗不过烟瘾而撂下明天祭祖的正事，带着两个团丁直奔县城而去的结局就可想而知了。无怪乎，小说中有"一代不如一代""生出这种不孝的小孙，上世造了孽喽"的哀叹了。小说的讽刺意味和批判指向就相当明显了。

　　为了达到强烈的艺术表现效果，师陀在小说中大量运用"审丑"。师陀对故乡人的丑陋一面尤为印象深刻，诸如三少"那瘪瓜似的脸，那耗子眼睛，那铁青的嘴唇，这一切都分毫不差，和他的爸爸——四老爷一模一样";独眼"是干瘪老头,一只眼睛瞎了,另一只好眼睛也常常淌泪,时不时就得抹一把。他又常害着痨病,讲起话来断断续续,显得很吃力的样子";朱三婆子"满身油腻,袄领敞开,露出全是灰垢的胸口;还有那双烂红的眼睛,头发也乱糟糟蓬松的竖着",等等。通过这些漫画式的人物"审丑",勾勒出人物个性特征和生存境遇。师陀通过对故乡全方位的审视与观照,发现自己曾经生活过的这片土地停滞、丑恶,在不断退化、衰败。"原是肥沃而今却荒凉了的田野,正是春耕时节,田野上却难得看见人影"。在同时期另一个短篇小说《毒咒》中,借毕四奶之口对这片土地进行了诅咒:"这块地上有毒:绝子断孙,灭门绝户。有毒!"

但师陀并没有仅仅停留在对故乡丑恶人事的展示上,因为,他骨子里其实是深爱故乡的。爱之愈深,则恨之愈切。对猪狗一样生活在故乡底层的人民的现实遭遇(如独眼被残酷的现实所抛弃,关七被野蛮的团丁盘剥,乡间匪盗横行,整年整年的打仗,丑大娘唯一的女儿遭大兵糟蹋而上吊,自己也疯了等),师陀是深切同情的。对他们人性中的温暖(如痣脸老叔、朱三婆子对儿子的关爱,长庚对孩子时期"三少"的回忆和"老薛宝"式的情怀),也予以了适时的表现。"我不喜欢我的家乡,可是怀念着那广大的原野。"也许我们可以从这里窥探到师陀对故乡一种原始而复杂的情绪。

(作者为王泽龙主编教材《中国现代文学经典作品选讲》
所撰写文字,华中师范大学出版社 2009 年版)

乡土中国苦难人生的悲情片段

——读台静农的《拜堂》

　　台静农是与鲁迅往来密切并深受鲁迅精神影响的五四乡土作家。其作品少而精,一部《地之子》(小说集,1928 年)似乎就足以支撑他在现代文学史上的地位,"地之子"也成为脱胎于乡土中国的现代知识分子的代名词。1935 年,鲁迅在编选《中国新文学大系·小说二集》时,将台静农放到了与自己平齐的位置,均选了四篇小说;在编排上,鲁迅打头,台静农殿后。由此可见,鲁迅对台静农及其作品的喜爱和重视。

　　台静农的乡土小说,从内容到风格皆师法鲁迅,同时又融进自己的生活体验和艺术追求。1924 年 8 月底,台静农应《歌谣周刊》主编常惠之托,回到故乡安徽霍丘收集歌谣,历时半年。当他以鲁迅的精神、以民俗的眼光来审视皖西农村的时候,他发现了这片古老而宁静的土地:闭塞而落后,死寂而阴森,充斥着种种宗法恶俗和陋习:"典妻""冲喜""冥婚"等。他以满腔的悲愤与热情,将乡间的死生与血泪、人间的"酸辛"和"凄楚"细细地写了出来。正如鲁迅所说的,"能将乡间的死生,泥土的气息,移在纸上的,也没有更多,更勤于这作者的了"(鲁迅《中国新文学大系·小说二集导言》)。

　　《拜堂》应该是台静农精心营构的一个短篇小说。拜堂成亲是乡间的一种传统习俗,也是人生的一件大事、一件喜事,本应广邀亲朋好友，热热闹闹庆祝庆祝。然而我们的主人公，汪二与自己的寡嫂，却要选择在半夜子时拜堂，而且要背着他们唯一的亲人偷偷成婚，于情于礼都讲不过去。但这就是事实，乡村的困顿、民风的颓败、人情的淡漠、现实的残酷，一切似乎都不得不如此。台静农通过旁人对汪二他们叔嫂拜堂成亲的议论与评价，来揭示乡村社会普通人的伦理观与价值观。田大娘和赵二嫂作为女人对汪大嫂表示理解与同情："小家小户守什么？况且又没有牵头；就是大家的少奶奶，又有几个能守得住的？"汪二爹爹的牢骚和谩骂，透露出的是封建家长的专制观念和自私冷漠的心态："以前我叫汪二将这小寡妇卖了，凑个生意本。他妈的，他不听，居然他两个弄起来了！"齐二爷的评价则暗示了下层人生存的艰难："也好。不然，老二到哪里安家去，这个年头？"而摆花生摊的小金说"好在肥水不流外人田"，则似乎带有某种市侩性的冷嘲热讽。正是这些拥有不同价值观念的生命个体，才共同构筑成故事得以推进和展开的大背景：一个丰富而驳杂、原始而苍莽、死寂而残酷的乡土中国。

　　台静农在小说中通过场景的描写、细节的刻画和氛围的渲染，造成了一种深沉的意境。小说从第一天的黄昏写到第二天清晨，主要写了三个场景：黄昏汪二到杂货店买香表蜡烛、深夜汪大嫂请人牵亲拜堂、清晨茶馆的众议。台静农通过故事的发展很好地将它们连缀成一个整体，在貌似平静的描述中构筑出 20 世纪 20 年代乡村中国苦难人生的悲情片段。小说在细节描写上也很有特色，台静农善于捕捉人物的每一个细微动作，诸如小说开头汪二"忘了买蜡烛"的细节，以及拜堂过程中"给阴间的哥哥磕头"的细节等。小说通过这些细节来透视人物的灵魂，并将人物内心深处隐秘的潜流给显现出来。在阅读中，我们发现拜堂只是为了遮羞，完全出于无奈，拜堂的主角流露的不是幸福和喜悦，而是悲哀与无奈，拜堂的氛围也不是喜庆和热闹，而是压抑与沉重。黄昏时的静默无语："全室都沉默了，除了筷子捣碗声，汪二的吸旱烟声，和汪大嫂的上鞋声"，深夜时乡间的死寂恐怖："好像幽灵出现在黑夜中的一种阴森的可怕"，拜堂时阴森黯淡:"全室中的情调,顿成了阴森惨淡。双烛的光辉,竟暗了下去,大家都张皇失措了。"在这种氛围下,每个人似乎都有一种堵得慌的感觉。也正是这种氛围,使得台静农的作品有了鲁迅笔下安特莱夫式的那种阴冷与沉郁。

香港作家刘以鬯在谈到台静农的小说时,曾有过如下的评价:"二十年代,中国小说家能够将旧社会的病态这样深刻地描绘出来,鲁迅以外,台静农是最成功的一位。"(《台静农的短篇小说》)在我们今天看来,这样的评价似乎也不为过。

(作者为王泽龙主编教材《中国现代文学经典作品选讲》
所撰写文字,华中师范大学出版社 2009 年版)

人情冷暖的计温器，
世态炎凉的风向标

——读王鲁彦的《黄金》

　　被鲁迅称为"吾家彦弟"的王鲁彦，是五四后深受鲁迅"故乡"系列小说影响的乡土文学作家，其作品主要有短篇小说集《柚子》（1926 年）、《黄金》（1928 年）等。作为五四乡土小说的代表作家，王鲁彦善于从人情世态、民风习俗中透视乡土中国的冷漠与残酷。出身于农村商人家庭的王鲁彦，深谙"金钱"的魔力，这也为他从经济关系的角度审视乡土中国提供了动力和方便。他笔下的人物，大多为农民、商人和小有产者。他们长期生活在世风颓败、人情冷漠的乡里，但都对"金钱"怀有一种特殊的感情。也正是因为"金钱"，他们不得不背上沉重的文化、心理和精神负担，而在残酷的现实中苦苦挣扎。正如茅盾评价的那样，其作品成功地表现了"乡村小资产阶级的心理，和乡村的原始式的冷酷"（《王鲁彦论》）。

　　《黄金》是王鲁彦的代表作，被茅盾视为他最好的一个作品。陈四桥的如史伯伯，有十几亩田，几间新屋，在乡间本是生活得安安稳稳，不愁吃、不愁穿的小康人家。到年关了，因在外工作的儿子没有及时寄钱回家接济家用，这一家人便被势利的村民拨弄得摇摇晃晃。"不到半天，这消息便会由他们自设的无线电话传遍陈四桥，由家家户户的门缝里窗隙里钻了进去，仿佛阳光似的，风似的"，这可怜的老人便无休止地受到乡邻的猜忌、奚落、鄙视乃至捉弄、要挟。他们对如史伯伯的态度，由尊敬而轻侮，由谄媚而嘲讽，甚至有人还落井下石，借机对如史伯伯进行敲诈勒索。正像如史伯伯的大女儿所说的："我懂得陈四桥人的性格：你有钱了，他们都来了，对神似的恭敬你；你穷了，他们转过背去，冷笑你，诽谤你，尽力的欺侮你，没有一点人心。"无怪乎如史伯伯感叹："在这样的世界上，最好是不要活着！……"而最后，当如史伯伯的儿子来信说已荣任秘书主任，汇上大洋二千，并将亲解价值三十万之黄金来家时，那些曾经轻侮诽谤他们的乡邻却都来恭喜，并跪拜在他们的面前，齐声大呼老太爷、老太太。在这里，金钱成了陈四桥人情冷暖的计温器、世态炎凉的风向标。

王鲁彦笔下的陈四桥，表面看来虽然是一个偏僻冷清的乡村，却深受商品经济的侵染和冷酷民风习俗的桎梏。在这里，民间原本和谐自然、简单纯朴的人际关系业已被物质金钱欲所摧毁。小说在展示陈四桥人的普遍存在的金钱崇拜心理和趋炎附势心态的同时，还将这种拜金主义与乡风习惯势力结合起来，并试着去触摸一种更深层的乡土民间文化心理。如史伯伯在强烈的现实反差中之所以表现得如此脆弱，不堪一击，一个"穷"字便可以让人如此抬不起头来，其实跟他发财愿望强、面子观念重的文化心理有关。正是这种心理，让如史伯伯背上了无比沉重的精神负担，"他觉得自己仿佛是一匹拖重载的骡子，挨着饿，耐着苦，忍着叱咤的鞭子，颠踬着在雨后泥途中行走"。家中的积蓄在急剧减少，而外界的流言蜚语却在与日激增，如史伯伯诚惶诚恐，如坐针毡。在受人欺侮，遭人敲诈之时，他选择的是忍气吞声，"说来说去，又是自己穷了，儿子没有寄钱来！"甚至在家室被盗的时候，他也不敢声张，生怕别人说这是他们的计谋，等等，只能自欺欺人地用虚无的梦境来换得片刻的心理慰安。

在小说的结尾部分，如史伯伯将如史伯母"满身是粪"的梦释为"梦粪染身，主得黄金"，可以说把鲁迅似的阴冷风格发挥得淋漓尽致，很值得玩味。作者将现实与梦境、黄金与粪土联系起来，现实中金灿灿的黄金，在梦里是却是黄色的粪便；为陈四桥人所顶礼膜拜的金钱，作者却视之为粪土，既点了题，深化了主旨，又增强了艺术上的反讽效果。

（作者为王泽龙主编教材《中国现代文学经典作品选讲》
所撰写文字，华中师范大学出版社 2009 年版）

精颖别致的记忆花环

——格非《去罕达之路》的细读分析

先锋作家格非的小说善于设置迷宫，故事往往在莫名中戛然而止，小说最后却给你指出迷津，显得神秘而又精致。格非热衷形式实验，以主体的瞬间感觉和智性游戏建构小说的本文迷宫。从早期的《迷舟》到后来的《敌人》，一直在延续甚至放大了这种叙事。其中《褐色鸟群》最为典型，人物被置于无足轻重的边缘，"完全依赖我的叙述原则"①，小说呈现出分裂、游移和自我消解的状态。《去罕达之路》② 很少被格非的批评者提及，却是一个精心营造的短篇。它很好地将人物、情节和叙述融为一体，细品起来，韵味十足。

下面，从小说的意象设置、叙述方式和主题的多义性三个方面来对这个短篇进行较为细致的文本分析。

一 意象分析

《去罕达之路》最大的特点是借意象来推动叙事，故事在意象的呈现、流动、更替中得以向读者展示。小说中的意象有"枯萎的花束

---

① 格非：《褐色鸟群》，《格非文集·树与石》，江苏文艺出版社 1996 年版，第 232 页。

② 见格非《格非文集·树与石》，江苏文艺出版社 1996 年版。

(或者说'干花')""白色的长颈花瓶""阿波利奈尔的诗集""鲜花"等，其中"枯萎的花束"最为重要，其他的意象都是由它派生出来的，是紧密相关联的意象群体，都因"枯萎的花"的存在而存在。"枯萎的花束"在小说中的地位是绝对的。

（一）在情节发展上，"枯花" = 见证

思恋的见证。小说的主人公"我"睹物思人，由窗前的花而想念起离开自己而去了南方的妻子。"不知是从什么时候开始，在窗下静静地打量它就成了我日常的工作之一。我猜想它原先也许是蓝色的。没有什么特别的理由。我和妻子都喜欢蓝色的花朵。不过，这都是过去的事了。她现在已经离开了我，去了南方。"这束干枯的花成为"我"联系妻子的唯一纽带，它带给"我"的是深深的思恋，在重复的日子里，记忆深处是思恋所留下的烙痕。"假如，这株植物中所包含的宇宙尚未最终黯淡，假如时光尚未抛下它，留给白蚁去噬食，那么，惟有这些花籽能够使我看清它曾经迎风而立的样子，嗅到它的芬芳，感受到它沉积在记忆中的欲望，一个连接着另一个，就花籽，沉下又浮上来，多得数不清。"

婚姻的见证。在常人的婚姻中，作为见证的也许是精美的婚照、漂亮的新房或者是永结同心的钻戒等，它应该是两人感情合二为一的结晶。然而小说中，作为婚姻见证的却是一簇干枯的花束，一束"第三者"送来的花，很是特别。理想的婚姻应是两性相悦、两情相愿的，是建立在理解、宽容、信任基础上的，而现实中的婚姻总是残缺的。"'我的确感到有些看不清自己，再说，我对你也没有什么了解。'在婚礼上，我的妻子突然柔情蜜意地对我说。""我对她说，从某种意义上，我的感觉与她颇有几分相像。"但"我们终于结婚了。用我妻子的话来说，我们毕竟走到这一步了"。正是这不甚了了、缺乏深入了解和沟通的、别有隐情的婚姻，导致的结局是"我的妻子离开了我，她去了南方"。她留给我的是长长的思恋。"惟有这束花充当了婚姻的见证"。这是对现实婚姻的揶揄还是自我嘲讽，我不得而

知，也许两者都有。

痛苦的见证。婚姻是残缺的，思恋是悠长的，现实中的我只能选择痛苦。从小说中，我们发现"我"是深爱着妻子的，尽管对她还不够了解，甚至对她的真实姓名还不确信，这其实都是次要的，只要深爱就行了。但一方的深爱并不能挽救现实的婚姻，妻子不辞而别，去了南方，走上了去罕达之路。"我"只能对着这束干枯的花寄托自己的思恋，跟无言之物倾诉自己的衷肠，可花不语、时间亦无情，一日一日地重复，思恋也一日一日地堆积，思恋成痛不言而喻。更痛苦的是这簇干花还是妻子的朋友，一个与她感情很好的男人所送。痛乎，苦乎，只有"我"知道。"它（这干花）日复一日地向我重复着一段隐秘的意图，恍若一个见长的争议。凭着它幽香四溢的踪迹，我想起了从前的日子，它没有什么特别。甚至，一天与另一天从未显示出应有的区分。""我"已无法摆脱对出走妻子的思恋，不能摆脱则痛苦永相伴。"我"最终接受了朋友的建议，拜见了精神治疗大夫，用一束鲜花换掉了这束干花，扔掉它也许是摆脱痛苦与思恋的唯一途径。然而鲜花真的能摆脱痛苦的阴影？

（二）在人物关系上，"枯花" ＝媒介

小说的主要人物是"我"、妻子、植物学家和送花男人，这几个人物都跟"这束枯花"有关，用图可示为：

"枯花"可以说是人物关系有机发生作用的媒介。"我"因目睹这簇枯萎的花束而思恋起出走南方的妻子，遂试图从花的分布区域来探寻妻子的出走原委和去向；生物学家经过观察和分析给出了"除了沙漠与极地之外，这类植物在任何地域都能生长"的结论，

并给出了"罕达"这一神秘地方的大致所在。更为有趣的是植物学家通过研究得出了"花朵的枯萎是从丧失记忆开始的""在一切生物中,惟有植物才显得圣洁"的论断。作者有意提及这些科研结论似乎是为了暗示某种人生哲理,使之与"我"在婚姻中的精神现实作一比照。"送花男人"是一个似隐似现的角色,他因和妻子之间的隐情而烙伤了"我"的感情。现实中"枯花"的背后实则有一个他的影子。在这场婚恋的三角关系中,枯花成为三角的中心,一切都围绕它而展开。

(三)在结构上,"枯花"=链条

小说一共三个部分:"植物""经过""隐秘"。是典型的"起因——经过——结果"的结构模式,采用了一个插入式的叙述手法,小说却不落窠臼,紧紧以枯花为纽带,过渡自然而紧凑,是一个有机的整体。

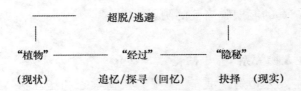

$$\begin{array}{ccc} & \text{超脱/逃避} & \\ | & & | \\ \text{"植物"} \text{——} & \text{"经过"} \text{——} & \text{"隐秘"} \\ \text{(现状)} & \text{追忆/探寻(回忆)} & \text{抉择(现实)} \end{array}$$

在上面的图示中,小说的三个部分形成了一个逻辑性很强的系列,"植物"部分展示了"我"因枯花而思恋起妻子并试图通过科学的分析来探寻妻子的走向,因而追忆过去的事件自然情理之中地过渡到"经过"部分,"枯花"从何而来,这段隐秘的经历,那个送花的男人与妻子隐秘的感情自然让"我"伤心,让"我"疲惫,怎么办?是沉迷于对妻子的恋恋不忘,每天向枯花倾诉来打发时日,还是快刀斩乱麻来结束这段思绪、回到现实?"我"以鲜花换枯花的选择,是超脱,还是逃避?

二 叙事分析

（一）叙述对象的隐显

在小说的三个部分中，我们会发现一个有趣的现象，从"我"的角度看，花好像现实地摆在"我"面前，妻子则潜隐不出现；若妻子与"我"同在，则花被妻子所遮蔽。我们完全可以说花是妻子的影子，妻子是花的镜像。"我猜想，它原先也许是蓝色的，没有什么特别的理由。我和妻子都喜欢蓝色的花朵。"由现在眼前的枯花而生出臆想为蓝色的花，无非是妻的缘故。"我"要植物学家找这束花的分布区域无非是为了证实妻是否去了"罕达"。"我"以鲜花替代枯花，也无非是为了斩断对妻子的记忆和思念，重返现实。更武断一点，我们可以说"花"就是妻，妻就是"花"，你隐则我显，你显则我隐。

格非的叙述有效地将两个，甚至三个、四个叙述客体糅合为一体，通过这种隐显关系来分镜头、分篇章地处理。植物学家、送花男人、妻子，这三个客体轮流与"这束枯花"这一客体发生关系，使叙述不因对象的变换而杂乱、分散。格非的隐显对象叙述实为叙事学中的焦点透视。"这簇枯花"是叙述的焦点，一切对象都因它而被赋予意义。

（二）叙述主体的视角

小说明显采用第一人称叙事，通过"我"把"枯花"和妻子等叙事对象串联起来，以"我"的情绪流动为依托来组织情节。因而叙述带有强烈的个性化和主体性色彩，但叙述主体又不完全与"我"重合。我们以下面的分析来证实这一点。

小说中对"枯花"用了大量的指示代词，"这"和"那"。在"植物"和"隐秘"部分，小说指称"枯花"用的几乎都是"这"。"这簇枯干的花束""这束花似乎……""它点缀在这簇花枝中间"

"有关这束花的故事""惟有这束花充当了婚姻的见证",等等。"这"是一个近指,说明叙述者与客体"这束花"同在。这时,叙述者 = "我","我"主动地融入故事中,充当了实实在在现实中的"我"。而在"经过"部分,小说用"那"来指称"枯花"。"我微侧过身,看见他站在门廊边,手里拿着那束干花""他将那束枯干的花递给了我的妻子""我的妻子抱着那簇枯萎的花束回到了大厅""我的妻子打算将那束花插到花瓶中""那簇干花就搁在窗台下,隔着一层纱帘,它显得隐隐绰绰的"。"那"是一个远指,说明叙述者与客体"那束花"不同在,或因情感的原因而疏离它,"我"主动地逃离故事,拉开与"花"的距离。此时,叙述者大于"我",叙述者即是"我"却又对"我"的心理世界作判断。

三 主题的多义性

(1)展示一种精神探寻过程。小说题为《去罕达之路》,文本层面指的是妻子离开"我"去了罕达,重在展示"我"探寻妻子出走的原委,并试图找到妻子走向何方,本文层面却是从精神层面痛苦地反思婚姻、人生的遭际。

(2)人与人之间的隔膜感。小说中人的隔膜感表现在"我"和妻子之间、"我"和植物学家朋友之间。"我"和妻子结婚时都对对方有一股陌生感:对对方性情的不了解,对对方过去经历的不了解,甚至对对方姓名的陌生。这一切都导致了妻子最终不辞而别,事后也只是表达了谨慎的歉意。"我"和生物学家也同样陌生,他们对同一对象的关注点的迥异,如对阿波利奈尔诗集,在朋友眼里只有裸体封面女郎。"他的疑惑是有道理的。我知道该如何回答他,但我却没那么说。一个人对另一个人的精神世界说到底又有多少了解呢?""我"终于发出了这样的感慨。

(3)记忆/遗忘。记忆是一件令人痛苦的事情,也许遗忘可以治愈人的精神创伤。小说似乎说明了这一点。"枯花"(实际上是妻子)

带给了"我"无尽的思恋和无穷的痛苦，每天凝视这唯一的礼物成了"我"的工作。"对于我们完全占有的东西，你只能扔掉它。"于是"我"接受了精神治疗大夫的建议，用一束鲜花取代了那束枯萎的花。那么，"我"就能真正遗忘掉它（她）吗？

海外中国研究译介

郑小琼诗歌的生态诗学表征
与政治话语诉求①

　　20世纪90年代以来，随着改革开放和市场经济的纵深推进，中国社会经历了高歌猛进的工业化和势不可当的城市化浪潮，数以亿计的农民为寻求更大的发展而外出谋生，从内陆贫穷落后的农村辗转来到沿海发达的城市，形成了中国持续近三十年的"打工潮"。在常年的迁徙流动、辗转漂泊中，广大农民工参与并见证了中国经济的高速发展，但同时也目睹了自然资源、生态环境所遭受的巨大破坏，体验并感受到人类与自然之间所发生的深刻变化。近年来，一大批农民工诗人，包括许强、柳冬妩、罗德远、郑小琼、谢湘南、郭金牛、张守刚、许立志等，因直接大量地书写城市自然生态环境的恶化、农民工被现代机器和城市森林所裹胁的存在而被命名为"打工诗歌"。② 而其中，女诗人郑小琼的诗歌创作，因与生态诗学的某些思考正好契

---

　　① 本文原稿为英文，原作者为本人赴美访学的合作导师凯斯西储大学现代语言文学系龚浩敏博士，原文题为 Ecopoetics in the Dagong Poetry in Post-socialist China：Nature，Politics，and Gender in Zheng Xiaoqiong's Poems，全文由本人翻译并作了较大幅度的删减和修改。另外，米家路先生和张进女士也提供了无私帮助，在此一并致谢。

　　② 打工诗歌的创作应该在20世纪90年代就开始，但直到2000年以后，才开始受到出版界和批评界的广泛注意，比较有影响的有2001年创刊的《打工诗人》报，许强、罗德远、陈忠村主编的《中国打工诗歌精选》（按年度精选，已出版近十辑），柳冬妩的《从乡村到城市的精神胎记：中国打工诗歌研究》（花城出版社2006年版），杨宏海主编、社会科学文献出版社出版的《打工文学备忘录》（2007年）、《打工文学纵横谈》（2009年）等。

合，更是受到社会理论批评界的广泛注意。本文通过全面的梳理和系统的考察，发现：郑小琼的诗歌在真实再现城市自然生态环境遭受严重破坏现实的同时，还深刻揭示出了当代工业发展所遵循的非自然、祛本性的资本逻辑；在此基础上，郑小琼还努力尝试着探寻诗歌如何成为人类心灵的栖居之所等问题。

一

　　"谁触摸到了世界的铁？谁写出了时代的铁？谁写出了铁的冰冷和坚硬，铁的噬心和锐利，铁的野蛮和无情？郑小琼。"[①] 作为郑小琼打工题材诗歌创作的核心意象和最具想象力与穿透力的文学符号[②]，"铁"代表的是一种反田园、祛乡土的文化。"一座座屋舍变成了齑粉，一个个人走进了黄土之间/溪流与榕树下聚集了许多失踪多年的灵魂/在一瞬间倒塌了，那些几千年积蓄的旧式传统/深深地坠落，挖掘机伸出巨大的铁锯齿/从大地深处掘断了祖先与我遥遥相望的脐带"（《村庄史志》）。郑小琼曾在一篇创作谈中开门见山地指出"铁"对中国乡村社会的割裂："乡村是脆弱的，柔软的，像泥土一样，铁常常以它的坚硬与冷冰切割着乡村，乡村便会疼痛。疾病像尖锐的铁插进了乡村脆弱的躯体，我不止一次目睹乡村在疾病中无声啜泣。"[③] 铁的侵入，给乡村带来的不仅仅是疾病，而且它像病毒，肆意蔓延；像幽灵，盘桓在乡村的上空，斩断了人们与乡村传统的血脉联系。而在此前的共和国文学中，"铁"大多是以"前驱"或"英雄"的形象出现，常常被作为勇气、力量和忠诚的象征。比如用"钢铁"来形容具有意志坚强的革命战士，最典型的就是"铁人"王进喜。郑小琼对于"铁"的认同就源于孩童时代所接受的社会主义教育及对

————

　　① 张清华：《谁触摸到了时代的铁》，《芳草》2007 年第 4 期。
　　② 参见谢有顺《分享生活的苦——郑小琼的写作及其"铁"的分析》，《南方文坛》2007 年第 4 期。
　　③ 郑小琼：《铁·塑料厂》，《人民文学》2007 年第 5 期。

"钢铁"象征意义的充分信任。在现阶段，"铁"所扮演的征服者角色虽没有变化，但不同的是，过去的"铁"是社会主义建设的积极推动者，而现在的"铁"则很大程度充当了自然生态环境的破坏者。

值得玩味的是，尽管铁在郑小琼诗歌中的角色是自然环境的破坏者，但诗人更多地表达的是对铁的认同乃至同情，而不是简单的批判。其中，所折射的是郑小琼诗歌在看待人类与自然关系时所持的一种相对复杂的态度：自然的施暴者同时也可能是暴力的受害者。这一事实，督促我们有必要去探究造成中国社会生态危机背后的深层社会文化根源。

"在铁具上镀上时光的轴线，向后是/深深的矿井，矿工，山中聚满/古老的泪水的月亮，开采权掀起的/波澜，向前是暴君的利剑，刀斧手的/兵器，向左是螺丝，零件，工具/菜刀，图纸，机器，向右是人性，自然/社会，经济学，政治，铁器的阴凉/黝色的面孔，它向我说着生存的奥妙。"（《在铁具上》）在诗人看来，这些时光轴线上形态各异的铁（矿石、利剑、兵器、螺丝、菜刀、机器等）共同揭示出人类历史的一个秘密：暴力。从贪婪的矿权争斗到惨无人道的杀戮，暴力的历史，与人类的历史、铁的历史一样久远，人类文明的发展始终也没有改变这一隐秘的本质。只不过，在现代社会，人类很巧妙地通过加强对自然的管理与掌控，将自己的暴力行径掩盖在铁制的机械以及一整套复杂的社会话语体系中。这样一来，人类就可以用一套现代社会的机制和话语体系，将过去开发、利用、破坏大自然时的"野蛮""残忍""贪婪"等统统给遮掩起来，将自己装扮得"文明""清白"和"无辜"。而颇具讽刺意味的是，正是人类的虚伪和贪婪，才发明了这一套机制，但也是这些机制，反过来实施着对人类的报复。

自然被系统性破坏，表明暴力已走向体制化。这一点十分典型地体现在"机器"这一隐喻意象中。在工业化、城市化阶段，机器，不仅是大规模破坏自然的工具，而且还是将人从自然与自我中剥离的"祛本性"社会系统的象征。在郑小琼的笔下，这机械化的系统（或者说体制）好像"残暴的夜晚，有着铸铁似的蛮横……放射出钢铁般的傲慢"（《迷蒙》），又如同一块"厚的铁板"阻止人们去"窥探历史的背面"，我们只有透过"铁壁的缝隙"才能看到"投下的真相"（《在铁具上》）。在这个系统里，即使是如铁般坚硬的东西，也正在被不断地打磨、切割乃至销毁："在炉火的光焰与明亮的白昼间/我看自己正像这些铸铁一样/一小点，一小点的，被打磨，被裁剪，慢慢地/变成一块无法言语的零件，工具，器械/变成这无声的，沉默的，黯哑的生活！"（《声音》）显然，诗人在这里所同情和认同的"铁"，并不是那个砍削荔枝树、掘断乡村脐带的"铁"，而是已经失去了自信力和侵略性、被另一种更为强大、更为可怕的力量所控制的"铁"。它虚弱、沉默、黯哑，如同蝼蚁般的打工者，"铁一样的沉默与孤苦，或者疼痛"（《他们》）。此外，"铁"被机器钳制时的"不自由"状态，与郑小琼的诗歌"来自暗处的巨手/它们不知何时，何地伸出来/在不可能预想的时刻，它似蛛网纠缠着你/我无法说它们的名字，说出它可能的出处/它巨大的暴力在我内心留下深陷/它似巨雷碾过，交谈中/我感觉有一种无形的力量"（《非自由》）直接相呼应。由此可见，郑小琼诗歌中"铁"和"机器"所隐喻的其实就是"无形"的社会体制和看不见的话语权力。

机器对农民工的影响作用是直接的，冰冷而繁重的"铁一般的打工生活"（《铁》）已经剥夺了他们青春时代时应有的温暖和轻松。而内置于他们体内的"大功率机器"（"身份""阶层""体制""话语"等），则更进一步，"在时光中钻孔/蛀蚀着她的青春与激情"（《剧》）。实际上，在农民工与工厂签订劳动合同时，就已经将自己变成了机器或者是产品的一部分了，"她们像一根无言的钢针，把自己钉在制品中"（《灵魂》）。而颇具讽刺意味的是，这些产品在走向市场之后，就已经与它们的生产者农民工脱离了关系。"多年了，她守着/这些螺丝，一颗，两颗，转动，向左，向右/将梦想与青春固定在某个制品，看着/那些苍白的青春，一路奔跑，从内陆的乡村/到沿海的工厂，一直到美国的某个货架。"（《她》）在现代资本市场中，任何产品所关注的就是进入市场、成为商品、获得交换价值，而排斥主观情感等因素。就产品与农民工的关系而言，其中包含一种矛盾的复杂感情：一方面，它们是农民工最乏味的重复劳动的成果；而另一方面，它们却又承载着工人们生命中的最好时光，饱含了某种情感。而在这些产品成为商品进入流通之后，就与其制造者不再发生关系，双方之间的情感纽带也就不复存在。从"内地的村庄"到"沿海的工厂"，以至最后摆上了"美国的货架"，这一轨迹记录了产品进入市场后不断攀升的情形。与此同时，还反向揭示出产品与工人间的关系亲密度逐步递减的事实。这一悖论说明，全球资本系统无所不能，就像一台经过精致校准的机器，可以使任何一个极其微小的产品"被赋予了庞大的意义"（《在电子厂》）。而这台机器也就是资本逻辑，实际管理并操控着整个世界："美资厂的日本机台上运转着巴西的矿井/出产的铁块，来自德国的车刀修改着法国的/海岸线/……/在这个工业时代，我每天忙碌不停/为了在一个工厂里和平地安排好整个世界"（《工业时代》）。资本的力量如此强大，它超越了国界，将国际的、国家的、地区的、个人的以及人类与自然之间的关系全部囊括在内，而变成一种简单的商业关系、一种牢不可破的资本逻辑。

尽管人类社会对自然施加了一系列强大的压制，但在消融一切的大自然面前，最终还是暴露出自己虚弱的本质，就如同郑小琼笔下所描述的"铁"一样："铁具的绣纹上，时间像雨滴/沁入铁的内部。"（《寂静》）铁，在破坏自然时看似十分强大，但随着时间的挂移、流逝，最终必然走向锈蚀和腐烂。实际上，锈蚀和腐烂的铁，是郑小琼诗歌中"铁"的主要存在形态，它与人的衰老和时代的衰退一样，结局只能是"在漆黑的雨水中生锈"（《给父亲》）。不管是谁、无论老少，在这个看似"繁荣昌盛"和"活力四射"的时代里，都必将经历一个逐步锈蚀的过程：工业化的城镇里挤满了一张张"堆满铁锈的脸"（《小镇》）；机台流水线上的农民工，大多如一块"沉默""哑语"的铁，"在时间中生锈""在现实中颤栗"（《生活》）；一个捡破烂的工人，脸上挂着"铁锈的微笑"，过着"生锈的生活"（《厂方角落的男员工》）；一位被告知年龄太大而不得不面临解雇的女工，所感受的是"落叶已让时间锈了……锈了/十几年的时光锈了"（《三十七岁的女工》）。最痛心的是，这些工人曾经的"梦想在现实中锈烂了"（《变形》）。"铁"，作为现代工业文明强力的象征，却在饱受其戕害而异常坚韧的自然"母亲"面前，不得不接受慢慢被锈蚀掉的命运。其中，我们可以看出自然反噬、生态报复的巨大威力，而这一切，足以让我们人类警醒。

二

"家园"问题是打工诗歌探讨的一个重要主题。对于农民工的生存状态，最尴尬的是，他们已经脱离了乡村却又不属于城市，处于"在而不属于"的境地。当城市的环境遭到严重污染而处在不断变异之中时，他们作为都市的"异乡人"，心里最深处开始经常性地回味过去那带着田园清雅色彩的乡村生活，并时不时地沉醉在这种美好的儿时记忆中。家乡是一处精神的避难所，也是诗人郑小琼心存愧疚和永远向往的地方："……路上行走的牛羊/在蓝天，眼睛，树木组成的灵魂里归家/它们加深了我的愧疚与罪愆"（《黄昏》）。因为在"那里，有我欠尘世渺茫的债务/等我用尽一生偿清"（《花椒树》）。在另一首名为《胡慧》的诗中，郑小琼写道："有时她会想想故乡/窗口的街灯与半轮残月照亮她的梦/贵州山间的雾气在心中上升   溪流与老屋   牵动她的心   从八人宿舍的梦中醒来/她忍住泪水与思念   忧伤像青藤遍布全身/她学会沉默与忍受   胸口堵着/一座大山或者巨大的石头   生活却像/那条出山的河流   从她的身体里泛滥而出。"值得注意的是，诗中的打工妹胡慧最私密的情感和精神世界，忧伤、孤独、紧张还有坚韧等，都是通过她的家乡贵州山区老家的一些记忆中的事物，"雾气""溪流""老屋"等自然意象来传达的。正是这带有浓厚地方风土色彩的自然物象，才让漂泊在外的农民与自己的家乡建立起了最根本、最亲密的生态联系。

　　打工诗歌中的思乡病是一个"悖论性的比喻"，与其说它是由农民工迷失家园导致的，还不如说是他们城市生活的挫败造成的。① 实际上，很多农民工都想把家安置在新的城市环境中，但最终发现：城市里的一切（包括生态的、政治的和道德的氛围）表现出的都是不接纳的态度，就如同郑小琼诗歌的重要意象"荔枝树"一样。荔枝树，是南方极为常见的一个树种，因其土生土长，平凡、普通而又根深蒂固，很容易就成了农民工在新的环境中确认自己身份最重要的自然物象："她忘记的童年/摇摇晃晃地从荔枝林经过"（《厌倦》）、"荔枝林间/青葱的树叶将它照得发亮"（《水流》）、"坐在荔枝树下/练习着沉默"（《银湖公园》）"这像荔枝一样/饱满而柔嫩的青春，被他们自己缝进了布匹/铁器，塑料，楼台……"（《吹过》）等。诗人将自己大部分的情感、生活很自然地与荔枝树联系在一起，主动建立、发展与荔枝树的关系，有时甚至将自己直接同等于荔枝树："那些在风中摇晃的/荔枝林，它们碧绿，结满了荔果/它们低着站在风中，枝上，我总是走近/仿佛走近我自己的生活"（《吹过》）。这些充满生机和活力（"碧绿，结满了荔果"）的荔枝树，就像初到城市的农民工，热情而理想。这些都使得农民工与城市间的认同来得容易和自然。农民工希望通过自己的打拼，能在这南方的城市有个新家，像荔枝树一样成为当地的一分子。

　　而现实的情形却是，不管农民为融入当地社会付出多大的努力，最终，他们发现自己是不可能成为想象中的那棵"荔枝树"。他们中的绝大多数仍在不断迁徙，如过客般来来往往，就像是荔枝树的落叶，没有生气，无足轻重，只能随风飘飘荡荡。特别是为了给日益膨胀的城市腾挪发展空间，就连荔枝树自身也无法改变被砍削、被移除的命运时，农民工与城市之间建立关联的这根脆弱的纽带也变得岌岌可危。他们经常会发现自己的命运其实跟惨遭倾覆的荔枝树无异，早

---

① Wanning Sun, "The Poetry of Spiritual Homelessness: A Creative Practice of Coping with Industrial Alienation", *Chinese Modernity and the Individual Psyche*, edited by Andrew B. Kipnis, New York: Palgrave Macmillan, 2012, p. 69.

晚都得接受被遗弃、被连根拔起的事实："它像病患者/油腻，黝黑，淤塞工业废物的腥臭/没有谁来倾听它低低的哭泣，山岗上/挖土机挖掘着荔枝林……"（《荔枝林》）与荔枝树一起消失的，还有"青砖瓦房""祖先的祠堂"和"清冽的小溪日复一日奏鸣的乡村小调"等地方自然风物。而正是类似"荔枝树"这些有灵性的地方风物，这些带有精神文化性的东西，将农民工与周围居住的自然环境有机地联系起来，才构成了我们生态诗学意义所谓的"家园"。在郑小琼的诗歌中，我们隐约可见的是，在中国工业化、城市化和全球化发展的大背景下，一只畸形的、横扫一切的大手却正摧毁着这样带有精神文化性的风物，从而彻底斩断了农民工与乡土精神"家园"临时搭建的有机联系。

除了对农民工精神"家园"问题给予重点关注外，郑小琼的诗歌创作还对"打工妹"这一特殊群体给予了特别观照。在郑小琼看来，打工妹群体更多地承受着当代中国社会转型所带来的巨大冲击。作为一个"打工妹"，郑小琼感同身受，她的诗集《女工记》① 在很大程度上就是替女工代言。它采用诗歌档案的形式，"真实记录了打工妹自我被泯灭、身体被肢解、分离的全过程"。② 诗集为我们所呈现的是一个个平常、辛酸而无奈的真实故事：一个 14 岁的女童工"有时　她更想让自己返回四川乡下/砍柴　割草　摘野果子与野花……童年只剩下/追忆　她说起山中事物比如山坡/比如蔚蓝的海子　比如蛇　牛"（《凉山童工》）；一个 42 岁的女工现在只"剩下疾病的躯体　回到故乡衰老/死后　最好埋在屋后的桔树下……"（《兰爱群》）等等。这些打工妹虽然在沿海城市打工，但仍然将曾经的家乡作为自己的精神家园，梦想能像过去那样过一种简单、平静、田园般的生活。但现实是，这一切都已变得不再可能。《女工记》中有一首诗的结尾这样写道："平淡的日子在她的身体/有一种古老的平静　庞大的城市与工厂里/她

---

① 参见郑小琼《女工记》，花城出版社 2012 年版。

② J. Jaguscik, "Cultural Representation and Self-Representation of Dagongmei in Contemporary China", Deportate, esuli, profughe 17 (2011), p. 128.

从来都是无名　像丛林中的植物/虽然低矮却也葱郁　有自然的平衡/她像低处的灌木也有低矮的理想。"(《刘建红》)"古老的平静"或许指的是过去的某个时候,那个时候,女人和自然之间保持着一种完好的交融状态。然而,等她来到城市,这种状态就开始急剧走样、变形。在巨大的城市森林中,她迷失了自我,失去了本性,矮化而为"无名",如同"丛林中的植物"。尽管在这"祛本性"的环境中,她已经卑微到"低处",也只有"低矮的理想",但她仍然展示出了一定程度的自然属性——"低矮却也葱郁,有自然的平衡"。

　　相对于打工仔而言,打工妹的生活经历着更严重的"祛本性"。铁、机器、高强度的劳动,如同具有强大生殖力的种子,一旦播撒进她们的身体,就会对她们造成巨大的伤害:"……头昏　喉痛/咳嗽　腹胀　恶心　渐渐模糊的眼睛/越来越重的躯体　紊乱的月经"(《刘乐群》);"三十四岁　她有过一次/生育　畸形胎儿　早产　死亡　原因是她/身体里有太多毒素　也许是五金厂留下/或者电子厂　玩具厂……她不知道"(《仇容》)。这两首诗,真实地再现了工业生产、化工污染对打工妹生理、生育造成的巨大伤害。此外,郑小琼的诗歌还记载了许多发生在打工妹身上的悲剧性事件:怀孕、堕胎、被男友抛弃、将婴儿卖给陌生人等。可能最令人震惊却又看来稀疏平常的是,一些打工妹开始出卖自己的身体,将自己"曼妙的身体/鲜花样的青春"当作资本,用来与"老板的金钱资本"作交换(《侯瑜》)。然而,交易后,她们却发现"你用身体打开枯叶/仍没有遇到收获的秋天"(《蓉蓉》)。"鲜花"和"枯叶"作对比所形成的强烈反差,更能说明现实社会和金钱资本的残酷无情,既利用了女性,又扭曲了女性的性征。在劳动密集和高流动的工作环境中,性问题往往只是被视为她们简单的身体上行为,而全方位有关于她们性的深层的伦理、道德、价值问题却很少被注意到。打工妹的现实命运实则"终就如推土机/将旧有时代森林般的荣耀推倒"(《何娜》),又让我们想起荔枝树被推土机掀翻那挥之不去的情景。这推倒、毁灭的,不仅仅是自然环境本身,同时还包括其中所隐喻的道德、伦理和价值等。

《女工记》在为我们冷静、超然讲述了一个个女性悲剧事件的同时，也让我们从中强烈地感受到一种无法抹去的创伤。

三

其实，郑小琼的诗歌还可以从多个维度，如底层写作、女性主义、文化政治等作解读。但相对而言，生态诗学的解读可以更好地展现、透视其复杂性和多元性，可以为阐释获得更大的话语空间。生态批评的潜在介入，可以使身处社会边缘的诗人和诗歌创作与我们当下的现实生活发生更多的联系。面对社会的急遽转型和日益严重的生态危机，以及人类的终极追问，生态诗人应该有肩负社会责任的承诺与担当，应该"就是某种意义的传教士。他需要热情地投入到那些濒危的、对诗人和整个世界的福祉都至关重要的对象中去"①，生态诗学也应该采取一种积极的情感介入态度，设法影响并改变它的读者，在个体和社群之间建立起真正的联系。

尽管郑小琼的诗歌对农民工生存状况的呈现，总体上都是沉重、阴郁的，但她的诗却总保持着一种情感的热度，让我们能从中感受到人与人相互依存、"撞身取暖"的温暖瞬间："有多少爱，有多少疼，多少枚铁钉/把我钉在机台，图纸，订单。"（《钉》）机器、机构或体制等，将农民工牢牢地"钉"在了商品和产业的链条之中，使他们成为一个个无生命的机器元件或体制的"螺丝钉"，读者能从中真切感受到被钉死在机台上的那种疼痛感。然而，诗歌前面的"爱"与后面的"疼"，让诗歌充满着矛盾和张力。对于大多数打工者来说，爱是他们生命经历中最重要的部分。爱所带来的痛，与他们所遭受的机器带来的伤痛，交织混杂在一起。只不过，爱之痛，不论快乐与否，却将农民工的生活与"人"缝合了起来。带着人类情感的

---

① Bernard W. Quetchenbach，"Primary Concerns：The Development of Current Environmental Identity Poetry"，*Ecopoetry：A Critical Introduction*，edited by J. Scott Bryson，Salt Lake City：The University of Utah Press，2002，p. 248.

"爱"，可以成为体制性异化的一剂解药，同时也是打通、修复以至重建人类与自然和谐关系的一条有效路径。也许"这些山川，河流与时代/这些战争，资本，风物，对于她/还不如一场爱情"（《剧》）。相对于现实体制中其他"重要"的事物而言，爱也许根本无足轻重。但在诗歌中，它却是诗人唯一确信能与自然发生联系、并能够切实追求和渴望的。"我对万物敬畏，热爱/……这些细密而脆弱的时光啊，它们像我/卑微却坚强，温暖着身体内的寒冷/我数着我身体内的灯盏，它们照着/我的贫穷、孤独。照着我/累弯下了腰却不屈的命运。"（《热爱》）尽管郑小琼的诗歌还没有十分明确地表达如何用爱来打通、修复并重建人类与自然的关系，但其所拥有"爱的供养"，足以使人类与非人道的、袪本性的体制间的紧张关系得以缓解和修复，也让我们看到了重建人类与自然情感纽带的某种希望。

（与龚浩敏合作，原载《中国现代文学研究丛刊》2017 年第 3 期）

后　记

　　遥想当年，青春年少的我离开家乡，辗转来到湖北大学求学，就如同一棵小树苗，从边远乡村的小河边移栽到了省城武汉的沙湖旁，期待夏去冬来、春华秋实。湖北大学虽不算什么名校，却人才济济，大师云集；沙湖虽比不上东湖，却也清风徐来，水波不兴。没想到自己就这么在沙湖边落地生根，茁壮成长，一晃二十年过去了。

　　现在，武汉变大了，沙湖却变小了；校园的树变高了，人却变老了。

　　"四十岁，是一个奇怪的年龄。向过去看看，抓得住青春的尾巴；向前看，终点依稀可见。"白岩松如是说！人一迈入不惑之年，心态和想法就开始发生变化，少了一些浮躁，多了一点冷静。回想自己这些年走过的路，虽谈不上崎岖坎坷，但也并不轻松。好在有一大批良师益友的扶持和帮助，个人的学术之路走得倒也稳健、中正。从最初单纯关注作家个案：施蛰存、刘恒、丁玲、韩东等，到硕士阶段聚焦当代先锋小说的崛起和衍变；再从零散地写些赏析、书评、湖北文学评论等，到博士阶段转向民间话语与中国新诗的系统研究，构成了这些年我学术研究的基本轨迹。

　　现在，经过重新的梳理、修改和编辑，形成了这部《"先锋"与"民间"——20世纪中国文学话语研究》的书稿。我想借这本书的编辑和出版，来打量和检视一下自己二十年的学术之路，也算是对不惑之年的一个纪念。需要说明的是，书中的大部分文字，曾以论文的形式公开发表过，其中还保留有诸多师长指点、学友润色、编辑点睛的印迹，也有家人背后默默的支持。在此，一并致谢！

刘继林

初稿完成于 2016 年克利夫兰访学期间

定稿 2017 年底完成于湖北大学逸夫人文楼